몽골

우루무치

투루판

고비사막

쿠얼러

카슈가르

둔황

체모

허텐

시닝

라싸

네팔

부탄

다리

바오산

방글라데시

미얀마

라오스

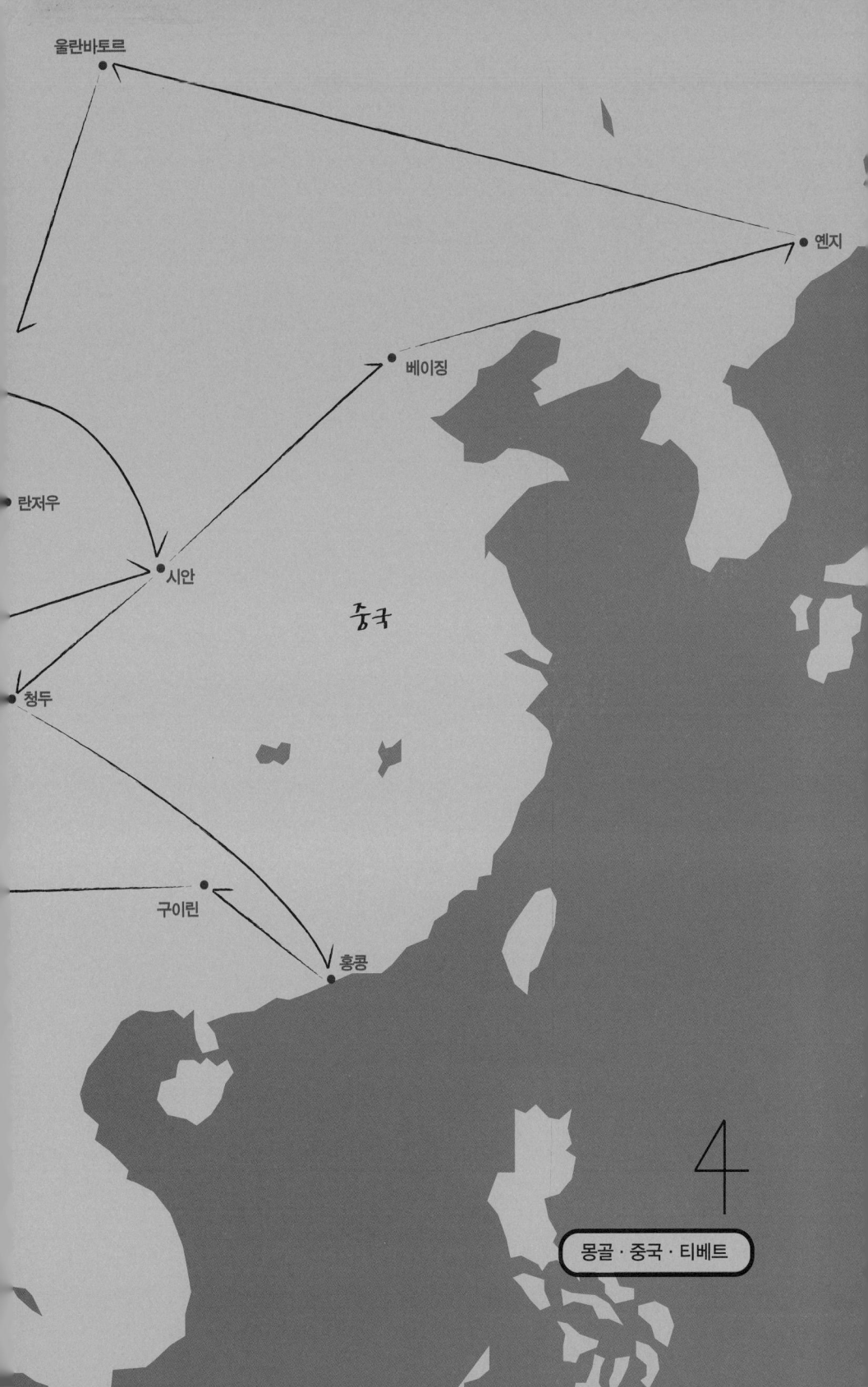

울란바토르

옌지

베이징

란저우

시안

중국

청두

구이린

홍콩

4

몽골 · 중국 · 티베트

바람의 딸

걸어서 지구 세 바퀴 반 4

바람의 딸

걸어서 지구 세 바퀴 반

한비야 4

몽골 | 중국 | 티베트

푸른숲

실크로드 깊숙한 사막 마을에서
학교 문전에도 못 가보고 커가는
똑똑하고 효성 깊은 꼬마 천사,
10살짜리 위구르족 딸 '심청이'에게 이 책을 바친다.
또한 대륙의 깊숙한 오지에서 자라는
모든 아들딸들에게도.

나의 가장 좋은 것만 주고 싶은 여러분께

"정말 못 말리는 에너지 덩어리였군."

개정판을 내느라 '바람의 딸' 세계 일주 편을 다시 읽는 내내 이런 혼잣말이 저절로 나왔다. 책 속에서는 15년 전의 내가 온몸으로 세상과 만나고 있었다. 때로는 즐겁게 때로는 힘겹게, 그러나 언제나 기대와 호기심에 가득 차서.

7년 동안 나는 혼자서 아프리카, 중동, 중앙아시아, 중남아메리카와 아시아를 육로로 돌았다. 온갖 곡절을 겪으며 국경을 넘나들고, 기차나 버스는 물론 고물 트럭 짐칸이나 낙타도 얻어 타며 다니고, 최고급 호텔에서 동굴까지 갖가지 숙소에서 자고, 먹을 수 있는 것은 뭐든지 먹으며, 셀 수 없이 많은 사람들을 만났다. 그런데 이상한 건 이렇게 정신없이 돌아다니는 사람이 지치는 기색도 없다는 거다.

중국 윈난성의 중뎬에서 티베트의 라싸로 가는 길처럼 100시간 이상 기차와 버스를 탔으면 지치고 여행에 진저리가 날 만도 한데, 책 속의 나는 씩씩하고 힘이 넘친다. 신기하다. 도대체 저런 힘은 어디서 나왔을까?

다시 만나는 그때 그 사람들은 또 얼마나 반가웠는지 모른다. 내 마음을 설레게 했던 이란 반정부 지도자, 볼리비아 산속에서 혼자 사시는 할머니, 아프가니스탄에서 내게 빵을 주던 꼬마, 라오스 물놀이 축제에서 신나게 같이 놀던 다국적 배낭족 연합군……. 10년도 넘은 일이라 가물가물할 줄 알았는데, 한 명 한 명 사진처럼 선명하게 머릿속에 되살아난다.

그러나 누구보다도 반가운 건 바로 나였다. 서른다섯 살, 그때의 나를 만나는 건 참으로 재미있고 즐거웠다. 책을 읽으며 지금보다 훨씬 겁 없고 발랄하고 사랑스러운 나도 만났고, 매우 당돌하고 거칠고 툭 하면 울고 웃고 화내는 나도 만났다. 어느 때는 머리를 쓰다듬어주고 싶도록 기특한 나도 있었고 정말 한 대 탁, 때려주고 싶을 만큼 얄미운 나와도 마주쳤다.

그러나 어쩌랴. 내 마음에 들든 들지 않든 그게 15년 전의 내 모습이고 내 인격이고 내 수준인 것을. 지금의 잣대로 과거의 나를 재는 것은 가혹할 뿐만 아니라 옳지도 않다. 그때도 나름대로 할 수 있는 최선의 노력을 다했을 테니까 말이다. 그래서 나는 과거의 내 모습 그대로를 사랑하기로 했다.

개정판 작업을 하면서 담당 편집자에게 신신당부했다.

'전 4권의 원문은 정보나 사실이 틀리거나, 문법적으로 맞지 않는 경우가 아닌 한 절대로 고치지 말 것!'

책을 새로 단장해 내면서, 나라고 왜 멋지게 문장을 다듬고 깊은 생각을 보태 좀 더 매력적으로 보이고 싶지 않겠는가. 그러나 거친 문장과 표현일지라도 그것 역시 그때의 내 문장 실력이고 내 사고의 깊이이기에 그대로 놔둬야 한다고 생각했다.

사진도 그렇다. 다른 여행 책에 비해 거의 없다시피 한 사진도 확 늘리고 흑백사진도 컬러로 바꾸고 싶은 마음이 전혀 들지 않았다면 거짓말이다. 그러나 나는 독자들이 눈으로 보는 사진보다는 마음으로 듣는 내 이야기에 좀 더 집중했으면 했다. 그래서 되도록 적게 넣자고 마구 우겼다.

'바람의 딸' 시리즈의 첫 번째 책이 1996년에 나왔으니까 벌써 12년이 흘렀다. 그동안 나는 오지 여행가에서 긴급 구호 팀장으로 변했다.

책도 그 후에 쓴 여섯 권을 보태 모두 일곱 권이 나왔다. 누가 뭐래도 지난 12년간 나는 세상에서 가장 행복한 작가였다고 생각한다. 얼떨결에 베스트셀러 작가가 되어서도, '바람의 딸'이라는 예쁜 별명을 얻어서만도 아니다. 바로 독자들 때문이다. 나처럼 많은 독자 편지를 받는 작가가 또 있을까? 그들이 내게 보내준 수천 통의 편지는 그저 책에 대한 감상이 아니었다. 내 책이 자신의 삶을 비추는 작은 등불이라고 했다. 하고 싶은 일을 찾았다고 했다. 용기가 없어 망설이던 여행을 드디어 떠난다고 했다. 그 가운데는 이런 고백도 있었다.

'질풍노도 같았던 사춘기에, 그리고 너무나 막막했던 20대 초반에 내 곁엔 늘 언니가 있었어요. 앞으로도 많이 흔들리겠지만 뿌리째 뽑히지는 않을 것 같아요. 고맙습니다. 이 고마운 마음, 달라진 삶으로 보답하겠습니다. 꼭 그렇게 할게요. 비야 언니.'

이런 사연이 나를 울린다. 더불어 내 책을 읽고 무엇인가를 결심한 독자들에게 무한한 애정과 동시에 강한 책임감을 느낀다. 나는 정말이지 내 책을 읽는 독자들에게 내가 가진 것 가운데 가장 좋은 것만을 주고 싶다. 내 동생, 내 조카 혹은 내 아들, 딸뻘일 친구들에게 좋은 에너지는 물론 좋은 유전자도 함께 전해주고 싶다.

한국인, 여자, A형 등 부모님으로부터 받은 내 생물학적인 유전자를 전할 기회는 점점 줄어들고 있지만, 내 경험과 책을 통해 시공을 초월하며 만난 사람들과 동시대의 스승들에게서 물려받아 형성된 나의 사회적 유전자는 여러분과 기꺼이 나누고 싶다. 모든 유전자에는 우성과 열성이 있는 법. 급하고 참을성 없는 다혈질 유전자나 지나치게 감정에 치우치는 비논리적인 유전자는 전해지지 않았으면 좋겠다.

대신 늘 난 운이 좋다, 복도 많다 생각하는 긍정적 유전자, 어떤 상황에서든 끝까지 해보려는 최선 유전자, 뭐든지 궁금한 호기심 유전자, 타인과 더불어 행복하겠다는 행복 유전자 그리고 한국의 아들, 딸로만이 아니라 세계의 아들, 딸로 살겠다는 세계시민 유전자는 그대로 옮겨주고 싶다. 그렇게 할 수 있으면 정말 좋겠다.

또 한 가지 이번에 확실히 깨달은 것이 있다. 내가 무사히 여행을 마칠 수 있었던 건 다름 아닌 기도 덕분이라는 사실이다. 가족과 친구, 가까운 사람들은 물론, 이름도 성도 모르는 수많은 분들이 여행 중인 나를 위해 각자의 신께 간절히 기도해주지 않았다면 내가 어떻게 그 험한 육로 세계 일주를 손가락 하나 다치지 않고 끝낼 수 있었을까? 참으로 고맙고도 고마운 일이다.

이제는 내 차례다. 그래서 나는 얼마 전부터 내 책을 읽는 사람들, 책을 읽은 후 길 떠나는 사람들, 그리고 이런저런 중요한 결심을 한 사람들을 위해 나의 하느님께 매일 기도 드리고 있다. 부디 그들을 보호해주시고 그들에게 용기와 지혜를 주십사 간청하는 기도, 이 기도를 앞으로도 계속할 작정이다. 이 책이 사라지는 날까지 그럴 것이다.

책 만드는 사람들은 책도 운명과 수명이 있는 유기체라고 한다. 이 책은 좋은 운을 타고나서 10년 이상 여러분과 사랑을 주고받았다. 그러나 이 책도 제 역할을 다하고 나면 이 세상에서 사라질 것이다. 그때가 언제일지는 아무도 알 수 없는 일. 나는 그날까지 지금처럼 여러분과 마음껏 내 여행 얘기를 나누고 싶다. 더불어 내가 앞으로 겪게 될 새로운 경험과 깨달음, 어려움과 고통까지 나누며 함께 성장하는 기쁨도 한껏 누리고 싶다.

이제 드디어 나와 함께 좌충우돌, 흥미진진한 세계 일주 여행을 떠날 시간이다. 이번엔 좀 긴 여행이 될 테니, 떠나기 전에 한 번 더 배낭끈을 꽉 조이고 신발 끈도 바싹 붙들어 매길 바란다.

자, 이제 문밖으로 나가자. 나가서 온 세상을 가슴 가득 품어보자.

2007년 10월
아프리카 짐바브웨에서
한비야

몽골 25

바람의 딸, 바람 속으로 걸어 들어가다

황량해서 더 황홀한 고비 사막

■ 일러두기

1. 외래어표기는 '국립국어연구원'의 '외래어표기법'에 따랐다.

2. 현지인들과의 대화나 정확한 표기법이 확인되지 않는 말은 현지 발음에 가깝게 표기했다.

3. 역사, 지리 등의 사전적 지식은 '브리태니커 백과사전'에 준했다. 단, 해당 지역의 홍보용 안내 책자에 따른 경우도 있다.

4. 국가명, 지명 등은 현재의 공식 명칭에 따랐다.

바람의 딸, 또 하나의 길을 찾아 나서다

아, 끝났다.

6년간의 세계 일주 여행이 드디어 대단원의 막을 내렸다.

1년 5개월간의 중국 티베트 몽골을 아우르는 4차 여행을 마치고 인천항에 내렸을 때 발로 하는 여행이 끝났다면, 여행기 4권을 탈고한 오늘은 손과 머리로 하는 여행까지 모두 끝났다.

오늘은 꼭 세계 일주를 하겠다던 어린 시절 아버지와의 약속을 지킨 날이고, 늦긴 했지만 여행기 4권을 내겠다는 독자들과의 약속을 지킨 아주 기쁜 날이다. 이로써 내 인생의 꿈 하나가 이루어졌다. 갑자기 어깨에 두 날개가 돋아나 하늘로 날아오를 것만 같은 기분이다.

하지만 이런 뿌듯함과 함께 다른 한편으로는 긴 꿈에서 깨어난 듯 허전함과 섭섭함이 밀려드는 것은 무슨 까닭일까?

'바람의 딸' 시리즈의 마지막인 이번 4권은 아홉 달 동안 중국, 티베트, 몽골을 여행한 이야기다. 중국은 실크로드를 포함해서 윈난성(雲南省)과 간쑤성(甘肅省), 쓰촨성(四川省), 옌볜(延邊) 등 소수 민족들이 주로 사는 변방 지역을 골라 다녔다.

위구르족, 티베트족, 후이족, 다이족, 나시족, 바이족, 조선족 등이 사는 여러 지역을 돌아보며 사람들을 만나고 민박을 하면서 그들의 따뜻한 체온을 느낄 수 있었다.

한겨울에 찾아간 해발 3000미터가 넘는 티베트에서 추위 때문에 고생하면서도 한 달 이상 묵은 것은 참 잘한 일이다. 그냥 며칠 스쳐갔다면 파란 하늘 아래 휘날리는 무지갯빛 깃발 같은 표피적인 것 외에는 보지 못하고 알지 못했을 그들의 생활 안쪽과 속마음을 들여다볼 수 있었으니까.

몽골에서의 여행 체험은 몰랐기 때문에 훨씬 더 많이 느낀 경우다. 중국의 영향이 깊을 것이라는 막연한 선입관과는 딴판으로 몽골에는 러시아의 영향이 짙게 배어 있었고, 독특한 종교와 문화와 풍습이 정말 흥미로웠다. 특히 우리와 너무나 닮은 외모에서 느껴지는 혈연 같은 유대감은 사막과 대초원을 여행하는 내내 마음을 편안하고 푸근하게 했다.

이번에도 물론 위험한 일이 많았다. 중국 윈난성의 흑사병이 만연한 지역의 싸구려 여인숙에서 잠을 자다가 쥐에게 옆구리를 물려 내 인생 거기서 마감하는 줄 알았다. 실크로드의 사막 남로를 따라 여행할 때는 심한 탈수증으로 비틀거리며, 하마터면 내 해골이 뒤에 오는 사람의 이정표가 되는 게 아닌가 생각한 적도 있었다. 또 몽골에서는 타고 있던 말이 사납게 짖어대는 개에 놀라 펄펄 뛰는 바람에 말에서 떨어져 죽사발이 될 뻔하기도 했다.

가슴 아픈 일 역시 헤아릴 수 없다. 실크로드 사막 깊숙한 곳에 사는 회교도 위구르족 꼬마 '심청이'를 생각하면 지금도 속상하다. 아주 똑똑한 아이가 여자는 공부하면 못 쓴다는 할아버지의 고집 때문에 학교 근처에도 가보지 못한 채 자라고 있었다.

티베트에서는 깡촌 할머니부터 큰 사원의 노승까지 온 국민이 온

몸을 던지는 오체투지(五體投地)를 하면서 간절히 비는 것은 오직 하나, 티베트가 독립해 달라이 라마가 돌아오는 것이라는 말을 듣고 그 절실한 염원에 아프게 가슴이 떨렸다.

또 옌벤에서는 한 핏줄인 조선족과 한국 사람들이 서로 반목하며 불신과 증오를 쌓아가는 것을 보면서 속이 탔고, 더 이상 굶주릴 수 없어서 북한을 탈출해 가라오케 바의 접대부가 된 특수부대 여군 출신 아가씨의 핏발 선 눈동자에 가슴이 울컥했다.

그러나 그 어떤 것보다도 강렬하게 내 심장을 후벼 판 것은 굴뚝 속에서 갓 빠져나온 몰골로 내 눈앞에 불쑥 나타난 북한 어린이의 절망에 가득한 눈동자였다. 집이 북한의 청진이라는 그 아이는 먹지 못해 앓아누운 부모를 살리기 위해 몰래 두만강을 넘어와 친척을 찾아다니다 실패하고 거리를 헤매고 있었던 것이다.

"와, 정말 중국에는 없는 게 없구만요."

옹색하기 이를 데 없는 변두리 구멍가게에 데리고 들어가자 신기한 듯 토해내는 탄성에 내 눈시울은 왜 그리도 뜨거워지던지…….

그러나 언제나 그렇듯 따뜻하고 신나는 일들이 훨씬 많았다.

나를 은근히 좋아하던 티베트 시골 식당의 30살 총각 주인은 환속한 스님이었는데, 정작 내가 떠나는 날은 부끄러워서 손도 제대로 흔들지 못했다. 그런 모습이 훨씬 더 오래 마음에 남는다. 이별에는 마땅히 그런 보이지 않는 흔들림이 있어야 하는 게 아닌가.

실크로드의 한 마을에서는 북한산 청심환 한 알로 간질 발작을 일으킨 어린아이의 목숨을 구하기도 했고, 몽골의 시골 민박집에서는 하필 며느리가 가출해서 일주일 동안 대리 며느리 노릇을 하기도 했다. 중국 윈난성에서는 자신의 꿈과 사회가 강요하는 안락한 삶 사이에서 갈등하는 한족 아가씨의 인생 상담자로서 장래의 선택에 결정적인 조언도 했다.

이번에 만난 사람 가운데 가장 나이가 많은 88세의 후이(回)족 할머니와 나눈 순수한 우정도 잊을 수 없을 것이다.

: 여행을 통해 얻은 소중한 것들

"그렇게 긴 여행을 하고서 도대체 무엇을 얻으셨나요?"

여행을 끝낸 내게 사람들이 제일 많이 하는 질문이다. 여행을 다니면서 내 스스로에게 무수히 물어본 말이기도 하다.

가장 눈에 띄는 것을 먼저 꼽는다면 말라리아 예방약 부작용으로 반쯤 빠진 머리카락 자리에 새로 흰머리가 나는 거다. 주위 사람들은 예방약과 상관없이 내 나이가 흰머리가 날 때가 되었다고 놀리지만 나는 아직도 예방약 부작용이라고 우기고 있다.

운동화 한 켤레로 1년 이상 버티는 장기 여행자들이면 어김없이 걸리는 무좀도 나를 피해가지 않았다. 무거운 배낭을 앞뒤로 지고 다닌 덕에 무릎이 많이 약해졌다는 의사의 진단 소견도 있었다.

여행 덕분에 '바람의 딸'이라는 새로운 별명을 얻은 것도 대단한 보너스다. 나는 이 별명이 아주 마음에 든다. 나의 자유로운 생각과 인생관을 단적으로 말해주는 것 같아서. 앞으로 오랫동안, 혹은 영원히 그렇게 불리고 싶다.

이렇게 겉으로 드러나는 것과는 비교할 수 없는 값진 내면의 수확을 들자면 남은 인생의 후반을 살아갈 지도와 나침반을 얻은 것이다. 아무리 갈 길이 멀고 험해도 지금 들어선 길이 옳은 길이라는 것을 안다면 그 인생은 얼마나 안정되고 여유로울까.

예전에 나는 대단히 성공 지향적이고 속전속결형이었다. 남들에 비해 항상 늦었다고 생각했기 때문이다. 대학교도 남들보다 6년 늦게 들어가고 한국으로 돌아와 첫 직장도 10년이 늦었고, 당장 결혼을 한다고 해도 보통의 인생 설계에서 보면 15년쯤 늦은 것이다.

그래서 나는 늦은 시간을 벌충하기 위해 어디로 가는 줄도 모르면서 그저 바삐 움직였다. 산으로 가든 바다로 가든 일단 움직여야 마음이 놓였다.

그러나 이제는 알 것 같다. 객관적인 시기가 중요한 만큼 주관적인 때도 그에 못지않게 중요하다는 것을. 나에게는 세계 일주 여행을 시작한 35살이 바로 그런 때였으며, 여행이 끝난 지금 다시 한 번 전혀 새로운 인생의 장을 펼 때라고 생각한다.

킬리만자로의 우후르 봉에 오를 때 깨달은 대로 나는 남과 비교하지 않고 묵묵히 나의 길을 갈 것이다. 또한 남미의 어디에선가 작정한 것처럼 가슴은 따뜻하고 생활은 심플하게 살면서 정말 하고 싶은 일을 할 것이다.

여행을 하면서 바로 그 '하고 싶은' 일을 찾았다는 것도 커다란 수확이다. 국제 난민 관련 프로그램에서 일하는 것이다. 여행을 하지 않고 한국에서만 있었다면 관심조차도 없었을 분야다. 아프리카, 중동, 인도차이나, 남부아시아 등을 여행하면서 수많은 난민들을 보고, 애써 난민촌에서 같이 지낼 기회를 만들면서 찾아낸 평생의 일이다.

당장 누군가의 도움을 받지 않으면 목숨을 부지하기 어려운 국제 난민들을 위한 기구에 들어가 적어도 20년간은 '목숨을 걸고' 일할 생각이다. 그 일이 돈과 명예와는 아무런 상관이 없을 수도 있고 막대한 개인적 희생을 치러야 한다는 것도 잘 알고 있다.

주위의 많은 분들은 걱정 반, 꾸지람 반으로 정신없는 소리라고 한다. 그 나이에 무슨 전쟁터를 쫓아다니려고 하느냐, 이제는 정착하고 글이나 쓰면서 오지 여행 전문 여행사나 차리자, 높은 자리 줄 테니 우리 홍보 회사에 들어와라, 우리 기관에서 같이 일해보지 않겠느냐, 여러 제안들을 하지만 나는 그냥 그 '험한 일'을 하고 싶다. 이것도 병이라면 큰 병이다.

이제 나는 확실히 알았다. 하고 싶은 일을 해야 용기가 나고 진정한 행복을 느낀다는 것을. 이번 여행도 내가 간절히 하고 싶은 일이었기에 이렇게 끝까지 할 수 있었다.

그렇지 않았다면 아프리카에서 병에 걸려 몹시 시달렸을 때 돌아와 버렸을거다. 아프가니스탄에서 총살까지 갈 수 있는 순간을 모면했을 때 그만 집에 가야겠다 하고 포기했을 것이다.

그러나 나는 지난 6년간 정말 단 한 번도 여행을 도중에 그만두겠다고 생각한 적이 없었다. 어렵고 힘든 순간들을 겪으면서도 앞으로 나갈 수 있었던 것은 다름 아닌 '나는 지금 내가 하고 싶은 일을 하고 있다'는 생각 하나 때문이었다.

직장을 그만두고 있는 돈 다 털어 세계 일주 여행을 떠난다고 했을 때도 많이들 그랬다. 세상 물정을 몰라도 한참 모르는 사람이라고. 그러나 지금 와서 아무리 생각해보아도 그것은 너무나 잘한 일이다. '그저 놀러 다닌 이야기' 하나로 책을 써서 많은 독자들의 사랑을 받고 있으니 그것만으로도 어디냐.

그러나 여행을 통해서 얻은 최대의 수확은 다름 아닌 대자아(大自我)로서의 나와 우리의 위치를 깨달은 것이다. 나는 우리 가족의 딸이자 한국의 딸일 뿐 아니라 아시아의 딸, 더 나아가서는 세계의 딸이라는 그 놀라운 자각 말이다.

우리는 저마다 세계라는 조각 그림의 한 조각으로서 세계인이 서로 합쳐 한 그림으로 연결되어야만 비로소 존재가 드러나는 지구촌의 일원이라는 것을 확실히 깨달았다.

전에는 무심히 보아 넘기던 국제 뉴스를 이제는 특별한 애정과 관심을 가지고 대하게 된다. 안타까운 뉴스를 접할 때면 내가 무슨 도움이 될 수는 없을까 하는 생각까지 하는 것을 보면 이제 나는 서서히 세계시민이 되어가는 것 같다. 이제 지구촌이라는 말도 너무 넓게 느껴지며 세계가 한 지붕 안에 있는 안방, 건넌방처럼 얽히고설켜 긴밀하게 연결된 것처럼 가깝게 여겨진다.

: 꿈꾸는 사람은 아름답다

여행을 끝내고 돌아보니 이 여행은 절대로 혼자 한 것이 아니었다. 감사해야 할 사람들이 너무나 많다. 우선 내 가족들과 친구들 그리고 가까운 사람들의 염려와 기도 덕을 톡톡히 보았다.

그동안 알고 겪고, 모르고 당한 위험이 수없이 많았지만 별 탈 없이 다닌 것은 모두 그분들 덕이라는 것을 너무나 잘 알고 있다. 옆으로 호랑이가 지나가는 줄도 모르고 휘파람 불며 다닌 적이 어디 한두 번이겠는가.

많은 독자들로부터 무한한 에너지를 얻었다는 것 또한 꼭 밝혀두고 싶다. 어린 초등학생부터 대학생에 이르기까지 그리고 젊은 직장인들과 내 또래의 아줌마, 아저씨들에게서 수많은 격려 편지를 받았다. 세상을 비관해 자살을 결심했다가 실패하고 병상에 누워 우연히 내 책을 읽고 살아야겠다고 마음먹었다는 아줌마도 있었다.

4권을 쓰는 동안에는 남학생에게서 성폭행을 당한 고등학교 1학년생 딸을 둔 어머니가 가해 학생을 처벌하는 대신 그 남학생에게 열 권의 책을 꼭 읽으라고 권했는데, 그 안에 내 책이 들어 있다는 방송 뉴스를 들었다. 얼마나 가슴이 벅차고 동시에 어깨가 무거웠는지.

아주 나이 드신 분들도 청년 같은 마음으로 편지를 보내주셨다. 따뜻한 격려와 따끔한 지적을 해주신 분들 모두를 바람의 조카, 바람의 동생, 바람의 친구, 바람의 할아버지라고 여긴다. 이런 '바람 가족'이 나날이 늘어나니 백만 원군을 얻은 듯 거칠 것 없는 용기가 솟는다.

여행 중 만난 사람들에게 또한 깊은 감사를 드린다. 내 여행을 풍요롭게 하고 가슴을 따뜻하게 해준 세계 곳곳에서 사귄 사람들. 때로는 한나절 같은 기차에 타는 인연을 맺기도 하고, 때로는 며칠씩 그 집에 묵어도 가고, 때로는 잠시 멈추어 서서 그저 손가락으로 내가 가야 할 방향을 가리켜준 사람들.

내가 아플 때 머리를 짚어주고, 내가 신이 나면 덩달아 신 나 하고, 내가 곤경에 처했을 때 제 일처럼 돌봐준 그 많은 사람들. 밝히기 힘든 개인사나 신변이 위험할 수도 있는 일을 털어놓으며 나에게 자신들의 이야기를 쓰게 허락해준 사람들. 그들은 모두 내 친구다. 나를 당황하게 하거나 속이거나 물건을 훔쳐간 사람들조차도 생각해보면 정겹기까지 하다.

그리고 마지막으로 하느님께 감사드린다. 그분의 사랑은 언제나 폭포수처럼 쏟아지지만 나는 가끔씩만 느낄 뿐이었다. 그러나 나처럼 무딘 사람도 정말 하느님의 손길이라고 느끼지 않을 수 없는 순간들이 무수히 많았다. 아주 위험하거나 멋지고 벅찬 순간들, 그런 때에 저절로 하느님을 찾았던 것을 보면 부끄럽지만 내가 하느님의 딸인 것이 분명하다.

책을 끝내면 하려고 미루어둔 일들이 산더미 같다. 아주 가까운 계획으로는 마라톤 선수가 마라톤 전 구간을 뛰고 나서 맨 마지막에 홈그라운드를 한 바퀴 도는 것으로 경주를 끝내는 것처럼, 내 세계 일주 여행도 우리나라 땅을 종단하는 것으로 끝을 맺으려고 한다.

그래서 곧 전남 땅끝마을부터 강원도 민통선까지 걸어서 갈 계획이다. 중국에서 6개월 정도에서 1년 정도 집중적인 어학연수도 할 것이다. 그다음에는 본격적으로 다시 시작된 나의 길을 갈 것이다.

꿈은 아름답다. 무언가를 꿈꾸는 삶은 아름답다. 자기의 꿈을 향해 한 발 한 발 앞으로 나아가는 힘과 용기는 더 없이 멋지다.

여러분이 가슴에 소중히 간직하고 있는 꿈, 꼭 이루시길 바란다.

1998년 12월
종로도서관 종합자료실에서
한비야

몽골

이 세상 것이라기에는 너무 신비로운 고비 사막의 모래언덕.
황량함의 아름다움을 고스란히 간직하고 있다.
나는 이 '바람의 고향'을 달렸다. 바람의 딸이 찾아온 바람의 고향을.

바람의 딸, 바람 속으로 걸어 들어가다

: 늑대 우는 몽골 벌판, 여인 3대 천막집

중국과 몽골의 국경도시 얼렌(二連)은 재미있다.

기차가 멈추고 떠나는 국경도시는 대부분 보따리장수들로 시끌 벅적 북적이게 마련인데 여기도 예외가 아니다. 역 앞 리어카에서 파는 술이며 과일, 과자며 맥주에다 달걀까지 싹쓸이하려는 기세 로 덤벼드는 사람들은 모두 몽골 사람들이다. 시장에도 갖가지 옷 과 신발, 이불과 보온병들이 산같이 쌓여 몽골 상인들을 기다리고 있다.

중국은행 앞에는 이십 명도 더 되는 암달러상이 한 손에는 지폐 다발을 들고, 다른 한 손에는 계산기를 들고 큰 목소리로 사람들을 부른다. 한자와 몽골 글자에 러시아 글자까지 한꺼번에 쓰여 있는 상점 간판들도 이채롭다. 몽골에서는 몽골 문자 대신 러시아의 키 릴 문자를 쓴다. 50년 러시아 지배의 산물이다.

베이징(北京)에서 몽골의 울란바토르로 가는 직행 국제 열차가 있긴 하지만 표 값이 무려 560위안이나 된다. 당시의 환율로 5만 6000원 돈이다. 게다가 월요일, 화요일 두 번밖에 운행하지 않는단다. 베이징에서 내가 표를 구하러 간 날은 목요일, 다음 주 월요일까지 기다려야 한다는 게 내키지 않았다. 기껏 기다렸다 비싼 기차를 타고 갈 게 무어냐.

그래서 베이징에서 두 번에 걸쳐 기차를 갈아타고 여기까지 온 것이다. 이제 요 국경만 넘어 몽골 첫 정거장에서 내리면 국내선으로 바꿔 탈 계획이다. 국제 기차보다는 국내 기차가 훨씬 쌀 테니까. 이렇게 하면 적어도 직행 국제 열차의 반값으로 울란바토르까지 갈 수 있는 거다. 서당 개 3년이면 풍월을 읊는다고 세계 여행 6년차가 되니 이런 잔머리는 이제 별달리 노력하지 않아도 자동으로 굴려진다.

두 나라 국경 사이 7킬로미터를 넘는 데 무려 5시간이나 걸렸다. 출입국 수속도 수속이지만 중국과 몽골은 기차 궤도가 달라서 바퀴를 바꾸는 시간이 그렇게 오래 걸린단다. 오후에 탄 기차가 바깥이 완전히 깜깜해서야 움직이기 시작했다.

몽골이라는 이름은 '용감한 전사의 나라'라는 뜻이다. 그 '용감한 전사'는 바람이라는 천연의 무기를 품에 안고 나를 기다리고 있었다.

수속 중일 때는 기차 밖으로 나갈 수 없어 차창 밖으로 스치는 바람소리가 그냥 세다고만 여겼는데 몽골의 첫 역에서 화장실에 가려고 기차 문을 여는 순간 숨이 턱 막힌다. 문밖에서 기다리던 강한 모래 바람이 사정없이 몰아치는 거다.

우리나라에서 초봄이면 늘 듣던 일기예보, '바이칼 호에서 발달한 대륙성 고기압과 고비 사막에서 불어오는 모래 바람'의 그 원단 고비 사막 바람이다. 잘못 건드린 벌집에서 놀란 벌들이 총공격을 해오는 것처럼 얼굴에 와 닿는 모래 한 알 한 알이 견딜 수 없이 따갑다.

역 화장실까지는 도저히 갈 수 없을 것 같아 기차에서 조금 떨어진 곳에서 볼일을 보는데, 엉덩이를 까는 순간 수천 마리의 독종 모기가 동시에 덤벼들어 물어뜯는 것 같았다.

내가 탄 칸은 4인승으로 중국 여자 두 명과 몽골 여자 한 명이 일행이 되었다. 이렇게 나란히 앉혀놓고 보니 중국 여자보다 몽골 여자가 우리와 훨씬 비슷하게 생겼다. 기차 안을 다니는 몽골 사람들이 다 그렇다.

세계 여러 곳에서 만난 우리와 닮은 사람들, 남미의 인디오나 북미의 원주민, 알래스카 에스키모나 티베트인, 중국인의 모습이 그저 우리와 비슷한 정도라면 몽골 사람들은 우리를 빼박아서 섞어놓으면 거의 구분이 불가능할 정도다. 가는 눈매에 광대뼈가 튀어나와 더 그런 것 같다.

'한민족과 사촌이든 백촌이든 촌수가 형성될 수 있는 유일한 민족이 바로 몽골족이다.'

우리나라 몽골 학자 한 분이 이렇게 말했는데 다른 건 몰라도 얼굴 생김새는 정말 그렇다.

"어머, 아저씨. 오랜만이네요. 어디 가세요?"

우리말로 물어보면 모두 반갑게 대답을 하면서 손을 잡을 것 같은 얼굴이다. 그래서 내가 장난삼아 지나가는 사람들에게 "안녕하세요?" 하고 우리말로 인사를 했더니, 놀랍게도 그중에 한 아줌마가 "안녕하세요?" 하고 우리말로 인사를 받는다. 알고 보니 '이가'라는 이름의 마음씨 좋아 보이는 이 몽골 아줌마는 한국에서 10개월간 일하다 한 달 전에 귀국했다고 한다. 남편은 아직 한국에 있다는데 인사말 정도가 아니라 한국말 발음이나 어휘력이 놀랄 정도로 좋다.

나한테 몽골 어디를 가느냐, 왜 가느냐, 이런 겨울에 몽골에 놀러 오는 사람이 어디 있냐, 나이는 몇 살이냐, 한참 묻더니 자기는 31살이니까 언니라고 부르겠다며 자기 집에 가자고 한다. 내가 나는 오라는 집은 정말 간다고 했더니 활짝 웃으며 "정말로 오시라니까요." 한다. 이게 웬 횡재냐! 몽골에 들어서자마자 민박할 집이 생기다니. 정말 좋은 징조다.

중국을 떠나자마자 히터가 안 들어와 밤새도록 냉동 열차를 타고 오느라고 목이 칼칼하고 온몸이 뻑적지근하다. 베이징에 놓고 온 오리털 파카 생각이 간절하다.

베이징에서 만난 몽골 유학생이 바람은 불지만 지금은 두꺼운 겨울외투까지는 필요 없다고 호언장담을 해서 짐이 될까 봐 파카를 두고 온 거다. 나는 이렇게 귀가 얇아서 탈이다. 창밖을 보니 눈이 하얗게 덮였고 강은 꽁꽁 얼었다. 3월 말인데 여기는 아직도 한겨울이다.

그런데 그 유학생이 내게 신신당부한 말이 있다. 자기 나라를 몽고(蒙古)라 부르지 말고, 반드시 몽골, 혹은 몽골리아로 불러달라는 것이다. 어리석고 낡았다는 뜻의 몽고는 중국 사람들이 자기네를 무시해서 부르는 이름이라는 거다.

드디어 울란바토르에 도착했다. 하늘에는 구름 한 점 없고 깨끗한 햇빛이 쨍쨍쨍 내리쬔다. 창문을 비추는 햇살이 따뜻해서 추워봤자 얼마나 추울까 했는데 밖을 보니 모두들 두꺼운 외투에 털모자까지 쓴 완전무장 차림이다. 내 변변치 못한 복장이 걱정이다.

내려보니 아니나 다를까, 기온이 영하 15도. 매서운 바람과 더 이상 껴입을 옷이 없다는 떨림에서 오는 추위에 체감온도는 영하

25도가 넘는 것 같다. 아, 두고 온 내 파카!

같이 타고 온 사람들이 짐 내리는 걸 보니 어마어마하다. 보따리, 보따리……. 그렇게 큰 보따리를 어떻게 싣고 내리는지 정말 놀랍다. 거기에는 옷과 구두를 포함한 온갖 일상 용품이 가득하다. 몽골은 자체적으로 생산하는 물건이 거의 없어 모든 공산품을 수입해서 쓰는데, 예전에는 러시아에서 들여오던 것을 지금은 중국에서 이렇게 보따리장수를 통해 들여온다고 한다.

이가는 몇 시간 안에 연결되는 에르데네트행 기차를 탄다며 같이 가자고 한다. 그러고 싶은 마음은 굴뚝같지만 이대로 그냥 따라갈 수는 없는 일이다. 환전도 해야 하고 몽골 다른 지역을 같이 여행할 여행자를 물색하는 일이 시급하기 때문이다.

몽골은 한 달밖에 여행 비자가 나오지 않는데 대중교통 수단이 거의 없어서 고비 사막이나 서북쪽 호수에 가려면 여럿이 지프를 전세 내야 한다. 혼자는 도저히 그 비용을 댈 수 없기 때문에 동행을 찾아야 한다.

내가 국제 열차를 타고 왔으면 다른 외국 여행자를 만날 수도 있었을 텐데, 현지인들이 타는 국내선을 탔으니 배낭족이 모이는 게스트 하우스에 가서 찾아보는 수밖에 없었다.

이틀 뒤 에르데네트에서 다시 만나기로 하고 이가와 헤어진 후 번호를 적어온 게스트 하우스로 전화를 했다. 지금이 비수기라 영업을 하지 않으면 어쩌나 걱정했는데 다행히 영어가 유창한 여관 주인이 전화를 받는다.

그런데 게스트 하우스라고 찾아간 곳은 천막집이다. 널빤지 울타리 안에 '게르'라는 돔 형식의 천막집 네 채가 있다. 두 채는 가족들과 그 집 손님들이 쓰고 나머지 두 채가 여행자용이다. 다른 배낭여행자는 없냐고 물었더니 지난 석 달 동안에 손님이 단 네 명뿐이었단다.

내가 묵게 된 게르는 동그란 천막 안에 중앙에는 난로가 있고 가장자리를 빙 돌아가며 다섯 개의 간이침대가 놓여 있다. 천으로 된 텐트의 중앙 천장에는 제법 큰 통풍구가 뚫려 있어서 조금도 추위를 막아줄 것 같지 않은데, 웬걸 장작 몇 개를 때니 일시에 공기가 훈훈해진다.

돈도 바꾸고 당장 필요한 물건들을 살 겸 짐을 내려놓자마자 시내로 나갔다. 어찌나 바람이 부는지 눈을 뜰 수 없을 지경이다. 이렇게 차고 건조한 바람이 불어 얼굴이 마구 죄어오는데 얼굴에 바를 영양크림도 하나 없이 다니니 나는 정말 여자도 아니다.

사람들이 '델'이라는 전통 의상을 입은 것만 뺀다면 이 도시는 러시아 도시 그대로다. 추운 날씨에 아이스크림을 먹고 다니는 사람들이나 규격에 맞춘 큰 건물, 레닌 상 등의 커다란 조형물, 검은색 위주의 러시아제 택시들 그리고 대낮에도 보드카 병을 옆에 끼고 술에 취해 쓰러진 사람들까지 러시아를 떠올리게 한다.

몽골은 중국의 영향을 많이 받는 나라일 거라는 내 선입견은 완전히 빗나갔다. 국영 가게에는 물건이 없어 선반이 텅텅 비거나 한두 가지가 초라하게 진열대를 채우고 있을 뿐이지만 개인 가게에는 전 세계로부터 정식으로 수입하거나 밀수한 온갖 종류의 물건이 넘쳐난다. 전문점은 하나도 없고 거의 잡화점이다. 무궁화세탁비누, 칠성사이다, 초코파이 등 우리나라 물건도 심심치 않게 보인다.

국영 가게에서 물건을 사려면 아주 불친절한 종업원들에게 물건 값을 미리 지불하고 영수증을 받아 물건과 바꾸어야 하는 것도 러시아식이다.

그런데 시내에는 식당이 눈에 띄지 않는다. 중국은 한 집 건너 식당이고 길모퉁이마다 군것질거리인데 여기서는 일삼아 시내를 돌아보아도 음식점을 찾을 수 없다. 하기야 가게마다 이중문을 설치해놓았으니 자세히 보지 않으면 안에서 무엇을 파는지 알 수도 없고, 내가 키릴 문자를 읽지 못하니 식당이 코앞에 있어도 몰랐겠지만 말이다.

뒤지고 뒤진 끝에 겨우 튀긴 양고기만두 파는 집을 발견해 만두 몇 개와 쌀죽 한 사발을 사 먹었다. 현지에서 처음 먹어보는 몽골 음식인데, 맛이 괜찮았다.

: 겨울 고기 김장

하루 종일 발품을 판 덕분에 돈도 바꾸고 당장 필요한 생필품도 대충 샀다. 내가 없는 동안 사막 여행할 동행을 물색해달라고 게스트 하우스 주인에게 신신당부하고 다음 날 약속대로 이가가 살고 있는 에르데네트로 갔다. 울란바토르에서 기차로 하룻밤 거리. 이가는 고맙게도 역까지 마중을 나와주었다.

에르데네트는 사람들의 차림새나 거리의 모습이 울란바토르보다 더 러시아적이다. 기차역부터 도심까지 허허벌판에 끝없이 이어지는 드럼통 굵기의 파이프도 러시아의 난방과 온수를 위한 열수 파이프 그대로다.

이곳은 세계 최대의 구리 생산지로 몽골의 수입 대부분이 바로 이 도시에서 나온다고 한다. 몽골의 산업 지표를 얘기할 때는 그해

양(羊)의 숫자가 얼마 늘었다는 말 다음으로 구리 생산량에 대한 언급이 빠지지 않는다. 예전에는 구리 광산이 러시아와 합작이었기 때문인지, 아니면 그냥 러시아와 거리가 가까워서인지 길에는 노란 머리의 러시아 사람들이 많이 눈에 띈다.

현대식인 넓고 안락한 이가네 아파트에는 중학생 아들, 초등학생 딸 둘 그리고 5살짜리 막내아들이 기다리고 있다가 한국말로 "안녕하세요?" 하며 고개까지 숙이는 인사로 반갑게 맞아준다. 이가가 미리 연습을 시켰음이 틀림없다.

이가의 언니 포르마와 그의 딸 침대도 기다리고 있다. 내가 들어가자 아이들은 내 양 팔뚝을 앞으로 뻗게 하고는 자기들의 팔뚝을 얹으며 팔꿈치 부근을 감싸 쥔다. 어른들은 내 팔뚝 밑을 받치며, "세인바누(안녕하세요)." 하고 전통 인사를 한다.

이가의 통역으로 포르마와 애기꽃을 피우느라 아이들끼리 몽골식 양고기 물만두를 만드는 줄도 몰랐다. 접시에 산같이 쌓아놓은 만두를 보고 어떻게 아이들끼리 이런 걸 만드느냐니까 몽골 아이들은 모두 집안일을 잘 거드는데, 남자 여자 차별이 없다는 거다.

포르마는 이가에게서 '한국에서는 남자들이랑 아이들이 집안일을 잘 거들어주지 않는다'는 설명을 듣고는 고개를 갸웃거린다.

양고기만두에 곁들여 나오는 게 양 꼬리 기름에 싼 소 혓바닥과 말 젖을 발효해 만든 그 유명한 마유주(馬乳酒) 아이라크다. 이가의 말에 의하면 몽골에서는 한국의 겨울 김장처럼 겨울에 먹을 '고기김장'을 하는데, 가을에 살찐 양과 소를 잡아 그 위장으로 고기를 잘 싸서 집 바깥에 보관해두고 겨울 동안 먹는단다.

보통 한 집에 소 한 마리, 양 다섯 마리 정도를 잡는다고 한다. 몽골 사람들은 겨울에 오히려 고기를 많이 먹는단다. 여름에는 젖을 짜야 하기 때문에 짐승들을 잘 잡지 않는다는 거다.

아이들에게 내 이름을 가르쳐주니 배꼽을 잡고 웃는다. 이가에게 영문을 물으니 설명이 우습다.

"비야라는 이름이 너무 거창해서 그래요."

내 이름이 다른 나라 말로도 갖가지 뜻이 있는데, 여기서는 또 무슨 뜻이기에 저렇게 웃는 걸까?

"비야 한의 비는 몽골말로 '나'라는 뜻이고 야는 또 러시아말로 '나'라는 뜻이에요. 거기에 한은 몽골말로 왕이니, 비야 한은 '나는 나는 왕이다'가 되는 셈이거든요."

통역을 하는 이가는 호호호호 웃음이 나와 말을 제대로 잇지 못한다. 나로서는 매우 신나는 일이다. 그동안 내 이름은 맥주(동남아시아), 비(중남미), 오 나의 조국(에티오피아), 내 사랑(인도 사투리), 이리 와(이란), 천상에서의 성스러운 섹스(이스라엘) 등 다채로웠는데, 이제 세계 일주 마지막 나라에서는 왕까지 되어보는구나.

나도 웃으며 포르마의 딸 이름 '침대'의 우리말 뜻을 가르쳐줬더니, 침대는 얼굴이 새빨개지고 다른 아이들은 눈물까지 찔끔찔끔 흘리며 웃는다.

그런데 가족들이 말하는 걸 조금만 유심히 들어보면 우리말과 비슷한 게 한두 가지가 아니다. '말'은 몰, '알겠니'는 얼거성, '조금 있다가'는 쪼금다라, '눈'은 누드, '약속'은 약쇼라고 한다. 이런 단어들은 어쩌다가 비슷하게 발음이 되는 것이겠지만 언어학적으로 따져보면 몽골어는 헝가리어, 핀란드어 등과 함께 우리와 같은 알타이어족에 속하는 언어다.

이가네 아파트는 안락하다. 인공위성 텔레비전까지 있어서 내가 좋아하는 인도 뮤직 비디오도 실컷 보고, 한국말로 불편 없이 의사소통을 하며 호사를 누리고 있다.

하지만 나는 하루빨리 시골로 가서 천막집에서 살아보고 싶다. 내가 안달을 하자 이가는 걱정 말라며 내가 오기 전에 포르마 언니의 직장 동료 친정어머니 집에 말을 해놓았다고 한다.

에르데네트에서 지프로 1시간 정도 거리인데 차가 없으면 말을 타고 가야 한단다. 물론 전통 가옥 게르에서 살고 양과 말, 소 등을 키우는데 겨울이면 늑대가 먹을 것을 구하러 마을에 나타나는 전형적인 시골이란다. 눈 오는 겨울밤 천막집 안에서 듣는 늑대 소리라, 뭔가 몽골 냄새가 팍팍 나는 것 같다.

시골집에는 할머니와 며느리와 손녀 하나가 살고 있다고 한다. 이름도 성도 얼굴도 모르고, 이곳 말과 풍습도 모르는 나그네를 일주일이나 묵게 해주신다는 할머니가 그저 고맙기만 하다. 그래서 그 집 가족들에게 줄 선물과 내게 필요한 생필품을 넉넉하게 사 가지고 떠났다. 고맙게도 포르마까지 선물을 잔뜩 준비했다. 나 때문에 돈을 쓰는 것 같아서 미안하다.

날씨는 날마다 맑고 화창한데 기온이 낮고 바람이 몹시 분다. 전세 택시로 시골집에 도착하니 71살 치멧 할머니와 22살 젊은 과부 며느리 아트나, 그녀의 4살짜리 딸 퓨마, 이렇게 몽골 여인 3대가 문밖까지 나와 반갑게 맞이한다. 할머니의 일손을 도와 가축과 집 안팎을 돌보는 먼 친척뻘 처녀 총각인 나라와 오미르도 문 앞에 서서 싱글벙글이다.

"세인바누."

한바탕 몽골식 팔뚝 인사를 끝내고 포르마와 이가와 나는 준비해

온 선물에 지폐 한 장을 얹어 두 손으로 아주 공손하게 할머니께 드렸다.

할머니도 두 손으로 공손하게 받으시고는 천막 안쪽에 모셔진 불상 앞에 향을 피우고 우리가 그 연기를 쐴 수 있게 해주신다. 그러고는 엄숙한 얼굴로 향로에 불을 붙여 우리에게 건네준다. 꿇어앉은 포르마는 연기 나는 향로를 몸 주변에 세 번 돌리고 내게 건네준다. 나도 본 대로 따라 하고 이가에게 건네주었다.

그런 다음 술 냄새 나는 성수를 손으로 받아 마시고 조금 남겨 머리와 가슴에 발랐다. 이것은 오랜만에 온 귀한 손님에게 집안의 제일 나이 든 어른이 주는 축복이란다.

우리가 할머니의 축복을 받는 사이에 며느리 아트나는 어느새 우유 차와 유제품으로 만든 과자를 내온다. 웃는 얼굴로 바지런하게 손님 시중을 드는 아트나도 그렇지만 그의 딸 퓨마는 눈이 쫙 찢어지고 얼굴이 동그랗고 볼이 발그레한 게 사진에서 많이 보던 전형적인 몽골 여자 아이다. 처음 보는 내 무릎에 털썩 앉는 것이 참 귀엽다.

난 이렇게 조금 못생겼지만 붙임성 있는 아이가 훨씬 좋더라.

문밖의 마유주 젓는 소리, 고향의 소리

차를 마시면서 할머니에게 내가 아는 몽골말을 총동원해서 내 소개를 했다.

"비 솔롱고스, 비야 한(저는 한국 사람, 한비야입니다)."

할머니는 이가를 통해 몇 마디 더 묻더니 당장 중국말을 하시는 게 아닌가.

"니 후이 수어 중궈화 마(너 중국말 할 수 있니)?"

"뙤이, 닌너(그래요, 할머니도)?"

"뙤이, 뙤이(그래, 그래)."

아이고, 반가워라. 이제 이가가 가고 나면 일주일 동안 꼼짝없이 벙어리 신세가 되어 손짓 발짓이나 그림으로 의사소통을 할 수밖에 없다고 생각했는데 할머니가 중국말을 하시다니.

중국에서 가져온 영어-몽골어 사전이 있긴 하지만 발음기호가 영어로 되어 있어서 목구멍소리가 많은 현지인 발음과는 차이가 커 대부분 내 말을 못 알아들었던 거다.

내가 중국말을 한다는 것이 할머니에게도 위안이 되셨던지 엄지를 세우며 "오친 하라쇼(아주 좋아요)." 하신다. 그건 러시아말이다. 어떻든 내게는 너무 잘되었다. 치멧 할머니가 젊을 때 10여 년간 중국 국경에서 사셨던 덕을 보게 된 거다.

여기 사람들은 좋다는 표시가 주먹을 쥐고 엄지손가락을 세우는 것이고, 나쁘다는 표시는 새끼손가락을 세우는 것인가 보다. 맛있는 차와 우유 과자를 쉴 새 없이 내오는 며느리에게 고맙다고 엄지를 세우니 얼른 새끼손가락을 세우며 부끄러워한다.

할머니는 아들 셋, 딸 셋을 두셨는데 아이를 많이 낳았다고 나라에서 주는 2급 훈장을 받으셨단다. 인구 증가에 기여한 공이란다. 몽골은 땅 넓이가 남한의 약 열여섯 배인데 인구는 1921년 독립 당시 64만 명도 채 되지 않아 전 세계가 인구 증가 억제책을 펴는 와중에도 출산을 적극 장려했다고 한다.

그래서 아이를 많이 낳은 부부에게는 특별 포상을 해왔다. 네 명 출산은 상금이고 다섯 이상은 2급 훈장, 일곱 이상이면 1급 훈장에 특별연금을 받았단다.

반면 아이를 낳지 못하는 부부에게는 세금을 높게 책정하고, 낙태를 법적으로 엄금한 것은 물론 피임약이나 콘돔의 국내 반입도 철저히 금지했다고 한다. 그 덕분에 1995년에는 230만 명 정도로 인구가 크게 늘었다.

독립 당시 몽골의 인구가 그렇게 적었던 것은 청나라의 간교한 정책 때문이라고 한다. 만주족의 청나라는 원나라의 부활을 막으려고 몽골 사람들의 불심을 교묘히 이용해 후손의 번성을 막는 정책을 폈단다. 라마 불교를 보호하는 척하면서 큰아들을 제외한 모든 아들을 불교에 출가시키도록 법으로 정해 인위적인 산아제한을 했던 거다.

치멧 할머니의 다른 자녀들은 다들 공부다 직장이다 해서 도시로 나가고 막내아들 내외와 이 시골에서 살았는데, 막내아들이 3년 전 에르데네트에 볼일을 보러 갔다가 전봇대가 넘어지는 바람에 감전되어 즉사했다고 한다. 아들이 결혼한 지 1년도 안 되었을 때의 일이란다.

전기가 안 들어오는 마을에는 밤이 일찍 찾아든다. 촛불 한 자루가 그렇게 밝은 줄 몰랐다. 바람소리가 씽씽 대는 바깥에선 기대했던 늑대 소리 대신 개 짖는 소리가 요란하다.

밤에 잠깐 밖에 나갔다가 날아가는 줄 알았다. 어찌나 바람이 세게 부는지. 이런 바람에도 허술해 보이는 게르는 뿌리를 내린 듯 꿈쩍도 안 한다. 잠깐 올려다본 밤하늘은 정말 까만 도화지다. 별은 어찌 그리 많은지. 크기와 밝기가 각각인 별들이 너무 많아 하늘이 지저분해 보일 지경이다.

다음 날 아침, 간단하게 우유 차와 빵으로 요기를 하고 나니 할머니는 동네 사람들에게 인사를 가자며 델을 입고 머리에 스카프를 두르신다. 나는 퓨마에게 옷을 단단히 입혀 손을 잡고 같이 동네 구경을 나섰다.

온 동네라야 일곱 가구뿐, 모두 반(半)정착 유목민들이다. 여름에는 멀리까지 가축을 데리고 다니며 먹이다가 겨울 한철을 이곳에서 난다. 집집마다 백수십 마리의 양과 염소, 십여 마리의 소, 두세 마리의 말 그리고 한두 마리의 몽골 토종개를 기르고 있다. 물론 모두 놓아먹이는 방목이다.

아침이 되면 말을 타고 양 떼를 몰아 좋은 풀을 찾아가는 목동의 뒷모습이 목가적이다. 요즘이 새끼 낳는 철인지, 집집마다 양지바른 곳에 갓 낳은 새끼 양과 새끼 염소의 우리가 보인다. 부드러운 풀과 물을 먹는 새끼들의 음매음매 울음소리가 꼭 어린아이 우는 소리 같다.

동네 사람들은 치멧 할머니가 '솔롱고스(몽골에서는 한국인을 이렇게 부른다. 무지개라는 뜻이다)'를 어떻게 아나 신기하다는 얼굴이고, 할머니는 나랑 같이 다니는 게 몹시 기분이 좋은 것 같다. 가는 곳마다 차와 우유 과자가 나오고 나이 든 남자가 있는 곳은 코담배와 보드카도 나온다.

보드카를 마실 때는 손끝에 술을 묻혀 하늘에 한 번, 땅에 한 번 그리고 자기에게 한 번 튀기고 나서 마신다. 하늘과 땅에 고하는 작은 예식이란다.

동네 사람들은 나더러 왜 여름에 오지 않고 지금 왔느냐며, 겨울에 오니까 푸른 초원도 못 보고 아이라크도 실컷 못 마신다고 안타까워한다. 아이라크는 말 젖을 발효해 만든 술인데 마셔보니 시큼털털한 게 막걸리에 요구르트를 탄 맛이다. 이 술은 지난 가을에 담근 것이라는데 몽골 사람들은 봄부터 가을까지 이것만 마시고 산다고 해도 과언이 아니란다.

몽골 사람들은 앉은자리에서 10리터 정도까지 마신다는데, 알코올 농도 3퍼센트인 이 술은 영양학적으로 매우 우수해 결핵이나 괴혈병, 심장병에도 효과가 있다고 한다.

아이라크는 말 젖이 든 나무통이나 가죽 주머니에 지난해에 만든 묵은 아이라크 찌꺼기를 넣고 저어서 만든다. 이 술통을 게르 문밖에 놓아두고 가족마다 오며 가며 저어주는데, 많이 저을수록 마유주 특유의 냄새가 나며 맛있어진단다. 몽골 시(詩)에 '문 앞에서 아이라크 젓는 소리'라는 시구가 자주 등장할 정도로 이 소리는 몽골에서 대표적인 고향의 소리다.

몇 군데 둘러본 천막집 게르는 모두 한 공장에서 만들어 나온 듯 똑같다. 집 안 구조도 완전히 복제판이다.

정남향으로 난 문을 열고 안으로 들어가면 한가운데는 취사 겸 난방을 하는 난로가 있고, 난로를 중심으로 북·동·서쪽에 침대가 있다. 난로 앞에는 낮은 탁자가 있고 옆에는 소꿉장난 같은 작은 의자가 있다. 탁자 서랍에는 식기와 과일칼 같은 작은 주방 용품을 넣어둔다.

북쪽 침대 왼쪽에는 불단이 마련되어 향로, 불상, 칭기즈 칸 초상화, 예쁜 찻잔이나 그릇, 가족들의 사진이 놓여 있다. 벽에는 양탄자가 걸려 있어 보기도 좋고 바람도 막는다.

몽골 사람들은 생각보다 깨끗하다. 막연히 유목민은 잘 씻지 않을 거라는 선입견이 있었는데, 어느 게르를 가보아도 내부가 말끔하고 정리 정돈이 잘 되어 있다.

손도 자주 씻는 것 같다. 어느 책에서 보니 몽골 사람들은 물을 아끼느라 물 한 잔으로 입 안을 헹구고 그 물을 손바닥에 뱉어 얼굴을 씻었다던데 지금은 아주 깔끔하게 살고 있다.

이곳으로 오는 기차의 침대칸에도 깨끗하게 세탁한 이불이 덮여 있고 화장실도 깨끗했다. 국경을 맞대고 있는 중국과는 사뭇 대조적이다.

: 몽골 아이는 걸음마보다 말 타기를 먼저 배운다

몽골이 여름에는 얼마나 더 멋있는지 모르지만 내게는 지금으로도 충분히 아름답다. 조금만 올라가도 호수가 보이고, 침엽수림이 보이고, 강이 보인다. 아기자기한 벌판이라고나 할까. 바람이 몹시 불고 기온은 영하 10도 이하지만 나다니지 못할 정도의 추위는 아니다. 내일은 제대로 하이킹을 해보아야겠다. 이왕 몽골에 왔으니 말을 타고 다니면 더 좋겠고.

곧 그럴 기회가 생겼다. 다음 날 퓨마와 집 뒤에 있는 언덕으로 놀러가다가 말을 타고 수십 마리의 양을 몰고 가는 친척 처녀 나라를 만났다. 몽골 아이들은 걸음마도 배우기 전에 말 타는 것부터 먼저 배운다더니, 나라를 보자마자 세 살짜리 퓨마가 자기도 타겠다고 마구 조른다.

그러나 나라는 졸라대는 퓨마를 무시하고, 손짓으로 나한테 말을 타고 근처를 돌아보자는 표시를 한다. 좋다는 의사를 전했더니 나를 잠깐 기다리게 하고는 자기 남자 친구 감마를 데려왔다. 나도 우유 과자와 사탕, 소시지 빵에 물까지 준비하며 단단히 소풍 가방을 쌌다.

따라가겠다고 울고불고하는 퓨마를 가까스로 떼어놓고 말을 타고 나서려는데 말총머리 친척 총각 오미르가 자기도 가자며 따라나선다. 바람은 여전히 차고 맵지만 하늘은 구름 한 점 없이 맑고 깨끗하다. 몽골은 1년 365일 중 맑은 날이 260일이 넘는 '파란 하늘의 나라'라더니 그 말이 실감 난다.

동네는 한 줄기 개울이 흐르는 벌판 한가운데 있어 멀지 않은 곳에 나무가 많은 산도 있고, 조금 멀리에는 호수까지 있는 매우 아름다운 곳이다.

동네는 말 그대로 가축의 왕국이다. 들판에 흩어져 풀을 뜯는 수십 마리 말의 갈기가 바람이 불면 일제히 한 방향으로 휘날리는 게 마치 갈대가 한쪽으로 쓰러지는 것 같다. 어느 때는 순식간에 백수십 마리의 하얀 양 떼에 포위당하기도 한다. 그리고 반갑게도 이 벌판에서 티베트에서 보았던 것과 똑같이, 얼음 위를 걷는 까만 야크도 수십 마리 보았다.

말을 타고 가니 멀리 있던 산도 한순간이고 까마득해 보이던 벌판도 단숨에 지나온다. 말 타고 달리니 좋기는 좋구나.

알고 보니 말은 평지만 잘 달리는 게 아니라 가파른 산도 잘 오른다. 색색 소리를 내면서 하얀 입김을 내뿜으며 올라가는 말이 기특하다. 산 정상에 오르니 조금 높은 곳이라고 바람이 두 배로 불지만 주위의 정경이 한눈에 펼쳐진다. 바람에 스쳐오는 전나무 냄새가 향기롭다.

바로 눈앞에는 푸른 숲, 그 뒤에는 눈 덮인 벌판, 그 뒤에는 파란 샛강, 그 너머에는 옹기종기 모인 하얀색 게르들. 아름다운 풍경, 마음에 담아 가고 싶은 평화로운 풍경이다. 게르는 고동색 색종이를 오려붙인 것 같은, 풀 한 포기 없는 삼각형 돌산을 배경으로 앉아 있다. 산 정상에는 이 마을을 지켜준다는 돌무덤 '오보'가 있는데, 오보 한가운데에 오색 깃발이 꽂혀 있다.

그 주위에는 말 해골이며 보드카 병 등이 널려 있다. 오보의 가장 중요한 역할은 여행과 가족의 안녕을 비는 것이지만 말과 더불어 사는 이곳 사람들은 아끼던 말이 죽으면 오보에 말 해골을 갖다 놓아 죽은 말에게 경의를 표한단다.

아이들은 번갈아가며 저기 토끼가 달려간다, 저기 무슨 새가 보인다, 저기 친구네 양 떼가 있다, 소리를 지르며 여기저기를 가리키지만 내 눈에는 하나도 보이지 않는다. 우스갯말로 몽골 사람들의 시력은 7.0이라니까 1.5인 내 시력으로는 어림도 없는 모양이다.

전나무 사이사이로 비치는 햇살을 받으며 우리는 무수히 많은 사진을 찍었다. 나라와 감마는 좋은 경치가 나타날 때마다 포즈를 취하며 사진을 찍어달라고 청한다. 특히 말과 같이 찍는 걸 아주 좋아한다. 오늘 찍은 사진을 불상 옆에 잘 모셔놓겠단다.

몽골은 사진이 가보로 내려오는지 집집마다 불상을 모셔놓은 한쪽에는 반드시 가족사진들이 전시되어 있다. 나한테 사진기가 있다는 소문이 동네에 퍼져 집집마다 다니면서 가족사진을 여러 장 찍어주어야 했다. 물론 기꺼이 찍어주었다.

몽골 말은 생각보다 숏 다리에 몸집에 비해 머리가 크고, 배 부분이 통통한 게 내가 상상하던 키 크고 날렵한 준마의 위용은 갖추지 못했다. 그래도 저 말이 지구력과 인내심이 뛰어나 칭기즈칸이 동서양에 걸친 대제국을 건설할 때 한몫 단단히 했던 말이란다.

지금은 겨울이라 풀을 마음껏 뜯어먹지 못하기 때문에 마르고 힘이 없지만 가을의 통통한 말 한 필만 있으면 얼마든지 몽골 여행을 할 수 있을 것 같다. 천지가 풀밭이니 먹이를 따로 챙길 필요도 없고, 만약 타고 가던 말이 지치면 가다가 동네에서 바꿔 탈 수도 있다. '말 타고 몽골 세 바퀴 반', 이것도 아주 참신한 아이디어 아닌가.

말 값을 물어보니 한 마리에 100달러 정도라니 나 한 필, 가이드 한 필, 짐말 한 필, 이렇게 세 마리를 사서 타고 다니다가 몽골 여행을 마치면 되팔거나 가이드에게 선물로 줄 수도 있으니 얼마나 좋으냐.

우리는 나와 나라가 한편이 되고 감마와 오미르가 한편이 되어 여성 대 남성 편을 갈라 사정 안 봐주는 눈싸움까지 하며 한바탕 신나게 놀았다. 해가 뉘엿뉘엿해지니 숲에는 늑대나 다른 위험한 동물들이 나온다며 해 지기 전에 숲을 떠나야 한다고 아이들이 나를 잡아끈다. 감마는 동물 발자국까지 찾아 보여주며 무서워한다. 흰 눈 위에 선명히 찍힌 늑대 발자국이 제법 있었다.

몽골 시골 민가에는 늑대 피해가 심각하다고 한다. 그래서 옛날 늑대 토템 신앙이 있던 시대에는 죽이지 않던 늑대를 지금은 '미친 개'라고 부를 정도로 싫어해서 보는 대로 쏘아 죽인단다. 아이러니컬하게도 이 에르데네트 지방 사람들이 즐겨 마시는 보드카 상표가 바로 늑대 표다.

해질 무렵 집에 돌아가니 며느리는 무슨 말인지 조잘대면서 난로 옆에서 칼국수를 만들고 있다. 몽골 음식도 배울 겸 도와주기도 할 겸 나도 옆에서 거들었다.

몽골식 칼국수는 고기를 우려 국물을 내는 것과 반죽한 밀가루를 한 덩이씩 떼어 밀대로 납작하게 미는 건 우리와 마찬가지인데, 그

걸 칼로 썰기 전에 불에 살짝 한 번 굽는 게 다르다. 그렇게 한 번 구우니까 자르기도 편하고 좀 오래 두어도 붙지 않아 좋다.

이렇게 만든 칼국수는 참 맛있다. 양파나 마늘이 조금 더 들어갔으면 좋겠고 후추까지 있으면 금상첨화겠지만. 그래도 몽골 고기는 거의 냄새가 없어 진한 양념을 할 필요가 없다. 아니면 냄새가 나는데도 내 코가 벌써 이 비릿하고 노릿한 양고기 냄새에 적응되어 무감각해진 건지도 모르겠다. 내가 내일은 한국식으로 칼국수를 해주겠다니까 다들 좋아한다.

칼국수를 만드는 동안 할머니와 퓨마는 난로 옆에서 양 갈비를 발라먹고 뼈 속에 있는 골수까지 파먹는다. 조그만 칼로 갈빗살을 떼어 먹는 손놀림이 어찌나 능숙한지, 어린 퓨마도 아주 잘 떼어 먹는다. 그러다가 먹던 손을 그대로 옷에 문지르니 어린애한테도 양고기 냄새가 잔뜩 배어 있을 수밖에.

'아우우우우.'

그날 밤, 드디어 늑대 소리를 들었다.

처음에는 동네 개 짖는 소리가 요란하게 났다. 몽골에서는 집집마다 개를 키우는데 몸집이 큰 털북숭이에 주둥이가 까만 게 참 귀엽다. 개들은 양이 무리에서 도망가지 못하게 주인을 잘 돕는 도우미일 뿐 아니라 저녁에는 사나운 동물이나 낯선 사람들로부터 집을 지켜주는 지킴이이기도 하다.

치멧 할머니네 집에도 두 마리가 있는데, 저녁 내내 합창을 하면서 짖어댔다. 한 집 개가 짖으니까 동네 개들이 다 따라 짖었다.

그 소리가 어느 결에 조용해지나 했더니 멀리서 '아우우우' 길게 뽑아대는 늑대 울음소리가 들렸다. 나중에는 몹시 가깝게 들려서 뒷산까지 왔을 거라고 생각했다. 늑대가 사람 사는 게르까지 쳐들어온다는 소리는 못 들어봤지만 우리가 자고 있는 게르에 들어온다면 총 같은 무기도 없이 맨손으로 싸워야 할 판이라 여자만 사는 우리 집은 그야말로 속수무책이다.

예전에 아프리카 사파리 갔을 때 생각이 난다. 국립공원 안에서 텐트를 치고 밤을 지내는데 마침 밝은 달빛 아래 여과 없이 선명하게 비쳐 보이던 하이에나 떼의 그림자. 얼마나 마음 졸이며 뜬눈으로 밤을 지새웠던가.

네팔에서는 이런 일도 있었다. 산골 민가 근처에 텐트를 쳤는데 한밤중에 동네 사람들이 "바가요, 바가요."라고 소리를 쳤다. '바가요'는 호랑이가 나타났으니 가축 단속을 잘 하라는 신호였다.

나야 호랑이가 얼마나 무서운지 피부로 느껴보지 못한 사람이라 신기한 마음에 왜 호랑이 울음소리가 들리지 않느냐고 가이드한테 물어보다가 야단맞았다. 진짜 배고픈 호랑이가 나타나면 우리부터 무사하지 못할 거라면서. 그날 밤을 뜬눈으로 새고 날이 밝기를 기다렸다가 민가에 내려가 보니 호랑이가 사람은 해치지 않았지만 송아지 한 마리를 통째로 먹고 갔다는 것이다.

그런데 여기서는 경험이 많은 할머니가 태연히 주무시는 것을 보면 이 정도 일은 별일이 아닌가 보다, 그렇게 생각하니 짐짓 마음이 놓였다.

그런데 그게 아니었다. 다음 날 새벽에 보니 숲에서 가장 가까운 게르 근처에 늑대 발자국이 어지럽게 흩어져 있는데, 다행히 가축들은 무사했지만 그 집 개가 격렬한 '교전' 끝에 전사했다는 거다. 겨울에는 눈 덮인 산에서 먹을 것을 구할 수 없는 늑대들이 이렇게 민가까지 내려온다는데, 두 달 전에는 늑대 떼가 바로 그 집 마구

간을 기습해서 말 한 마리를 다 뜯어먹고 갔다고 한다.

그 집 주인은 죽은 개의 꼬리를 잘라 잘 묻어주었다. 여기 사람들은 그렇게 하면 개가 사람으로 환생한다고 믿고 있다.

: 며느리 가출 사건

그런데 그날 아침에 정말로 큰 소동이 일어났다.

그동안 그렇게 상냥하고 싹싹하던 며느리가 갑자기 한 달쯤 친정에 갔다 오겠다는 말 한마디만 남긴 채 옷가지와 반지 등 패물, 돈과 사진을 몽땅 싸 가지고 집을 나가버린 거다. 할머니로서는 마른하늘에 날벼락이었다.

아침 일찍 동네 사람이 며느리가 동네 어귀에서 누군가를 기다리다가 차 타는 것을 보았다는데, 한눈에 보기에도 그 차 운전사와 잘 아는 사이 같더라나.

퓨마는 일어나자마자 엄마가 없어졌다고 울고불고 난리고, 할머니는 며느리가 다시는 오지 않을 것 같다며 되뇌신다.

"막내만 죽지 않았어도……."

할머니는 눈물을 흘리다가 향을 피워놓고 염주를 돌리신다. 심적 고통은 물론 무릎이 아파서 잘 움직이시지도 못하는 할머니로서는 손녀와 함께 살아갈 일이 아득하셨을 거다.

그러더니 갑자기 머리맡에 있는 엽전 같은 걸 꺼내 점을 치시고는 나온 점궤에 조금 위안을 받으신 것 같다.

"오기는 언제고 오겠는데……."

며느리가 가출을 하다니. 우째 이런 일이? 갑자기 몸 둘 바를 모

르겠다. 집에 우환이 생겼으니 손님인 나도 떠나야 하나 하는 생각
이 들지만 나흘 후에나 나를 데리러 차가 오기로 되어 있으니 그럴
수도 없다. 그러니 어쩌겠는가, 꼼짝없이 대리 며느리가 되어 살림
을 떠맡을 수밖에.

앞으로 나흘. 좋다. 뭐가 그리 어려울까. 저 할머니가 우리 엄마
고 저 꼬마가 우리 조카라고 생각하고 나흘간 돌보면 되는 거지
뭐. 갑자기 막중한 임무에 어깨가 무거워진다.

당장 코앞에 닥친 문제는 하루 세 끼 식사 준비. 몽골 음식 만들
줄 아는 게 뭐 있어야지. 그래도 해보자. 사람은 닥치면 다 하게 되
어 있다고 하지 않던가.

다음 날 아침 식사는 간단하게 해결되었다. 아침으로는 우유에
소금을 넣은 수태차를 마시는데, 그건 아침 일찍 할머니가 손수 끓
이신다. 아침저녁으로 나라가 짜는 신선한 우유로 만드는 이 수태
차는 아침뿐 아니라 하루 종일 마시는 몽골의 일상 음료다.

다음 날부터는 내가 끓여보려고 할머니가 하시는 모습을 눈여겨
보았다. 우유를 가마솥에 펄펄 끓인 다음, 벽돌처럼 딱딱한 덩어리
차를 조금 떼어 넣고 다시 한 번 끓이면서 소금으로 간을 맞추고,
채로 걸러 보온병에 넣어두면 된다. 이 차에다 우유 과자나 빵을
곁들여 먹는 게 아침 식사다. 이렇게 해서 세끼 중 한 끼 걱정은 덜
게 되었다.

그러나 점심, 저녁으로는 무엇인가 만들어야 한다. 재고 조사차
이곳저곳을 뒤져보니 문밖 창고에 양고기, 쇠고기 등이 쌓여 있고,
게르 안 찬장에는 적은 양이지만 양파, 당근, 감자, 고구마도 보인
다. 밀가루도 있고, 내가 사 가지고 간 쌀과 라면도 있으니 이 정도
면 4일은 잘 버틸 수 있을 것 같다.

일단 점심으로 양고기를 듬뿍 넣고 감자, 양파를 조금씩 넣어 수제비를 끓였다. 여기 오면서 비상용으로 마늘을 많이 사 온 것은 정말 잘한 일이다. 할머니도 퓨마도 맛있다며 아주 많이 먹는다. 다행이다.

며느리가 나갔다는 걸 처음 알았을 때는 하필이면 이렇게 집안이 뒤숭숭할 때 놀러 오게 되었나 하고 속상해했다. 내가 있어 봤자 번거롭기만 할 테니 빨리 돌아가는 게 낫겠다고 생각했다. 하지만 달리 생각해보니 이런 상황에 나라도 없으면 할머니가 얼마나 심란하고 적적하실까 싶다.

동네 사람들이 놀러 오면 아무 일 없는 척 평소같이 행동하다가도 사람들이 돌아가면 곧 어두운 표정이 되시는 할머니. 그러고는 내게 씁쓸한 웃음을 지어 보이시는데, 할머니께는 내가 큰 의지가 되는 것 같다. 엄마가 사라진 걸 알고는 하도 울어서 계속 저렇게 울어대면 어쩌나 은근히 걱정했던 퓨마도 나를 잘 따라서 큰 문제가 없다. 정말 다행이다.

몽골 사람들은 집 안팎을 매우 깨끗이 하지만, 먹고 난 다음 설거지하는 걸 보면 밥맛이 달아난다. 기름기가 미끈미끈한 그릇을 그저 뜨거운 물에 한 번 담갔다가 소창 같은 행주로 닦으면 그만이다. 멀리 말을 타고 가서 길어 오는 귀한 물이라는 것을 알면서도 나는 깔끔을 떠느라고 두 번 헹구려다가 할머니에게서 "뿌야오(그럴 필요 없어)." 하는 제지를 받았다.

이 집에는 라디오가 있는데 거기에는 몸체 두 배만 한 배터리가 묶여 있다. 그 고물 라디오를 듣는 시간이 가족들에게는 저녁밥을 먹고 난 후 최대의 오락 시간이다. 이때는 다른 게르에서 생활하는 나라와 오미르도 일을 끝내고 모여 찍찍대는 라디오 소리에 귀를 기울인다. 뉴스 시간인 듯 사무적인 목소리가 모노톤으로 몇 시간 씩 계속되지만, 식구들은 이런 방송에도 손뼉을 치며 웃다가 장탄 식을 내뱉었다가 하며 재미있어한다.

: 가축이 먹는 채소를 어떻게 사람이 먹나?

다음 날 점심은 내가 가지고 간 라면으로 때우고 저녁에는 쌀로 밥을 해 만든 고기볶음밥에 달걀 국을 끓였다. 시골에 올 때 이런 것까지 필요할까 주저하면서 산 달걀 한 꾸러미를 이렇게 요긴하 게 쓴다.

식사 준비를 할 때 창고에서 꺼내 오는 고기를 보시더니 할머니 는 그걸 누구 코에 붙이겠느냐는 표정으로 열 명이 먹어도 남을 것 같은 큰 고깃덩어리를 꺼내 오신다. 그런가 하면 내 딴에는 양파를 아끼느라고 두 개만 꺼내 썰려고 하니까 눈을 휘둥그레 뜨시며 무 슨 양파를 그렇게 많이 넣느냐고 하신다. 고기는 얼마든지 먹어도 좋으나 채소는 아껴야 한다.

몽골에 오기 전 본 책에서는 몽골 사람들이 채소나 과일을 많이 먹지 않는 것에 대해 이렇게 설명했다. '가축은 풀을 먹고, 사람은 가축을 먹는데, 가축이 먹는 풀을 어떻게 사람이 먹나.'

어쨌거나 겨울의 몽골은 채식주의자들이 올 곳이 못된다. 채소는 겨우 구색을 갖추는 정도이고 그나마 싱싱한 게 아니라 모두 저장 한 것인데 가격도 무척 비싸다. 양고기 1킬로그램은 800투그리크 (약 1000원)인데, 오이 1킬로그램은 무려 2000투그리크이니 도저 히 마음껏 먹을 수가 없다.

여기서 조금만 오래 살면 섬유질과 비타민 결핍증에 걸리기 십상이겠다. 그런데 몽골 사람들은 그런 소리 전혀 못 들어봤다니 신기하기만 하다.

한 끼는 국수, 한 끼는 만두, 한 끼는 밥과 반찬 등으로 다양하게 만들어보려고 애는 쓰지만 워낙 뻔한 재료라 레퍼토리가 바닥이 나려고 한다. 그렇지만 할머니랑 퓨마랑 같이 놀아주는 것은 이제 자신이 붙었다.

워낙 웃음이 많은 할머니가 좋아하시는 것은 단연 여행 얘기다. 그중에도 러시아와 미국 얘기를 가장 재미있어하신다. 어디서 들으셨는지 미국에 가면 100층짜리 건물도 있고, 움직이는 계단도 있고, 단추만 누르면 집안일을 척척 해내는 기계도 있다고 내게 귀한 정보를 알려주듯이 말씀하신다.

한번은 할머니가 아침마다 보는 일진 점을 가르쳐달라고 했더니 점 볼 때 쓰는 엽전을 꺼내놓고 신이 나서 열심히 설명을 해주셨지만, 무슨 말인지 나는 하나도 못 알아들었다.

가끔씩 할머니는 일을 하고 있는 내 손을 꼭 잡고 말없이 흔들며 고개를 끄덕이신다. 그럴 때 보면 입은 웃고 있는데 눈에는 살짝 이슬이 맺혀 있다.

퓨마는 내가 고기를 썰 때 조그맣게 한 덩어리를 떼어주며 작은 칼로 썰어달라고 하거나 설거지할 때 도와달라고 하면 아주 좋아한다. 공책에 그림을 그려 자랑을 하면 참 잘 그렸다고 엉덩이를 두드려주는데, 그러면 그 통통한 볼이 터질 것 같은 웃음을 짓는다. 밤에 잘 때도 칭얼대지 않고 한참 동안 무슨 말인지 혼자 좋알좋알하다가 내가 잠깐 한눈을 팔고 돌아보면 어느새 곯아떨어져 있다. 가야 할 날이 하루하루 다가오니 요리 메뉴가 떨어지는 것보다 이 집을 떠날 일이 더 걱정이 된다.

이가가 날 데리러 오기로 한 날, 계획에도 없이 이 집 큰아들과 큰딸 가족들이 왔다. 포르마의 부탁을 받고 할머니도 뵐 겸 나를 데리러 온 거다.

갑자기 들이닥친 손님에 내가 당황해서 인사도 제대로 나누지 못 하고 수태차와 과자를 찾아 권했더니 할머니와 가족들이 한바탕 웃는다. 내가 생각해도 좀 우습다. 할머니의 가족은 내가 아니라 이 사람들 아닌가.

50살 정도 된 큰아들은 우리나라 탤런트 송재호 씨를 빼닮았고 큰딸은 예전에 내가 클래식 다방 디제이 할 때 친하게 지내던 미스 박과 너무나 흡사하다.

몽그라는 이름의 큰딸은 의사소통이 가능할 정도의 영어를 하는 데, 며느리가 갑자기 가출을 해서 내가 여태껏 살림을 맡아 살았다 는 얘기를 듣고는 몹시 놀라면서 계속 미안하다, 미안하다를 연발 한다. 연락할 방법이 없기도 했지만, 며느리 노릇이 힘만 든 게 아 니라 '일 하는 기쁨'도 짭짤했다고 아무리 설명을 해도 못 알아든 는다.

할머니는 아까부터 분주하게 부엌과 광을 오락가락하신다. 커다 란 비닐봉지 두 개에 뭔가 가득 든 보따리를 싸놓고는 그것도 모자 라는지 방 안에 있는 궤짝을 여신다. 그러더니 분명히 선물로 받았 을 중국제 내의와 와인이 든 초콜릿 한 상자, 빗과 거울 세트와 돈 까지 얹어 떠나는 선물로 주셨다.

내게 줄 비닐봉지에 뭐가 들었는지 나는 다 안다. 명색이 '대리 며느리'였으니 이 집 창고에 뭐가 있는지 이제 훤하다. 우유로 만든 과자와 말린 양 넓적다리 등이겠지. 떠나기 직전에는 내가 맨 처음

내가 민박한 몽골 시골 민가에 살던 여인 3대 가정의 할머니와 손녀.

내가 있는 동안 며느리가 가출을 하는 바람에 갑자기 팔
자에 없는 그 집 며느리 역할을 하게 되었다. 터질 듯한
아이 볼이 귀엽기 짝이 없다.

왔을 때처럼 향로에 향을 피우고 불경을 외우면서 내 앞길이 무사하기를 빌어주신다.

게르를 나서는데 할머니 눈가가 벌겋다. 아들과 딸이 하루라도 묵고 갔으면 좋겠지만 직장 때문에 그럴 수 없다며 안타까워한다. 우리가 이렇게 한꺼번에 다 떠나고 나면 혼자 남은 할머니는 어떻게 하나.

퓨마는 떡이 되어 낮잠을 자고 있다. 아이의 튼 볼이 더 발갛게 보인다. 집 나간 이 집 며느리 아트나, 22살의 젊디젊은 여자에게 수절을 강요하는 것은 인간으로서 너무나 무리한 요구이겠지. 그러나 아이의 엄마로서 '바람'을 쐴 만큼 쐰 다음 꼭 돌아왔으면 좋겠다. 시골에서 살고 싶지 않다면 아이라도 꼭 데려다 키웠으면 좋겠다.

할머니는 드디어 소매 끝으로 몰래몰래 눈물을 훔치신다. 차를 타기전에 큰아들이 막내며느리를 찾아보겠다고 할머니를 위로했다. 그 말에 할머니는 마침내 어린애같이 울음을 터트리신다.

"막내만 죽지 않았어도……."

"할머니, 울지 마세요."

"비야는 또 올 거지?"

"그럼요, 할머니."

나는 거짓말을 하고 말았다.

황량해서 더 황홀한 고비 사막

: 사막으로 가는 지프 '클린 몽골리아'

열흘 만에 다시 울란바토르 게스트 하우스로 돌아왔다.

문에 들어서니 그 집 개가 달려들어 핵핵거리고 꼬리가 떨어져라 흔들면서 앞다리를 들었다 놓았다 반가워서 어쩔 줄 모른다. 이 녀석들 때문에 진짜 내 집에 돌아온 듯 기분이 좋다. 이런 게 바로 개 키우는 맛 아니겠는가.

오랜만에 보는 게스트 하우스 주인 가나와 부인 오르나, 두 아이들까지 문밖으로 나와 반갑게 맞이한다. 요즘 관광객이 없어서 내가 가족 같은 대접을 받는 것이기도 하지만 특히 오르나는 앞으로 틈틈이 영어를 배우기로 한 내 학생이다. 끼니때마다 같이 식사하자고 하는 게 미안해서 내가 '밥값'으로 영어 회화 가정교사를 자청한 거다.

가나에게 여행 같이 갈 사람을 찾아보았느냐니까 내가 떠난 후로 손님이 한 명도 없었단다. 약간 걱정이 된다. 앞으로 남은 비자 기간은 20일, 언제 올지 모르는 사람을 무작정 기다릴 수도 없고 만약 온다 하더라도 그 사람이 남쪽 고비 사막과 북쪽 호수를 가리라는 보장도 없다.

어떻게 하나. 쓸 수 있는 돈은 400달러 정도. 사막과 호수 여행을 각각 5일씩만 한다 해도 혼자서는 지프 빌리기에도 어림없는 돈이다. 중국 샤허(夏河)에서 만난, 방금 몽골에서 넘어왔다는 사람 말이 지프를 빌리려면 기름 값, 운전사 및 가이드 비용을 합해 적어도 하루에 80달러는 주어야 한다고 했다. 그렇게 따지면 열흘이면 800달러? 내가 가진 돈의 두 배다.

요즘이 아무리 비수기라고 해도 다른 여행자 두세 명 정도는 만날 수 있을 거라고 생각했는데 그건 아주 엉뚱한 낙관이었다. 비상금 300달러가 있긴 하지만 그 돈으로는 중국에서 어학연수도 해야 하고 한국으로 돌아갈 배표도 사야 하니 넘보아서는 안 되는 돈이다. 한국에서 돈을 더 부치라고 하려니 주고받기에는 시간도 빠듯하고 너무 번거롭다.

내 주머니 사정을 안 가나가 제안한 초특급 할인 금액도 내게는 턱도 없는 하루 50달러다. 한 사람만 찾아도 경비를 반으로 절약할 수 있는 건데.

가만히 앉아서 기다리기보다는 적극적으로 다른 배낭족이 있을 만한 곳으로 동행을 찾아 나서기로 했다. 우선 가나에게 부탁해 동행을 찾는다는 메모를 다른 저경비 여행자 숙소에 붙이게 하고, 나는 몽골 불교 최대의 성지인 간단사와 역사박물관, 겨울 궁 등 관광객이 갈 만한 곳으로 가보았다.

박물관을 찾는 일은 쉽지 않다. 공룡처럼 거대한 건물에 손바닥만 하게 주소가 붙어 있어 마치 숨은 그림 찾기를 하는 것 같다. 박물관에 들어갈 때도 좀 웃겼다. 중국에서는 한 번도 외국인 요금을 낸 적이 없는 터라 여기서도 당연히 내국인 요금인 400투그리크를 냈더니 표 파는 사람이 가소롭다는 듯 쳐다보면서 영어로 외국인 요금 1500투그리크를 내란다.

중국에서도 내국인 행세를 실수 없이 했는데 여기 몽골 사람들하고는 외모가 더 비슷한데도 걸린 거다. 하기야 내가 몽골말을 한마디 할 수 있나, 러시아말을 한 마디 할 수 있나. 억울하기는 해도 달리 우길 방법이 없다.

몽골의 박물관은 진짜 이상하다. 여기 역사박물관뿐 아니라 어느 박물관을 가든 박제해놓은 동물들이 전체 전시물의 반 이상을 차지한다. 이 박물관을 유명하게 만든 것은 거의 원형으로 복원된 높이 7.7미터, 길이 15미터의 초대형 공룡 뼈다. 몽골의 고비 사막 부근은 공룡의 집단 서식지여서 공룡의 뼈나 알 화석이 무진장 발견된다는데, 이 공룡은 1, 2층을 터서 전시해두었다.

이 공룡은 부리가 넓적한 도날드덕처럼 생긴 게 하도 신기해서 사진을 찍으려고 했더니 촬영료가 무려 5달러란다. 좀 더 자세히 보려고 위층으로 올라가니 사람들이 모두 거기서 몰래 사진을 찍고 있다. 물론 나도 몇 장 찍었다.

사진을 찍으면서 50대 일본인 관광객 몇 사람을 만났다. 차림을 보니 배낭족이 아니라 트렁크족이다. 그래도 밑져야 본전, 각설하고 본업으로 들어갔다. 호객 행위다.

"혹시 고비 사막에 갈 계획 없으세요?"

이분들은 물론 트렁크족답게 비행기를 타고 고비 사막 근처 도시까지 가서 지프를 빌릴 생각이란다.

독일 관광 팀도 만났는데, 이름도 이상한 줄친이라는 몽골 국립 관광공사에서 차를 빌리기로 했다면서 8인승인데 자기들은 네 명뿐이고 비용은 벌써 지불했으니 같이 가잔다. 솔깃하긴 했지만 겨우 2박 3일로 옛 수도인 카라코룸 근처만 대충 도는 코스란다.

일단 실패, 다음에는 겨울 궁으로 갔다. 초기 라마 불교의 유물들이 가득하다는 소개와는 달리 실제로는 볼거리가 거의 없다. 한 가지 눈길을 끄는 건 표범 가죽 백수십 장으로 만든 초호화판 게르다. 다른 외국인 관광객은 단 한 명도 보지 못했다. 간단사에서도 허사. 가나 역시 별 소득이 없었다. 다른 숙소에도 배낭여행자가 한 명도 없다는 거다.

큰일 났다. 같이 갈 사람은 없고 혼자 가자니 돈이 모자라고. 물론 사막이든 호수든 한 군데만 가면 되겠지만 여기까지 왔는데 두 군데 중 어느 곳도 놓치고 싶지 않다. 그러면 어떻게 한다? 남은 것은 단 한 가지. 억지가 사촌보다 낫다는 속담만 굳게 믿고 억지를 부리는 수밖에.

"가나, 가나도 시즌이 시작되기 전에 캠프사이트나 그쪽 사정도 알아보아야 하지 않아요? 우리 오르나랑 같이 가요. 기름 값은 내가 낼 테니까."

그러는 한편으로 오르나도 꼬드겼다.

"오르나는 고비 사막에 간 적 있어요? 아니, 없다고요? 어머, 어머. 그렇다면 이번에 가나한테 꼭 데려가달라고 해요. 가는 길에 요리를 전담하겠다고 하고. 구경도 하고 나랑 틈틈이 영어 공부하면 좋잖아요."

부부 사이에 어떻게 얘기가 되었는지 그날 오후 늦게 오르나가 내 천막으로 들어오더니 좋아서 어쩔 줄을 모른다.

"투모로우 고비 고(내일 고비로 떠납시다)."

"야호!"

우리 일행은 당장 대책 회의를 했다. 가나와 운전사 바트나상은 지도를 보고 루트를 상의한 후 여정을 5일로 잡았다. 경비를 최대한 줄이기 위해 식사는 손수 해 먹고 잠은 차 안에서 자기로 했다.

오르나와 나는 이불과 취사도구, 식품 등을 챙겼다. 가나는 3년 전에 처음 고비 사막에 갔을 때 사막 사람들에게 물을 주니 몹시 좋아하더라고 10리터짜리 물통 여러 개를 구해 여분의 물을 충분히 준비했다.

일사천리로 일이 잘 되어간다 했더니 문제가 생겼다. 날이 밝는 대로 떠나기로 했는데 바트나상이 차 브레이크가 시원치 않다며 아무래도 좀 더 손을 보는 게 좋겠다고 여간 미안한 표정이 아니다. 하지만 어떡하나. 가다가 사막에 꼬나 박히는 것보다야 여기서 고쳐 가는 게 훨씬 나은 거 아닌가.

그런데 바로 그 덕분에 중국에서 방금 도착한 캐나다 여자 아이 아프카와 동행을 하게 되었다. 아프카도 몽골에 올 때 사막 여행을 꼭 해보고 싶었는데 비수기라 어떻게 동행을 찾을까 걱정했다면서 뛸 듯이 좋아한다.

나도 '본전도 못 건지는 봉사 여행'을 해야 했던 가나에게 미안하지 않게 되었고, 가나도 조금이나마 돈이 남게 되었으니 모두에게 좋은 일이 된 거다.

나는 즉석에서 아프카에게 '복덩이'라는 별명을 붙여주었다. 여행 내내 우리 모두는 그 이름을 즐겁게 불렀다. 복덩이는 22살의 빵 만드는 기술자인데 지난 4개월간 베트남, 중국을 여행하고 몽골을 거쳐서 러시아를 통과, 기차로 유럽을 횡단한 후 캐나다로 돌아갈 예정이란다. 파란 눈에 금발머리, 하얀 피부의 전형적인 서양 미인이다.

아프카는 아주 열렬한 환경보호주의자로 '그린피스' 등 여러 환경단체에서 활발한 활동을 하고 있다고 한다. 그래서인지 쓰레기를 많이 만들어서도 안 된다, 함부로 버려서도 안 된다, 합성세제를 써서도 안 된다 등등 내내 환경 교육을 한다.

이 아이는 가죽 신발도 중고품을 사서 신고, 글리세린으로 만든 무공해 비누를 쓰고, 슈퍼마켓에 갈 때는 반드시 시장바구니를 챙겨 가고, 생리대도 헝겊으로 쓴다고 한다.

운전사 바트나상이 무심코 창밖으로 버린 사탕 껍질을 찾느라 오던 길을 되돌아가게 한 야무진 아가씨다.

"저 비닐이 썩으려면 적어도 100년은 걸려요. 이 플라스틱 통은 수백 년, 저기 버려둔 보드카 병은 무려 4000년이 걸리죠. 여기가 아저씨 나라이기도 하지만 내가 사는 행성이니까 나도 못 버리게 할 자격이 충분히 있다고요."

하는 짓이 귀엽기도 하지만 다 맞는 소리다. 자기 엄마는 더 적극적인 환경운동가란다. 어려서부터 보고 배운 게 몸에 배어 있어 말로만 떠든다는 거부감이나 너 혼자 그래 봐야 무슨 소용이냐는 식의 비웃음이 나오지 않는다.

"환경보호는 거창한 게 아니에요. 부엌이나 목욕탕 등 생활에서 자기가 기꺼이 할 수 있는 만큼만 환경에 해롭지 않은 일을 찾아서 하면 돼요. 시냇물이 강물이 되고 바다가 되듯이 작은 힘이 모이면 큰 힘이 되는 것 아니겠어요. 우리가 지금 몽골에 있으니 적어도 몽골을 더럽히는 일은 하지 말아야지요."

아프카는 이론도 정연하다. 우리도 모두 아주 좋은 일이라며 우리 팀을 '클린 몽골리아'라고 부르기로 하고 팀의 강령을 정했다. 알면서는 자연에 해로운 일을 하지 않기, 무심히 하는 일이나 모르고 하는 일은 서로 일깨워주기. 이 말에 누구보다 운전사 바트나상이 제일 긴장하는 것 같다.

: 소똥 말똥 캠프파이어

울란바토르를 떠나고 30분쯤 뒤부터 길이 없어지고 앞서 간 자동차 바퀴자국만 우리가 갈 길을 나타내준다.

길 한쪽 언덕에 푸른 기를 세워둔 오보가 보이니까 가나, 오르나, 바트나상이 차에서 내린다. 그들은 돌을 집어 들고 돌무덤을 시계 방향으로 세 바퀴 돌고 나서 돌을 바치며 무사 여행을 빌었다.

오보에는 술병과 목발 같은 것도 보인다. 목발은 사고가 난 사람이 그것이 필요 없게 될 정도로 나았을 때 다시는 사고가 나지 않게 해달라고 기도를 하며 바치는 것이란다. 아프카와 나도 돌을 바치며 좋은 여행이 되길 빌었다.

이정표가 될 만한 것이라곤 하나도 없는 벌판에 여기저기 나 있는 바퀴자국이 비슷비슷하기만 한데 바트나상은 나침반도 없이 조악한 지도를 이리저리 돌려가며 잘도 방향을 잡아 달린다. 바트나상도 이 길은 초행이라는데 걱정하는 기색이 하나도 없다. 유목민인 이들에게는 길눈에 관한 한 원초적 본능이 있나 보다.

차창 밖으로 한 무리의 말이 지나가고 몽실몽실 양 떼도 지나간다. 말 대신 오토바이를 탄 사람들도 지나간다. 창밖을 스치는 바람소리가 휘파람 소리 같다. 황량하지만 황량함의 아름다움을 고스란히 간직하고 있다는 고비 사막. 나는 지금 이 '바람의 고향'을 달린다. 바람의 딸이 찾아온 바람의 고향이다.

시골길은 가끔씩 버려진 빈 보드카 병들만 보일 뿐 너무나 깨끗하다. 비닐봉지도 코카콜라 캔도 없다. 그러나 이렇게 깨끗한 자연도 사람들이 현대식 소비 생활에 물들고 나면 이내 중국처럼 쓰레기 더미가 되어버릴 것이다. 이곳이야말로 아프카 같은 사람들이 필요하다.

내 마음을 읽었는지 함께 창밖을 내다보던 아프카가 가만히 말한다.

"우리는 지구라는 작은 별에 살고 있기 때문에 자연과 조화롭고 평화롭게 사는 방법을 배워야 해요."

참 그럴듯한 말이다. 우리가 사는 지구는 이제 너무나 좁아져서 한쪽에서 그릇된 일을 하면 단박에 다른 쪽에 영향을 미칠 수밖에 없다.

중국 양쯔 강이 범람한 원인과 결과가 그것을 단적으로 말해준다. 수천 명의 목숨을 앗아가고 수억의 이재민을 낸 홍수의 원인이 다름 아닌 일본으로 수출한 나무젓가락이었다. 그것을 만드느라고 무리하게 나무를 베어낸 게 홍수의 큰 원인이 된 것이다.

그 홍수는 또한 한국의 밥상에 올라오는 생선 값을 뛰게 만드는 결과를 초래했다. 범람한 물이 한꺼번에 황해로 몰리는 바람에 바닷물의 염도가 낮아져 고기가 사라져버린 거다. 일본의 나무젓가락과 양쯔 강의 홍수와 한국 밥상의 생선 값, 이제 전 세계는 이와 같이 환경적으로 하나로 얽혀 있는 것이다.

오후가 되자 낙타가 나타나기 시작한다. 복덩이는 동물원에서 말고는 낙타를 처음 본다면서 지나가는 낙타마다 '카멜, 카멜' 외치며 어린아이처럼 좋아한다. 덕분에 오르나는 낙타가 영어로 카멜이라는 것을 확실히 외우게 되었다.

새로 난 풀로 연한 초록빛이 된 산등성이도 보이고, 사막을 배경으로 울퉁불퉁 멋있게 솟은 돌산도 보인다. 가나도 이쪽 길은 처음이라고 지형지물을 눈여겨보며 꼼꼼히 메모한다.

벌판에는 새끼 양, 새끼 염소, 망아지는 물론 이따금 어미와 같이 있는 새끼 낙타도 보인다. 지금이 새끼 낳는 시즌이라는데, 부드러운 풀을 넣은 가죽 주머니에 방금 낳은 새끼들을 주워 담는 목동들의 모습이 이채롭다.

게르가 몇 채 모여 있는 마을을 지나는데 아프카가 가나에게 묻는다.

"몽골에서도 배구를 하나요?"

"배구요? 몽골에는 그런 거 안 해요."

"그럼 저기 보이는 배구 코트 그물은 뭐예요?"

가나와 오르나, 바트나상은 잠시 어리둥절하다가 와, 하고 웃음을 터트린다. 바로 그때 올가미를 가지고 다니며 말을 모는 청년이 말들을 배구 코트 그물에 매는 게 보인다. 배구 코트같이 생긴 그물은 말을 붙들어 매어두는 곳, 즉 몽골식 말죽거리였다.

해가 지니 곧 어둠이 깔리고 추워진다. 우리의 요리사 오르나와 가나는 냄비를 꺼내 식사 준비를 하고 나와 복덩이와 바트나상은 짐승 똥 사냥에 나섰다. 사냥이랄 것도 없이 발에 차이는 걸 주워 담으면 된다.

복덩이는 똥을 어떻게 만지나 하는 표정으로 내가 하는 양을 가만히 살핀다. 아프카는 환경보호주의자이긴 하지만 오지 여행은 초보니까 그런 반응을 보이는 건 당연하다.

나는 검은색의 축축한 똥보다는 짙은 갈색의 바싹 마른 똥을 골랐다. 빈대떡만 한 마른 소똥도 보이는 대로 옆구리에 끼었다. 마른 똥이라 아주 가벼울뿐더러 묻지도 않고 냄새도 나지 않는다. 너 깃 모양의 동그랗고 새까만 말똥은 예쁘기까지 하다.

복덩이는 아무렇지도 않게 똥을 들고 다니는 나를 신기하다는 듯 바라보기만 할 뿐 따라하지는 않는다. 바트나상은 주워 온 똥으로 따뜻한 군불을 만들어주는데, 화력이 무지 세고 냄새는 거의 없다.

사방에 널린 이 천연연료는 다 좋은데 너무 빨리 타는 게 흠이라면 흠이다. 사막 여행을 하는 동안 저녁마다 이렇게 소똥, 말똥 캠프파이어를 했다.

첫날은 똥을 그야말로 똥 보듯 하던 복덩이도 다음 날부터는 제가 더 신이 나서 주워 온다. 나무나 연료를 때지 않고 이렇게 하는 게 얼마나 자연스러운 일이고 환경을 위해서도 좋은 일인가 깨달은 모양이다.

여기 몽골의 가축은 짐승 중에서도 가장 행복한 일생을 산다고 해야겠다. 고기와 우유만을 위해 평생 갇혀 지내야 하는 선진국의 사육장 동물과는 비교할 수가 없다. 가고 싶은 대로 천지를 내 집처럼 돌아다니고, 배부르게 먹을 풀이 지천으로 널려 있고, 깨끗한 공기에 주인의 끔찍한 보살핌과 사랑을 받으니 축생으로서는 최고가 아닌가. 그런 동물은 똥조차 더럽지 않을 거다.

아침 일찍 일어나니 산 능선 사이로 떠오르는 붉은 해가 아름답다 못해 경외심을 불러일으킨다. 산세가 수려한 것도 아니고 아기자기한 아름다움이 있는 것도 아닌 고비 사막 가는 길, 그 황량한 벌판에서 나는 우리가 살고 있는 이 행성이 얼마나 아름다운 곳인가를 뼈저리게 느낀다.

가도 가도 비슷한 경치인데 전혀 싫증이 나지 않는 것은 왜일까.

만약 텔레비전에서 이런 장면이 계속 이어진다면 몇 분이나 견디다가 채널을 돌려버릴까. 이불과 침낭으로 쿠션을 만들어 가장 편안한 자세로 차를 타고 가면서 사막 경치에 넋을 놓고 있다.

떠난 지 2~3시간이 되어 게르가 나타난다. 그 앞에 차를 세우니 집 지키던 개가 죽어라고 짖어댄다. 마침 염소와 양을 데리고 나가려던 게르 주인이 반갑게 우리를 맞이한다. 아는 사람이냐고 가나에게 물으니 고개를 젓는다.

주인의 인도로 집에 들어가니 30살쯤 되어 보이는 여자가 얼른 수태차와 과자를 내온다. 가나와 바트나상은 길에 대해 묻는 것 같고, 오르나는 여자에게 이곳에 바람이 얼마나 부는지, 앞으로 집을 어느 쪽으로 옮길 것인지 등을 묻는 것 같다.

아직 잠에서 덜 깬 3~4살 된 어린아이가 일어나자마자 수태차 한 잔을 마신다. 1년이면 서너 번 이동을 하는 전형적인 사막 유목민인데도 침대며 의자며 옷을 넣어두는 나무 상자 등 살림살이가 번듯하다.

아침부터 주인 부부가 내놓는 코담배를 피우고 보드카와 수태차를 마신 다음 길을 떠났다.

"바야르테(안녕히 가세요)."

배웅하는 이들의 웃는 얼굴이 이들이 키우는 양보다 더 순해 보인다.

몽골에서는 손님을 매우 귀하게 여기며 환대를 한다고 가나가 얘기해준다. 그래서 긴 여행을 하는 사람이라도 먹고 잘 걱정은 전혀 하지 않는단다. 아무 게르나 들어가 자기 집처럼 지낼 수 있을 뿐 아니라 주인의 행동이 조금만 굼떠도 왜 이렇게 밥이 늦느냐, 마실 것이 늦느냐, 장난삼아 호통까지 칠 수 있다는 거다.

한국의 매서운 봄바람은 고비 사막에서 불어온 모래 바람이라더니, 지난밤에는 차가 뒤집힐 정도로 세찬 바람이 부는 곳에서 잤다. 밤새 바람이 그치지 않는다.

아침에 성에가 잔뜩 낀 차창 너머로 바다와 같이 편편한 회색 벌판에서 붉게 솟아오르는 해를 보았다. 새벽잠이 많은 내가 보통 때는 1년에 한두 번도 볼까 말까 한 일출을 여기 고비 사막에 와서는 매일 아침 본다.

얼마쯤 가니 신기루처럼 작지만 아름다운 호수가 나타난다. 이 예상치 않은 보너스를 충분히 즐기려고 호숫가에 차를 대놓고, 아끼고 아끼던 커피를 끓여 마시면서 느긋한 시간을 보냈다.

2~3시간을 가야 겨우 사람 구경을 할 수 있을까 말까 한 황야에서 바람에 흔들리는 차 안에 옹기종기 들어앉아 커피를 마시고 있자니 옆에 있는 사람들이 아주 가깝게 느껴진다. 거친 환경을 함께 겪는 사람들에게서 생기는 진한 연대감이란 게 이런 걸 게다.

: '고비 맨'이 보여준 고비의 신비로운 속살

오늘은 이번 여행의 하이라이트인 모래 산을 볼 수 있다고 가나가 말한다. 바깥 풍경은 이제 완연한 사막이다. 말의 수는 점점 줄어들고 낙타가 더 많이 눈에 띈다. 야생 사슴 구르스는 어디를 저렇게 뛰어가는 걸까.

바람을 막아주는 언덕 밑, 겨울용 천막촌에 지금은 이사를 가버린 빈 집과 축사들이 이따금 눈에 띈다. 산등성이에 감돌던 초록빛이 조금씩 짙어진다. 고비 사막의 봄은 이렇게 오고 있다.

사방이 잘 내려다보이는 언덕 위에서 점심을 해 먹고 우리는 지도를 살폈다. 나와 아프카는 아무리 들여다보아도 모르겠고, 가나와 바트나상도 고개를 갸우뚱거리며 한참을 얘기한다. 3일이나 달려왔으니 이제 우리가 찾는 높이 200~300미터의 거대한 모래언덕이 근처에 있을 텐데. 우리만으로는 어느 방향으로 가는지, 또 얼마나 더 가면 나타나는지 도저히 감이 잡히지 않아 언덕 아래 있는 게르에 물어보러 갔다.

대여섯 명 가족이 3미터쯤 되는 깊이의 우물에서 얼음을 꺼내며 청소를 하다가 기다렸다는 듯 우리를 반갑게 맞는다. 물론 이들도 모르는 사람들이다. 집 안으로 들어가 수태차를 한 잔씩 마시고 코담배를 흡입하고 보드카를 한 잔씩 마신 다음 길을 물으니 아저씨가 대뜸 그러시는 게 아닌가.

"길을 설명해줄 수는 있지만 우리 마을에 와서 길을 잃게 할 수는 없는 일이니 내가 따라나서리다."

너무나 황송한 일이다. 고감도 더듬이가 있는 바트나상도 이곳은 초행이라 길을 잃기 쉬운데 함께 가준다니 얼마나 잘된 일이냐.

고비 사막에서 평생을 살았다는 이 '고비 맨' 아저씨와 함께 지도에는 80킬로미터 거리라고 표시되어 있는 길을 4시간 정도 달렸다. 달리는 길 왼쪽으로 보이는 경치가 정말 아름답다. 맨 뒤에는 까만색의 돌산이 턱 버티고 있고, 그 앞에는 커피 믹스 빛깔의 모래언덕들이 꼬리에 꼬리를 이으며 우리 차를 따라 달린다. 그 앞으로는 황금색 모래사막이 띠를 두른 듯 둘려 있다.

낙타를 타고 모래언덕 사이를 오가는 사람들도 심심치 않게 보인다. 이런 모래언덕이 120킬로미터 정도 계속되어 중국에 이른다는 고비 맨의 설명을 듣고 깜짝 놀랐다. 지도를 펴보니 정말 우리는 어느새 중국과 가까이 와 있다.

드디어 고비 사막 여행의 하이라이트라는 멋진 모래 산맥 앞에 내렸다. 바람이 지나간 자국이 빗자루로 쓴 듯 혹은 잔잔한 물결인 듯 아름답게 나 있는 높이 100미터 정도의 모래 산들이 끝없이 이어진다. 저런 산들을 직접 올라가 봐야지 그저 보고만 갈 수는 없는 일이다.

낙타를 처음 보았다는 아프카는 말할 것도 없고, 사막에 난생처음 와보는 오르나도 너무 좋아 입이 찢어질 정도다. 해가 질 때쯤 도착해 시시각각 음영이 달라지는 모래 산이 태고의 신비가 저런 걸까 하는 생각까지 들게 한다.

우리는 낑낑대며 꼭대기로 올라갔다. 바람이 몹시 불고 발이 자꾸 빠지지만 조금씩 영화 속의 세계로 들어가는 듯 황홀하기만 하다.

어느 순간 눈앞으로 멀리 수없는 모래 능선들이 펼쳐진다. 능선들은 곧 파도가 되어 출렁거린다. 사막의 바다다. 우리는 해가 질 때까지 모래언덕에 앉아 시시각각으로 변해가는 신비롭고 경이로운 광경을 조용히 만끽했다.

그사이에 고비 맨은 사막 모래 사이사이에 난 풀포기의 새순을 뜯고 있다. 새로 태어난 양과 염소 먹일 것이란다.

모래언덕을 내려올 때 엉덩이를 대고 손으로 스키 타듯 내려오는데 뿍뿍뿍, 참다가 그만 터져버린 방귀소리 같은 것이 나는 게 신기하다.

돌아오는 길에 고비 맨은 어린아이처럼 즐거워하는 우리를 보고 더 즐거워하면서 흥이 나서 몽골 민요를 목청껏 부르기 시작한다. 가나와 바트나상이 당장 다음 소절부터 추임새를 넣으며 따라 부른다. 무슨 내용인지 모르지만 그 가락과 장단이 귀에 설지 않다.

가나는 아주 저음으로 가래 끓는 소리 같은 걸 내는데 처음에 나는 우리 차 카세트가 잘못되어 나는 소리인 줄 알았다. 이런 소리는 배 힘과 목구멍 안쪽에서 나오는 것으로 흐미라고 한다는데, 꼭 고장 난 앰프에서 웅웅거리는 소리 같다. 나와 아프카가 마치 그 곡을 알고 있었다는 듯 흥얼거리니까 아저씨들은 더 신이 나서 어깨춤까지 출 기세다.

돌아오는 길은 달도 없는 깜깜한 밤인 데다 근처에는 사람 사는 흔적이 없어서 그날 밤은 고비 맨 집에서 하루 묵어가기로 했다. 자칫하면 길을 잃고 사막 한가운데로 들어가 버릴 수도 있다는 거다.

밤 12시가 다 되어서야 고비 맨 집에 다다랐다. 이렇게 늦게 돌아가서 가족들이 걱정하겠다니까, 그렇지 않다면서 자기가 이 동네를 손바닥 보듯 빤히 알고 있는 줄을 가족들이 다 알고 있다는 거다.

내가 가나의 통역으로 고마운 아저씨에게 물었다.

"이렇게 외진 곳에 살면 아플 때 병원에는 어떻게 가나요?"

"우린 안 아파요. 매일 깨끗한 공기 마시고, 우유와 고기로 잘 먹고 사는데 뭐 나쁜 게 있어야 병이 나지요? 가을에 다시 오면 같이 사냥 갑시다. 여기는 이런저런 동물들도 많다우."

고비 맨은 집이 두 채인데 우리는 그중 새 천막으로 안내되었다. 어둠에 익숙해지니 집 안 모습이 눈에 들어오는데 침대며 수납장, 그림이며 이부자리가 다 새것이다. 1년 반 전에 장가들인 아들네 집이란다.

몽골인과 에스키모는 남자 손님이 오면 아내를 빌려주는 진기한 풍습이 있다고 들은 적이 있어 그런 풍습이 아직 남아 있나 궁금증이 들었다. 그렇다면 가나는 부인과 같이 왔으니 안 되지만 총각인 바트나상은 해당되려나? 그러나 그런 기색은 전혀 없다. 아직도 그런 풍습이 남아 있는지 가나에게 슬쩍 물어보니, 폭소를 터트리며 옛날 옛적 얘기라고 한다.

참 세상은 가지가지다. 외간 남자와는 눈도 마주쳐서는 안 되는 회교 문화권이나 남녀칠세부동석을 외치는 유교 문화권이 있는가 하면 손님에게 아내를 내주는 곳도 있으니 말이다.

아주 어렸을 때는 에스키모가 아내를 빌려준다고 해서 '아, 얼음집 안이 몹시 추울 테니 여자를 안고 자면 좀 따뜻하겠다.' 하고 아주 순진하게 생각했었다. 그러다가 우리에게는 참으로 이상해 보이는 이런 풍습이 극한상황에서 살아남기 위한, 너무나 처절한 종족 보존 방책이라는 사실을 나중에 알았다.

에스키모나 몽골 유목민은 아주 외진 곳에 살기 때문에 근친혼이 불가피해서 비정상적인 아이들이 많이 생긴다는 거다. 그래서 외부에서 누가 오면 그 사람의 '씨'를 받아 종족의 열성화를 막으려 했다는 얘기다. 그런 주장에 수긍이 간다.

이렇듯 한 나라의 문화와 풍습은 이렇게 나름대로 충분한 이유가 있는 것이니 우리 상식으로 이해가 가지 않는다고 해서 함부로 틀렸다거나 나쁜 것으로 몰아붙일 수는 없는 일이다.

먼 길을 따라오며 길 안내를 해주고, 하룻밤 묵게까지 해준 게 너무나 고마워 떠나기 전에 가족사진을 찍어 나중에 보내주겠다고 했더니 모두 뛸 듯이 좋아한다. 가족 일동은 갑자기 분주해지더니 모두 몽골 전통 의상인 델을 꺼내 입고 나타난다.

　몇 장은 집 안에서 가족을 전부 찍고, 몇 장은 집 밖에서 고비 맨과 손자들, 또 고비 맨 아들과 그 가족들을 찍었다. 물론 나와도 찍었다. 가나가 관광 시즌이 되면 여기 자주 올 테니 이 귀한 컬러 가족사진이 전해지는 건 시간문제다.

：눈이 예쁜 낙타는 너무 소중해

　고비 맨은 내가 시골만 골라 다니며 민박 여행을 한다는 얘기를 듣고 대뜸 그럼 자기네 집에서 지내라고 한다. 여기는 사막이지만 물이 흔하고 낙타도 몇 마리 있어 낙타 젖도 늘 넉넉하단다. 나더러 다른 일을 못하면 아침저녁으로 낙타 똥만 주워 와도 밥은 먹여줄 거라며 농담 반, 진담 반으로 나를 잡는다. 그러면서 묻는다.

　"한국에도 낙타 있지요?"

　"없어요."

　"한 마리도?"

　고비 맨은 여간 놀라는 표정이 아니다. 그럼 낙타는 한 번도 타보지 못했겠다고 하더니 내 대답은 듣지도 않고, 말 나온 김에 자기네 낙타를 타고 오늘 하루는 사막을 한 바퀴 돌자고 한다.

　중국 타클라마칸 사막을 여행할 때 낙타 타고 사막 횡단을 하지 못한 아쉬움이 있었는데 낙타를 타고 돌아보는 고비 사막이라! 정말 그럴듯한 얘기다. 그렇지만 일정이 늦어질 것 같아 잠시 일행의 눈치를 보았더니 모두 웃으면서 고개를 끄덕인다.

몽골에서 태어나 고비에 처음 온 오르나도, 난생처음 낙타를 타 보게 되는 아프카도 기쁨을 감추지 못한다.

"바야를라, 바야를라. 고비 맨(고맙습니다, 고맙습니다. 고비 아저씨)."

마침 낙타가 네 마리 있어서 임시 가이드인 고비 맨과 여자 셋이 탈 수 있게 되었는데, 겁이 많은 오르나는 한 번 타보더니 질색을 하고 자기는 타지 않겠단다.

무릎을 꿇은 낙타가 일어서려고 앞다리를 펼 때는 꼭 앞으로 떨어질 것 같기만 하다. 그런데 고비 낙타는 봉 사이에 앉을 수 있는 쌍봉이라 외봉 낙타를 타는 것보다는 훨씬 안정감이 있다. 게다가 낙타털은 보기보다 상당히 푹신하다.

낙타를 탄 한 남자와 두 여자 그리고 끝없이 펼쳐진 모래벌판. 동네 한 바퀴라고 해서 두어 시간 정도나 돌까 생각했는데 땅이 넓은 고비 사람들의 한 바퀴는 완전히 하루 종일이다.

우리가 낙타를 타고 지나가면 무리 지어 있던 다른 집 낙타들이 우리를 쳐다보는 듯 한참 동안 얼굴을 일제히 우리 쪽으로 향하고 있다. 태어난 지 얼마 되지 않은 낙타도 저 사람들이 누군가 하고 갸우뚱 쳐다본다.

황무지에 풀포기만 듬성듬성 난 사막을 지나고 높이 30미터쯤 되는 모래언덕을 지나니 가시가 많은 덤불이 무성한 곳에 이른다. 멀리 하얀 돔 모양의 게르가 보인다. 이런 사막 한가운데에서 사람이 어떻게 사나 했는데 아니나 다를까 맑은 물이 괴어 있는 물웅덩이가 나타난다. 주위에 가시덤불로 울타리를 친 걸 보니 사람이 마시는 식수인가 보다.

이 근처에 사는 사람들은 이렇게 아무런 지형지물 없이도 사막 속에 숨어 있는 물웅덩이의 위치를 매우 정확히 알고 있다. 고비 맨이 가시덤불을 넘어가 그냥 엎드려서 물을 마시는 것을 보고 미처 컵을 준비하지 못한 아프카와 나도 그렇게 따라 했다.

고비 맨은 우리가 타고 온 낙타들도 근처 다른 물웅덩이로 데려가 물을 먹였다. 고비 맨은 낙타들을 얼마나 예뻐하고 아끼는지 사랑하는 애인 대하듯 한다. 물을 다 먹이고 낙타를 데리고 오는 고비 맨이 입술 양쪽 끝을 잔뜩 올리고 웃는 미소가 낙타 얼굴과 너무 비슷하다. 그날 자세히 보니 낙타는 가만히 있어도 웃는 상이다.

일정에도 없는 '낙타 여행' 덕분에 우리는 고비 맨 집에서 하루를 더 묵게 되었다. 그날 밤은 고비 맨의 낙타 칭찬 얘기로 깊어갔다. 이 세상에서 가장 유용하고 좋은 동물이 낙타라고 자신 있게 말하는 거다.

젖과 고기를 주지, 털을 주지, 타고 다닐 수 있지, 사막에서 물 없이도 잘 견디지, 짐도 잘 나르지, 유순하지, 새끼 잘 돌보지, 똥은 연료로 쓰이지, 뭐 하나 버릴 게 없을뿐더러 사막에서 사는 데 필요한 모든 것을 주는 아주 고마운 동물이라는 거다. 낙타 없이 사람이 어떻게 사막에서 살 수 있겠느냐며 덧붙이는 말이 재미있다.

"낙타는 얼굴도 아주 예쁘잖아요. 특히 눈이 말이에요."

동물 예찬도 이만하면 거의 아첨에 가깝다. 그 말을 듣고 낙타의 눈을 들여다보니 아닌 게 아니라 참 예쁘다. 눈썹도 길고 물기 촉촉한 새까만 눈망울이 맑고 깊다.

그런데 듣고 보니 고비 맨의 이런 낙타 예찬은 티베트 사람이 야크에 대해 하던 말과 너무나 흡사하다. 티베트에서는 야크가 이 세상에서 제일 쓸모 있는 고마운 동물이라고 했다. 아니, 그뿐이 아니다. 소로부터 필요한 모든 의식주의 원료를 얻는 아프리카의 마사이족은 소를 최고로 여겼다. 중동같이 양이나 염소를 주로 키우는 곳에서는 양과 염소가 그랬다. 남미의 고산지대에서는 야마가 그런 대접을 받고 있다.

모든 유목민들은 자기들이 키우는 동물에 대해 모두 비슷한 감정을 가지고 있다는 것을 여행 다니면서 알게 되었다.

비단 동물에 대해서만 이런 상호 의존적이고 고마운 감정을 느끼는 건 아니다. 우리에게는 쌀이 그런 것처럼 보리나 밀, 옥수수, 감자, 야자, 대나무 등이 그것에서 필요한 것을 얻는 사람들에게는 가장 고마운 식물이 된다.

이렇게 우리가 미개하다고 여기는 세계의 오지에서는 자연에서 얻는 모든 것에 항상 고마워하며, 서로 해치지 않고 친하게 지낸다. 실은 그게 가장 현명한 삶의 방식이 아니겠는가.

그런 현명한 삶 속에서 고비 맨은 무한한 행복을 느낀다는 게 한눈에 드러나 보인다. 고비 맨의 넘치는 행복감을 보면서 우리 '문명인'은 뭔가 아주 중요한 것을 잃어버리고 있는 게 아닌가 하는 생각이 든다.

낙타 여행 때문에 얼굴이 햇볕에 익어 화끈거리고, 낙타의 느린 움직임에 몸을 맡기느라 허벅지 안쪽이 얼얼하고, 허리도 아프다. 그러나 고비 맨의 낙타 예찬과 어우러진 이 여행이 내게는 고비 여행에서 하이라이트 중의 하이라이트였다.

'사이 후르틀레 고비 맨(따뜻한 대접 잘 받고 갑니다, 고비 아저씨).'

내 피에 흐르는 유목민의 방랑 끼

: 양 한 마리 잡는 게 라면 끓이듯 간단해

"나 오늘 친정 가는데 같이 갈래요?"

고비 사막에서 돌아온 다음 날 아침 일찍 오르나가 자고 있는 나를 깨운다.

"어디인데요?"

"여기서 기차 타고 2시간만 가면 돼요. 가서 이틀만 있다 와요."

"시골이에요?"

"비야 씨 또 시골 타령. 몽골은 울란바토르만 벗어나면 다 시골이에요. 우리 집도 물론 시골이고요."

"그렇다면 오케이!"

다음에 갈 호수 여행은 고비 사막보다 훨씬 어렵고 험한 길이라 자동차 정비를 단단히 하기 위해 바트나상이 적어도 이틀간의 말미가 필요하다고 했다. 그래서 나는 이틀 동안 뭘 할까, 했는데 잘 되었다.

오르나하고는 고비 여행 이후 영어를 배우고 가르치는 '사제의 정'을 넘어 여행의 고락을 같이한 '동지의 정'까지 싹터 더 가까운 사이가 되었다. 부모님께 드릴 선물로 초코파이 두 상자와 보드카 한 병을 준비해 시골로 향했다.

오르나와 게르에 들어서니 친정 부모님과 바로 밑 여동생 그리고 남동생 둘이 반갑게 맞는다. 수없이 "세인바누(안녕하세요)."를 나누고 나서 의자에 앉자마자 오르나는 자기가 일주일에 걸쳐 고비 사막을 다녀왔다고 뻐기면서 여행에서 찍은 사진과 고비 사막 엽서들을 보여주느라 얼굴이 다 벌게질 정도다. 가족들은 빙 둘러앉아 사진을 들여다보면서 감탄하거나 부러운 듯이 무언가를 자꾸 물어본다.

부모님은 오르나가 사막에 갔다는 것보다도 나하고 영어로 말하는 게 더욱 신기한가 보다. 사실 우리는 아직도 서로의 말을 거의 눈치로 때려 맞추고 있지만 내막을 알 길 없는 부모님은 딸이 얼마나 기특하고 대견했을까.

오르나는 여행 갔다 온 것과 새로 사귄 친구를 자랑하고 싶어 친정에 온 것 같다. 어쨌든 가족들의 그런 화기애애한 분위기가 따뜻하게 느껴진다.

오르나의 수다가 대충 끝나자 어머니는 아버지에게 큰딸 친구가 왔는데 뭘 하느냐면서 양을 한 마리 잡게 한다. 순식간에 양 한 마리가 해체되어 고기 따로, 껍질 따로, 내장 따로가 된다.

껍질은 밖에 걸어놓고, 내장은 한동안 끓여서 간이며 허파 등을 솥에서 그냥 건져 먹고, 갈비는 토막 내서 간식으로 내온다. 양을 잡고 삶아서 내오는 과정이 마치 인스턴트식품 다루듯 간단하다.

그런 후에 오르나는 우리 집에 왔으니 낙타 대신 말을 타고 동네를 한 바퀴 돌자며 마구간에서 말을 두 마리 끌고 나온다. 전통 의상인 델을 입고 전통 신발인 구달을 신은 품이나 일하는 모습이 어찌나 자연스러운지 울란바토르에서 보던 오르나가 아니다.

도시에서 본 오르나는 시키는 일이나 하는 수동적이고 부끄러움이 많은 사람이었는데, 시골에서의 오르나는 능동적이고 당당하다. 친정에 온 편안함도 있겠지만 도시에서는 자기가 하는 집안일이 남자의 돈 버는 일에 비해 덜 중요하다고 생각하기 때문일 거다. 시골에서는 하나부터 열까지 모두 생산적인 일이라 집안일을 하는 여자들에게서도 중요한 일을 한다는 자부심이 엿보인다.

오르나네 역시 여자와 남자의 역할 경계가 없는 듯하다. 여자도 말을 타고 다니며 가축을 돌보고, 남자도 식사 준비나 설거지를 하고 아이까지 돌본다. 세계의 반을 호령한 칭기즈 칸의 후예들이라 남성의 지위가 여성보다 훨씬 우위일 거라고 지레짐작했는데 전혀 그게 아니다.

오르나는 말을 타고 가다가 조그만 학교를 보여준다. 그곳이 남편인 가나를 만난 곳이란다. 가나는 사범학교를 갓 졸업한 화학 선생님이었고, 오르나는 서무과 직원으로서 알게 되었다고 한다. 학교는 이 부부가 맺어진 사랑의 고향인 셈이다.

말을 타고 동네 야산과 언덕을 돌며 산책한 것까지는 좋은데, 오르나 집이 가까운 곳에서 개 때문에 큰 변을 당할 뻔했다. 그 순간을 생각하면 지금도 등골이 오싹하다.

어느 게르 앞을 지날 때다. 갑자기 그 집 개 두 마리가 쫓아 나오더니 내가 타고 있는 말 앞에서 이빨을 드러내며 으르렁대는 게 아닌가. 낯선 말이 나타나서 그렇겠지만 오르나 말은 상대도 않고 나만 집중 공격한다. 말은 겁이 났는지 아니면 공격할 자세를 취하는 건지 앞발을 들며 몸부림을 쳤고, 그 바람에 나는 쥐었던 고삐를 놓치고 말았다.

내가 너무 놀라고 다급해서 본능적으로 몸을 낮추며 고삐 대신 갈기를 꽉 잡으니까 말은 더욱 놀라서 거의 직각으로 몸을 올렸다 내렸다 하며 뒷발질로 나를 떨어뜨리려고 한다.

그 순간 갈기를 놓으면 절대로 안 된다는 생각이 스쳤다. 만약 놓으면 날뛰는 말발굽에 치여 갈비뼈가 부러지든지, 늑대처럼 사납게 짖는 두 마리 개에 물려 죽사발이 될 것 같았다.

결사적으로 말갈기를 잡고는 있지만 금방이라도 떨어질 것 같아 말 위에서 이리 쏠리고 저리 쏠릴 때마다 비명을 지르니까 사람들이 삽시간에 모여든다. 나보다 더 놀란 오르나가 큰 소리로 도움을 청하는 것 같더니 청년 하나가 개를 쫓아버리고는 움직이는 말에서 내가 놓친 말고삐를 잡아 용케도 말을 진정시키는 데 성공했다.

내가 고삐를 놓친 순간부터 청년이 고삐를 다시 잡을 때까지 실제로는 아주 짧은 시간이었겠지만 내게는 너무도 길었다. 간 떨어질 뻔했다. 10년까지는 아니더라도 적어도 2년은 감수한 것 같다.

낮에 잡은 양고기로 푸짐한 저녁을 먹으면서 본격적으로 가족들 이름을 물어보았더니 이미 내가 알고 있는 이름이 많다. 여동생 이름은 사라, '달'이라는 뜻으로 오르나의 9살짜리 딸과 같은 이름이다. 어머니의 이름은 나라, '해'라는 뜻으로 에르데네트의 민박집 친척 처녀 이름과 같다. 남동생 이름은 '쇠'라는 뜻의 가나이고, 막내 남동생은 바토르. 울란바토르가 '붉은 영웅'이라는 뜻이니 바토르는 '영웅'이다. 역시 가나의 게스트 하우스에서 일하는 사람 이름과 같다.

이게 무슨 우연인가 신기해서 뒤에 '울란바토르의 가나'에게 물어보니, 몽골 이름은 그처럼 다양하지 못하다는 설명이다. 보통 남자에게는 호랑이, 맹견, 사자 등 맹수나 쇠와 같은 무기의 이름이 많고, 여자는 '손끝이 야문', '늘 도움을 주는' 등 미덕이나 총명 따위를 나타내는 단어, 혹은 보석 이름으로 짓는다고 한다.

몽골 사람은 성이 없고 보통 아버지의 이름에 자기 이름을 붙여 쓴다. 가나의 아들이 보르톡이니 그 정식 이름은 가나 보르톡이고 그 아들이 또 아들을 낳아서 바토르라고 이름을 지으면 정식 이름은 보르톡 바토르가 된다. 그래서 이름만 가지고는 조상을 따져볼 수가 없단다.

그러나 얼마 전까지만 해도 아버지 성을 물려받는 풍습이 있었고, 그것을 기록한 족보도 체계적으로 잘 보존되어 왔다는 것이다. 그런데 공산혁명 이후 소련의 조정을 받은 몽골 정부가 1925년부터 성을 물려받는 제도를 폐지해버렸단다.

몽골족의 기상을 꺾기 위한 수단 중 하나였는데, 인간에게 가장 기본적인 혈연의 끈을 없애버리면 개개인으로 흩어져 힘없는 집단으로 전락하고 만다는 사실을 공산주의자들은 잘 알고 있었던 거다. 식민 지배는 이토록 무서운 것이다.

다행히 소련이 물러난 지금은 잃어버린 성(姓) 되찾기 운동이 활발히 벌어지고 있다고 한다.

: 배낭족은 버릇도 천태만상

5일간의 호수 여행을 떠났다. 러시아로 떠난 아프카만 빠진 예전 멤버 그대로다. 그런데 떠나려는 날 새벽 또 다른 복덩이가 나타났다. 이번에는 애니라는 미국 여대생인데 호수 여행에 동행하겠느냐고 물으니 두말없이 그러겠단다. 그래서 우리는 이 아이를 '복덩이 투'라고 불렀다.

우리가 가는 곳은 테르린 찻간 호수. 숲과 초원, 산과 골짜기, 호수와 강 등 몽골의 북쪽 정취를 한껏 맛볼 수 있는 곳이다. 주위에 삼림이 우거진 아름다운 곳이라고 한다.

몽골이라고 하면 사막과 초원으로만 이루어졌을 거라고 생각하기 쉬운데 실은 다양한 지형이다. 놀랍게도 지리학자들은 몽골을 산악국으로 분류한다. 북부에는 울창한 삼림과 호수와 강이 있고 중서부에는 산맥이 가로놓여 있다. 남부에 있는 고비 사막은 전 국토의 2퍼센트밖에 차지하지 않으며, 동부 대초원이 25퍼센트를 차지한다.

오는 도중에 카라코룸도 들러 오기로 했다. 우리 팀은 지난번의 경험을 바탕으로 불편하지 않게 음식과 침구를 준비했다. 이제 나도 몽골 여행의 베테랑이 되어간다.

방향은 정확히 북서쪽. 제2의 도시로 가는 길이라 그런지 적어도 4~5시간은 포장도로에 세워진 전봇대와 나란히 달리는 게 고비 여행 때와는 전혀 다르다.

여기서는 말을 타거나 모는 사람들, 긴 장대인 오르가로 무리를 이탈한 말을 다스리는 사람들을 흔히 볼 수 있다. 고비에는 희미하게나마 봄을 알리는 초록색이 감돌았는데, 여기는 아직 하얀 눈벌판에 말들이 검은 점으로 박혀 있는 한겨울이다.

곳곳에 러시아가 포기하고 가버린 집단농장의 흔적들이 눈에 띈다. 드넓은 밀밭이 한 고랑은 진한 색, 한 고랑은 연한 색으로 기하학적 무늬를 이루고 있다. 아닌 게 아니라 수백 년간 천연비료로 비옥해진 이곳에 겨울 혹한과 봄의 강풍을 피해 농업을 일으킨다면 상당한 소득이 있을 것 같다. 유목 생활을 해온 사람들을 어떻게 설득해 정착민으로 주저앉히느냐가 관건이겠지만.

들판에는 죽은 말과 양들이 심심치 않게 눈에 띈다. 굶어 죽었다는데 겨울의 끝, 특히 새 풀이 나기 직전이면서 눈이 많이 오는 요즈음이 가축에게도 사람에게도 몹시 힘든 시기라고 한다. 우리에게 춘궁기가 있는 것처럼 여기는 동궁기(冬窮期)가 있는 모양이다.

가나는 영어를 열심히 배우는 오르나에게 영어보다는 내가 있는 동안 한국말을 배우는 게 좋지 않겠느냐고 한다. 지금 몽골에서는 한국 붐이 일고 있다면서 자기 아들딸은 영어는 물론 한국말을 꼭 가르칠 거란다. 몽골 대통령의 딸도 한국에서 유학하지 않았느냐면서.

"러시아는 지난 50년 동안 우리가 당하고만 살아서 치가 떨려요. 이웃 나라 중국은 무조건 싫고요. 공장도 지어주고 굵직한 사업을 벌이는 일본은 그 저의가 뭘까 의심을 갖게 돼요. 그런데 한국 사람들은 왠지 마음이 편하고 믿음직해요."

가나도 본격적으로 한국말을 배워볼까 해서 한국 교회에 갔단다. 그런데 전 재산을 팔아 교회에 헌납해야 '휴거'할 수 있다는 설교를 듣고는 기겁을 해서 더 이상 나가지 않는단다. 그 얘기를 듣고 내가 좀 당혹스런 표정이 되었던지 금방 토를 단다.

"그런 사람들은 어디에든 있잖아요. 그것 때문에 한국 사람들 모두가 이상하다고 생각하는 사람은 없어요. 좋은 일을 더 많이 하잖아요. 연세의료원이라든지 말이에요."

날씨도 춥고 눈이 많이 와서 솔직히 호수 여행은 지난번 고비 여행보다 재미가 덜한데, 처음 오는 애니에게는 무엇이든 신기하기만 한 모양이다. 벌판에 수두룩한 동물들도, 차 안에서 음식을 해 먹거나 잠을 자는 것도, 가나나 바트나상이 차만 타면 부르는 몽골 민요도 신기해서 죽는다.

그런데 나는 이 아이의 버릇이 더 신기하다. 애니는 잘 때 속옷을 포함한 모든 옷을 갈아입고, 아침에 일어나면 다시 어제 입었던 옷으로 갈아입는다. 왜 그러느냐고 했더니 낮에 입었던 옷을 그대로 입고 자면 께름칙해서 잠이 오지 않는단다.

하기야 애니의 이런 '번거로운' 버릇은 내가 만난 다른 희한한 여행자들의 버릇들에 비하면 특이한 축에도 끼지 못한다.

중국 샤허에서 만난 브라질 여자 콘셉시온은 아침에 눈을 뜨면 일단 눈썹을 그려야 한다. 한번은 꼭두새벽에 버스를 타느라 시간이 촉박한데 전깃불도 없는 여관방에서 손전등을 꺼내놓고 눈썹을 그리려고 하는 거다. 내가 지금 바깥이 깜깜해서 너 눈썹 안 그린 것 아무도 모른다고 해도 막무가내다. 아침에 일어나면 하늘이 두 쪽 나도 눈썹을 그려야 한다나.

예전에 멕시코에서 만난 키가 크고 몸집도 어마어마한 독일 대학생도 특이했다. 아침에 무언가를 빌리러 그 아이 방에 갔다가 깜짝 놀랐다. 이 람보 타입의 거인이 글쎄, 분홍색 아기 곰 인형을 안고 자는 게 아닌가. 나중에 내가 놀리면서 물어보니 그 곰 인형은 자기가 6살 때 할머니가 크리스마스 선물로 주신 건데 그때부터 지금까지 하루도 빼놓지 않고 안고 잔다면서 부끄러워했다.

또 티베트 여행을 같이 한 스웨덴 아이 바올리나는 미용학적인 이유로 얼굴은 사흘에 한 번씩만 씻지만 양말은 하루에 두세 번씩 꼭 갈아 신어야 했다. 발에 땀이 많이 나서 그렇다는데 내가 보기에는 양말 갈아 신는 중독증에 걸린 것 같았다. 그래서 그 아이의 배낭은 반이 양말일 정도였다.

나와 같이 여행 다녀본 사람들은 내 버릇도 이상하다고 했을 거다. 내 이 닦는 버릇 말이다. 나는 음식을 먹은 후나 취침 전후는 물론 시간만 나면 이를 닦는데, 여름이 되면 1시간에 한 번은 닦아야 한다. 특히 더운 나라를 다닐 때는 자다가도 벌떡 일어나 칫솔질을 하니, 가히 중증이라 아니할 수 없다.

원래는 이가 썩을까 봐 자주 닦았지만 지금은 양치를 하고 나서 느끼는 개운함과 치약의 상큼한 맛 자체를 더 즐기는 것 같다. 그 덕에 벌써 몇 년째 스케일링이 필요 없어졌지만 대신 과도한 칫솔질에 잇몸이 닳아서 문제가 생기기도 한다.

이런 버릇만큼 가지고 다니는 특이한 물건도 천태만상이다. 티베트에서 같은 기숙사 방을 쓴 일본 아이는 쟁반만 한 자명종 시계를 두 개씩 가지고 다녔다. 자명종 한 개가 울리는 소리로는 도저히 잠에서 깨어날 수 없다는 거다.

네팔에서 히말라야 트레킹을 하면서 만난 영국인 노부부는 가볍고 작게 싸야 하는 배낭 안에 장정이 화려한 초대형 앨범을 가지고 다녔다. 시간과 기회가 날 때마다 남들에게 보여주곤 했는데, 그 안에는 가족과 친구들, 애완동물 사진에 결혼사진, 결혼 전에 주고받은 연애편지까지 들어 있었다. 내가 보기에는 앨범 보여주려고 여행 다니는 사람들 같았다.

: 맹수의 눈빛, 짜릿한 긴장감

이틀을 달려 호수를 보러 왔지만 천지가 눈으로 덮여 있어서 호수로 가는 길을 찾지 못했다. 날이 저물어, 아침에 다시 오기로 하고 우선 묵을 곳을 찾아 나섰다. 이날은 기온이 너무 떨어져 차 안에서는 도저히 잘 수 없었기 때문이다.

꼬불꼬불 길을 돌아가다가 야크 떼가 길을 막고 꼼짝을 하지 않는 바람에 한참 기다리게 되었다. 여기는 아직 한겨울이라 그런지 새끼 야크나 송아지가 등허리에 거적을 두르고 있다. 조끼를 얻어 입은 듯한 그 모습이 얼마나 귀여운지 모른다.

야크 떼가 움직이는 걸 기다리는 사이에 가나와 바트나상은 차에서 내려 야크 주인에게 이 근처에 묵을 만한 곳이 있는가 물어보았다. 20대 후반의 젊은 주인은 선뜻 자기 집에서 하루 묵으라고 한다. 나와 애니가 내려 "세인바누." 하고 인사를 하니 외국인이라 좀 놀란 표정이지만 곧 이가 다 드러나는 함박웃음을 웃으며 "세인바누." 하며 인사를 받는다.

이 순진하고 선량하게 생긴 젊은 아저씨는 그저 싱글벙글이다. 그냥 있어도 웃는 얼굴인데, 정말 웃을 때는 주위를 따뜻하게 해줄 만큼 밝은 얼굴이 된다. 이런 얼굴을 타고난 것도 참 복이다. 부럽다.

이 따뜻한 미소의 아저씨는 그러나 놀랍게도 근방 동물들에게는 저승사자와 같은 유명한 사냥꾼이란다. 게르가 아닌 시멘트 건물로 된 집에 들어가니 방 안에는 늑대와 살쾡이를 비롯해 이름을 알 수 없는 온갖 맹수의 가죽이 전리품처럼 전시되어 있다. 마치 시골 박물관에 들어온 기분이다.

아저씨는 엽총 사냥을 하는데 10, 11월이 사냥철이란다. 보통 늑대를 많이 잡는데 가죽을 도시에 내다 팔아 살림에 보탠다고 한다.

내가 물었다.

"사나운 동물들과 맞닥뜨려 맹수가 노려볼 때 무섭지 않으세요?"

"물론 피가 멎을 듯 긴장이 되지요. 하지만 나는 맹수와 내가 1대 1이 되는 순간 느껴지는 긴장감을 즐기는 것 같아요."

그 말을 하면서도 순진한 웃음을 웃는다.

나도 그런 긴장감을 맛본 적이 있었다. 맹수는 아니고 야생 사슴을 사냥할 때였다. 미국 유학 중의 일인데 내가 살던 유타 주와 그 이웃 주인 와이오밍 주, 콜로라도 주는 매년 10월이 되면 야생 사슴의 과도한 번식을 막기 위해 공식적으로 사냥을 허가했다.

사냥 허가증을 산 사람은 1인당 수사슴 한 마리, 암사슴 한 마리를 잡을 수 있는데, 매년 그때가 되면 우리 미국 가족들은 조끼와 장갑, 모자를 밝은 오렌지색으로 갖춰 입고 사냥을 나섰다. 물론 총기 안전교육을 받은 후 진짜 총알이 든 장총을 들고 말이다.

사슴의 발자국을 찾아 숲으로 들어설 때의 그 설렘이라니. 다른 일행들이 수사슴의 머리를 트럭 뒤에 싣고 당당하게 지나가는 모습이 정말 부러웠다. 물론 사슴이 하루 만에 잡히는 것은 아니다. 며칠을 차 안에서 먹고 자면서 사냥감의 뒤를 쫓는 거다.

나는 그냥 구경 삼아 따라나섰던 건데 소 뒷걸음치다 개구리 잡는 격으로 사슴을 한 마리 잡았다. 사흘째였던가. 네 명의 미국 형제들과 숲 속에 난 발자국을 추적하는데, 나무 사이로 뭔가 번개같이 지나가는 게 있었다. 나는 얼떨결에 총 한 방을 쏘고 정신을 차려보니 사슴이 총에 맞아 선명한 핏자국을 남기며 더 깊은 숲 속으로 도망가는 것이었다.

시뻘건 피를 보는 순간 머리끝까지 솟아오르는, 주체할 수 없는 살기가 느껴졌다. 이 세상 끝까지라도 쫓아가 너를 죽이고 말리라, 내 안에 있는 줄도 몰랐던 본능적인 잔인함이 드러나는 순간이었다.

오로지 그놈을 잡아야겠다는 일념으로 형제들과 포위망을 좁히다가 다시 시야에 들어온 사슴을 향해 피융, 무조건 한 방을 쏘았다. 결정적으로 그놈은 그 총알을 맞고 쓰러지고 우리는 환호성을 지르며 피투성이가 된 사슴 쪽으로 달려갔다. 왕관 같은 뿔이 장대한, 아주 큰 수사슴이었다.

그중에서 사냥 경험이 제일 많은 둘째 딸 켈리가 아직 숨이 끊어지지 않은 사슴의 목을 따서 피를 빼기 위해 나무에 거꾸로 걸어놓았다. 그 사슴을 배경으로 찍은 사진 속의 나는 온 세상을 얻은 듯 의기양양 그 자체였다. 지금 자기가 사냥한 맹수의 가죽을 열심히 설명해주는 몽골의 '스마일 맨'처럼.

스마일 맨과 그 예쁘장한 부인은 우리에게 따끈한 고깃국과 빵을 내놓는다. 우리가 답례로 가지고 간 채소를 모두 주었더니 아주 좋아한다. 여기는 채소가 금싸라기보다 귀하단다.

바람 부는 깜깜한 바깥에는 눈이 오는데 부엌에는 물이 끓고 있다. 따뜻하고 아늑하다. 내일 아침 몇 시간이라도 날씨가 맑아 호수를 보게 되면 좋겠지만 못 본다 해도 나는 상관없다. 잔뜩 기대를 하고 있는 애니에게는 좀 안되었지만 말이다.

여행을 길게 하다 보니 어디 가서 꼭 무엇을 보아야 한다는 생각이 엷어진다. 목적지에서 무엇을 하는 것도 중요하지만 오고 가는 길에서 본 창밖의 경치, 만나는 사람들, 가끔씩 빠져드는 자기와의 만남, 이런 것들도 모두 여행이라고 생각하기 때문일 것이다.

그러나 다음 날도 날씨는 애니 편을 들어주지 않았다.

: 몽골제국은 왜 몰락했나

돌아오는 길에 카라코룸에 들렀다. 이곳은 13세기에 원나라가 베이징으로 도읍을 옮기기 전까지 몽골의 수도였다.

도시 자체는 작은 마을로 옛 도읍의 화려함이 전혀 남아 있지 않지만 '에르데니주'라는 불교 사원 때문에 관광객의 발길이 끊이지 않는다.

몽골에서 최초로 지어졌다는 이 사원은 한창때는 100개의 법당과 1000명이 넘는 스님들이 있었다고 한다. 그러나 러시아의 지배를 받으면서 법당 세 개만 남고 모두 파괴되어 버렸고, 스님들은 시베리아 등지로 강제 노동에 보내졌단다. 이곳이 다시 문을 연 것은 불과 8년 전의 일. 지금은 칠십 명 정도의 승려가 기거하면서 공부도 하고 예불도 드리고 있다.

가로 세로 400미터의 하얀 담으로 둘러싸인 사원은 허허벌판을 지나다 불쑥 나타나는 건물이어서 신비함이 더하다. 절 안으로 들어가 보니 스님들의 복장이며, 총천연색 화려한 족자들이며, 중앙에 모셔진 불상의 표정이 티베트 사원과 너무나 흡사하다. 하기야 몽골 불교가 티베트에서 온 것이니 이런 공통점은 하나도 신기할 게 없다.

몽골과 티베트의 불교가 중국이라는 큰 지리적 거리를 넘어 어떻게 하나로 연결될 수 있었을까. 거기에는 무기를 지니고 정복을 하러 온 자들이 정신적으로는 정복을 당하는 역사의 아이러니가 있다.

1507년 전 세계를 휩쓴 칭기즈 칸의 군대는 티베트에도 침공했다. 당시 군대를 이끈 몽골 장군은 티베트인들의 불심에 감화를 받아 전쟁을 하다 말고 독실한 불교 신자가 되었다. 그는 군대를 철수하면서 스님들 몇을 몽골로 데리고 갔고, 이때부터 몽골은 티베트 불교를 국교로 삼게 되었으며 한때는 남자 인구 중 3분의 1이 스님일 정도로 신심 깊은 불교국으로 변했다.

카라코룸은 몽골이 동쪽으로는 고려, 서쪽으로는 헝가리, 남쪽으로는 베트남과 바그다드, 북쪽으로는 모스크바에 이르는 인류 역사상 최대의 제국을 이루었을 때의 수도였다. 이 제국은 유럽의 대제국 로마가 최전성기 때 차지했던 땅의 두 배가 넘는, 세계의 반이나 되는 어마어마한 영토를 지배했다.

그러나 칭기즈 칸의 후손들은 곧 내리막길을 걷게 된다. 몰락의 원인은 한두 가지가 아니겠지만 칭기즈 칸의 아들들이 쓴 지방분권제의 실패와 정착민의 안락한 생활에 길들여진 병사들이 전의를 상실한 것, 성인 남자들이 군인 대신 승려가 되기를 원해 군사가 부족한 것 등이 큰 원인이었다고 한다. 몽골의 역사는 불교와는 떼려야 뗄 수 없는 숙명의 끈으로 연결되어 있는 모양이다.

몽골은 그 후 19세기 때 청나라에 패해 식민 통치를 받다가 1911년 신해혁명 이후 1924년에 소련의 도움을 받아 세계에서 두 번째로 공식적인 사회주의국가인 '몽골인민공화국'을 선포하고 사실상 러시아의 세력권에 들어갔다가 1992년에 국호를 '몽골리아'로 바꾸고 새로운 건국을 한 것이다.

몽골과 티베트의 불교는 거의 모든 면에서 일치한다. 스님들의 복장이 티베트는 핏빛 자주색인 데 비해 여기서는 노란색이 더 많이 쓰이고, 사원의 불상이나 산 위의 오보에 바치는 스카프가 티베트는 흰색인데 여기는 파란색이 주로 쓰인다는 정도의 차이가 있을 뿐이다. 몽골 불교도 티베트와 마찬가지로 소위 '노란 모자파'다.

하얗게 회칠한 사원의 겉모습과 중앙에 걸려 있는 법륜도 티베트와 흡사하다. 절 바깥에서 오체투지를 하거나 경륜 통을 돌리는 신자들의 모습도 그렇다. 예불을 시작할 때 부는 대형 조개껍데기 나팔과 쇠 나팔, 심벌즈로 중간 중간 박자를 맞추는 것도 티베트에서 이미 귀에 익은 것이다.

사원 안에서 공부를 하던 동자승이 나와 눈이 마주치자 혓바닥을 쏙 내미는 짓궂은 표정을 짓는 것도, 불경을 싼 종이 위에 붙은 슈퍼맨 스티커도 낯설지 않다.

이렇게 같은 종교를 믿다 보니 생활 속에서도 티베트 문화의 흔적이 역력하다. 티베트의 상징 문양인 '영원한 매듭'을 어느 게르에서나 찾아볼 수 있다. 벽돌 모양의 차 덩어리와 우유로 만든 수태차를 일상 음료로 마시는 것도 똑같고, 나이 든 사람들이 염주를 들고 다니며 하루 종일 '옴마니반메훔'을 외우는 것도 같다.

애니는 내가 티베트와 몽골, 우리나라와 몽골의 공통점을 얘기해 주니까 너무 신기해하며 자꾸만 물어본다.

"그 몽고반점이라는 거, 비야도 있어요?"

"물론이지. 그런데 그건 1살 정도면 없어지는 거야."

"몽골이 왜 하필 옆 나라 중국 불교가 아니라 멀고 먼 티베트 불교를 받아들였을까요?"

"모르긴 몰라도 자연환경과 정서가 비슷한 티베트에서 더 많은 공통점을 찾은 게 아니었을까? 혹독한 조건의 고원지대에 산다든지, 유목 생활을 한다든지, 승려가 되어서도 집안 가족들과 밀접한 교류를 하지 않을 수 없는 것 등의 생활 조건이 서로 똑같으니 말이야."

"비야 얘기를 들으니 몽골과 한국이 상당히 밀접한 관계인 것 같은데 그러면 피도 많이 섞였을 게 아니겠어요, 어떠세요?"

"글쎄 말이야. 몽골에 처음 왔는데 이상하게 첫날부터 하나도 낯설지 않았어. 내 피의 핏줄을 타고 온 느낌이라고나 할까?"

그렇다. 만약 전생이 있다면, 여러 생 중 적어도 한 번은 이 드넓은 벌판을 말 타고 질주하는 몽골족이었을 것 같다. 내게는 한곳에 눌러앉아 논밭을 가꾸는 정착민이 아니라, 앞일을 예측할 수 없는 새로운 곳으로 달려가는 유목민의 기질이 다분하니 말이다. 그리고 내 피 속을 흐르는, 늘 자유롭고 싶어 하는 정신적인 방랑 기질 역시 이곳을 고향으로 두었던 전생의 잔재가 아닐까.

몽골에 오면 절대로 놓칠 수 없는 게 몽골 씨름 관람이다. 7월 중순에 펼쳐지는 나담이라는 축제 때는 말 타기, 활쏘기와 함께 야외 씨름경기가 전국 규모로 성대하게 치러진다. 그중에서도 씨름은 워낙 인기가 있어서 겨울에도 실내 체육관에서 벌어진다.

마침 어느 일요일 오후 경기가 있었다. 씨름 경기장 앞은 말 그대로 인산인해, 사람들이 구름같이 몰려 있다. 나와 애니도 서둘러 표를 사서 좋은 자리를 골라 앉았다. 국기가 게양되어 있는 곳 근처가 제일이라는 가나의 귀띔을 들은 터다. 좁은 관람석 사이로 아이스크림 장수가 부지런히 오고 간다.

선수들이 벤치에 앉아 있는데 나이도 천차만별에 키나 몸무게도 들쭉날쭉이다. 몽골 씨름은 시간 제한이 없고 체급별 구분도 없다고 하니 저 키 작은 늙은이와 꺽다리 젊은이가 한판 붙을 수도 있는 상황이다.

삼각팬티에 조끼를 입은 선수들은 긴 부츠를 신고 네모난 헝겊 모자를 쓰고 있다. 시합에 들어가기 전에 간단한 의식이 거행된다.

전통 의상을 입은 심판들이 한 줄로 서면 선수들이 심판의 어깨를 잡고 양쪽으로 반 바퀴씩 손을 흔들며 돌고, 심판은 선수의 모자를 벗겨 손에 든다.

선수는 무대 중앙으로 나와 양손을 위로 올렸다 내렸다 독수리가 날갯짓하듯 두 번을 흔든 다음 허벅지 안쪽과 엉덩이를 양손으로 탁탁 때리고 난 후 본격적인 시합을 시작한다.

예선이라 체육관 마루가 꽉 차도록 선수들이 많다. 관중들의 웅성거리는 소리가 멈추더니 시작하자마자 꽈당 하면서 한 판이 끝난다. 관중들이 동시에 함성을 지른다. 홀쭉이가 뚱보를 업어치기로 넘어뜨린 거다. 하기야 그 사람, 운동선수치고는 배가 너무 나왔더라니.

씨름에 진 뚱보는 조끼 끈을 풀고 이긴 선수 팔 밑을 지나 심판한테 모자를 받아 쓰고 나갔다. 홀쭉이는 엉덩이를 빼고 서서 심판이 손수 씌워주는 모자를 받아 쓴 후 파란 스카프와 몽골 국기가 걸려 있는 대회 상징물 주위를 한 바퀴 우아하게 돌고 나서 다음 라운드를 기다린다.

2회전부터는 진 사람이 심판석에 가서 돈을 받아 가는데 회를 거듭할수록 액수가 높아진다. 내가 처음부터 눈여겨보던 근육질의 핸섬 보이는 어느덧 세 판을 이기고 있다. 애니가 찜해놓은 키 큰 배불뚝이 선수도 잘 싸운다. 사람들은 어떤 뚱뚱한 선수가 나오면 고함을 지르고 좋아하는데, 그 사람은 씨름도 잘하지만 시합 전 날갯짓 동작이 큰 덩치에 어울리지 않게 아주 우아해서 인기 만점이다.

단조로울 것 같은 경기인데도 시간 가는 줄 모르겠다. 체육관 마루에서는 끊임없이 크고 작은 선수들이 이기고 지고, 날갯짓하고,

모자와 돈을 받아 가지고 나간다.

구경하는 사람들은 고래고래 소리를 지르고 술을 몰래 가지고 들어와 마신다. 가지고 들어오면 안 된다는 술을 가져와 취하도록 마시고, 취해서 술주정하는 것까지 어쩌면 그렇게 우리와 비슷한지.

어느덧 3시간이 흘렀다. 오늘의 하이라이트는 좁쌀만 한 선수가 장대거인을 만나 30분 이상 겨룬 거다. 몽골 씨름도 힘만 가지고 되는 일은 아닌 듯, 고목나무에 매미가 붙은 형상인데도 작은 선수가 한참을 버틴다. 체육관 안에서는 여러 팀이 시합을 하고 있지만 모두들 이 팀만 응원한다.

힘에 부친 작은 선수가 결국 넘어가자 "에이." 하고 아쉬워하는 소리를 내며 진 사람에게 뜨거운 박수를 보냈다.

내가 찍은 핸섬 보이도 준준결승에 올랐다. 애니의 선수도 마찬가지다. 나와 애니는 각자가 찍은 선수를 두고 내기를 걸었다. 아이스크림과 숙소까지의 택시 값이다. 그런데 그만 배불뚝이가 한 번 더 이기고 말았다. 그래, 배불뚝이지만 기술 좋은 건 인정한다!

:"우리는 반드시 살아납니다"

몽골을 떠나기 며칠 전 큰마음 먹고 시내에서 제일 큰 백화점에 갔다. 1년 반에 걸친 이번 아시아 여행도 곧 끝나가니 한국에 가져갈 작은 선물이라도 사야 할 것 같아서다.

시내의 한복판에 있는 4층짜리 쇼핑센터는 명색이 백화점인데도

1층에는 가루비누나 휴지, 한국 라면 같은 것들이 진열대를 채우고 있을 뿐 변변한 물건이 보이지 않았다. 2층에 가니 그나마 가전제품들이 몇 점 전시되어 있고 반갑게도 한국 화장품이 세일을 하고 있다. 반가운 마음에 당장 영양크림을 하나 샀다.

유통기한이 거의 2년이나 넘은 것이어서 약간 찜찜했지만 워낙 다급하게 필요했다. 이 춥고 건조한 곳에서 로션 하나로 견디려니 얼굴이 늘 달걀흰자 팩을 한 것처럼 몹시 당겼기 때문이다.

기념품 코너에는 작게 만든 게르도 있고 말이나 낙타 모형도 있지만, 뭐니 뭐니 해도 제일 눈에 많이 띄는 건 동그랗고 인자하게 생긴 칭기즈 칸 얼굴이다. 그림엽서, 선물용 액자에 그 그림이 있는 것은 물론 몽골 최고의 선물인 보드카도 칭기즈 칸 표다.

13세기의 대제국 이후 지금까지 몽골 사람들은 칭기즈 칸에게 최대의 경의를 표하며 함께 숨 쉬고 있는 것 같다. 매일 쓰는 돈에도 칭기즈 칸 초상화가 그려져 있고 시골 게르의 가정 불단에도 칭기즈 칸 초상화가 놓여 있다.

특산품 코너에서 몽골 전통 의상을 입은 진흙 인형을 기웃거리는데, 어떤 서양 중년 남자가 한국말을 하는 게 아닌가?

"이건 좀 비싼데 어떻게 할까?"

내가 귀를 쫑긋 세우자 동행인 한국 사람이 말을 받는다.

"그래도 선물해야 할 분들 것은 사야죠."

내가 얼른 돌아보며 "안녕하세요?" 인사를 하자 다른 쪽 진열대를 돌아보고 있던 푸근한 인상의 한국 수녀님이 내 인사를 받는다.

"안녕하세요? 여기 사시는 분이신가요?"

"아니에요. 여행 중이에요."

그러자 아까 말을 나누던 두 남자가 '여길 여행 왔다고?' 하는 표정으로 번갈아 쳐다본다. 통성명을 하고 보니 이분들은 한국에 사는 신부님들로 볼일이 있어 잠시 몽골에 들르셨고, 몽골말이 유창한 수녀님은 여기서 사신단다.

"열심히 다니지는 못하지만 저도 교우예요."

대전 교구에서 왔다는 외국인 신부님은 한국에서 20년 넘게 사신 분으로 한국 사람보다 한국말을 더 잘하신다.

우리는 백화점에 서서 이야기하는 것만으로는 성에 차지 않아 커피숍으로 자리를 옮겼다. 이야기 중에 수녀님은 울란바토르에 성당이 있으니 이번 주일 미사에 나오라고 권하신다.

"마침 이번 주일은 부활절이고 부제 서품이 있어서 한국에서 교황청 대사가 참석하시지요."

'아, 벌써 내일모레가 부활절이로구나. 그럼 오늘이 성 금요일이네.'

이런 사이비 신자가 있나. 부활절이 돌아오는 것도 까맣게 잊고 있었다.

지금 한국에 있는 교우들은 '십자가의 길'을 하고 이런저런 부활절 준비로 정신이 없겠다. 중고등부 학생들은 내가 옛날에 그랬던 것처럼 성당에 모여 앉아 그림을 그려 넣은 부활 달걀을 만들면서 즐거워하고 있겠지.

나도 예전에 신심이 불붙던 때는 지금은 수녀가 된 친구 테레사와 사순절 기간 동안 예수님의 고통을 기억하자며, 각자가 일상에서 제일 끊기 어려운 일 한 가지씩 끊기, 매일 희생 한 번, 묵주 신공 한 단 바치기를 하며 부활절을 준비하던 시절이 있었다.

지금 생각하면 우습기도 하지만 그때 우리가 택한 고통은 라면 귀신이 붙은 나는 '라면 안 먹기'였고, 커피 귀신이 붙은 테레사는

'커피 안 마시기'였다.

내가 물론 부활절 미사에 가겠다고 했더니 한국 신부님은 양이 인구보다 열 배나 많은 양의 나라에 와서 '길 잃은 사람 양' 한 마리 구하고 가니, 이것으로 몽골까지 온 본전은 뽑은 거라고 농담을 하신다. 그러고는 몽골에 왔으면 꼭 만나야 할 대단한 한국 사람이 있다면서 '김 박시(김 선생)'라는 승가대학 교수 한 분을 소개해주신다.

다음 날 당장 소개받은 김 박시를 찾아 몽골 최대의 사원 간단사 안의 승가대학으로 갔다. 그렇게 해서 몽골 전통 의상이 썩 잘 어울리는 김선정 씨를 만날 수 있었다. 30대 중반쯤 되었을까. 예쁘장한 얼굴이 당차면서도 선해 보인다.

나는 다른 나라에서 뿌리를 내리고 열심히 살아가는 자랑스러운 한국인을 만나고 싶었을 뿐인데, 김 박시가 처음에는 경계의 눈빛을 보인다. 혹시 한국 언론사에서 온 건 아닐까 해서 말이다. 벌써 여러 차례 곤욕을 치른 모양이다. 그런데 듣고 보니 한국 기자들이 달려들 만도 한 이야기의 주인공이다.

김선정 씨는 홍익대학교 미술대학원 출신으로 불화를 전공했단다. 1989년 티베트로 불화 공부를 하러 갔다가, 중국의 종교 박해로 도저히 공부를 할 수 없어 티베트 망명 수도인 인도 다름살라로 넘어가 탱화 공부를 했다고 한다.

그곳에서 망명해 온 몽골 궁정화가에게 사사하다가 역시 스님인 지금의 남편을 만나 결혼하게 되었단다. 당시 몽골 승가대학 학생회장이던 남편은 경전 번역을 하고 있었다.

1994년에 김선정 씨는 남편과 함께 몽골로 돌아와 승가대학 미술과에서 탱화와 만다라 등 불교예술을 가르치기 시작했는데, 지금은 승가대학 예술학교장이 되었다.

"스님 남편과 어떻게 결혼하시게 된 거예요?"

"많은 사람들이 그걸 제일 궁금해하지요."

선정 씨는 웃으며 말해준다.

몽골은 소련으로부터 극심한 종교 탄압을 받았는데, 스탈린 치하에서는 몽골 스님에 대한 대학살까지 자행되었다. 그 후에도 소련은 여러 가지로 몽골의 불교를 억눌렀다. 승가대학 입학을 스님이 될 수 있는 유일한 길로 정해놓고 제한을 가했다.

소련 말기에는 얼마 남지 않은 모든 스님들에게 결혼을 강요하기까지 했다. 선정 씨가 남편 푸루밧 스님을 만난 것은 바로 그때였고, 그래서 두 사람은 결혼할 수 있었다고 한다.

민족주의자이며 몽골 불교의 권위자인 푸루밧 스님은 지금 티베트어로 된 미술 관련 경전을 번역하고, 흩어진 골동품을 모아 박물관에 기증하는 등 민족부흥운동에 열정을 바치고 있다고 한다. 학교를 떠날 때 잠깐 만난 푸루밧 스님은 기골이 장대하고 에너지가 넘치는 분이었다.

"러시아인들은 몽골 것이 모두 없어졌다고 하지만 천만의 말씀입니다. 우리 몽골족은 반드시 다시 살아납니다. 부처님의 힘으로 말입니다."

푸루밧 스님의 신념은 확고했다.

두 사람이 이끄는 승가대학 예술학교는 몽골 정부의 지원이 거의 없다고 한다. 그래서 김선정 씨가 한국의 한 불신도 모임에서 보내준 헌옷을 팔아 학생 사십여 명의 숙식을 제공하고, 교수들 월급까지 조달한다고 한다.

"우리나라 일도 아닌데 왜 이런 어렵고도 힘든 길을 가는 거예요? 마치 도를 닦으려고 어려움을 자처하는 것처럼 보이네요."

"저한테는 남의 나라가 아니지요. 그러나 남편의 나라라는 것에 앞서 하나의 훌륭한 문화유산이 잘 보존되고 발전되었으면 하는 바람이 더 큽니다. 우리는 우리 것을 너무 쉽게 내줘버렸어요. 예전에는 일제에게, 지금은 서양에게 말이에요. 텅 비어 있는 우리의 정신과 민속 문화를 돌아보면 정말 아쉽습니다. 지금 우리나라에서도 잃어버린 것들을 복구하려고 많은 이들이 노력하고 있다는 것을 잘 알고 있어요. 매우 반가운 일이지요. 그러나 몽골은 독립한 지가 몇 해 되지 않아 정말 할 일이 많아요. 이 나라가 빼앗겼던 문화와 민족혼을 찾는 데 조금이라도 힘이 되고 싶어요. 문화와 전통은 민족의 혼을 담는 그릇이잖아요. 어떤 희생을 치르고라도 반드시 지켜야 해요."

김선정 씨는 자기에게 다짐하듯 힘주어 말한다. 맞다. 어렵고 힘든 게 뻔한 남의 나라 문화 지킴이를 자처한 김선정 씨가 바로 사해동포주의자(四海同胞主義者)가 아닌가. 내 나라 것이 중요한 만큼 남의 것도 이렇게 소중하게 아끼고 보존하려는 노력이 참으로 아름답다.

이런 면에서 김선정 씨는 외국에 사는 자랑스러운 한국의 딸이라는 차원을 넘어 인류의 문화유산을 지키는 데 한몫을 단단히 하고 있는 세계의 딸이라고 해야 옳을 거다.

끝없이 이어지는 고비 사막과 몽골의 드넓은 벌판을 달려본 것 이상으로 단 몇 시간 김선정 씨를 만난 것이 내게 아주 중요한 걸 일깨워주었다.

한 집안과 한 나라의 딸로서만이 아니라 세계인의 한 사람으로서 내가 해야 할 대자아의 역할을.

이 몽골 여행은 이번 세계 일주 여행 중 맨 마지막 부분이다. 이제 본격적으로 파키스탄에서 카라코람 하이웨이를 타고 넘어와 중국 측 끝 카슈가르(喀什)에서 시작하는 실크로드를 따라가 보도록 하자.

중국 실크로드

버스에서 위구르의 심청이와 함께. 아이가 내 발음이 후져서
못 알아듣는 것 같았다. 그래서 내 마음대로 '심청이' 라고 이름을 붙였다.
해가 지자 내 무릎에서 잠이 들었다. 잠결에 내가 엄마인 줄 알았나 보다.

아, 실크로드! 길 없는 길을 따라서

: 한번 들어가면 나올 수 없는 곳 타클라마칸

'낙타를 타고 타클라마칸 사막을 가로지를 수는 없을까.'

타클라마칸 사막을 가기로 작정한 순간부터 늘 이런 생각을 해왔다. 그러나 카슈가르에 있는 여행사 몇 군데에 물어보니 다들 제정신으로 하는 말인가 하는 눈으로 쳐다본다.

이제부터 실크로드를 따라가는 길이다. 내가 있는 카슈가르에서 중국 측 실크로드의 시작 지점인 시안(西安)까지 가는 길은 여러 가지다. 제일 많이 이용하는 길은 카슈가르—쿠처(庫車)—우루무치(烏魯木齊)—투루판(吐魯番)—둔황(敦煌)—란저우(蘭州)—시안을 잇는 소위 텐산(天山) 북로다. 그러나 나는 그런 잘 알려진 '코카콜라 길' 말고 뭔가 색다른 길을 찾고 싶다.

세계지도의 중국 부분을 펴보니, 가장 먼저 흑갈색으로 둘러싸인 럭비공 모양의 하얀 공간이 눈에 들어온다. 여기가 바로 타림(塔里木) 분지, '한번 들어가면 나올 수 없는 곳'이라는 타클라마칸 사막이 있는 곳이다.

하지만 사람들이 말하는 것처럼 그렇게 막막해 보이지는 않는다.

이곳 지형을 잘 아는 가이드와 낙타만 빌릴 수 있다면 사막 종단 여행이 전혀 불가능하지만은 않을 것 같은데.

"어디 가면 낙타 여행의 가능성을 더 자세히 알 수 있을까요?"

"허톈(和田)에 가서 알아보는 게 제일 좋아요."

여행사 직원의 대답이다. 일단 허톈까지 가기로 했다. 카슈가르에서 670킬로미터, 12시간 거리다.

나는 운 좋게 운전사 옆 자리에 앉아서 눈앞에 펼쳐지는 사막 경치를 제대로 볼 수 있었다. 오른쪽으로는 쿤룬(崑崙) 산맥의 누런 고산들이 끝없이 이어지고, 왼쪽으로는 간간이 풀포기와 돌이 흩어져 있는 황무지가 보인다.

가끔씩 부드러운 곡선의 모래언덕들과 탁 트인 모래 평원도 나온다. 그러다가 이런 황막한 풍경이 지겨워질 때면 거짓말처럼 푸른 숲이 나타난다. 누런 황야의 초록색 나무숲. 말 그대로 뤼저우(綠州, 오아시스), '초록 땅'이다.

지나는 오아시스 마을 길 양옆에는 예외 없이 쭉쭉 시원하게 뻗은 포플러들이 일렬로 늘어서 있다. 이 나무들은 보기에도 아름답지만 실은 모래 바람을 막는 방풍림이다. 가까이 가보면 나뭇잎이 모래 먼지로 뒤덮여 칙칙한 빛깔이다.

놀랍게도 넓은 목화밭도 나타난다. 무릎까지 오는 목화 줄기에 하얗게 달린 목화들이 정말 신기하다. 사막에서도 목화가 자라는 줄은 여기에 와서 처음 알았다.

우리가 탄 차 옆으로는 가끔 짐을 가득 실은 당나귀 마차가 달각달각 지나간다. 하얀 목화 더미에 올라앉은 아저씨는 이런 척박한 환경에서 사는 사람들은 인상도 전투적일 거라는 생각과는 달리 아주 평화로워 보인다. 초록색이나 붉은색 바탕에 화려하게 수를 놓은 위구르 모자가 하얀 솜과 선명한 대조를 이루는 것도 이국적이다.

조금 더 가니 길 쪽으로 난 도랑으로 물이 흐르고, 제법 수량이 많은 냇물이 구불구불 마을을 가로지르고 있다. 타클라마칸의 대표적인 오아시스 마을 허텐이 가까워오는 거다.

동화 속에 나오는 오아시스는 거의 작은 호숫가에 야자나무 대여섯 그루가 서 있고, 그 그늘 아래 대상들이 낮잠도 자고 낙타에게 물도 먹이는 풍경으로 그려진다.

하지만 실제 오아시스는 적게는 수백 명, 많게는 수십만 명의 인구를 먹여 살리는 큰 도시다. 옛날에는 오아시스 하나하나가 각각의 왕국을 이루었다는데, 이 사막 남로에도 36왕국이 있었다고 한다. 허텐 역시 그중의 하나다.

허텐의 물은 쿤룬 산 꼭대기의 빙하가 녹아 흐르는 거다. 냇물 정도의 규모가 아니라 위룽카스(玉龍喀什)와 카라카스(喀拉喀什)라는 번듯한 이름까지 있는 강이다. 7, 8월이 되면 이 눈 녹은 물이 불어 홍수까지 난단다. 그때 큰물에 산속에 있는 옥이 떠내려 오는데 동네 사람들이 강변의 흰 자갈 속에서 쉽게 가려 주울 정도로 흔하단다.

이곳에는 기원전 2세기경 대옥우진국이라는 나라가 있었다. 사막 남로 전역에 세력을 떨친 이 왕국은 10세기경 이슬람교가 전파되기까지 강력한 불교 국가였다. 근교에 있는 고성(古城)은 대표적인 불교 유적지로 지금의 투루판에 있었던 고창(高昌) 왕국, 고차(庫車) 왕국, 누란(樓蘭) 왕국과 함께 불교문화가 화려하게 꽃피었던 곳이다.

또 물이 풍부한 오아시스로서 상업도 대단히 발달했다. 상업의 발달로 인해 실크로드를 타고 이 나라의 불교가 퍼져나갔는데, 아이러니컬하게도 바로 그 실크로드를 통해 이슬람교가 유입되어 지금은 강력한 모슬렘 사회를 이루게 되었다.

나는 허톈에서 조금 실망했다. 주민 대부분이 위구르족이라고 해서 사는 모습이 많이 다를 거라고 기대했었는데 실제로 와보니 여느 한족 도시와 크게 다를 바 없다. 잘 닦인 십자로가 있고, 우체국, 공안국, 지방정부 건물과 백화점, 호텔 등 크고 번듯한 건물들이 눈에 들어온다.

물어물어 외국인이 묵을 수 있는 영빈관을 찾아갔다. 방으로 들어가려는데 누군가 "하이." 하며 인사를 건넨다. 반갑기도 했지만 혼자 가고 싶은 사막 길에 바라지 않은 동행이 생기는구나 하고 조금은 내키지 않은 생각도 들었다. 다행히 존이라는 이 30대 초반의 영국 사람은 여행자가 아니라 허톈 명물 양탄자와 옥을 베이징의 외국인들에게 내다 파는 장사꾼이다. 벌써 3년째 장사를 하고 있다는 말에 귀가 번쩍 뜨인다.

"그러면 이 동네 잘 아시겠네요?"

"알 만큼은 알지요."

"여기서 낙타 타고 타클라마칸 사막을 종단할 수 없을까요?"

"아마 혼자서는 어려울 걸요. 돈이 굉장히 많이 들 거예요. 정 하고 싶다면 내가 아는 사람을 소개해드릴게요."

"사막 종단하는 사람을 보기는 했어요?"

"저번에 어떤 일본인 팀이 여기서 낙타 수십 마리를 물색한다는 얘기가 돌기는 했어요. 실제로 갔는지는 모르지만."

반신반의하며 존이 가르쳐준 여행사에 전화를 걸어보았다. 그랬더니 여행사 직원 말이 사막을 가로질러 가려면 한 사람 앞에 적어도 다섯 마리 정도의 낙타가 있어야 물과 식량을 나를 수 있다면서 한 열흘쯤 걸리는데, 가이드비, 허가비 등 총비용이 최소한 2천 달러는 든다고 한다. 2천 달러? 내 6개월 여행 경비에 해당하는 2천 달러가 누구네 애 이름인 양 거침없이 나온다.

나를 봉으로 생각하고 바가지를 씌우려는 게 분명하다. 이런 시골 사람이라면 좀 순진해야 하는 거 아닌가? 장사꾼에게 순진함을 바라는 내가 더 순진한 건지도 모르지만.

이로써 사막 낙타 여행은 허무하게 불발탄이 되고 말았다.

실망감에 차 있다가 시장에 가서 배부르게 잘 먹고 나니 낙타 여행 못하게 된 게 뭐 그리 대수로운 일인가 하는 생각이 들면서 단번에 마음이 편안해진다. 여행을 오래 하다 보니 나도 이제 단세포가 다 되었다. 배부르고 잠잘 곳만 있으면 아무 걱정이 없어지니 말이다.

: 요금은 자본주의, 서비스는 사회주의

숙소로 돌아오다가 시장에서 월병을 보았다. 아, 맞다. 오늘이 바로 8월 대보름 추석이구나. 저 과자 못 보았으면 그냥 지나갈 뻔했다. 이곳에서는 중추절(仲秋節)이라고 하는데, 위구르족과는 상관없는 날이지만 이곳의 한족들에게는 중요한 명절이다. 한족들이 이날 보름달처럼 동그란 월병을 먹기 때문에 시장 한구석에서 팔고 있었던 거다.

비록 떠돌아다녀도 나는 엄연한 한국의 딸. 추석은 내게도 중요한 명절이다. 제대로 상을 차려 차례는 못 지낼망정 월병을 먹으면서 조상의 음덕을 기리고 싶다.

"조상님들 덕분에 탈 없이 여행 잘 하고 있습니다."

보름달이 떴을까 하고 하늘을 올려다보니 날씨가 나쁜 건지, 먼지에 가린 건지 두꺼운 커튼에 가린 백열등처럼 동그란 물체가 희미하게 보일 뿐이다. 오늘 밤 서울 하늘은 어떨까. 둥근 달이 떴을까. 가족들이 오랜만에 모여 앉았겠지. 어쩐지 낮부터 귀가 가렵더라니, 분명 내 얘기들을 하고 있나 보다. 우리 엄마는 또 우시겠지. 하여간 이 노인네, 눈물도 많다니까.

보고 싶은 마음이 끓어 집에 전화를 할까 하고 호텔에 물어보니 무려 3분에 50위안이나 한단다. 3분 전화하고 5000원을 내? 눈 딱 감고 참아야겠다. 엄마한테는 미안하지만.

허텐에서 하루를 더 묵게 되었다. 다음 목적지인 체모(且末)까지 가는 버스가 이틀에 한 번씩 있는데 모레 아침에 떠난다. 숙소에서 하루 쉬면서 다음 일정을 체크해보았다. 사막 종단 여행은 어렵게 되었으니 사막 가장자리라도 따라가 보기로 마음먹었다.

보통 실크로드라고 하면 육로만을 생각하기 쉬운데 실제 실크로드는 크게 세 루트다. 하나는 지중해로부터 홍해와 아라비아 해 인도양을 거쳐 중국 동남해에 이르는 해상 루트이고, 또 하나는 몽골에서 아랄 해를 거쳐 흑해에 이르는 유라시아 대륙의 북방 초원 루트 그리고 우리가 잘 알고 있는 오아시스를 따라가는 육로 루트다.

어렸을 때 나는 이 육로 루트 실크로드가 경부고속도로처럼 외길로 난 길의 이름인 줄 알았다. 하지만 이 길은 수많은 갈래가 있고 크게는 세 줄기로 나뉜다. 하나는 앞에서 소개한 톈산 북로, 또 하나는 시안에서 투루판과 쿠얼러(庫爾勒)를 거쳐 카슈가르로 이어지는 톈산 남로(서역 북로라고도 한다) 그리고 둔황에서 허텐을 거쳐 카슈가르에 이르는 서역 남로가 있다. 나는 여기 허텐에서 체모,

뤄창(羅强)에 이르는, 타클라마칸 사막 언저리를 돌아가는 사막 남로를 택했다.

허톈 거리에는 많은 사람들이 오간다. 무엇보다 눈에 띄는 게 남자들이 쓰고 다니는 모자다. 위구르족의 상징인 이 모자는 초록과 붉은 바탕에 화려한 수를 놓은 작은 사각형이다. 여자들 역시 빨강, 파랑, 노랑, 검정 등 화살 깃 무늬가 화려한 원피스를 입고 있는데, 위구르 전통 의상이란다.

터키계인 위구르족은 중국 내 공식 소수민족 55개족 가운데 네 번째로 많다. 이곳 신장(新疆) 지방 남쪽은 위구르족이 집단으로 모여 사는 곳이다. 이들은 국적으로는 중국인이지만 생김새나 종교, 문화 등은 파키스탄이나 중앙아시아 나라들과 공통점이 훨씬 많은 것 같다.

회교도 모자를 쓰고 이슬람 사원에 모여 일제히 절을 하는, 초록색 눈에 큰 코를 가진 사람들을 어떻게 중국인이라고 생각하겠는가. 얼핏 보아도 눈, 코, 입이 크고 눈썹 숱이 많고 윤곽이 뚜렷한 중동계 미남, 미녀들이다. 여자들은 머리를 가리는 이슬람 계율에 따라 스카프를 썼지만 원색의 얇은 망사로 되어 있어 머리가 훤히 다 비친다. 계율 때문에 억지 춘향으로 쓴 게 분명하다.

하지만 고동색 보자기를 얼굴 전체에 뒤집어쓴 골수 회교도도 많다. 글씨는 꼬불꼬불한 것이 아랍식이고, 혀를 굴리고 목구멍을 써서 발음하는 말은 마치 터키말 같다.

조신해야 할 모슬렘 여자들의 앉아 있는 모습이 가관이다. 양 다리를 쩍 벌리고 앉는 건 기본이고, 시장에서건 버스 안에서건 돈을 주고받을 때는 허벅지까지 치마를 걷어 올리고 스타킹 속에서 돈을 꺼낸다. 그런 걸 보면 확실히 전통적인 회교 국가와는 다른 것 같다.

시장에는 커다란 대추도 보이고, 자두만 한 크기에 노란색의 싱싱한 무화과도 처음 먹어보았다. 오아시스답게 수박과 포도가 산처럼 쌓였는데, 사막에서 사는 이들은 이런 과일들이 내장 속의 열기를 식혀 더위를 이기게 하는 보양 식품이라는 것을 알고나 먹는 걸까.

사람이 바글대는 식당으로 들어갔다. 이 지방 토속 음식인 신장국수는 중국집 면발 뽑듯 손으로 내리치며 길고 가늘게 뽑아낸 면발을 삶아 마늘종, 토마토, 양파, 피망, 마늘, 양고기를 섞어 볶은 고명을 얹어 먹는다. 이것이 실크로드를 타고 이탈리아로 전해져 스파게티가 되었다는데, 정말 그런 것 같다.

스파게티의 파트너, 마늘빵의 원조도 있다. 접시처럼 납작하고 동그란 빵 표면에 다진 마늘과 참깨를 뿌려 구운 것. 하나에 1위안인데, 마늘 냄새가 폴폴 나는 이 빵이 어찌나 큰지 '위대(胃大)한' 나도 한 개 먹기가 벅차다.

다음 날 새벽, 체모로 가는 버스를 탔다. 체모는 위구르말로 체르찬, 즉 '사막의 빛나는 진주'다. 이름처럼 이곳은 실크로드의 중요한 교역지로 번영을 누린 오아시스 불교 왕국이었다.

체모로 가는 길은 더 깊숙한 사막 풍경이다. 가는 모래가 많아지며 모래언덕의 윤곽선이 곱게 펼쳐지고, 물의 근원이 되는 산이 멀어서 그런지 오아시스 마을도 훨씬 드문드문 나타난다. 무엇보다 차들이 뜸해지고 대신 당나귀 마차가 많이 보인다. 창밖으로 누런색 황무지에 검은 뱀처럼 구불구불 나 있는 한 줄기 까만 아스팔트 길만 또렷하다.

내가 탄 버스 운전사는 만만디 한족인가 어찌나 늑장을 부리는지 아침 7시에 떠난다던 버스가 9시가 넘어서야 떠나질 않나, 사람만 보이면 기를 쓰고 태우곤 하더니 일정이 늦어져 결국 승객들은 우탄이라는 곳에서 억지 1박을 하게 되었다.

정류장에 딸린 하룻밤 5위안짜리 숙소에 들었는데, 침대 네 개와 소변용인지 세수용인지 모를 지저분한 대야만 하나 달랑 있는 게 꼭 감방 같다. 아줌마 셋과 함께 묵게 되었는데, 그 가운데 40대 중반의 파티마라는 귀엽게 생긴 아줌마가 중국어를 100여 마디쯤 알아 겨우 의사소통을 할 수 있었다.

물과 군것질거리를 사러 나가보니 사람들이 모자를 쓴 걸로 보아 대부분 위구르족인데, 여자들은 하얀 머릿수건 위에 소주잔같이 생긴 까만 장신구를 하고 다니는 게 눈길을 끈다.

모슬렘이라서 그런지, 자연이 척박해서 그런지, 아니면 외진 곳이라서 그런지 한족보다 훨씬 친절하고 눈을 마주치면 웃어주어 기분이 좋다.

한참 걸으니 한때는 아름다웠을 중동풍의 목조건물들도 보인다. 2층집 베란다 난간의 정교하고도 아름다운 나뭇잎과 포도 넝쿨 모양은 디자인과 조각 솜씨에서 중동 냄새를 물씬 풍긴다. 또한 스테인리스 쟁반에 망치로 동글동글한 무늬를 만드느라고 탕탕거리는 대장간 소리 역시 중동에서 듣던 소리 그대로다.

차창을 열고 달려와서 머리며 얼굴이 먼지투성이인데도 마땅히 씻을 곳이 없어 이만 겨우 닦고 잠자리에 들었다. 잠결에 어렴풋이 누군가 문을 두드리는 소리가 들렸다. 한밤중에 문을 두드리면서 들어올 도둑이 있을까마는 순간 긴장이 되어 전대를 바싹 맸다.

혼자가 아니라 약간 안심을 하고 있는데, 문을 두드리던 사람이 전깃불을 켜고 들어와 내 쪽으로 성큼성큼 걸어오는 게 아닌가. 속으로는 몹시 놀랐지만 짐짓 자는 척하는데, 그 사람이 "웨이, 웨이

(여보세요)." 하면서 나를 흔들어 깨운다. 더 이상 가만히 있으면 안 될 것 같아 벌떡 일어나며 소리를 질렀다.

"니 스 셰이야(넌 누구냐)?"

그 사람도 놀랐는지 좀 어리벙벙한 표정이 되면서 말한다.

"워 스 라오반. 니 찌아오 와이궈런더 페이(난 주인인데, 넌 외국인 요금을 내야 해)."

외국인 요금 5위안을 더 내라는 거다. 뒤늦게 숙박계를 보고 내가 한국 사람이라는 걸 알았나 보다. 정말 웃긴다. 곤히 자고 있는 손님을 깨워서 돈 내라는 것은 도대체 어느 나라 예법인가. 내가 5위안 떼어 먹고 야반도주라도 할 것 같으냔 말이다.

그리고 침대 이외에는 아무것도 없고, 화장실 냄새까지 풀풀 나는 방에서 똑같이 잠만 자고 나가는데 왜 나만 5위안을 더 내야 한다는 거냐. 게다가 중국에서는 아무리 후진 숙소라도 보온병에 뜨거운 물은 반드시 있게 마련인데 여기서는 차 우려 마실 뜨거운 물은커녕 찬물 한 방울 없지 않은가.

"당신, 뭐하는 거예요? 난 자야 하니 내일 말해요. 그리고 내일 아침 뜨거운 물이나 잊지 말고 갖다 줘요. 알았지요?"

그러면서 더러운 이불을 머리까지 뒤집어썼다. 주인은 한참 뭐라고 구시렁대더니 불도 안 끄고 나가버린다.

'흥, 그래 보라지. 불 안 끄면 우리 집 전기 닳냐? 니네 집 전기 닳지.'

그런데 이 의지의 주인장이 다음 날 꼭두새벽에 정말 나를 또 깨운다. 그 빛나는 프로 정신에 감복해 황토색 5위안짜리 지폐를 건네주며, 뜨거운 물은 어떻게 되었느냐니까 무조건 "메이여우(없어요)."라며 돈만 채 가지고 당당하게 나가버린다.

줄 것은 하나도 안 주고 받을 것은 정확히 챙겨 받는 대단한 주인이다. 아니, 이게 바로 요즘 중국식 자본주의의 단면인지도 모른다. 요금은 자본주의식이고, 서비스는 사회주의식이니까.

: 눈으로 정을 나눈다

아직도 사방이 깜깜한 새벽, 5위안을 뜯긴 후 드디어 체모로 향했다. 버스는 떠날 때부터 콩나물시루였는데, 중간 중간 또 이미 탄 만큼의 사람을 더 태우면서도 문을 닫고 떠나는 걸 보면 정말 신기하다.

더 신기한 점은 눌리는 사람은 눌린다고, 밀리는 사람은 밀린다고 야단이긴 하지만 크게 아수라장이 되지는 않는 거다. 아수라장은커녕 웃음이 묻어난다. 우리나라 같으면 벌써 운전사에게 소리를 지르거나 승객끼리 언성을 높이며 짜증을 냈을 텐데, 이들은 좁은 공간이지만 남을 덜 불편하게 하려고 서로 재주껏 자리를 비켜준다. 이런 걸 신기하게 생각하고 있으니 이 사람들이 비정상인지, 내가 비정상인지 모르겠다.

창 쪽에 앉기는 했지만 옆 사람에 밀려서 어깨를 반듯이 하고 앉아 있을 수가 없다. 하지만 내 앞에서 이리저리 밀리는 위구르족 꼬마 아가씨가 더 힘들어 보여 무릎에 앉혔다. 10살이 채 안 되어 보이는 아이인데도 머리 스카프와 마스크를 하고 있다. 처음에는 모래 먼지 때문에 그런 줄 알았으나 알고 보니 음식을 먹을 때만 잠깐씩 마스크를 벗는 것이 엄격한 회교도 복장이란다.

꼬마가 함께 탄 70대 할아버지를 어찌나 지극 정성으로 모시는지 기특하기 짝이 없다. 할아버지가 행여 목이 마르실까, 원래 2인 석인 자리에 자기까지 끼어 앉아 불편하지는 않으실까 신경 쓰는 모습이 눈물겨울 정도다. 한창 어리광 피울 나이에 어떻게 저런 마음이 우러나는지.

할아버지도 아이를 보살피시는 게 극진하다. 아이에게 잠시도 눈을 떼지 않으시면서 무슨 말을 하면 정성스럽게 귀를 기울여주고 아주 진지하게 대답해주신다. 아이는 오랜만에 차를 탔는지 내게는 단조롭기만 한 창밖 경치에도 흥분해 환호성을 지른다. 옆 자리에 앉은 할아버지도 좋아하신다.

아이가 귀여워서 중국말로, "니 찌아오 션머 밍쯔(네 이름이 뭐니)?" 하고 물으니 못 알아듣는다. 한족 말을 못하는 모양이라고 생각하고 다시 위구르말로, "이스밍크즈?" 하고 물어보아도 역시 웃기만 한다. 내 발음이 후져서 못 알아듣나 보다.

그래서 내 마음대로 '심청이'라고 이름을 지어주었다. 할아버지에 대한 효성이 지극하니까 말이다. 해가 져서 바깥 경치를 볼 수 없게 되자 심청이는 내 무릎에서 쿨쿨 잠이 들었다. 잠결에 내가 엄마인 줄 알았는지 두 팔로 내 목을 친친 감기까지 한다.

버스는 예정보다 많이 늦어져 한밤중에 체모에 도착했다. 자느라고 정신이 없는 심청이를 업고, 할아버지가 작별 인사를 하며 손을 흔드신다.

"호스(안녕히 가세요)."

내가 위구르말로 인사했더니 할아버지도 "하이르 호스, 하이르 호스."라며 오른손을 이마 위로 올리는 회교식 인사를 하신다.

내 무릎에 무려 15시간 이상 앉아 온 심청이와 제대로 작별 인사도 나누지 못하는 것이 섭섭했지만 곤히 자는 아이를 깨울 수는 없는 일. 혼자 속으로 인사를 했다.

'위구르 심청아, 복 많이 받아라.'

깜깜한 밤중에 어디서 숙소를 찾나 걱정하는데, 고맙게도 전날 같은 방에서 잔 파티마가 자기 집으로 가자고 한다. 파티마는 카슈가르에서 화장품, 옷, 스타킹, 세숫비누 등 여성 잡화를 가져다 팔고 있었다.

카슈가르에서 잔뜩 해 가지고 온 산더미 같은 물건을 파티마네 가게에 날라다 놓고, 어두운 골목 안에 있는 집으로 따라갔다. 화려하게 조각된 대문을 열자 할머니가 반갑게 맞아주신다. 고등학생쯤 되어 보이는 아이들도 자지 않고 기다리다가 엄마에게 입과 볼을 맞추며 반긴다.

좁은 단칸방에 3대가 살아가는 모양이다. 흙바닥에는 식기들이 널려 있고, 한 칸 높이 만든 공간이 식당이자 침실이다. 이렇게 좁은 집에 나까지 끼어 자게 되었으니 미안하다. 파티마가 떠다 주는 한 주전자의 물로 겨우 손발만 씻고는 그대로 잠에 곯아떨어졌다.

파티마는 중국에서는 민간인 집에 외국인을 재우면 안 된다는 규정을 알고 있는지 아침 일찍 나를 깨워 시내에 있는 숙소로 가자고 재촉한다.

"우리 집에 계속 묵게 하지 못해서 미안해요."

"괜찮아요. 지난밤 정말 고마웠어요."

"미안해요. 이건 다 한족 꽁안(公安, 경찰) 때문이에요. 손님들을 매우 귀하게 여기는 우리 위구르가 이럴 수는 없는데 말이에요. 정말 미안해요."

여기 주민들은 대부분 위구르족인데 경찰, 군인, 행정관 등 소위 '힘이 있는 자리'는 거의 중앙에서 임명한 한족들이 차지하고 있단다.

시장 근처의 정부 초대소에 숙소를 정했다. 내국인은 16위안인데 외국인은 32위안을 내야 한다니까 파티마가 또 미안해서 어쩔 줄 모른다.

일단 뤄창으로 가는 버스 스케줄을 알아보려고 정거장으로 갔다. 그런데 스케줄은 무슨 스케줄, 거기로 가는 버스가 아예 없다는 거다.

지도에 보면 버젓이 길이 있는데 왜 차가 안 다니지? 그것도 비포장도로라는 고동색 줄이 아니라 포장도로라는 까만 줄이던데. 이 동네에서 유일하게 영어를 한다는 무스타크 호텔의 부지배인을 찾아갔다. 친절한 인상의 하심이라는 위구르 아저씨다.

"뤄창까지 왜 차가 안 다니죠?"

"사막 공로 때문이에요."

지배인 아저씨가 자세한 설명을 해준다. 체모부터 쿠얼러까지는 뤄창을 통하지 않고 사막 공로로 가면 훨씬 빠르다. 게다가 여기서 351킬로미터 거리인 뤄창까지는 마을이 하나도 없단다. 마을이 없으니 다니는 사람이 없을 수밖에.

이 지방은 배의 명산지라 배 수확 철이면 가끔 미니버스가 다니는데 그것도 들쭉날쭉이란다. 1996년 가을에 개통한 사막 공로는 타클라마칸 사막에 묻혀 있는 1억 톤 이상의 원유 탐사 때문에 생긴 '오일로드'라고 한다.

"정 뤄창으로 가고 싶으면 일주일에 두 번 가는 우체국 차를 타고 가는 수밖에 없어요. 그런데 그게 바로 오늘 아침에 떠났는데."

그래서 예정에도 없이 체모에서 나흘이나 보내게 되었다. 무스타크 호텔의 지배인 하심 씨는 나더러 지루하면 근처에 있는 옛 왕국의 유적지들을 가보라고 했지만 지루하기는커녕 나는 이곳에서 시간이 모자랄 정도로 바빴다. 그 짧은 시간에 사귄 많은 친구들 때문이다. 아, 어디서나 빛나는 사교성이여!

우선은 매일 아침저녁으로 출근한 곳이 있다. 시장 안에 있는 파티마네 가게다. 처음에는 서먹해하던 근처 가게 사람들이 둘째 날부터는 "비야, 비야." 하며 파티마보다 더 반긴다.

손님이 없을 때는 나무 의자에 앉아 해바라기 씨나 수박 씨를 까먹으며 노닥거리다가 비누나 화장품을 사러 온 손님이 한족이면 사람 꼬드기는 실력을 발휘한다.

"쩌거 헌 하오. 워먼 와이궈런 예 헌 시환(이거 참 좋은 거예요. 우리 외국인들도 참 좋아하지요)."

그렇게 해서 사흘 동안에 자잘한 물건은 물론 이문이 많이 남는 원피스와 코트도 한 벌씩 팔았다.

여기 아줌마들은 카슈가르 등 큰 도시를 자주 드나들기 때문에 굉장히 멋을 부린다. 나름대로 제각기 있는 멋, 없는 멋 다 내지만 내 눈에는 촌스럽기 그지없다. 입술과 눈 주위를 총천연색으로 만들고, 눈썹은 '순악질 여사'처럼 일(一)자로 그려 붙인다.

머리에는 원색의 얇은 망사를 쓰고 무릎까지 오는 치마를 입었는데, 그 안에 내복을 입고 내복 위에 반 스타킹을 신고는 초록색이나 분홍색 구두를 신는다. 이목구비가 뚜렷한 미모만 아니면 눈뜨고 못 봐주었을 거다.

그러나 아줌마들은 정말 친절하고 유쾌하다. 중국어를 못하는 아줌마들과는 순전히 눈치로 의사소통을 하는데, 아줌마들과 내가 서로 좋아한다는 것도 눈치로 전했다. 내가 떠나기 전날은 각자 자기 집에서 파는 가짜 실크 목도리, 소나무와 학이 그려진 조악한 세수수건, 향기 좋은 락스 비누 등을 정표로 챙겨주었다.

한 후이족 식당도 사흘 내내 개근한 곳이다. 숙소를 옮긴 첫날 아침 겸 점심으로 '란저우풍 우육면'을 먹으러 갔다가 주인과 친해졌다. 음식 맛도 좋을뿐더러 30대 주인 부부와 필담을 할 수 있어서 좋다. 이들은 한국에도 국수가 있냐, 마늘을 먹으냐, 높은 건물이 많으냐 등 '남조선'에서 온 나를 외계인 취급했다.

하루는 식당에 가니 열 명 정도의 꼬마들이 나를 기다리고 있었다. 모두 이 아저씨의 일가친척들인데 나를 '구경시켜주려고' 데려왔다는 거다. 그런 다음에는 주인아줌마의 안내로 동네 옥 가게도 한 바퀴 순례하고, 자전거로 마을 근처를 돌아보기도 했다.

: 무늬만 슈바이처

그러나 누구보다 반가운 사람은 심청이다. 어느 날 오후 파티마네 노점에서 호박씨를 까먹으며 수다를 떨고 있는데, 멀리서 어떤 꼬마가 전속력으로 달려오더니 씩씩거리며 내 앞에 서는 게 아닌가. 한참을 쳐다보고서야 나는 아이를 알아보았다.

"아, 심청아."

아이를 힘껏 껴안았다. 정말 반갑다. 심청이 뒤에는 화려한 스카프로 얼굴을 가린 심청이 엄마가 서 있다. 심청이가 이미 나에 대해 말을 했는지 짧은 설명에도 고개를 크게 끄덕거리며 나를 초대한다.

"칭 이치 취 워더 지아(우리 집에 가세요)."

다행히 심청이 엄마는 한족 말을 할 줄 안다. 심청이도 내 손을 잡아끈다. 집이 어디냐니까 자전거를 타고 10분 정도란다. 우체국 차는 모레나 떠나니 시간 걱정은 없다.

심청이와 함께 나무 대문을 열고 들어가니 할아버지가 깜짝 놀라
며 어리둥절해하신다. 심청이는 집에 들어서자마자 마스크를 벗어
버리고는 할아버지에게 뭐라고, 뭐라고 신이 나서 말해준다. 그제
야 할아버지는 반가워하시며 어서 올라오라며 방을 가리킨다.

이 집은 파티마네 집에 비하면 형편이 조금 나아 보인다. 방바닥
에는 카펫이 깔려 있고 한쪽 구석에는 화려한 빛깔의 이불들이 차곡
차곡 개여 높이 쌓여 있다. 젊고 아름다운 심청이 엄마는 수박과 포
도, 우유과자를 내온다. 심청이는 내 곁을 한시도 떠나지 않고, 7살
짜리 남동생이 내 팔을 잡거나 먹을 것에 손을 대면 아주 근엄한
표정이 되어 꾸짖는다.

엄마의 통역으로 심청이 아버지는 허톈에서 일하고 있어서, 심청
이와 할아버지가 그를 만나러 갔다 오는 길에 나와 같은 차를 탔다
는 걸 알게 되었다. 심청이가 차에서 '남방 사람(광저우廣州나 상하
이上海 등 남부에서 온 사람)'하고 같이 앉았는데, 그 아줌마가 창
쪽으로 앉혀주어서 구경도 잘 하고, 같이 사진도 찍었다고 자랑했
다는 거다.

나는 중국 사람이 아니라 한국에서 왔다고 하니까 그 큰 눈을 더
동그랗게 뜨고는 놀라움을 감추지 못한다.

"니 스 와이궈런(당신 외국 사람이에요)?"

이런 때 늘 갖고 다니는 한국 엽서와 열쇠고리가 있으면 설명하
기가 좋으련만 큰 배낭을 시내 숙소에 두고 온 것이 아쉽다.

말을 주고받다가 우연히 심청이 엄마의 발 근처로 눈이 갔는데,
왼쪽 발목에 깊은 상처가 있는 게 눈에 띈다. 자세히 살펴보니 곪
은 자리가 복사뼈가 다 드러나도록 패었고, 주위에 노랗게 성이 났

다. 몇 주일 전 쇠 연장에 찍혔는데, 자꾸 곪고 또 곪고 하더니 이렇게 되었다는 거다.

저런 상처는 깨끗이 소독한 후 마이신을 바르면 훨씬 괜찮아질 텐데, 비상 약품도 숙소에 두고 온 큰 배낭에 들어 있다. 아무래도 안 되겠다. 약을 가져와야지.

"자전거 좀 잠깐 빌려주세요."

그날 숙소에 가서 비상 약품 가져오기를 참 잘했다. 오후에 큰일이 생긴 거다.

비상 약품 주머니를 뒤져보니 하필 마이신 연고가 없다. 파키스탄 훈자 마을에서 다 쓴 것을 보충하지 않았다. 다행히 먹는 마이신이 몇 알 남아 있어서 캡슐을 깨고 내용물을 꺼내 바셀린에 개어 임시 연고를 만들었다.

정수 알약으로 만든 소독 물로 상처를 닦고 이 '자가 제조' 연고를 듬뿍 발라주었다. 나머지도 조그만 비닐봉지에 싸주며 하루에 세 차례 바르면 곧 나을 거라고 말했다.

일회용 주삿바늘을 비롯해 각종 알약이 잔뜩 든 비상 약품 주머니를 보신 할아버지는 나를 전문 의료인이라고 생각했는지 이가 아프다는 시늉을 하신다. 입 안을 보니 어금니들이 뭉개질 정도로 썩어 있다.

내가 치과 의사도 아닌데 어떻게 이를 뽑을 수 있나. 그래도 어떻게 해드리고 싶은 마음에 진통제를 반으로 잘라 두 번에 걸쳐서 드시라고 했더니 당장 반 알을 입 안에 넣으신다. 몹시 아프신 모양이다.

오지에 사는 사람들은 아주 기본적인 약에도 큰 차도를 보인다는 걸 나는 경험으로 잘 알고 있다. 예전에 방글라데시 비야푸르 마을에서 나는 잠깐 의신(醫神) 노릇을 했었다. 어떤 사람의 팔목이 썩어 문드러졌는데, 그 상처에 마이신을 발라주어 이틀 만에 낫게 했던 거다. 또 한 아줌마가 배가 아프다면서 자꾸 하품을 하는 게 체한 것 같아 소화제와 진통제를 반 알씩 주었다. 그랬더니 한 30분쯤 있다가 말끔히 나았다.

만성으로 배가 아프다고 호소하는 아이는 배가 탱탱한 것으로 보아 혹시 기생충 때문이 아닐까 해서 회충약을 주었더니 다음 날 더 이상 안 아프다고 했다.

그런 일이 몇 가지 겹치자 소문이 어떻게 났는지 한번은 한 달째 하혈이 그치지 않는다는 아랫동네 여자를 데리고 왔다. 먹지 못하고 피를 쏟고 있다니 우선 임시변통이나 하려고 포도당 가루를 듬뿍 타서 먹였다. 그 덕인지 모르겠으나 그다음 날 하혈이 줄어들었다며, 남편이 고맙다고 망고 한 바구니를 들고 인사를 왔었다. 나는 아는 것 하나도 없이 무늬만 한국의 슈바이처가 되었다.

세계 오지를 다니다 보면 정말 딱한 사람들이 많고도 많다. 지사제와 포도당 가루가 없어서 설사병으로 죽은 아이도 보았고, 안약이나 안연고만 있었더라도 장님이 되지 않았을 아이도 만났다. 어릴 때 고열을 내며 앓다가 귀가 안 들리게 되었다는 예쁘장한 처녀아이도 있었다. 그때 해열제랑 소염제만 있었더라도 그 지경은 되지 않았을 게 아닌가.

정말 안타까울 때가 한두 번이 아니다. 내가 세계 일주 여행만 할 것이 아니라 약간의 의학 상식과 유용한 약품을 가지고 다녔더라면 얼마나 좋을까.

이럴 때마다 의사나 간호사들이 너무나 부럽다. 그들은 중요한 순간에 작은 조치로도 사람 목숨을 구할 수 있을 테니까. 그런데 우연하게도 여기 타클라마칸 사막 남단 마을에서 내가 그런 역할을 하게 되었다.

심청이 동생이 어떻게 뻐기고 다녔는지 조금 있자니 마당 가득 동네 아이들이 몰려든다. 아이들이 서로 내 손을 잡으려고 하면서 알아들을 수 없는 위구르말로 뭔가를 열심히 물어본다. 나도 알고 있는 몇 마디 위구르말로 한참 아이들 이름을 물어보았다.

바로 그때, 함께 재미있게 놀던 7살 정도의 아이가 갑자기 앞으로 픽 고꾸라지는 게 아닌가. 놀라서 쳐다보니 눈동자가 돌아간 아이는 사지를 떨며, 입에 거품을 문다.

우선 다른 아이들을 멀리 쫓아 보내고 혀를 깨물지 않도록 머리 스카프를 풀어 입에 물린 다음 심청이 엄마를 불렀다. 쓰러져 사지를 뒤트는 아이를 보고는 심청이 엄마가 깜짝 놀라 어쩔 줄 모른다.

당황하는 사람들을 보니 내가 오히려 침착해진다. 할아버지의 도움으로 아이를 꼭 붙잡고 청심환을 꺼내 녹여 입에 부었다. 그러고는 시원하도록 몸에 찬물을 뿌려준 뒤 평상 위에 뉘었다. 청심환 덕분인지 30분쯤 지나자 아이는 누운 채 어리둥절한 표정으로 까만 눈동자만 동글동글 굴린다. 드디어 정신을 차린 거다. 아마 이 아이는 선천성 간질 환자였나 보다.

할아버지와 심청이 엄마는 자기 아이도 아니면서 수십 번 고맙다고 인사를 한다. 지난번 베이징에 갔을 때 《한겨레신문》 특파원 이길우 씨가 준 북한제 청심환이 이렇게 요긴하게 쓰일 줄이야. 이길우 씨는, "이거 쓸 일이 없었으면 좋겠지만……"이라고 말하면서 주었었다. 나중에 만나면 그 청심환 이렇게 잘 썼다고 꼭 말해 줘야지.

심청이 엄마는 그날 저녁 내가 좋아하는 위구르 국수를 만들었다.

그런데 가만히 보니 국수 재료가 한국에서도 모두 구할 수 있는 것들이다. 집에 가서 해 먹으려고 공책을 꺼내 요리 과정을 하나하나 자세히 적었더니 심청이 엄마는 얼굴을 가리며 부끄러워하고 심청이는 깡충깡충 뛰면서 재미있어한다.

저녁을 먹고는 차를 마시면서 가족들에게 한국 그림엽서를 보여주었다. 경복궁이나 다른 경치 엽서보다 남산에서 본 서울 풍경이 나오니까 환호성을 지른다. 고층 빌딩과 자동차들이 좋아 보였나 보다. 심청이는 그날 자기 집에서 자고 가라고 성화다. 엄마와 할아버지도 거든다.

"나도 그러고 싶지만 외국인을 재우면 안 되는 법이 있다는데요."

내가 말했더니 며느리의 통역을 들은 할아버지의 얼굴색이 변하면서 화가 나서 삿대질까지 하며 뭐라고 한다. 엄마가 중국말로 통역해준다.

"상관없어요. 여기는 우리 집, 우리 땅이니까."

내 옆에서 온갖 아양을 부리는 심청이는 할아버지만 잘 돌보는 게 아니라 엄마도 잘 도와주고 동생도 잘 돌보는 정말 똑똑한 아이다.

나는 심청이 엄마에게 왜 딸을 학교에 보내지 않느냐고 물었다. 엄마는 할아버지 눈치를 보며 자신은 보내고 싶은데 할아버지가 여자는 학교를 다니면 못쓴다며 못 가게 한다는 거다.

맙소사, 우리에게도 그리 멀지 않은 옛날에 이와 같은 말도 안 되는 행태가 있었던 걸 생각하니 남의 일 같지 않다. 영리하고 호기심 많은 심청이가 공부만 한다면 한몫을 톡톡히 할 텐데. 그러나 완고한 할아버지를 설득시키기에 하룻밤은 너무 짧다.

초경도 아직 먼 나이에 벌써 마스크로 얼굴을 가리고 다니는 아이, 학교는 근처에도 가보지 못한 이 아이는 앞으로 어떤 인생을 꾸려가게 될까? 내 앞에서 무슨 일엔가 신이 나서 깔깔거리는 심청이를 보니 괜히 눈물이 나려고 한다. 저 아이는 자신의 인생이 어떻게 펼쳐질지 알고 있는 걸까.

물론 할아버지도 할아버지의 방식으로 아이에게 줄 수 있는 최대한의 행복을 준비하고 계신다는 걸 안다. 그래서 학교에 보내지 않는다는 것도 잘 안다. 그러나 사람으로 태어났으면 적어도 자기 생각을 글로 쓸 줄 알고, 다른 사람의 생각과 경험을 읽을 줄은 알아야 하지 않는가.

중국 인민이면 누구나 받아야 하는 의무교육이 왜 이곳에서는 실시되지 않는 건지. 어느 곳에서나 소수민족 편이었던 나는 지금은 중국 편에 서고 싶다. 강제적인 의무교육을 통해서라도 아이가 교육을 받았으면 좋겠다고 생각하기 때문이다.

그러나 나의 염려도 소위 문명인으로서의 오만과 편견일지 모른다. 어떻게 내가 가진 잣대로 아이의 행불행을 가늠할 수 있겠는가. 이 아이는 내가 생각하는 것과는 달리 문맹으로서 큰 불편과 불만 없이 살 수도 있을 것이다.

내 이런 복잡한 마음을 아는지 모르는지, 내가 자고 가는 게 좋아서 싱글벙글하는 심청이를 있는 힘껏 꼭 껴안아주었다. 심청이의 행복을 간절히 빌면서.

∷ 우체국 차로 사막을 달리다

내가 뤄창으로 가는 우체국 차를 기다리고 있다는 사실은 조그만 동네 체모에서 알 만한 사람은 다 안다. 무스타크 호텔 부지배인 하심, 숙소 옆 후이족 식당 부부, 파티마 아줌마와 시장 사람들 그리고 내가 묵고 있는 숙소 종업원들이다.

모두 우체국 차가 오면 알려주겠다고 했는데 제일 먼저 알려준 사람은 역시 소식이 빠른 하심으로 우체국 차가 도착했다고 전화해주었다. 그다음 선수는 후이족 식당 아저씨. 자전거를 타고 숙소로 찾아와 우체국 차가 왔으니 빨리 가서 자리를 알아보라고 한다.

점심을 먹고 파티마네 가게로 가보니 시장 아줌마들이 기다렸다는 듯 한자로, '워 야오 취 뤄창(나는 뤄창에 가야 합니다)'이라고 쓴 메모까지 준비해 운전사에게 보여주라고 한다. 한자를 알지 못하는 아줌마들이 누구에게 부탁해서 써 온 게 분명하다.

부랴부랴 운전사를 찾았는데, 의외로 쉽게 차를 타고 가도 좋다는 허락을 받아냈다. 요금도 처음에는 100위안이라고 하더니 내가 50위안 낼 셈 치고, 학생이 무슨 돈이 있냐며 30위안만 하자고 왕창 깎았더니 군말 없이 "커이(좋아요)." 한다. 더 깎을 걸 그랬나.

다음 날 새벽 4시경, 차를 타러 우체국으로 갔더니 정문 앞에는 놀랍게도 이십 명 정도가 아주 큰 짐 보따리들을 가지고 기다리고 있다. 우체국 차가 트럭처럼 오픈된 것도 아닌데 저 사람들과 짐이 어떻게 다 들어가나 은근히 걱정이 된다. 그런데 다 되는 법이 있더라니까.

운전사가 편지와 소포 보따리가 들어 있는 우편 화물칸을 열고 사람과 짐을 한꺼번에 태우더니 바깥에서 문을 잠그려고 한다. 멕시코에서는 대형 컨테이너 차에 숨어 불법으로 국경을 넘다가 숨이 막혀 죽기도 한다던데 저렇게 해도 되는지 모르겠다. 날씨가 선선하니 망정이지 6, 7월 찜통더위에 창문도 없는 철통에 저렇게 타고 가다간 정말 죽기도 하겠구나 싶다.

나는 어디에 끼어 가야 좋을까 두리번거리는데, 나를 본 운전사가 운전석을 열며 올라타라는 시늉을 한다. 오, 땡큐, 땡큐! 아니, 위구르말로 해야지. 라흐메트, 라흐메트!

그런데 이 위구르 아저씨의 이런 호의가 순수하지만은 않은 것 같다. 배낭을 챙겨 차에 오르는데 도와주는 척하면서 엉덩이를 만지는 걸 보면 말이다. 좀 신경 쓰이게 생겼다.

하지만 차가 떠날 때 보니 위구르 아저씨는 조수고, 정작 운전사는 한족이다. 35살이라는데 차림새며 매너가 깔끔해서 마음에 든다. 이름을 물어보니 한윈펑(韓雲峰)이라는데, 우리 한자음으로는 한운봉이다. 농담 삼아 나도 한씨고 우리 오빠 이름이 한스펑, 즉 한석봉(韓石峰)이니까 우리는 서로 종친 간이라고 했더니 그도 좋아한다.

"한씨의 뿌리에 관심이 있으면 헤이룽장성(黑龍江省) 끝 러시아 국경 근처에 있는 '한지아위안쯔(韓家元子)'라는 곳을 가보세요. 지명대로라면 거기서 한씨의 진짜 뿌리를 찾을 수 있을지도 모르잖아요?"

내가 한씨 타령을 하니까 한윈펑 씨가 놀린다. 내가 덧붙였다.

"한국에서는 음력 10월 초하루에 한씨 시제를 성대하게 지내니 한국에 오면 꼭 참석해서 '혈연의 정'을 발휘해보세요."

한윈펑 씨는 그런 건 중국에서는 들어보지 못한 일이라며 반신반의한다. 아무튼 한국에서는 청주 한씨 성을 가진 모든 사람을 일가로 치니 나이가 많은 나를 따제(大姐, 누나 혹은 언니)라고 부르라니까 부끄러워하면서도 그러잔다.

나는 이 사람을 남동생이라는 뜻인 '디디'라고 불렀는데 이런 '피로 엮인' 사이가 아니더라도 중국어를 할 줄 알고, 그게 안 통하면 필담이라도 할 수 있는 사람을 만났으니 얼마나 속이 시원한지 모르겠다.

한원평 씨는 다롄(大連)에서 왔다는데 지성적으로 보이기까지 한다. 나중에 안 일인데 중국에서는 운전사가 돈도 많이 벌고 사회적 지위도 높아 매우 인기 좋은 직업이란다. 자기 옆에 나를 태울 때는 은근히 다른 뜻도 있었던 위구르 아저씨는 한씨끼리 갑자기 다정해지자 졸지에 개밥의 도토리 신세가 되었다.

뤄창은 50년대까지만 해도 오로지 낙타와 당나귀로만 갈 수 있었다는데 지금도 우체국 차와 도로 보수를 하는 차량 외에는 다른 차들이 다니지 않는단다. 길가에 가끔씩 나타나는 건물들은 민가나 마을이 아니고 모두 도로 관리와 보수에 관계된 것들이다.

이 구간에서는 모든 종류의 사막을 볼 수 있다. 사하라 사막같이 평평히 모래만 있는 곳, 점점이 풀포기들이 있는 곳, 큰 돌들이 섞여 있는 곳 그리고 젊은 여자의 보디라인을 연상케 하는 실루엣이 아름다운 모래언덕까지.

왼쪽으로 끊어질 듯 이어지는 풀 한 포기 없는 고동색 산들은 아주 단단하게 생긴 게 마치 보디빌딩 하는 남자 근육 같다. 남성적인 산과 어우러진 여성스런 사막 경치가 정말 장관이다. 한원평 씨는 좋은 경치가 나오면 사진 찍으라고 일부러 천천히 달리기도 하고, 지형 설명도 친절하게 해준다.

뤄창을 80킬로미터 앞에 둔 시점에서 거짓말처럼 오아시스 마을이 나타났다. 마을에 내리니 수로를 따라 물이 콸콸 흘러내리는 게 신기하다. 차에 탔던 사람들은 과수원에 들어가 이곳 특산물인 배를 사느라 모두들 혈안이다.

나도 시식용으로 주는 배를 집어 한 입 깨물어보고 깜짝 놀랐다.

나는 우리나라 먹골배, 나주배가 세상에서 제일 맛있는 배인 줄 알았는데 이곳 배도 거기에 못지않다. 껍질이 얇고 물이 많은 배는 사각사각 입 안에서 씹히는 맛이며 단맛이 말 그대로 천과(天果), '하늘이 내린 과일'이다.

한원펑 씨는 뤄창에 도착하면 미란 유적지를 보고 가라고 귀띔해 준다. 물론 나도 유명한 불교 왕국이었던 이 유적지에 대해 알고 있고, 꼭 가보려던 참이었다.

이 유적지에는 3세기에서 5세기에 지어진 불교 사원 터가 있고, 티베트 문서 및 가죽 갑옷 등이 출토되어 티베트 문화의 영향을 엿볼 수 있다고 한다. 더욱이 날개 달린 천사와 남녀 군상 벽화 등에서는 헬레니즘 문화의 영향까지도 느낄 수 있다는 거다.

그러나 다른 곳에서는 이 유적지에 대한 세부적인 정보를 알 수 없어서 뤄창에 와서 그곳이 개방 지구인지, 대중교통편이 있는지 알아볼 셈이었다. 한원펑 씨는 친절하게도 우체국 차 중에서 미란까지 가는 차가 있는지 알아봐 주겠다고 한다.

한원펑 씨가 내게 친절을 보이는 사이에 단단히 삐친 위구르 아저씨는 나와는 한 마디도 나누지 않고 앞만 쳐다보고 있다. 사탕을 건네주어도 받지 않는다. 한원펑 씨와 아쉬운 이별의 악수를 나누는 동안에도 이 아저씨는 나에게 싸늘한 눈길을 보낼 뿐이다. 정말 웃기는 자장면, 아니, 웃기는 위구르 국수다.

위구르말로는 '차리클릭'이라고 부르는 이곳 뤄창에는 국립 여행사 직원이 모두 출장 중이라 유적지에 관한 정보를 전혀 얻을 수 없었다. 어쨌거나 한원펑 씨가 물색해준 미란 가는 우체국 차가 내일 아침 6시에 떠난다니 일단 가보기로 했다.

나는 요즈음 시중에 나오는 여행기나 답사기에서 한목소리로 부르짖는, '아는 만큼 보인다'는 말에 기본적으로는 동의하지만 6년 동안 세계 여행을 하면서 꼭 그렇지만은 않다는 걸 알게 되었다.

몰랐으면 그냥 스쳐 지나갔을 것을 알기 때문에 관심 있게 볼 수 있고, 아는 것에 대한 애정이 생긴다는 것은 명백한 사실이다. 하지만 알고 보기 때문에 어쩔 수 없이 생기는 편견과 이미 아는 것이 아니면 중요하지 않다는 잣대가 답사나 여행을 방해하는 경우도 종종 있다. 어느 때, 어느 곳은 전혀 아는 바가 없어서 오히려 훨씬 잘 보고 좋은 느낌을 받은 적도 많았으니 말이다. 미란 고성은 어느 쪽이려나.

다음 날 오전 11시쯤 미란에 도착했다. 오는 길에 우체국 사람들은 한원펑 씨가 내게 전해주라고 했다는 배를 한 봉지 건네준다. 고마워요, 한원펑 씨. 이래서 종씨는 좋다니까.

여기까지는 좋았는데, 미란에 도착해보니 문제가 생겼다. 내가 내리려는데 우체국 아저씨가 묻는다.

"통행증은 있으시죠?"

"네? 통행증이 있어야 해요? 그거 어디서 받으면 되지요?"

"여기서는 못 받아요. 체모 같은 큰 도시에서나 받을 수 있을걸요."

낭패다. 그래도 여기까지 와서 이대로 물러설 수는 없다. 고성까지는 7킬로미터라니 걸어서라도 갈 수 있는 거리 아닌가. 일단 밥이나 먹자고 들어간 식당에서 밑져야 본전으로 아줌마에게 물었다.

"아줌마. 나, 미란 고성 가야 하는데 방법이 없을까요?"

그랬더니 당장 "커이."라며 잠깐 기다리란다. 잠시 후 아줌마는 오토바이 아저씨를 데리고 왔다. 사각모자를 쓴 아저씨는 갈 수는 있는데, 20위안은 주어야 한다고 단호하게 못을 박는다. 이 아저씨가 자기 딴에는 많이 부른 줄 아는 모양인데 나는 100위안이라도

나를 태우고 타클라마칸 사막을 건너준 한윈펑 씨와 우체국 차.

운 좋게도 나는 운전석 옆자리에서 사막의 기막힌 경치를
만끽했다. 뤄창에 내려 더 갈 방법이 없어진 나를 위해 한
씨는 손수 다른 우체국 차까지 물색해주었다.

갈 판이었다. 얼마나 걸리느냐니까 왕복 2시간은 걸린단다. 불안할 정도로 일이 잘 풀린다.

그러나 우리는 시내를 벗어나자마자 길을 막고 서 있던 한족 공안에게 제지당했다. 공안은 물론 통행증 검사를 했고, 내가 없다고 하자 한 마디로 안 된다며 아저씨에게 거만한 태도로 큰소리를 친다. 어찌나 심하게 몰아붙이는지 내가 민망해서 쥐구멍을 찾고 싶을 지경이다. 결국 미란 고성은 '7000미터 앞에다 두고' 돌아서야 했다. 아저씨에게 미안하다고 하니까 오히려 씩씩거린다.

"우리 땅인데 왜 마음대로 못 들어간다는 거야. 한족 놈들은 여기서 다 몰아내야 해."

되돌아오는 길에 경치 좋은 곳에 내려달라면서 아저씨더러 우체국 사람들에게 가서 돌아가는 길에 나를 실어 가라고 부탁 좀 해달라고 했다. 가지고 간 물이 몇 모금 남지 않아 좀 걱정이 되었지만 미란 고성도 못 보았는데, 실크로드 경치까지 놓칠 수는 없는 일이다.

일망천리(一望千里). 나무 한 그루 없는 산들이 끝없이 이어지고 풀 한 포기 없는 사막이 지평선을 따라 막막하게 펼쳐진다.

실크로드를 말하자면 빼놓을 수 없는 모든 사람들이 이 길을 지나갔다. 기원전 1세기에는 중국에 서역과 유럽을 처음 알린 장건, 7세기 때는 《대당서역기》의 현장법사, 13세기에는 여행가 마르코 폴로가 바로 여기를 지나갔다. 그 후 《동방견문록》을 따라 수백 년간 묻혀 있던 이 길을 가면서 무수한 불교 유적지를 발굴한 스웨덴의 스벤 헤딘과 둔황 석굴에서 1만 점 이상의 고문서와 미술품을 가지고 간 영국 탐험가 스타인까지.

그들은 무슨 생각을 하며 이 길을 걸어갔을까? 이 험하고 끝이 없을 것 같은 사막 길을.

5세기 때 이곳을 지나간 법현법사는 타클라마칸 사막 여행의 어려움을 이렇게 토해냈다.

사하(沙河) 속에는 악귀와 열풍이 있다.
만나면 곧 모두 죽고 하나도 온전한 자가 없다.
하늘에는 나는 새도 없고 땅에는 기는 짐승도 없다.
어느 곳을 바라보아도 그저 아득할 뿐.
거리를 가늠해보려도 기준 삼을 데가 없다.
다만 죽은 자의 뼈로써 가는 길의 이정표를 삼을 뿐.

바로 이런 길을 나도 가고 있는 거다.

사막 경치를 실컷 감상하는 것까지는 좋았는데, 물도 없고 그늘 하나 없는 한낮의 땡볕 아래 5시간 넘게 앉아 있었더니 탈수 증상이 나타난다. 어질어질하면서 머리가 빠개질 듯 아프다. 입 안은 모래를 한 줌 넣고 씹는 듯 껄끄럽고 손발은 전기가 오르는 것처럼 찌릿찌릿하다. 열이 나는 것 같기도 하다. 차가 빨리 오면 좋으련만 5시가 되어 가는데도 감감무소식이다. 그 아저씨가 말을 전해주지 않았나? 그렇다 하더라도 내가 못 보았을 리 없다. 뤄창까지 가는 길은 오로지 이 길뿐이니까.

어지러워서 시내까지 가기는커녕 일어날 힘도 없다. 모래 먼지 때문인지 눈앞에 자꾸 뭔가 오락가락한다. 사막에서 물이 떨어진다는 게 바로 이런 것이로구나.

이 죽음의 타클라마칸 사막에서.

배꽃 하얗게 흩날리는 타클라마칸 사막

: 낙타가 사라진 모래 왕국

뤄창에서 동쪽으로 가는 데는 두 가지 길이 있다. 하나는 미란을 지나 계속 동진하여 둔황까지 가는 길이고, 다른 하나는 타클라마칸 사막의 오른쪽을 돌아 쿠얼러로 가는 길이다.

현장법사나 마르코 폴로가 한 것처럼 여기서 바로 둔황으로 갈까도 생각해보았지만 기왕에 실크로드를 따라왔으니 적어도 투루판, 우루무치는 가야 할 것 같아 처음 계획대로 쿠얼러로 가기로 했다.

뤄창의 숙소 앞에 대형 트럭이 있기에 지나는 말로 쿠얼러 쪽으로 가느냐고 했더니 그렇다며 내일 새벽에 떠난단다. 무슨 일이 이렇게 술술 잘 풀리나.

다음 날 트럭 앞자리의 푹신한 의자에 앉아 가는데도 울퉁불퉁 오장이 흔들릴 지경이다. 뤄창부터 쿠얼러까지는 악명 높은 비포장도로. 이런 길을 시외버스로 왔으면 어쩔 뻔했나, 정말 이 트럭이 구세주다.

또다시 시작되는 모래벌판, 그래도 단조로운 모래밭 경치가 질리지 않는다. 오히려 오늘이 지나면 더 이상 타클라마칸 사막을 볼 수 없다는 게 서운하다. 그런데 열흘 이상 사막을 돌면서도 사막의 배라는 낙타를 단 한 마리도 보지 못했다. 사막 안으로 더 들어가면 볼 수 있을까?

운전사에게 물어보니 옛날 카슈가르에서는 일요 시장에서도 사고파는 낙타를 얼마든지 볼 수 있었지만 이제 이 지방에서는 일상생활에서 낙타가 사라진 지 아주 오래되었다고 한다. 낙타가 사라진 사막이라! 아니, 낙타가 소용없어진 사막이라. 어쩐지 허전하다.

차가 잠깐 설 때 만져본 모래는 분가루같이 곱다. 타클라마칸 사막 여행 기념으로 필름 통 하나 가득 모래를 담는다.

나의 가장 중요한 기념품은 바로 이런 것들이다. 칠레 아타카마 사막에서 가져온 플라밍고 깃털, 파키스탄 고산에 핀 노란 야생화, 나일 강에서 주운 돌멩이, 과테말라 화산 폭발 때 튀어나온 화산석. 모두 그 물건 자체로는 아무 가치가 없는 시시콜콜하기만 한 자연의 파편이지만 내게는 추억과 어우러져 가장 소중한 기념품이 된다.

곧 마을이 나타난다는 표시인 낯익은 포플러 숲이 보인다. 마을마다 예외 없이 벌여놓은 주먹만 한 연한 노란색 배가 특히 반갑다. 이곳 배는 향리(香梨)라는 이름 그대로 정말 향기가 좋다. 수분도 많아 한입 베어 물면 배 물이 팔뚝을 타고 주르륵 흘러내린다. 배꽃이 피는 봄이면 경치가 기막히겠다. 사막에 핀 하얀 배꽃이라, 생각만 해도 눈이 부시다.

쿠얼러에 다가오니 양 떼가 보이기 시작한다. 그 양들이 또 마치 활짝 핀 배꽃 같다. 올 때 많이 보았던 망울 터트린 목화 같기도 하고. 배꽃과 양 떼와 목화가 하얗게 피고 지는 타클라마칸 사막이여!

해 질 녘에 위구르 운전사는 세워놓은 다른 차를 보더니 그 옆에 차를 댄다. 저녁 기도를 하려는 모양이다. 모슬렘들은 반드시 기도 전에 손과 발을 씻는데, 물이 없는 사막에서는 모래로 손발을 씻고 한 줄로 늘어선다. 한 사람이 구성지게 선창을 하자 그에 맞추어 메카를 향해 일제히 무릎을 꿇고 머리를 조아린다.

"알라와 아크바르(알라는 위대하도다)."

"라일라 일 알라(알라 이외에는 신이 없도다)."

"무하마드 라 술라(무하마드는 하느님의 사도이시다)."

사막 서쪽 지평선으로 지는 해는 숯덩이같이 환한 주홍색이다.

깜깜한 새벽에 뤄창을 출발해 깜깜한 밤에 쿠얼러에 도착했다. 카슈가르를 떠난 지 열흘 만에 타클라마칸 사막을 반 바퀴 돈 셈이다. 여기까지 오고 나니 계획했던 루트를 완주했다는 성취감이 들기도 하지만 한편으로는 여러 가지 아쉬움도 남는다.

우선 사막 남로를 따라 남아 있는 유적지들은 모두 도시에서 멀리 떨어져 가기가 굉장히 어렵다. 또한 유적지에 가더라도 남은 게 너무 적어 전문 가이드의 설명이 필요할 뿐 아니라 설명을 듣는다 해도 대단한 상상력이 필요할 것 같다.

그리고 유적을 돌아보기 위해서는 특별한 허가가 필요해 비용이 엄청나게 많이 든다. '환상의 왕국'이라는 누란 유적지만 해도 혼자서는 허가증 신청조차 할 수 없고, 단체로 해도 우리 돈으로 400만 원 정도나 되는 터무니없이 큰돈이 필요하다.

시간도 많이 필요해 랜드로버를 빌려 타고 일주일 정도나 걸려야 유적을 돌아볼 수 있다고 한다. 학자도 아닌 일반 여행자가 '그냥 얼굴 한번 보자고' 그렇게 막대한 시간과 돈을 들일 수는 없는 노릇이지만 그래도 아쉬운 마음은 지울 수 없다.

또 하나, 사막 남로에 남아 있는 깊숙한 위구르 마을에서도 한족의 영향을 느낄 수 있어 소수민족 동네에 왔다는 생각이 덜하다는 거다. 아무리 조그만 마을에도 중심에는 십자대로가 있고, 번듯한 콘크리트 건물이 있고, 정복을 입은 한족 공안과 군인을 쉽게 볼 수 있다. 거리 이름도 해방로, 인민로 등 위구르족과는 아무 상관이 없는 이름들 천지다.

그러나 이런저런 불만이나 미진함에도 불구하고 이 길로 오길 정말 잘했다는 생각이 든다.

여행에는 여러 경우가 있다. 중간 과정은 무시하고 되도록 빨리 목적지에 도착해야 하는 경우도 있고, 목적지를 향해 가는 그 자체가 여행인 경우도 있다. 이번 사막 남로 여행은 뒤쪽인 셈이다. 옛사람들이 다니던 유명한 길을 답사한다는 의미가 큰 것이다.

거기에 또 한 가지 보너스는 위구르족의 생활 모습을 보면서 중국의 소수민족 정책을 확실히 알았다는 거다. 이것은 앞으로 할 소수민족 중심의 중국 여행에 큰 도움을 줄 것이다.

처음에 중국의 소수민족 정책은 매우 이상적이었다. 그들은 헌법에 '모든 소수민족은 그들이 다수를 점하는 지역에서 지역 자치를 실시하고, 인민해방군에 참가하는 동시에 지방 인민공안부대를 창설할 수 있고, 그들 자신의 언어와 문자를 사용하며 풍습과 관습을 유지 발전시킬 수 있다'고 명시했다.

그러나 통치권이 안정되어가자 중국 공산당의 정책은 중앙집권적 통제와 한족의 소수민족 지배를 강화하는 쪽으로 변했다. 소수민족의 자치는 항상 정치적인 불안 요소가 잠재되어 있게 마련이어서 민족주의적 저항 가능성이 높기 때문이다.

따라서 저항 지역에서는 삼엄한 경계와 엄격한 통제를 한다. 군인과 경찰, 고위 공무원 등이 한족으로 바뀌었고, 한족의 변방 이주를 장려해 소수민족 자치구에서 한족의 수를 늘리는 데 힘쓰고 있다. 소수민족의 한족화를 유도하는 거다.

중국의 이런 동화정책 속에서도 위구르족은 고유의 문화와 종교, 언어, 관습을 그대로 유지하며, 티베트의 쫭족(壯族), 내몽고의 몽골족과 함께 늘 중앙정부의 주요 관찰 대상이 되고 있다.

∶ 한족이 더 많은 소수민족의 땅

쿠얼러에서 우루무치까지는 오랜만에 기차를 타고 가기로 했다. 신장에서는 유일한 기차 노선이다. 기차가 있는 곳에 오니 괜히 오지 여행이 끝난 것 같은 섭섭한 느낌이다.

'버스를 타고 갈까?'

그러나 내 불쌍한 엉덩이 사정도 봐줘야지. 앞으로 여정이 6개월 이상 남아 있으니 살살 잘 달래서 데리고 다니는 게 상책 아닌가.

"위구르 결혼식 한번 보실래요?"

몽골말로 '아름다운 초원'이라는 우루무치에서 결혼식에 초대받았다. 쿠얼러에서 우루무치까지 오는 기차 안에서 30대 중반의 변호사를 만났는데, 자기 친척인 위구르 여자와 일본인의 신식 결혼식이 내일모레 있다는 거다. 전통 결혼식이라면 더 좋겠지만 그만해도 운이 좋은 셈이다.

다음 날 변호사의 아파트를 찾아갔다. 부인도 성(省) 정부의 경제

분야에서 일하는 인텔리인데 대단한 멋쟁이다. 이 부부는 소수민족 중의 하나인 시보족(錫伯族)이다.

이들은 18세기 때 만주에서 와서 용감하게 국경을 지킨 만주 군단의 후예로, 고향으로 돌아가지 않고 여기에 눌러앉은 사람들이다. 만주에서는 이미 더 이상 쓰지 않는 고유의 글과 말을 지금까지 지키는, 자부심이 강한 소수민족이다.

그날 결혼식에 가려고 모인 열 명 정도의 친구들은 시끌벅적 유쾌하고 재미있는 사람들이었다. 그들이 나를 아무 호칭 없이 '한페이예(韓飛野, 한비야)'라고 부르는 게 이상했는데, 나중에 알고 보니 중국에서는 친한 친구끼리는 이렇게 이름과 성을 다 부른다는 거다.

사실 결혼식 자체는 좀 싱겁다. 그럴 수밖에 없는 게 결혼식은 여러 가지가 겹쳐진 '버라이어티 쇼' 가운데 하나의 프로그램이었던 거다. 의식은 없이 신랑 신부 얼굴이나 보고, 먹고 마시기 위한 자리인 것처럼 보였다. 내 보기에는 아무래도 피로연인 것 같다.

축배를 들고, 케이크를 자르고, 무대에서 밴드와 가수가 노래를 부르며 흥을 돋우고, 전통 무용이 공연되었다. 특이한 것은 갑자기 음악과 불이 꺼지고, 무대에 스포트라이트가 들어오면서 키가 크고 삐쩍 마른 패션모델 여섯 명이 야회복부터 수영복까지 패션쇼를 벌이는 거다.

그리고 뒤이어 이어지는 댄스파티. 신랑과 신부를 위한 자리인데 우리는 신혼부부가 자리를 뜨는 것도 모른 채 밴드 연주자들까지 합세해 광란의 춤판을 한판 신나게 벌였다. 위구르풍, 한국풍, 중국풍, 서양풍 등 느리고 빠른 모든 장르를 망라하면서.

이곳 우루무치에서는 위구르족의 한족화가 빠르게 진행되고 있다는 것을 한눈에 알 수 있다. 보통 신장이라고 부르는 이곳의 행정 명칭은 신장웨이우얼 자치구(新疆維吾爾自治區)이다. 그런데도 신장의 성도(省都)인 우루무치에는 위구르족보다 한족이 훨씬 많다. 1955년 신장이 신장웨이우얼 자치구로 이름이 바뀔 때만 해도 인구 500만 명 중 350만 명이 위구르족이고, 한족은 겨우 20만 명 정도였다는데 말이다.

1963년 란저우에서 우루무치까지 철도가 생기면서 한족의 대량 이주가 시작돼 불과 40년 만에 한족 인구가 560만 명으로 스물여 덟 배나 늘어났단다.

소수민족의 땅에서 소수였던 한족이 이제는 다수가 되었으니 신장도 만주처럼 한족으로 동화되는 것은 시간문제가 아닐까 하는 우려를 떨쳐버릴 수 없다.

우루무치에 가면 꼭 가보아야 한다는 톈츠(天池)는 나중에 섭섭할 것 같아 가보긴 했지만 안 가보아도 별로 서운하지 않을 것 같다. 이미 시장 바닥 관광지가 되어 있으니까.

하지만 별 게 있을까 하고 가본 박물관에서는 재미를 톡톡히 보았다. 이곳에는 두 개의 상설 전시관이 있는데, 하나는 신장성에 사는 소수민족들의 민속 전시관이고, 다른 하나는 실크로드에서 발굴된 역사 유물 전시관이다.

특히 방금 지나온 서역 남로에 대한 전시물이 흥미롭다. 석기, 옥기, 문서, 직물 등이 수천 점 있는데, 모직물이나 견직물의 색이나 올이 천 년 전 모습 그대로다. 건조한 사막기후 덕분이다. 특히 비단은 생산지에 따라 투루판 비단, 카슈가르 비단, 허톈 비단 등으로 부르는 게 실크로드답다.

내가 사전 지식 없이 간 체모, 뤄창 등에서 그렇게 중요한 유물이

발굴되었다는 게 신기하다. 전시물 중에서 제일 흥미를 끈 것은 다름 아닌 미라다. 미라의 대부분이 유럽 인종인데, 체모 미라는 유럽인과 몽골인의 혼혈인이라고 한다. 도대체 이들은 누구이며 어디에서 왔단 말인가?

8개월에서 10개월짜리 체모 아기 미라도 있는데, 3000년 전의 이 미라는 네모난 까만 돌로 눈가리개를 하고 있다. 아기 부장품으로는 양털로 만든 덮개, 양 젖꼭지로 만든 우유병, 컵으로 쓰는 소뿔, 장난감 등이 있어 완전한 놀이방 꼴을 갖추었다.

이 박물관의 하이라이트라는 '누란 미녀'도 보았다. 1980년, 중국에서는 '고고공작자'라고 부르는 고고학자들이 발굴한 4000년 전의 미라인데, 45세 전후의 여자로 키는 157센티미터, 미라 무게는 10.1킬로그램이다. 이 미라도 역시 높은 코, 짙은 눈썹에 크고 깊은 눈의 유럽인 얼굴인데 최근 연구에 의하면 이 여인은 인도 및 이란에 살던 인도 유럽어족의 아리안계가 분명하단다.

그러나 박물관과 뒷골목 시장 말고는 눈에 들어오는 게 별로 없다. 이만한 규모의 도시에서 서울로 콜렉트 콜도 되지 않는다니 더욱 실망스럽다. 서울에 전화한 지가 벌써 두 달이 넘었는데. 투루판에 가서도 콜렉트 콜이 안 되면 그때는 천금을 주고라도 전화해야지. 지난번 추석 때 허텐에서 할 걸 그랬다. 돈 몇 푼 아끼려다 가족들 애간장 다 태우겠다.

: 투루판의 소리 없는 청포도 사랑

숙소로 잡은 투루판삔관 지하 기숙사 방에 들어가니 일본 여자

둘과 서양 남자 여행자 하나가 눈인사를 한다. 일본인들은 내가 일본 사람인 줄 알고 "곤니치와(안녕하세요)?" 한다. 내가 "안녕하세요."라고 한국말로 대답을 하니 깜짝 놀란다.

"앗, 고멘나사이. 강고꾸진 데스네(앗, 미안해요. 한국 사람이군요)."

눈을 동그랗게 뜨고 입을 손으로 감춘다.

아까부터 우리를 쳐다보던 서양 여행자가 작은 노트에 무엇인가를 적어 내게 내민다. 얼굴을 보니 귀공자 타입으로 피부가 곱고 푸른 눈동자의 동그란 얼굴이다. '다니면서 여러 여자 마음 설레게 했겠군.' 하고 생각하며 메모를 들여다보았다.

'나는 청각 장애인입니다. 이름은 리처드, 영국 사람이에요. 만나서 반가워요.'

깜짝 놀라 그의 얼굴을 다시 쳐다보았다. 리처드는 선하고도 잔잔한 미소를 지으며 고갯짓으로 다시 인사를 한다. 나도 얼른 노트에 썼다.

'반가워요. 내 이름은 비야, 한국에서 왔어요. 여행 중이세요?'

'네, 실크로드를 타고 파키스탄까지 가서 인도로 갈 생각이에요. 비야는?'

'나는 동쪽으로 가는 중. 투루판은 언제 왔어요?'

'비야 오기 5분 전에.'

일본 아이들은 처음 만난 사람들이 무슨 말을 그렇게 열심히 주고받나 궁금해한다.

"이 사람은 귀가 안 들린대."

"아, 그래요. 그런데 어떻게 여행을 할까? 아주 어려울 텐데."

"그러니까 훌륭한 사람이지."

이번에는 리처드가 우리끼리 하는 얘기를 궁금해하는 표정이다. 내가 수화(手話)로 '쟤네들이 너 멋있는 사람이란다.'라고 말해주었더니 눈이 동그래지며 수화로, '수화를 할 줄 알아요?' 묻는다.

거의 다 잊어버렸지만 나는 영어 수화를 배운 적이 있다. 1988년 서울올림픽 때 단지 국제 홍보학을 전공하는 한국 대학원생이라는 이유만으로 미국 올림픽조직위원회에서 일을 하게 되었다.

올림픽 전후와 올림픽 기간 동안 바쁜 일과 중에도 나는 장애인 올림픽조직위원회에서 홍보 자원봉사를 했다. 시각 장애와 청각 장애가 있는 선수들이 담당이어서 틈틈이 수화를 배웠는데 그 옛날에 배운 수화를 여기서 써먹다니.

'배웠는데 지금은 다 잊어버렸어요. 투루판에 있는 동안 많이 가르쳐줘요.'

'물론이지요.'

리처드는 환하게 웃으며 어린아이처럼 좋아한다.

투루판 일주를 위한 버스를 대절하느라 우리 네 명과 다른 방에 묵고 있는 여행자를 합해 여섯 명이 일행이 되었다. 봉고차를 타고 이틀 동안 다닌 곳이 손오공이 등장하는 훠옌산(火焰山), 사막 밑을 흐르는 지하 수로 카레즈, 불상과 벽화가 아름답다는 천불동 그리고 실크로드의 고성 등이다.

투루판에는 산이 두 개 있다. 하나는 저 멀리 눈을 이고 있는 높고 높은 톈산이요, 다른 하나는 투루판의 상징인 훠옌산이다. 이 산은 아침에 보아도 붉은 기운이 돌며 불꽃이 하늘로 올라가는 듯한 모양인데, 저녁의 붉은 노을 밑에서는 이름 그대로 정말 불타는 것 같다.

이 불꽃 산이 투루판의 더위를 부채질하는 것일까? 투루판의 별명은 휘저우(火州), '불의 땅'이다. 여름 평균기온이 40도. 해저 154미터로 이스라엘의 사해에 이어 세계에서 두 번째로 낮은 지대인데, 한여름 무더위는 지났다지만 햇볕 아래서는 "아, 더워." 하는 소리가 저절로 나온다.

나는 좀처럼 땀이 나지 않는 불한당(不汗黨)이지만, 유난히 땀을 많이 흘리는 리처드는 이마에 와이퍼를 달았으면 좋겠다는 시늉을 해서 일행을 웃겼다.

투루판에는 고성도 두 개 있다. 하나는 원나라 초기까지 이 지역의 정치와 경제, 문화의 중심지였던 고창 고성이고, 다른 하나는 고창 왕국 이전에 번영했던 교하(交河) 고성이다.

고창 고성은 듣던 대로 방대한 규모다. 당나귀 마차나 낙타를 빌려타고 1시간을 다녀도 겨우 한 바퀴를 돌까 말까. 이곳이 현장법사가 인도에 가는 길에 한 달간 머물면서 왕에게 설법을 했던 곳이라고 가이드가 설명한다.

다 무너지고 부서져 흔적만 남은 고창 고성이 7000미터 앞에 두고 보지 못한 미란 고성을 보는 듯해서 반갑다.

나지막한 언덕 위에 있는 교하 고성 아래로는 푸른 과수원이 있다. 성의 규모는 고창 고성에 비해 작지만 유네스코가 지정한 세계문화유산 중의 한 곳이기 때문인지 사원, 관청, 개인 집, 우물의 흔적이 뚜렷하고 보존 상태가 훨씬 양호하다. 안내도 잘 해준다. 조금만 상상력을 발휘하면 곧 천 년 전으로 시간 여행을 할 수 있는 흥미로운 곳이다.

천불동 입구에 《서유기》의 주인공인 손오공, 저팔계, 사오정과 말을 탄 현장법사의 돌상이 있다. 내가 리처드에게 《서유기》 줄거리를 간략하게 얘기해주면서 서역을 여행하는 우리를 서유기 등장

인물에 비유하면, 나는 동분서주하니 원숭이 손오공이고, 너는 귀가 안 들리니 사오정이라고 우스갯말을 했다. 리처드는 이 말을 못 알아듣고 엉뚱한 소리를 한다.

'사오정 말고 멋지게 말을 탄 현장법사 하면 안 돼요?'

내가 속으로 중얼거렸다.

'리처드, 넌 진짜 사오정이다.'

이틀 동안 리처드와 다니면서 색다른 경험을 하게 되었다. 청각 장애인과 다니면 번거롭고 불편할 거라는 선입견이 말끔히 가신 것은 물론 정상인인 내가 많이 돌봐줘야 할 거라고 막연히 생각했던 게 오히려 부끄러울 지경이다. 리처드는 정상인과 조금도 다름 없었다.

'태어날 때부터 귀가 들리지 않았으니 소리가 들린다는 게 얼마나 편하다는 걸 모르지요.'

리처드는 글을 읽을 수도, 쓸 수도 있으니까 의사소통을 하는 데는 큰 지장이 없다며 농담까지 한다.

'30년 동안 청각 장애인으로 살다 보니 나름대로 노하우가 생기던데요.'

그는 컴퓨터 프로그램을 개발하는 일을 하고 있어서 직장에서도 못 듣는 것 때문에 문제가 되지는 않는다고 한다.

'정상인들은 언제나 이렇게 얘기하지요. 얼마나 불편하세요? 그리고 연민의 눈빛을 보내면서 말하지요. 뭐라도 도와줄까요? 그럼 나는 이렇게 말해요. 고맙습니다. 하지만 생각하시는 것만큼 불편하지는 않아요. 그리고 저도 뭔가 도와드릴 일이 있으면 꼭 말씀해 주세요.'

리처드는 '이해하기 힘들겠지만 청각 장애인에게도 세상은 충분히 아름답습니다.'라고 하더니 생각났다는 듯 지갑을 열어 보인다.

'제 여자 친구 보실래요?'

주근깨가 다닥다닥 붙은 얼굴의 붉은 머리 아가씨가 환하게 웃고 있다.

'이름이 로사예요. 같은 청각 장애인인데 이 친구 별명이 뭔 줄 알아요? 채터박스(수다쟁이)라고요.'

아, 그렇겠다. 소리가 나지 않는 수다도 있긴 있겠다.

'나는 로사를 깊이 사랑해요. 내 마음의 장미꽃이지요.'

그 말을 하는 리처드의 눈은 로사를 향한 그리움으로 가득하다. 사진 속의 그녀를 보고 내가 말했다.

'안녕 로사. 너는 아주 멋진 사람을 애인으로 두었구나.'

청각 장애인에 대한 내 편견이 사라진 것보다 더 신선한 경험은 그와 함께 있으면 서로에게 최대한 집중하게 된다는 사실이다.

나는 종종 리처드가 듣지 못한다는 사실을 깜빡 잊고 그냥 말을 시작하곤 한다. 그러다가 한참 후에 딴 짓을 하고 있는 그를 보고는 '아차' 하며 팔을 건드린다. 그때서야 그는 나를 쳐다보며, '자, 말해보세요. 들을 준비가 되어 있으니까.'라는 표정을 짓는다. 그러고 나서야 드디어 대화를 할 수 있다.

리처드 역시 마찬가지다. 내 어깨를 건드리든지 손을 잡아끌든지 해 주의를 환기시킨 후에야 얘기를 시작한다. 들을 준비가 되어 있는 사람과 말을 나누는 것은 참으로 행복한 일이다.

게다가 내가 말을 할 때는 내 입을 열심히 쳐다봐서 당황스러울 지경이다. 대학교 다닐 때 사귀던 남자 친구가 입 맞추기 직전에 말하는 내 입을 뚫어지게 쳐다보던 생각이 나서 가슴이 뜨끔하기까지 했다. 이것이 청각 장애인들의 일반적인 습관이라는 걸 잘 알면서도 말이다.

어쨌든 이런 집중과 관심 때문인지 리처드를 안 지 이틀밖에 지나지 않았는데도 굉장히 오래 사귄 사람처럼 친밀감과 편안함이 느껴진다.

이틀간의 공식 단체 여행이 끝난 다음 날, 리처드와 자전거를 빌려 타고 포도밭 계곡으로 갔다. '포도의 도시'라는 말 그대로 투루판은 어디를 가나 포도밭이다. 시내 거리까지 포도 덩굴로 아치형 터널이 만들어져 있고, 이 덩굴 포도들은 관상용이라 따먹으면 15위안의 벌금을 문다는 경고문이 붙어 있다.

시내를 조금 벗어나면 포도밭 군데군데에 미니 아파트 같은 포도 말리는 건물들이 보인다. 바람만 들어오고 햇볕은 차단해주도록 설계된 나무 건물 안에는 시렁이 걸려 있어 그 위에 포도를 말린다. 이렇게 한 달 정도 지나면 쫄깃쫄깃한 건포도가 된단다.

이 건포도는 전국으로 퍼져 나가는데 나중에 가본 시장에서는 초록색, 갈색, 노란색 건포도들을 산처럼 쌓아놓고 삽을 든 사람이 그 위에 올라가 정리하고 있었다. 여자들은 그 '산' 옆에 앉아 초록색 포도와 붉은 포도를 일일이 손으로 가려내느라 분주했다. 삽으로 건포도를 자루에 퍼 넣던 사람들은 이리저리 기웃거리며 자기 산 앞을 지나가는 우리에게 한 줌씩 건포도를 건네주었다.

관광지로 조성한 대형 포도원에도 갔다. 세상에 저런 포도도 있었나 싶게 여러 가지 모양과 빛깔의 포도들이 주렁주렁 달려 있다. 이것도 관상용이라 따먹을 수는 없단다. 파는 포도를 한 바구니 사서 근처 호숫가에 앉았다.

엄지손가락처럼 길쭉하게 생긴 연두색 포도는 껍질도 얇고 씨가 없어서 그야말로 '한입에 쏙쏙'이다. 포도가 아니라 잘 익은 대추를 깨무는 것처럼 아삭거리는데, 어찌나 향기롭고 달콤한지 한 알 한 알 맛있다. 맛있다 하면서 먹다 보니 어느새 한 소쿠리를 다 먹었다.

'더 먹을까?'

내가 리처드에게 물었다.

'그럴까요. 이렇게 맛있는 포도는 난생처음 먹어봐요.'

'왠지 알아? 나랑 먹어서 그래.'

내가 농담을 하니까, 리처드는 '정말 그런가 봐요.' 하며 진지하게 맞장구를 친다.

'근데 한 바구니는 좀 많지 않을까?'

'우리 둘 실력이면 순식간일 걸요.'

내가 얼른 한 소쿠리를 더 사 가지고 돌아와 보니, 리처드 손에 포도 한 송이가 들려 있다. 장난기가 발동한 리처드가 따지 말라는 포도를 슬쩍한 거다. 훔친 사과가 아니, 훔친 포도가 맛있다? 우리는 공범이라는 유대감에 킬킬거리며 사온 포도를 배낭 안에 넣고 포도원을 빠져나왔다.

자전거를 타고 오면서 훔친 포도 한 송이를 주거니 받거니 했다. 포도송이를 건네주다 손이 잠깐 스치는데 전기가 오른 것처럼 찌릿하다. 괜히 얼굴이 화끈해진다. 이런 내 마음을 들키지 않아야 할 텐데.

그날 이후 리처드는 떠나는 순간까지 나에게 시도 때도 없이 계속 포도를 사다 주었다. 내가 포도를 좋아하는 줄 알았나 보다. 사실 나는 모든 과일을 좋아하지만 포도는 예외적으로 즐기지 않는다. 맛은 있지만 먹을 때마다 한 알 한 알 갈등이 생기기 때문이다. 포도 껍질을 뱉자니 번거롭고 먹자니 질기고, 씨도 역시 뱉자니 번

거룹고 먹자니 포도 맛을 버리겠고.

그러나 지금부터는 좋아하게 될 것 같다. 그리고 청포도를 먹을 때마다 리처드가 생각날 거다. 그 당당하고 진지하며 사랑스러웠던 리처드.

리처드가 우루무치로 떠나는 날, 버스 정거장까지 배웅을 나갔다.

'비야 씨 덕분에 정말 즐거웠어요. 이번 여행 부디 무사히 끝내기를 진심으로 바랍니다.'

리처드는 형식적이고 외교적인 인사를 한다.

'리처드, 부디 로사와 행복하게 살아요.'

이별 인사로 가볍게 포옹을 하고 막 떠나려는 버스에 올라타려던 리처드는 급히 내리더니 나를 힘껏 껴안는다.

'당신은 참 사랑스런 여자예요.'

그러고는 다시 버스에 올라타는 리처드. 아무래도 내 마음을 눈치 챈 것 같다.

: 둔황, 사막 속 거대한 박물관

둔황 버스 터미널 앞에 있는 여관에 여장을 풀었다. 여기 오니 갑자기 한여름에서 초가을로 넘어온 기분이다. 가로수들은 이미 황금빛으로 변하고 아침저녁으로는 모자 달린 겨울 점퍼가 생각날 정도다. 길거리에는 군고구마 장수도 보인다.

숙소 로비에서 만난 일본 아이 미네코와 일몰이 멋있다는 밍사산(鳴沙山)을 가보았다. 광고 회사에 다닌다는 이 아가씨는 어렵게 일주일간의 휴가를 얻어 왔다는데, 그날 비행기로 와서 아침에 막고

굴을 보고 다음 날은 투루판으로 간다고 한다.

자전거를 타고 조금 가니 거대한 모래언덕 밍사산이 바로 눈앞에 나타난다. 미네코는 흥분을 감추지 못한다.

"와, 스고이(와, 멋있다)!"

세상에 태어나 모래언덕을 처음 본다고 한다. 솔직히 밍사산이 아름답기는 하지만 내게는 자연적으로 생긴 것이라기보다 관광객을 위해 지어놓은 영화 세트 같다. 산 자체가 그렇다는 게 아니라 거기에 새까맣게 모여 있는 관광객들 때문이다. 미네코는 낙타를 타면서도 너무나 행복해하는 표정이다. 내가 낙타를 처음 탔을 때도 저런 표정이었을까.

미네코와는 모래언덕 꼭대기에서 만나기로 하고 나는 맨발로 산 꼭대기로 올라가 해지기를 기다렸다. 일몰은 산 정상에서부터 옅은 갈색 커튼이 조금씩 조금씩 내려오는 것같이 시작되었다.

해가 서쪽으로 넘어가기 직전에는 신비스러운 빛을 던져 모래언덕을 농도와 명암이 다른 수십 가지의 갈색으로 바꾸어놓았다. 미네코가 나타나서는 또 감탄을 한다.

"이 세상에 태어나 처음 보는 멋진 일몰이에요."

그때는 막상 지는 해가 구름에 걸려 있어 그다지 멋있지 않은데도 말이다. 이것이 바로 경험의 주관성이다. 남에게는 평범에도 이르지 못하는 것이 어떤 이에게는 생애 최고로 느껴질 수도 있다. 지금 이 순간 그런 행복을 느끼는 미네코가 부럽다. 내가 여행을 너무 오래 하고 있나 보다.

다음 날은 둔황 석굴에 갔다. 4세기 중엽 특별한 계시를 받은 한 스님이 사막 가운데 솟은 밍사산에 굴을 판 것을 시작으로 1000년에 걸쳐 수많은 사람들에 의해 천불동이 이루어졌다.

물론 종교적인 열정으로 굴을 만든 사람도 있지만 집안의 복을 빌기 위해, 내세의 평안을 위해, 장사가 잘되게 해달라고 굴을 파서 불교 사원을 만든 사람들도 있었을 거다. 이들이 파고 없애고 또 파고 한 것들을 합하면 '천불동'이라는 이름 그대로 1000개도 넘었을 텐데, 현재는 492개가 남아 있다. 긴 돌산에 비둘기 구멍처럼 파놓은 모양이 인도의 아잔타 석굴과 매우 흡사하다.

여러 시대에 걸쳐 조금씩 만들어졌기 때문에 각 시대의 풍습이나 불교의 변천을 볼 수 있어 더욱 흥미롭다. 실크로드의 요지로서 천 년간 번영을 누린 둔황은 15세기 말 해상 루트가 개척되면서 교역로로서의 의미가 퇴색된 데다 명나라가 자위관(嘉峪關) 서쪽 땅의 통치를 포기하는 바람에 수백 년간 모래 속에 방치되었다.

그렇게 기억 속에서 사라진 둔황이 다시 세상에 모습을 드러낸 것은 1907년 앞에서도 말한 스타인과 다음 해 프랑스 동양학자 펠리오에 의해서였다. 이들이 처음 이곳을 찾았을 때 막고굴은 라마승 몇 명만이 지키고 있는 폐허에 불과했다. 이들은 여기에서 불상, 벽화 등 세계적인 불교 미술품과 귀중한 고문서들을 무더기로 수집해 자기 나라 박물관에 옮겨놓았다. 우리나라 혜초 스님의 《왕오천축국전》은 펠리오에 의해 프랑스로 옮겨져 지금까지 돌아오지 못하고 있다.

둔황 석굴은 '둔황학'이라는 학문을 탄생시킬 만큼 학문적 가치가 대단한 곳이다. 외국인들에게는 다섯 배 이상의 비싼 요금을 받는 대신 영어, 일어 가이드를 붙여주어 훨씬 많은 굴을 볼 수 있다. 다른 외국인 관광객들과 함께 여자 영어 가이드를 따라갔는데, 그 여자의 영어 발음을 도저히 알아들을 수가 없었다.

혼자 다니고 싶은 마음이 굴뚝같지만 가이드와 함께 가지 않으면 들어갈 수 없는 곳이라 울며 겨자 먹기로 따라다녔다. 좀 더 있고 싶은데 어찌나 쏜살같이 지나가는지. 얼렁뚱땅 많이 보는 것보다 몇 군데라도 집중적으로 보면 좋으련만.

여기는 여러 가지 모양과 형태의 굴이 있지만 대부분은 중앙에 부처님 상을 모시고 사방 벽과 천장에 벽화가 그려져 있다. 그렇게 주마간산 식으로 보아도 당나라 전성기 때에 만들어졌다는 제96호 굴은 참으로 인상적이다.

수많은 불상을 비롯해 석가모니의 일대기와 까만 소가 도를 닦아 하얀 소가 되었다는 불교 설화도 흥미롭지만, 불교 유적이면서도 옥색과 푸른색을 주로 쓴 것이라든지 벽을 장식한 나뭇잎이나 기하학적 모티브가 이슬람 사원을 연상케 한다.

특히 천장에 그려진 비천도는 정말 멋있다. 천녀는 벽화의 단골 소재다. 이곳에는 제96호 굴뿐 아니라 270여 곳에 비천도가 있는데, 그려진 천녀의 수가 1500명이나 된다고 가이드가 설명한다.

당나라 때 만들어진 굴에는 당나라 미인이 모델이 되었는지 통통한 천녀가 날아가고, 또 어느 굴에서는 인도에서처럼 부러질 듯 가는 허리에 풍만한 가슴을 가진 천녀가 선정적으로 몸을 비틀면서 날아간다. 부처님 안전에서 저런 요염한 자태를 취하다니, 불경하다.

천상에서 하계를 내려다보며 꽃잎을 뿌리는 호리호리한 천녀들도 요염하기 짝이 없다. 옷자락을 휘날리며 당장이라도 날아오를 것 같은 이 천녀들은 모르긴 해도 앙코르와트에서 본 춤추는 천녀 압사라, 인도 중부 카주라호 신전의 벌거벗은 천녀 조각, 서양의 날개 달린 천사들 그리고 우리나라 범종에 새겨진 천녀와 같은 '조직'일 것이다.

어느 굴에선가 한 쌍의 새를 보았는데 아마추어인 내 눈에도 전형적인 페르시아 모티프이며, 또 어느 굴 벽화에서는 지중해 근방에서 온 듯한 사람이 열심히 부처님의 강론을 듣고 있다. 하얀 피부, 그리스식 코와 짙은 눈썹, 아몬드 모양의 눈이 단박에 그쪽에서 온 사람이라는 걸 알아볼 수 있게 한다.

어느 굴에 가니 벽화 하나가 집중적인 손전등 세례를 받고 있었다. 수줍은 듯 웃는 동그란 얼굴에 가는 눈썹, 가는 눈을 한 보살이다. 별명이 '중국의 모나리자'라는데 차분하고 아름다운 미소이지만 어쩐지 깍쟁이 같은 느낌이다. 그 불상을 보면서 나는 왜 서산 마애삼존불상의 그 후덕한 웃음이 그리워지는 걸까.

좀 더 자세히 보고 싶어서 2시간의 휴관 시간을 기다렸다가 오후에 다시 들어갔다. 운 좋게도 일본 NHK방송 문화 답사팀을 만났는데, 내가 좀 더 얻어들을 게 있나 하고 기웃거리는 게 기특했는지 나중에는 아예 나를 답사팀의 일원으로 끼워주었다.

그래서 비싼 입장료를 따로 내야 들어갈 수 있는 굴에도 '묻어서' 들어가고, 전문가의 해설을 들을 수 있었던 것은 대단한 수확이다. 이 팀의 리더는 둔황 석굴을 오랫동안 연구하신 노 교수님인데 내게 답사 소감을 묻는다.

"둔황 석굴은 실크로드 덕분에 천 년에 걸쳐 만들어진, 사막 속의 대단한 조각관이자 미술관이자 박물관이라고 생각합니다."

갑작스런 주문에 임시변통으로 영어 가이드북에 있는 말을 했는데, 내 대답에 팀장을 비롯한 모든 팀원들이 "에라이(훌륭해요)." 하고 박수를 보내준다. 이 한 마디로 공짜 구경 값은 한 것 같다.

유명한 곳은 반드시 유명한 이유가 있는 법. 둔황은 밍사산과 막고굴만으로도 충분히 사막을 달려올 만한 가치가 있다.

그러나 유명한 관광지일수록 물가도 비싸고 현지인들과 섞이기도 쉽지 않다. 더구나 다른 관광객들과 보조를 맞추느라 빨리빨리 해야 한다는 생각에 마음이 편치 않다. 그래서 유명한 곳은 기껏해야 3~4일 일정으로 볼 것만 딱 보고는 다음 도시로 서둘러 가게 된다. 둔황도 마찬가지다.

하루빨리 하미, 란저우를 거쳐 시안으로 가야겠다.

ː 이 비단길 따라가며 무엇을 얻었는가

시안에서 서역 사람의 흔적을 찾을 수 있을까? 호인(胡人)이나 색목인(色目人)으로 불리던 사람들 말이다.

명나라 전까지 장안(長安)으로 불리던 이 도시는 그 전성기를 구가했던 당나라 시절 인구가 무려 100만이나 되는 국제도시였다. 그때는 우리의 통일신라시대일 텐데, 그 당시 나라 전체 인구를 350만에서 500만 정도로 추정하고 있으니 100만이란 얼마나 대단한 숫자인가.

장안은 서역에서 막 도착했거나 그곳으로 떠날 장사꾼들과 짐을 가득 실은 낙타들과 각국에서 온 사신과 유학생과 수도자들로 북적거렸다. 갖가지 얼굴과 말과 복장이 뒤섞인 고대 판 뉴욕이었다. 물론 주를 이루는 사람들은 상인이었으니 사람마다 가게마다 주 거래 상품인 비단을 팔고 사는 소리가 시끄러웠을 것이다.

황성으로 들어가는 주작대로를 가운데 두고 동시(東市)와 서시(西市)로 나뉘었는데 동시에는 동쪽에서 온 사람들이, 서시에는 서쪽에서 온 사람들이 살았단다. 당나라 때 여기 있던 호인들은 거의 페르시아 사람들이라고 한다. 호인 사제(司祭)만도 칠십 명 정도가 상주하고 있었는데 그 후 많은 페르시아인들이 아랍의 침입을 피해 이곳에 눌러 살았다고 한다.

후에는 무역 왕래나 외교 활동으로 인해 장안에 사는 아랍 상인의 수가 급격히 늘었단다. 이들을 따라 서역 종교도 들어왔는데 페르시아에서 온 배화교, 로마에서 온 기독교가 있었다. 뒤이어 이슬람교도 들어왔다.

그 이슬람교도의 흔적을 찾아 비가 올 것 같은 구질구질한 날씨에도 불구하고 시내 중심의 종루를 지나 후이족 거리를 찾아갔다. 중국 안의 이슬람 동네다.

후이족 거리는 거대한 음식 시장이다. 어쩌면 그렇게 먹을 게 많은지. 한쪽에는 양고기를 주렁주렁 걸어놓고 다른 한쪽에서는 펄펄 고깃국을 끓이고 한쪽에서는 화덕에서 고기만두를 굽는다. 간판마다 칭전(淸眞)이라고 써놓은 것이나 사람들이 하얀 빵떡모자를 쓴 것이 후이족들의 심장부임을 한눈에 알게 한다.

한 집 건너 하나씩 있는 이슬람 성물(聖物) 가게에서는 기도할 때 쓰는 개인용 카펫이나 하얀 후이족 모자를 팔고 있다.

시장에서 조금 가니 칭전쓰(淸眞寺)라는 이슬람 사원이 있다. 한꺼번에 1000명 이상이 예배를 볼 수 있다는 아주 큰 사원이다. 이곳은 카슈가르에서 보던 그런 중동풍이 아니라 중국식 건물이다.

중국의 모슬렘은 크게 두 그룹으로 나눌 수 있다. 한 그룹은 중앙아시아, 아랍, 페르시아에서 와서 한족과 결혼한 후예들인데 그들이 바로 후이족이다. 다른 그룹은 서역에서 온 터키계의 모슬렘으로 위구르, 카자흐, 키르기스, 타지크라는 종족 이름을 가지고 있다.

1990년 중국 정부에서 발표한 인구조사에 따르면 중국 내의 모슬렘은 1700만 명이다.

후이족은 좡족과 만주족에 이어 중국에서 인구가 세 번째로 많은 소수민족. 약 900만 정도로 추정된다. 나중에 중국 여행을 계속하면서 알게 된 사실인데 이 후이족들은 신장웨이우얼 자치구와 후이족 자치구인 닝샤성(寧夏省)은 물론 윈난성 서쪽과 좡족들의 고향인 티베트의 라싸(拉薩) 한복판에서도 쉽게 만날 수 있을 만큼 전국적으로 퍼져 있다.

이들은 중동의 이스라엘과 팔레스타인, 동유럽의 보스니아와 인도 카슈미르 지방에서처럼 종교 때문에 대립을 하거나 문제를 일으키지 않고 다른 종교와 사이좋게 지내는 것 같다. 그 옛날 동시와 서시로 나뉘어 살면서도 사이좋게 지냈던 것처럼 말이다.

생각해보면 다 착하게 살자고 가르치는 종교끼리인데 무슨 충돌이 있겠는가. 그것을 이용해 세력을 불리고 이익을 취하려는 사람들이 문제지.

시안을 중국 최대의 관광지로 만든 것은 단연 진시황의 무덤을 지키는 병마용(兵馬俑)이다. 나는 그곳에서 진흙으로 만든 군사나 말을 보고도 놀라움을 감추지 못했지만 그곳 출입문을 지키는 아저씨의 식별력에 더욱 입을 다물지 못했다.

이곳의 입장료는 내국인 35위안, 외국인 80위안이라 많은 배낭여행자들이 근처 숙소에서 가짜 학생증을 만들어 사용하고 있다. 가짜 학생증 값이 30위안이라 이곳에 들어가는 데 한 번만 성공해도 본전은 뽑고, 아직도 외국인 이중 가격이 실시되는 신장 지방으로 가는 사람들에게는 필수적이다.

나도 베이징에서 만든 학생증이 있다. 벌써 두 개째인데, 내국인 요금을 낼 수 있는 이 가짜 학생증은 지난해에는 상하이문화센터의 요리 전공에서 올해는 하이난성의 대학생에 전공도 무역으로 바꾸었다.

시안 진시황 무덤 검표원 아저씨의 신기에 가까운 식별 능력에 대해서는 실크로드를 거쳐 오는 동안 많은 여행자들에게서 들은 바가 있다. 가짜 학생증으로는 도저히 들어갈 수 없다는 거다.

그러나 나는 자신이 있었다. 여태껏 단 한 번도 외국인 요금을 낸 적이 없기 때문이다. 처음에 중국말을 전혀 못할 때는 무조건 못 알아듣는 척했다. 요즘도 중국말을 잘 못하기는 하지만 그사이에 홍콩이 중국에 반환되어 홍콩인을 내국인으로 치는 바람에 내가 중국 사람이라고 우기면 열이면 열 홍콩인으로 봐준다.

아니나 다를까. 가짜 학생증으로 표를 사는 것까지는 문제가 없는데 입구에서 그 아저씨에게 걸리고 말았다.

"안 돼. 이건 가짜야."

"무슨 소리에요. 이건 진짜에요."

"내 눈은 못 속여. 이건 베이징에서 만든 가짜 학생증이야."

이 아저씨는 가짜 학생증의 족보까지 죽 꿰고 있다. 진짜 대단하다. 그러나 이대로 물러설 수는 없다. 외국인과 내국인 입장료의 차액은 무려 45위안. 이틀치 방값이다.

"아저씨, 가짜 학생이 어떻게 이렇게 중국말을 잘해요? 공부했으니까 알죠."

"잘하긴 뭘 잘해. 아가씨 한국 사람이지? 잔소리 말고 얼른 가서 외국인 표로 바꿔 와요."

이 아저씨, 말소리로 국적까지 알아본다. 더 이상 어떻게 해볼 여지가 없다. 그래도 이 아저씨가 말투처럼 표정은 그렇게 딱딱하지 않아 이번에는 애교 작전을 펴본다.

"아저씨는 정말 뙤국 사람이다. 왜 그렇게 의심이 많으세요?"

"나는 말이야, 가짜 학생은 척 보면……."

아저씨가 나에게 일장 연설을 하려는 순간 누가 부른다.

"리셴셩(이 선생)!"

다른 출입구에서도 가짜 학생증 시비가 붙었는지 거기를 지키던 신참이 이 아저씨의 도움을 청한다. 이 고참 아저씨가 잠깐 한눈을 파는 사이에 옳다구나 하고 그 신참 아저씨에게로 갔다.

"빨리빨리 해요. 시간이 없단 말이에요. 저리로 간 아저씨가 벌써 검사했어요."

수선을 떨며 얼렁뚱땅 입구를 통과했다. 고참 아저씨가 충분히 저지할 수 있는 거리인데도 그냥 놔둔 것은 물론 손까지 흔드는 걸보면 내가 그렇게 밉게 억지를 부린 건 아닌 것 같다.

이곳에 도착함으로써 나는 한 달 반에 걸쳐 카슈가르에서 시안에 이르는 중국의 실크로드를 일주했다. 한꺼번에 쭉 다니지 않았다 하더라도 실크로드의 서쪽 끝인 로마에서 시작해 터키, 이란, 투르크메니스탄, 우즈베키스탄을 거치는 초원길도 가보았고 이란, 파키스탄을 거치는 서역 남로도 거쳐 왔으니 1만여 킬로미터, 동서양을 잇는 실크로드 전체를 한 번 답사한 셈이다.

동쪽에서 온 동방 사람들은 시안부터 시작해 서쪽으로, 서쪽으로 가서 로마에 이르게 되지만 나는 동방 사람이면서도 서쪽에서 시작해서 동쪽으로, 동쪽으로 와서 드디어 목적지에 도착한 거다.

옛날 실크로드를 타고 온 서역 상인들은 향료와 악기, 유리 등을 가져와서 비단과 금, 도자기와 바꾸어 갔다는데 나는 과연 무엇을 가져오고 무엇을 얻어가는 것일까.

이 비단길을 따라서.

중국 중서부

샤허에서 만난 네덜란드인인 맨머리의 아리와 털보 얀. 아리는 인도, 몽골,
중국, 티베트 등을 다니며 정신 수련할 곳을 물색 중이고, 얀은 어느 날 깨달음
을 얻어 티베트에서 자연과 더불어 살다가 죽을 결심이라고 한다.

리틀 티베트 고원의 욕심 없는 삶

: 란저우 먹자골목, 빨리 배가 꺼졌으면

란저우에서 청두(成都)까지는 예전에 국민당군에 쫓긴 홍군이 퇴각하던 길을 따라간다.

이왕 중국을 누비는 중이니 뒷길이나 시골길로 가보고 싶은데 이 길이 바로 그런 길이다. 목숨이 경각에 달한 홍군이 괴력을 발휘해 도저히 길을 낼 수 없는 험한 산과 초원에 길을 만들었단다.

중국을 오래 여행한 사람들은 이 길이 티베트보다 더 티베트다운 작은 마을들과 쓰촨성의 아름다운 경치를 따라 이어져 있어서 중국에서 가장 가고 싶은 길이라고 말한다. 나는 이 길을 따라 란저우, 샤허, 랑무쓰(朗木寺), 쑹판(松潘)을 거쳐 청두로 갈 계획이다.

황허강 유역의 란저우는 중국의 동서남북을 잇는 교통의 요지라는데 내게는 무엇보다도 음식의 요지로 다가온다.

중국 여행 최대의 즐거움은 뭐니 뭐니 해도 먹을 것. 실크로드를 여행할 때, 특히 신장 지방에서 '란저우풍 면'을 파는 식당을 수없이 본 터라 이곳으로 올 때는 드디어 맛의 고향으로 들어가는구나 하고 즐거워했다. 그래서 란저우에 도착해 숙소인 여우이판뎬(友誼飯店)에 짐을 내려놓자마자 도시 서쪽 끝에 있는 먹자골목으로 갔다.

중국집 철가방처럼 생긴 네모난 통에 숯을 넣어 구운 양고기 꼬치와 양 콩팥구이 냄새가 골목 입구에서부터 군침을 돌게 한다. 한 500미터쯤 되는 거리에 촘촘히 붙은 식당과 좌판에는 만두며 국수며 떡이며 고기며 볶은 채소며 없는 게 없다.

골목을 한 바퀴 돌아보고 나서 란저우 명물이라는 '돌냄비 국수'를 먹었다. 발이 굵은 국수에 길게 썬 다시마, 두부, 당면, 대파, 양고기 등이 적당히 섞여 아주 특이한 맛을 낸다. 진짜 맛있다. 단돈 6위안(약 600원)으로 얻을 수 있는 최고의 맛이 아닐까 싶다.

다음 날은 일어나자마자 칼로 친 국수를 먹으러 다시 골목으로 갔다. 전날도 먹고 싶었는데 배가 불러 먹을 수 없었던 국수다. 단단하게 반죽한 밀가루를 어깨에 걸친 채 칼로 베어 납작하고 네모난 국숫발을 만드는데, 주방장 손이 어찌나 빠른지 그걸 찍으려고 사진기를 꺼내는 동안에 벌써 한 그릇 분량의 국수를 다 베어버렸다. 구운 양고기 만두 2인분까지 곁들여 뚝딱 먹어 치웠다. 맛은? 물론 띵호아, 띵호아!

그렇게 먹고도 돌아서니 "어머, 저걸로 먹을걸."이라는 말이 절로 나온다. 더 맛있어 보이는 음식이 천지다. 빨리 배가 꺼졌으면 좋겠다, 또 먹을 수 있게. 로마 제국 귀족들이 하루 종일 먹고 새 깃털로 목구멍을 건드려 토한 후 또 먹었다는데, 란저우에서는 나도 그러고 싶을 정도다.

'식욕은 생욕(生慾)'이라는 말이 맞는다면, 이런 주체할 수 없는 식탐은 삶에 대한 애정이 넘친다는 증거가 아닐까. 먹는 걸 밝히는 게 좀 창피하니까 억지로 핑계를 끌어다 댄다.

간쑤성에서 버스로 이동을 하려면 다른 곳에는 없는 여행자 보험증을 사야 한다. 다른 보험은 소용없고, 이 지역에서 발행하는 것을 사야 버스표를 살 수 있다.

오늘 터미널로 가다가 뚜껑이 없는 맨홀에 빠질 뻔해서 기겁을 했는데 이런 때를 대비한 생명보험인가? 그러나 아니다. 나중에 알고 보니, 1991년 이곳을 여행하다가 버스 사고를 당한 일본인 여행자의 부모가 간쑤성을 상대로 소송을 벌여 이긴 후 전 외국인에 대한 '보호'인지 '보복'인지의 차원에서 이런 보험 제도를 만들었다는 거다.

특히 샤허로 가는 외국인들은 보험증을 사지 않을 재간이 없다. 외국인 이중 가격에 보험료까지 내야 하다니. 아까운 생각이 들어 망설이는데, 터미널에서 샤허로 간다며 호객하는 개인 영업 버스가 다가온다.

"샤허, 샤허. 니 취 나알(샤허, 샤허. 어디 가세요)?"

"샤허 가요. 그런데 보험증이 없어요."

"상관없어요. 타세요."

그 말을 믿고 버스를 탔다가 큰코다쳤다. 1시간쯤 가니 버스 차장이 차비를 걷으러 와서 중국인 요금 37위안을 주었더니 더 내라고 한다.

"100위안 내요."

"뭐라고?"

"당신 외국인 맞지? 그러니 외국인 표를 사야 해."

이런 웃기는 말을 듣고 내가 가만히 있겠는가. 그야말로 소가 웃을 일이다. 네가 아까 보험증이 없어도 괜찮다고 하지 않았느냐,

떳떳하게 25위안 주고 보험증 사고 학생증으로 표를 사도 62위안인데 100위안을 내라니 말이 되는 소리냐? 되지도 않는 중국어로 떠드니까 시끄러웠는지 그냥 50위안만 내란다.

"50위안은 무슨 50위안? 37위안 받으려면 받고 싫으면 내릴 테니 여기서 세워!"

배짱을 부리느라고 소리를 빽 질렀다.

그런데 괘씸죄에 걸렸는지 운전사가 아주 험악한 얼굴로 진짜 허허벌판에서 차를 세우고는 어깨까지 잡아끌며 내리라고 소리를 지른다.

'이놈아, 네가 무서운 척하면 내가 돈 내면서 사정할 줄 알았지. 내리라면 내린다. 이놈아, 아직도 해가 저렇게 많이 남았는데 어디든 걸어서는 못 가겠냐?'

빨리빨리 하라는 차장의 소리를 무시한 채 목에 힘을 주고 될수록 천천히 버스 지붕 위에 올려놓은 큰 배낭을 내리면서 씩씩거렸다.

그런데 이게 웬 생고생? 버스를 내릴 때의 기개는 가상했는데 하루 종일 배 쫄쫄 굶고 벌판 바람 실컷 맞아 꽁꽁 동태가 되어 저녁 무렵에야 겨우 차를 얻어 타게 되었을 때는 풀이 팍삭 죽어버렸다. 그날, 샤허까지는커녕 반도 가지 못하고 린샤(臨夏)라는 후이족 마을에서 하루를 묵어야 했다. 50위안 내라고 할 때 그냥 못 이기는 척 내고 타고 갈 걸 그랬다.

: 스님과 함께 본 《영웅본색》

리틀 티베트. 티베트에 갈 시간이 없는 사람이 티베트 맛을 보고 싶으면 꼭 가보라고 권하는 곳이 바로 샤허다. 대도시 란저우에서 버스로 7시간밖에 안 되는 거리인데, 마치 다른 나라에 온 것 같다. 고원지대라서 그런지 차에서 내리자마자 새파란 하늘과 찌르는 듯한 햇빛이 먼저 인사를 한다.

거리는 붉은 승복을 입은 스님 반, 검은 짱족 외투를 입은 사람 반이다. 티베트 불교의 6대 성지라는 라부렁쓰(拉卜楞寺) 사원이 있어서 그런가 보다. 1709년 청나라 강희제 때 세워졌다는 라마교 사원 라부렁쓰에는 현재 승려가 1700여 명이나 거처하고 있단다.

여자들은 머리를 두 갈래로 땋아 꽁지에서 묶고 터키석으로 장식을 하고 다닌다. 아이 어른 할 것 없이 볼이 터서 발갛고, 모두 감기에 걸린 것처럼 콧물을 흘리며 훌쩍거린다.

라부렁쓰 초대소에 여장을 풀었다. 라부렁쓰 사원에서 직접 운영하는 숙소로 복잡한 시내에서 10여 분 정도 벗어난 라부렁쓰 사원 맞은편에 있다.

차나 마실까 하고 동네 식당으로 갔다. 햇볕은 따뜻하지만 그늘에만 들어가면 옷을 여며야 할 정도로 쌀쌀하다. 시내에는 선물 가게들이 즐비하고 외국인 여행자들도 심심치 않게 보인다.

슬쩍 들여다본 가게에는 촛대, 작은 부처님 상, 수공예품, 민속 의상 등 기념품들 사이에 놀랍게도 티베트의 살아 있는 신이며, 독립운동의 중심인 14대 달라이 라마 사진이 끼어 있다. 티베트에서는 절대 팔 수 없을뿐더러 소지만 해도 엄벌을 받는다는 사진이다.

길에서는 좋은 냄새가 난다. 냄새의 진원지를 살펴보니, 길 한 귀퉁이에서 마른 전나무 가지를 향처럼 태우고 있다. 그 향냄새가 마을에 배어 있다. 마을이 차분한 게 일단 마음에 든다.

외국인이 즐겨 찾는다는 '야크 식당'으로 갔다. 식당 안에는 삭발을 하고 허름한 회색 옷을 입은 파란 눈의 중년 남자가 차를 마시고 있다.

'위구르족이 여기까지 왔네.'

별 관심을 두지 않고 차와 티베트 만두를 시켜놓고 식당을 둘러보는데, 그 파란 눈의 남자와 눈이 마주쳤다. 그 사람이 먼저 선한 웃음을 지으며 인사를 한다.

"곤니치와."

위구르족이 느닷없이 곤니치와는 웬 곤니치와? 그런데 알고 보니, 네덜란드에서 왔다는 아리라는 이 사람은 선불교 스님으로 일본에서 3년간 수도 생활을 했단다.

지금 인도와 몽골, 중국, 티베트 등을 다니면서 앞으로 4~5년 정도 조용히 정신수련 할 곳을 물색 중이라고 한다. 차분한 눈빛이나 단아한 행동거지에서 수도자의 분위기가 풍긴다.

나더러 뭐하는 사람이냐고 해서 이런저런 이유로 이런저런 여행을 하고 있다고 했더니 혼잣말처럼 중얼거린다.

"비야 씨도 도를 닦고 있는 중이군요."

내가 도를 닦고 있다고? 정말 그런 건가? 나는 한 번도 그렇게 생각해보지 않았지만 그렇게 생각하면 또 그럴 법도 하다.

어쨌거나 아리는 불교, 특히 라마교에 대해서 해박하고, 티베트 문화와 전통에 관해서도 많이 알아 그곳에 있는 동안 무료 가이드 역할을 톡톡히 해주었다. 게다가 내 다음 여행지인 티베트를 방금 다녀왔기 때문에 실용적이고 따끈따끈한 정보도 많이 알려주었다.

내가 묵은 숙소에는 '도'와 관계가 깊은 사람이 또 하나 있다. 얀이라는 50대 초반의 남자로 역시 네덜란드인이다. 동그란 얼굴에 목소리가 크고 언제 어디서나 웃는데, 같이 차를 마시면서 얘기해 보니 이 사람도 특이한 이력을 가졌다.

재작년 어느 날 어느 순간 하늘과 자기가 하나라는 것을 깨닫고 천상의 희열을 느꼈단다. 그는 이것을 해탈의 순간이라고 굳게 믿고 있다. 인도 북부 라닥에서의 일인데, 이제 다시는 고향에 돌아가지 않고 티베트에서 자연과 더불어 살다가 죽을 결심이라고 한다.

이번 겨울은 여기서 티베트말을 배우며 지내고, 따뜻해지면 라싸까지 걸어가면서 마음에 드는 곳을 찾아 정착하겠다는 거다. 일단 눌러 살 곳이 결정되면 여권과 출생증명서 등 자신의 존재를 증명하는 세속의 모든 서류를 몽땅 불태워버리는 의식을 거행하겠다고 한다.

밝은 분위기와 맑은 눈동자는 그런대로 수도자 같기도 한데, 너무 수선스럽게 말이 많고, 자기가 해탈했다는 말을 이 사람 저 사람에게 자랑삼아 떠드는 걸 보면 아닌 것 같기도 하다.

다음 날 아침에 일어나니 땅에 얇은 이불을 덮은 것처럼 눈이 와 있다. 첫눈이다. 널어놓은 빨래에는 고드름이 주렁주렁 달렸다. 수돗가에도 살얼음이 얼어 있다. 숙소를 관리하는 스님은 아침 내내 난로와 연통을 설치하느라 분주하고, 점심때에는 마차 가득 석탄이 들어온다. 리틀 티베트의 본격적인 겨울이 시작되는 모양이다.

샤허에 있는 사흘 동안 아침마다 아리를 따라 라부렁쓰 사원 둘레에 설치된 수백 개의 경륜 통을 돌리며 아침 순례를 했다. 구리로 만든 경륜 통은 긴 원통형으로 꼭 미니 드럼통 같다. 통 가운데가 기름 친 추로 고정되어 슬쩍 돌려도 잘 돌아간다.

크기는 1미터 정도부터 3미터가 넘는 것도 있는데, 표면에는 불경이나 '옴마니반메훔'이라는 진언이 새겨졌다. 신심이 깊은 이들은 경륜 통을 한 번 돌리면 거기에 새겨진 불경을 외우는 것과 같은 효과가 있다고 한다. 경륜 통을 돌리고 사원이나 불상에 참배를 하는 예식을 '코라'라고 하는데 티베트족들에게는 건너뛸 수 없는 일상생활의 하나다.

경륜 통을 돌리는 사람들 중에는 아주 먼 곳에서 온 순례자들도 많다. 거의 누더기라고 해도 좋을 만한 까만 옷을 걸치고 얼굴과 손은 언제 씻었는지, 머리는 또 언제 마지막으로 빗었는지 모르게 꾀죄죄한 사람들. 할머니, 할아버지, 어머니, 아버지에 조그만 아이들까지 한 줄로 서서 경륜 통을 돌리는 모습에서 종교의식의 경건함보다는 단란한 가족 나들이 같은 편안한 분위기가 묻어난다.

일주일에 기껏 한 번씩 절이나 교회, 성당에 참배하는 일이라면 경건하고 엄숙해야 마땅하겠지만, 매일 일상적으로 하는 참배라면 이런 격식 없는 분위기가 어쩌면 당연한지도 모르겠다.

그들은 호기심 어린 눈으로 우리를 훔쳐보다가 이쪽에서, "타쉬델레(안녕하세요)." 하고 인사를 하면 당장 얼굴이 환해지면서 "타쉬델레." 하고 답례를 한다.

1시간 정도 걸리는 이 코라 길을 어떤 아줌마가 오체투지로 순례하는 것을 보았다. 무릎까지 내려오는 가죽 앞치마에 손에는 캐스터네츠 같은 나무판을 쥐고는 합장한 손을 이마에 한 번, 입에 한 번, 가슴에 한 번씩 댄 후 무릎을 구부린 다음 온몸과 팔을 완전히 땅에 대고 다시 합장한 손을 머리 위로 올리고 일어난다. 일어나서 세 발짝을 걷고, 다시 온몸을 던지는 기도를 되풀이한다. 두 팔, 두 다리, 그리고 몸통을 던지는 말 그대로 오체투지다. 이

것은 나중에 티베트에 가서 더욱 많이 보게 되는데, 아주 신심 깊은 기도다.

이곳에 와서 벌써 일주일째라는 아리와 그날 오후 사원을 돌아보았다. 아리가 라마교의 한 종파인 '노란 모자파'에 대한 신학적인 설명을 장황하게 하는데 나는 무슨 말인지 잘 모르겠다.

오후 4시쯤 되자 근엄하게 생긴 스님 몇 분이 자주색 가운을 입고 용마루 형태의 노란 모자를 쓰고 법당 앞에서 독경을 한다. 그러자 다른 젊은 스님들도 그 스님들보다는 장식이 덜 달린 노란 모자를 쓰고 경을 읽는다.

라부렁쓰 사원은 생각보다 훨씬 규모가 크고 보존 상태가 좋다. 문화대혁명의 그 험난한 소용돌이를 어떻게 견뎌냈는지 모르겠다. 이 절이 생기면서부터 샤허의 역사가 시작되었다고 할 만큼 절은 큰 영향력을 가지고 있다. 절이 마을을 거느리고 있다고 해야 옳을 것 같다.

절 한가운데에서 햇빛을 받아 더욱 번쩍거리는 금빛 지붕의 미륵불전이 절의 중추를 이루고 있다. 절의 본전인 대경당은 1985년 화재로 소실되었다가 1990년에 재건되었다고 한다.

샤허는 티베트 마을이면서 후이족들도 많이 눈에 띈다. 후이족 남자들은 나이에 상관없이 원통형 흰 모자를 쓰고, 여자들은 초록색이나 검은색 망토를 뒤집어쓰고 다닌다.

곳곳의 이슬람 사원 칭전쓰는 돔형의 중동식이 아니라 날아갈 듯한 지붕을 얹은 중국식 건축물이다. 여자들이 인민복 위에 이슬람 망토를 쓰고 다니는 것과 함께 절의 이런 건축 형태는 종교의 토착화라는 말을 실감나게 한다. 아리의 말에 의하면 라마교의 성지인 라싸에도 회교 사원들이 있다고 한다.

저녁을 먹으면서 아리에게 물었다.

"이런 질문 많이 받았죠? 어떻게 불교 수도자가 되었느냐고요?"

"나는 불교와 애초부터 깊은 인연이 있었나 봐요."

아리는 회사에 다니다가 일본 출장을 가게 되었는데, 거기서 불교 입문서를 보고는 '바로 이 길'이라는 생각을 했다는 거다. 하지만 쉽지 않은 길이어서 한 5년 동안 고민하다가 일단 일본에 가서 견습 스님이 되어보자고 한 것이 계를 받게까지 되었단다.

"세상을 살면서 제일 중요한 것은 가슴에 강하게 느껴지는 바로 '그것'을 따르는 일이라고 생각해요. 자기가 하고 있는 일이 결과적으로 자신에게 무엇을 가져다줄 수 있는가보다 그 일을 하는 자체가 행복한가를 살펴야 한다는 거죠."

"그렇게 볼 때 아리 씨는 행복하세요?"

"그렇습니다. 비야 씨는요?"

"나도 행복한 사람이네요. 아리 씨가 말한 행복의 정의로 보면 말이에요."

그날 '행복한' 우리는 좀 더 행복해져볼까 하고 비디오방으로 갔다.

3평 정도의 작은 방에는 아주 나쁜 화질에 소리는 있는 대로 크게 틀어놓은 작은 텔레비전이 한 대 놓여 있다. 이 작은 '영화관'의 기다란 나무 벤치에는 수십 명의 젊은 스님들이 꽉 끼어 앉아 화면에서 눈을 떼지 못한다. 그것이 마치 엄숙한 종교의식이라도 되는 양 스님들이 열심히 보고 있는 영화는 주윤발과 장국영이 나오는 홍콩 영화《영웅본색》.

우리가 영화를 보고 늦게 나타나니까 '해탈승' 얀이 무슨 데이트를 이틀 동안 계속하느냐며 내일은 자기에게도 기회를 주어야 한다고 너스레를 떨며 내 어깨를 감싸 안는다. 이 사람, 사람은 좋은

데 아무래도 사이비 같다.

: 무채색 수채화의 새벽 랑무쓰

아리와 길동무가 되어 샤허를 떠나는 날. 야크 식당에서 콘셉시온이라는 브라질 여자를 만났다.

40대 후반쯤으로 보이는데, 스키복으로 중무장을 해서 걸을 때마다 서걱서걱 소리를 내는 게 재미있다. 자기도 랑무쓰를 거쳐 쑹판, 청두로 가는 길이라며 같이 가도 좋으냐고 묻는다. 그래서 자연스럽게 세 사람은 일행이 되었다.

콘셉시온은 브라질에서 은행원으로 일하고 있었는데, 어느 날 '계시'를 받아 회사를 그만두고 티베트와 티베트 사람들이 많이 사는 곳을 여행 중이라고 한다. 이 여자는 몇 번이나 환생한 자기 생(生) 중 한 번 이상은 분명히 티베트 사람이었다고 굳게 믿고 있다.

내가 희한한 사람을 유난히 많이 만나는 건지, 티베트 근처에는 이런 사람들이 많이 모이는 건지, 만나는 사람마다 평범하지 않다. 콘셉시온도 티베트 병이 단단히 들었다.

랑무쓰로 바로 가는 버스가 없어서 허쥐(合作)에서 하루를 묵고 다음 날 새벽차를 탔다. 전날 밤 콘셉시온의 코 고는 소리에 숙소 지붕이 무너지지 않은 게 천만다행이다. 잠들면 시체가 되는 내 잠도 다 깨울 정도이니 앞으로 한방 쓰는 데 어려움이 따르겠다.

랑무쓰까지 가는 길의 새벽 풍경은 오래도록 잊지 못할 것이다. 동도 트지 않았는데 망태기를 지고 까만 옷을 입은 티베트 여자들이 눈 덮인 허허벌판에서 야크 똥을 줍고 있다. 마치 하얀 도화지에 박힌 까만 점 같다. 그 사람들 역시 우리 버스를 보면 하얀 벌판에 달리는 점 같다고 하겠지.

옹기종기 모여 있는 천막집 마을에서 새어나오는 아침 짓는 연기. 한 무리의 양과 야크들은 벌써 풀을 찾아 나섰다. 저렇게 두꺼운 눈이 덮인 곳에서 무엇을 찾아 먹을 수 있을까?

우리는 이미 해발 3000미터를 넘고 있다. 멀리 야트막한 언덕을 보면서 고개를 넘으면 또 끝없이 펼쳐지는 하얀 눈밭. 바람이 몹시 부는 벌판에 야크를 타고 가는 사람들이 있다. 이렇게 추운 곳에서 사람들은 무엇을 먹고 살까. 이렇게 척박한 환경을 살아가는 사람들의 수고에 자연은 합당한 보상을 주고는 있는 걸까.

랑무쓰는 두말하면 잔소리인 티베트족 마을이다. 라싸에서 훨씬 떨어진 시골에서 두 달이나 묵었다는 아리도 여태껏 보았던 어느 마을보다 여기가 더 티베트답단다. 그러고 보니 이 동네에는 검은 외투를 입지 않거나 흰 모자와 망토를 걸치지 않은 사람은 거의 눈에 띄지 않는다. 한족이 없다는 얘기다.

머리가 아파서 쉬어야겠다는 콘셉시온을 방에 두고 아리와 나는 동네 뒷산으로 올라갔다. 눈앞에는 넓은 평지요, 평지를 둘러싸고 있는 건 잘생긴 돌산들이다.

산 중턱에 절이 있다. 바람이 몹시 불어 절 근방 여기저기에 걸린 무지개색 깃발이 곧 이륙하려는 헬리콥터의 프로펠러처럼 무섭게 펄럭인다. 회칠을 한, 사람 키만 한 향로에도 깃발을 단 솟대 같은 장대가 꽂혀 있어 절이라기보다 무슨 무당집 같다.

자세히 보니 깃발마다 불경 몇 마디와 말(馬)이 그려져 있다. 깃발의 다섯 가지 색은 하나하나 뜻이 있는데, 노란색은 땅, 파란색은 물, 빨간색은 불, 초록색은 공기 그리고 흰색은 마음과 정신이란다. 말은 하늘에 소원을 배달하는 기도 배달꾼으로 건강과 부, 행운을 가져다주는 역할을 한다는 아리의 설명이다.

어느 곳에서나 눈에 띄는 경륜 통은 이곳이 티베트 마을이라는 것을 새삼 확인시켜준다. 마을 가운데를 흐르는 시내에는 군데군데 물레방아의 원리로 돌아가는 난쟁이 집처럼 작은 경륜 통이 있다. 또 언덕에 있는 절 지붕에는 바람으로 돌아가는 경륜 통이 있고, 사람들은 걸어 다니면서 장난감같이 생긴 경륜 통을 돌린다.

여기서는 샤허에서는 볼 수 없던 마니단이 있다. 마니단은 우리나라의 서낭당처럼 돌탑이나 돌무더기를 쌓아놓은 것인데 티베트인이 순례와 삶의 안녕을 빌며 순례 중에 하나씩 쌓아 올린 거다. 마니는 진언(眞言), 혹은 경(經)이란 의미인데, 그래서인지 '마니석'이라고 부르는 돌들 하나하나에는 경문이나 여행의 안전을 담당하는 보살의 이름이 씌어 있다.

이곳의 기온은 날씨가 맑으면 가을, 흐리면 겨울이다. 도착한 지며칠 후 해가 쨍 나기에 한참을 걸어 산에 올라가 보았다. 영암 월출산처럼 기암괴석 사이사이에 평원도 있고, 냇물도 있고, 동굴도 있고, 바위 봉우리도 있어 아기자기한 맛을 자아낸다. 산에는 가을이 한창이다. 노랗고 빨갛게 물든 갖가지 단풍과 상록수의 초록빛이 어우러져 터키산 양탄자를 덮어놓은 것 같다.

산에서 내려오는데, 갑자기 하늘이 까매지면서 까마귀 떼가 날아든다. 파란 하늘에 날개를 활짝 펴고 저공비행을 하는 까마귀 떼가 진짜 멋있다. 아리는 어딘가에 양이나 말이 죽어 있을 거라고 말한다. 역시 산 중턱쯤에 가죽과 뼈만 남은 양이 구르고 있다. 뼈에는 살 한 점 남아 있지 않다. 까마귀 떼가 이렇게 양 한 마리를 먹어치우는 데는 불과 10여 분밖에 걸리지 않는단다.

우리는 버스 정류장 근처의 숙소 4인실에 들었는데, 거기는 장작으로 물을 데우는 가마솥이 있어서 아쉬운 대로 고양이 샤워를 할 수 있다. 또 해가 지면 조개탄으로 난로도 피워준다. 떠나기 전날, 콘셉시온이 자기는 추운 건 영 못 참는다고 해서 기꺼이 난로 옆 침대를 양보해주었는데 그것이 화근이 되었다.

연통이나 난로에 문제가 있었는지 아니면 노란 연기를 내는 조개탄 때문인지 느지막이 일어나 콘셉시온을 깨우려고 했더니 입 주위에 거품을 물고 있는 게 아닌가. 깜짝 놀라 마구 흔들어도 마취된 사람처럼 반응이 없다.

순간 '가스 중독이다!' 하는 생각이 스쳤다. 반사적으로 벌떡 일어나 창문과 방문을 모두 활짝 열었다. 그러고는 허리를 꽉 죄는 속바지를 벗기고 브래지어를 풀고 있는데 산책을 나갔던 아리가 들어왔다.

"아리, 아리. 인공호흡 할 줄 알아요?"

내가 다급하게 물으니 놀란 아리가 얼른 콘셉시온 배 위로 올라가 구강 대 구강 인공호흡을 시작했다.

내가 찬물을 뜨러 나갔다가 들어오니 그사이에 난로의 재를 빼러 방에 들어갔던 숙소 아줌마가 혼비백산해서 얼굴을 가리고 방을 뛰쳐나온다. 사정을 알 리 없는 아줌마는 남녀가 벌건 대낮에 문까지 다 열어놓고 일을 벌이고 있는 줄 알았을 거다. 아리가 스님이라니까 볼 때마다 합장하며 경의를 표하던데 얼마나 놀랐겠는가. 내가 콘셉시온의 옷을 벗겨 그냥 방바닥에 늘어놓았으니 현장이 더 그럴듯하게 보였겠지.

다행히 콘셉시온은 찬물로 얼굴을 닦고 내 물파스를 코 밑에 바르고, 결정적으로는 아리의 인공호흡 덕분에 곧 정신을 차렸다. 그런데 내가 먼저 자기를 발견해 목숨을 구해주었는데도 나한테는 고맙다는 말 한 마디는커녕 눈길도 주지 않으면서 아리에게는 껌 뻑 죽는다.

"무차스 그라시아스 아모르(정말 고마워요, 내 사랑)."

한 술 더 떠서 시한부 환자가 마지막 길이라도 가는 양 아리에게 한사코 침대 옆에 와서 자기 손을 잡고 있어달라고 애원한다.

그렇게 조금 지나니 코 고는 소리가 바깥 베란다에서 책을 읽고 있는 나에게까지 들린다. 콘셉시온이 괜찮아져 곤한 잠에 빠지자 내 마음도 놓인다. 방에 둘만 놔두고 나온 게 좀 신경이 쓰였는데 말이다. 허쭠에서 콘셉시온이 내게 귀엣말로 아리에 대한 자신의 감정을 털어놓았던 것이다.

"저 사람 은근히 섹시한 멋이 있지?"

아리의 어디에서 섹시함을 느꼈을까? 나한테는 아리가 그냥 열심히 도 닦는 사람으로만 보이는데. 자기가 무슨 황진이라고 스님을 넘본담. 콘셉시온(concepcion)이라는 이름이 '성모 마리아의 무염시태(無染始胎, 원죄 없는 잉태)'라는 뜻이어서 그런 건가.

그날 오후 나도 질세라 사고 하나를 쳤다. 전대를 재래식 화장실에 빠뜨린 거다. 여권과 돈과 그 밖의 모든 중요한 증명서가 든 전대를 나는 제2의 피부처럼 언제나 허리에 차고 다녔다. 그런데 그날 배가 더부룩해서 전대를 느슨하게 매고 있었는데, 그걸 깜박 잊고 화장실에 간 거다.

볼일을 보고 일어서는데 '어어어' 할 사이도 없이 전대가 스르르 풀려 똥통으로 빠져버렸다. 그리 깊지는 않지만 똥 반, 오줌 반이라 손으로는 건질 수가 없다.

결국 숙소 아줌마에게 부탁해서 동네에서 허드렛일을 도맡아 하는 총각을 불러왔다. 총각이 장대로 화장실을 휘젓는 사이 어떻게 소문을 들었는지 동네 사람들이 이 진기한 광경을 보려고 몰려들었다. 작업은 10분 만에 성공적으로 끝나 장대로 전대를 건져 올렸다. 총각에게 수고비로 20위안을 주니 깜짝 놀라면서 고맙다고 여러 번 머리를 숙인다. 주인아줌마는 총각이 뭘 했다고 그렇게 많이 주느냐고 한다.

똥통에서 건져낸 오물범벅의 전대가 반가우면서도 한심스럽다. 저걸 어떻게 한담. 할 수 없이 나무젓가락으로 집어 수돗가로 가져가서 물로 수십 번 헹군 다음, 안에 있는 것을 몽땅 꺼내고는 다시 세숫비누로 몇 차례 빨았다. 그것도 모자라 전대를 끓인 물에 몇 시간 담가 놓았다. 이 정도면 똥독은 빠졌겠지.

전대 안에 여행자수표는 없었고, 여권과 현금은 비닐로 한 번 더 쌌기에 망정이지 하마터면 이번 여행이 끝날 때까지 똥 묻은 여권과 돈을 가지고 다닐 뻔했다. 그래도 전대에서는 당분간 똥냄새가 날 거다.

이런 일들이 벌어지자 아리가 농담을 한다.

"샤허에서는 두 여자와 같이 다니게 되어 여복이 터졌다고 좋아했는데, 오늘 두 사람이 번갈아 사고 치는 것을 보니 아무래도 여자 없이 사는 편이 좋겠어요."

물론 그래서는 아니겠지만, 우리가 조이게로 떠나기로 한 날 아침, 아리는 당분간 이곳에서 머물고 싶다고 말했다. 주변의 자연이며 이곳 사람들에게서 상당한 마음의 평화를 얻을 것 같다며 자기가 여태껏 찾던 곳이 여기가 아닐까 싶단다. 콘셉시온은 갑작스런 아리의 결정에 몹시 당황하고 서운해하면서 나더러 자꾸만 같이 가자고 졸라보라고 한다.

'내 사랑이라며? 자기가 잡아보지 그래.'

섭섭한 마음이야 나도 마찬가지지만 아리를 억지로 잡고 싶지는 않다. 아리가 이곳에서 원하는 것을 찾을 것 같다지 않은가.

떠나는 날, 콘셉시온은 아리에게 매달리듯이 포옹을 풀지 않으며 눈짓으로, 몸짓으로 이별을 아쉬워한다. 브라질 여자라 그런지 확실히 과감하고 정열적이다. 버스의 시동 소리가 들릴 때까지도 아리를 독점하는 바람에 나는 인사도 제대로 할 수 없었다.

버스가 막 떠나려고 하는데 아리가 나에게 말했다.

"내가 보기에 비야 씨에게는 선근(善根)이 있어요. 열심히 정진하시기 바랍니다."

"나무 관세음보살. 아리도 부디 마음의 평화 찾으시길."

: 야크 버터 냄새나는 유목민의 고귀한 인심

조이게에서 쑹판까지 가는 버스 안은 이제 완전히 겨울이다.

창문에 잔뜩 낀 성에를 긁어내고 밖을 보니 어렴풋한 새벽빛에 드러난 황금빛 초원에 까만 점이 잔뜩 박혀 있다. 이번에는 야크다. 말을 탄 조그만 계집아이가 채찍을 들고 야크 사이를 누비며 야크들이 먼 데로 흩어지지 않도록 모으고 있다. 자기보다 몇 배나 더 큰 야크들을 다스리는 아이의 모습이 너무나 당당해 보인다.

어느 고개를 넘으니 끝날 것 같지 않던 초원과 벌판이 갑자기 침엽수림이 가득한 산으로 바뀐다. 쓰촨성으로 들어선 거다.

쑹판에 와서는 반드시 해야 할 일이 있다. 많은 여행자들이 이것을 하기 위해 쑹판에 온다. 바로 말 타고 하는 산수유람이다. 나와 콘셉시온도 내리자마자 승마 여행 교섭을 받았다. 숙식 포함 하루에 50위안이란다. 믿을 수 없는 가격이다. 거창한 승마 여행비가 당시 환율로 하루에 우리 돈 5000원 정도밖에 안 된다니.

같이 갈 일행은 콘셉시온과 나, 가이드 두 명에 말 네 마리다. 친절한 내 모슬렘 가이드의 이름은 조이이고, 말 이름은 람보다. 다음 날 우리는 4일간의 '애마 부인' 여행을 떠났다.

쑹판을 나서자마자 티베트족 사람들이 무슨 곡식인가를 커다란 나무틀에 널어 말리는 광경이 눈에 띈다. 산길로 접어들자 머리에 빨간 머플러를 두른 티베트족 여자들이 보인다. 유목 생활을 하는 랑무쓰 근처의 사람들에 비해 같은 티베트족이라도 얼굴에 윤기가 흐르고 차림새도 훨씬 깨끗하다.

그들을 보자 벌써 썩은 야크 버터 냄새가 나는 유목민들이 그립다. 몸에서는 고약한 냄새가 나도 마음은 참으로 향기로운 사람들이다. 랑무쓰 근처에서 추위에 떨며 무려 6시간 동안이나 버스를 기다릴 때 만난 아줌마들을 나는 잊지 못할 거다.

아줌마 일행이 넷인데, 라면 한 개를 반으로 잘라 반은 내게 주고 반을 가지고 넷이 나눠 먹었다. 또 열 개밖에 없는 사탕을 다섯 개를 내게 주고 자기들은 한 개씩만 먹었다. 얼마 남지도 않은 참파라는 보릿가루를 손으로 푹푹 집어 주기도 했다. 잘 씻지 않은 손이 지저분해 보일 수도 있지만 그 순간 내게는 전혀 그렇게 느껴지지 않았다.

누더기를 걸친 10살 남짓한 양치기 소녀는 또 어떻고. 하도 추워서 우리가 나무 부스러기를 모아 불을 피우고 둘러앉아 쬐고 있으려니까 어디서 구했는지 통나무 한 토막과 잔 나뭇가지들을 주워 수줍게 놓고 가는 거였다. 티베트족 유목민들의 그런 고귀한 인정을 내 어찌 가볍게 넘길 수 있으리.

산을 오르락내리락하면서, 들판을 가로질러 아름다운 폭포가 있다는 국립공원으로 갔다. 말굽 소리도 경쾌하고 말이 걸음을 옮길 때마다 흔들리는 리듬감도 기분 좋다.

앞뒤로 향기로운 전나무가 울창한 곳에서 야영을 했다. 가이드 둘이 한 장의 천으로 원시적인 텐트를 치는데, 너무 허술해서 들뜬 공간으로 람보도 드나들 수 있을 것 같다.

해가 지자 기온이 뚝 떨어져 가이드가 땔감을 해 왔다. 어찌나 많이 해 왔는지 쌓아놓고 보니 인도 바라나시에서 사람 화장하려고 준비한 장작더미보다 더 많다.

우리 네 사람 몇 시간 따뜻하게 지내자고 저렇게 많은 나무를 없앤다는 게 마음에 걸린다. 이렇게 가다가는 몇 년 못 가 이곳 나무도 동이 날 것이다. 가이드들에게 이제 그만 되었다고 해도 이곳은 나무가 많아서 얼마든지 때도 괜찮다며 막무가내다.

콘셉시온은 밤새 몹시 추웠나 보다. 아침에 일어나자마자 간밤에 한잠도 못 잤다면서 당장 쑹판으로 돌아가겠다며 짐을 꾸린다. 약간 당황했지만 잡을 생각도 없었다. 잡아봤자 아침마다 저런 불평을 할 게 뻔하기 때문이다. 잠시 어쩔까 하다가 콘셉시온은 다른 가이드와 중단으로 가고 나와 조이는 여정을 계속하기로 했다.

구름 뒤로 들어갔다 나왔다 하는 햇볕을 받으며 말을 타고 또 다른 국립공원에 도착했다. 날이 흐리더니 기어코 우박이 떨어진다. 그래도 1시간 정도만 들어가면 멋진 경치가 있다니 안 들어갈 수 없지.

이곳의 하이라이트는 여러 가지 이름이 있는 커다란 호수다. 노란 물꽃이 잔뜩 피어 있는 호수의 한 부분은 소화호(素花湖), 소박

한 꽃이 피어 있는 호수라는 뜻이다. 조금 더 가니 물속의 물풀이 소나무처럼 보인다. 여기는 이름 하여 와송연수(臥松蓮水), 누운 소나무가 물속의 연꽃이 되었다나. 뒤이어 제법 깊은 초록색 호수가 나오는데, 이름이 명경대(明鏡臺)다. 말할 것도 없이 명경 같다는 뜻이다. 그리고 호수가 끝나고 나타나는 넓은 초원은 초해(草海). 중국 사람들은 이름도 멋있게 잘 짓는다.

다음 날 간 곳은 설산(雪山). 산길로 접어드니 가파른 비탈길이다. 드디어 내 말은 이름값을 하느라 길이 있어도 굳이 길이 아닌 곳으로 가려고 한다. 말이 좀 제멋대로라 이름이 람보라는데 여태까지 한 번도 심통을 안 부려 기특하다고 생각했는데 드디어 시작인가 보다. 급경사를 한 발 한 발 1시간쯤 오르자 시야가 탁 트이면서 가을 산이 눈에 들어왔다.

양지바른 남향에 야영할 자리를 잡았다. 조이는 전날 너무 춥게 잤다며 오늘은 텐트 안에서 불을 지펴 밥도 해 먹고 몸도 녹이잔다. 텐트 안에서 수제비를 끓여 먹고 불을 때는 건 좋은데 공기가 제대로 통하지 않아 텐트 안은 완전히 너구리굴이 된다.

가이드 조이는 아주아주 친절하고 마음씨 착한 22살 후이족 청년이다. 조이는 혼자서 밥하고, 나무하고, 텐트 치고, 말 관리하고, 사진 찍어주고, 틈틈이 중국말까지 가르쳐주느라 너무 바쁘다. 그래도 늘 웃는 얼굴이고 내가 뭐 불편한 게 없나 살피는 마음이 무척 고맙다.

조이는 나한테만 잘하는 게 아니라 람보에게도 정성이다. 보기만 하면 사람인 양 쓰다듬어주고 오르막길을 오를 때 힘들어하면 "자, 다 왔다."며 격려하기도 한다. 또 산에 놓아먹일 때도 좋은 풀밭으로 데려다 주고 말이 여기저기 다니면서 몸에 나뭇잎을 잔뜩 묻혀 오면 정성스럽게 털어준다.

　다음 날 쏭판으로 돌아가는 길에는 운 좋게 내내 푸른 하늘을 볼 수 있었다. 쏭판까지 가는 길은 해발 5000미터 이상의 설산들이 파노라마를 이루고 있었다. 따뜻한 햇볕 속을 느긋하게 걸으며 산과 초원이 번갈아 나타나는 경치를 충분히 즐길 수 있었다. 내 애마 람보도 주인 마음을 눈치 챘는지 만만디 만만디, 천천히 걸어주었다.

리장 산수는 백 리 동양화

: 얼굴을 담보로 900달러를 빌리다

홍콩으로 가는 기차. 오지 여행 중에 세계에서 손꼽히는 번화한 도시를 일부러 가는 데는 두 가지 이유가 있다.

하나는 중국 여행 비자 기간이 며칠 후로 만료되어 새로 비자를 받을 때 아예 6개월짜리 상용 비자를 받으려는 것이고, 다른 하나는 앞으로 쓸 여행 자금과 티베트, 몽골 등 추운 지방을 여행할 때 필요한 겨울 장비를 공급받기 위해서다.

서울에 있는 올케에게 홍콩으로 돈과 물건을 배달해달라고 부탁해놓았다. 오는 김에 영양크림 등 화장품과 가족들, 친구들 편지도 걷어 와달라고 말해놓았다. 홍콩이 처음인 올케가 오면 구경도 시켜주고, 함께 맛있는 것도 많이 먹고, 배 타고 마카오도 가야겠다.

이제 홍콩에 가면 며칠 동안 밤잠은 다 잤다. 그동안의 수다를 풀어놓으려면 잠잘 시간이 어디 있겠나. 내가 너무나 좋아하는 올케가 온다는 게 빈속에 마신 커피처럼 가슴을 두근거리게 한다.

그런데 홍콩에 도착한 다음 날, 몇 시 비행기로 오는지 물어보려고 한국에 전화했다가 날벼락을 맞았다. 글쎄, 우리 엄마가 목욕탕에서 나오다가 미끄러지는 바람에 다리가 부러져 입원을 하셨다는 거다. 우리 엄마 딱하게 되셨다. 앞으로 깁스하고 있으려면 얼마나 답답하실까.

그런데 타이밍을 참 잘못 맞추셨다. 시어머니가 입원해 계신데 외며느리를 어떻게 홍콩으로 부르느냐 말이다.

이런 낭패가 있나. 아는 사람 한 명 없는 땅에서 무일푼 신세가 되었으니. 비상용으로 가지고 다니는 국제 신용카드도 유효기간이 끝나 현금 서비스가 불가능하다. 홍콩에서 올케 만날 것을 의심치 않았기 때문에 스타킹 안에 꼬불쳐두었던 마지막 비상금까지 톡톡 털어 써서 수중에 남은 돈으로는 중국 비자료 내기도 모자란다. 예전에 다니던 회사의 아시아 지역 본부가 홍콩에 있는데 내가 아는 사람 중 아직 누가 남아 있으려나.

그런데 이게 웬 숫아날 구멍이냐? 망연한 상태로 전화기를 놓고 돌아서려는데 소리가 들린다.

"혹시 한비야 씨 아니세요?"

양복을 빼입은 젊은 남자가 나를 부른다. 홍콩에서 보이차, 우롱차 등을 수입해 가는 차 수입상인데 자기 누나 때문에 내 책을 '강제'로 읽고는 애독자가 되었단다.

"여기서 만나다니 정말 반갑습니다."

"그건 내가 할 소리예요. 돈 있으면 나 좀 꿔줘요."

이분은 마침 홍콩에서 볼일을 다 보고 내일 떠나기 때문에 남은 돈이 별로 없다고 탈탈 털어 900달러를 주면서 오히려 미안해한다. 오직 '얼굴을 담보'로 돈을 빌렸으니 책 쓴 덕을 오늘 톡톡히 보았다.

900달러면 아쉬운 대로 3개월 정도는 여행할 수 있으니 나머지는 베이징에 가서 아는 분을 통해 보충하면 될 것 같다.

홍콩. 거대한 빌딩 숲 사이를 흑인, 커피색인, 황인, 백인 등이 섞여 다니는 대도시. 상점마다 전 세계의 물건들을 산더미같이 쌓아 놓은 이 풍요의 도시에서 나는 겨우 '입에 햄버거 칠하는' 극빈자가 되었다.

돈을 공수받지 못해 어떡하든 아껴 써야 한다는 강박관념이 생겼는지, 아니면 중국과 비교해 갑자기 두세 배로 비싸진 물가에 적응을 못 해서인지, 중국 비자 나오기를 기다리는 이틀 동안 제일 싼 총킹맨션의 기숙사에 묵으면서 가장 싸게 끼니를 때울 수 있는 맥도날드 햄버거로 식사를 대신한다.

예전에 국제 홍보 회사 직원으로 이곳으로 출장을 오면 최고급 호텔에 묵으면서 풀코스 만찬만 먹었는데 어쩌다가 내 처지가 5년 만에 이렇게 되었나.

: 모녀의 사랑보다 깊은 사제 간 사랑

홍콩에서 다시 광저우로, 광저우에서 야간 침대 버스를 타고 15시간을 달려 양쉬(陽朔)로 갔다. 웬만큼 큰 중국 지도가 아니면 나와 있지도 않은 곳이다. 양쉬는 우리가 잘 알고 있는 구이린(桂林)의 옆 동네. 구이린에서 버스로 2시간 가면 나오는 조그만 마을이다.

중국에서 제일 아름다운 곳을 꼽으라면 대부분의 중국인들은 주저하지 않고 구이린을 꼽는다. '계림산수천하지미예(桂林山水天下

之美藝)’, 즉 계림의 산수는 천하에서 가장 아름답다고 하지만 실제로 구이린시 자체는 중국의 여느 대도시와 다를 바가 없다. 보통 그림엽서나 달력에서 볼 수 있는 구이린 산수화는 바로 리장(漓江)이 흐르는 양쉬 풍경이다.

이곳은 외국인 배낭여행자들 사이에 중국에서 가장 가고 싶은 곳으로 1, 2위를 다툴 정도로 인기가 높다. 중국인 여행자라면 십중팔구 구이린시에서 묵는데, 외국 배낭여행자들은 백이면 백 모두 양쉬로 몰린다. 나도 그런 배낭여행자 중의 한 사람인 거다.

아침에 양쉬에 도착해 오후 늦게까지 잤다. 깨어보니 밖에 보슬보슬 비가 내리고 있어 저녁을 먹으러 나가기가 귀찮아진다. 배낭 안에 있는 과자로 대충 끼니를 때우고는 앞으로의 여행 계획을 세웠다. 홍콩에서 6개월 비자를 받았으니 집에 갈 때까지 비자 연기할 걱정은 안 해도 되겠다. 새로운 비자를 받아서 그런지 열한 달이나 해온 이번 여행을 처음부터 다시 시작하는 기분이다.

정초에 한국을 떠날 때는 다음 해 구정쯤 여행을 끝낼 생각이었는데, 아직 윈난성도 못 가고 있으니 그때까지는 어림도 없다. 아무리 시간을 넉넉히 잡아도 모자라는 게 여행이지만 중국은 정말 한도 끝도 없다. 그래도 무한정 할 수는 없으니 대강 일정을 잡아보았다.

윈난성에서 11월부터 1월까지 있다가 2월에 티베트로 가자. 소수민족이 많이 사는 윈난성 여행이 3개월 정도로 충분할까? 2월에 티베트에 가게 되니 추워서 고생 좀 하겠다.

일기장에 이런저런 계획을 써보는 것만으로도 신이 난다. 6년간 신발이 닳도록 돌아다녔는데도 여행 계획을 세울 때마다 가슴이 벅차고 흥분되는 걸 보면 이것이 업(業)이고, 팔자라는 말이 맞는 것 같다.

어찌 되었든 이곳 양숴에서는 머물고 싶은 만큼 머물면서 그동안
의 여독을 충분히 풀고 새로운 에너지도 충전해야겠다.

다음 날 아침, 빨래를 널려고 옥상에 올라갔다가 깜짝 놀랐다. 눈
앞에는 아주 오래되어 이끼가 잔뜩 낀 비석처럼 생긴 봉우리가 떡
버티고 있고, 멀리 평지에서는 파도가 밀려오듯 산들이 겹겹이 다
가오는 광경이 한눈에 들어온다. 양숴는 신비경으로 유명하다더니
호텔 옥상에서 보는 경치가 이 정도라면 배를 타고 리장을 거슬러
올라가며 보는 광경은 어떨까. 상상이 안 된다.

내가 묵은 곳은 외국인 거리에 있는 시하이(西海) 호텔 4인실 기
숙사, 다정해 보이는 일본 아줌마 둘과 한방을 쓰게 되었다. 한 분
은 몸집이 조그만 60대 할머니, 또 한 분은 40대 중반의 상당히 지
적으로 생긴 아줌마다. 얼굴과 몸집은 하나도 닮지 않았는데 분위
기가 어딘지 비슷해 통성명 후 물었다.

"두 분이 모녀간이세요?"

그랬더니 젊은 나오코가 웃으며 되묻는다.

"그렇게 보이세요?"

알고 보니 두 사람은 초등학교 때의 선생님과 제자다. 이번에 스
승인 야마다 씨가 정년퇴직을 해 그 기념으로 중국 여행을 왔다고
한다.

"사람들이 다들 엄마와 딸로 보죠. 우린 피만 안 섞였지, 사실 그
이상이랍니다."

이렇게 말하는 나오코를 야마다 선생님은 편안하고 뿌듯한 얼굴
로 바라본다. 두 사람은 나오코가 초등학교 3학년 때 담임 선생님

과 학생으로 만났는데, 나오코가 마침 야마다 선생님 옆집에 살았
단다. 장사를 하느라 자주 집을 비우는 부모님 대신 아이가 없는
야마다 선생님 부부가 나오코를 돌봐주는 일이 많았다고 한다.

다른 지방으로 이사를 간 후에도 두 사람은 연락을 계속했고, 다
시 도쿄에서 고등학교에 다니게 되었을 때는 아예 야마다 선생님
집에서 함께 살면서 대학교까지 마쳤단다. 사범대학에 진학한 것
도 선생님의 영향이고, 결혼과 이혼이라는 중대한 인생사도 친엄
마 곁이 아니라 바로 선생님과 같이 겪었다고 한다.

"작년에 남편이 세상을 떠났어요. 난 이제 나오코뿐이에요."

야마다 선생님은 나직하게 말하며 나오코의 손을 꼭 잡는다. 얘
기를 듣고 보니 더욱더 친 모녀처럼 보인다. 맞다. 꼭 자기 속으로
낳아야만 딸이고, 그 배에서 나와야만 엄마인가. 저렇게 서로를 아
껴주고, 힘이 되어주고, 고마워하고, 사랑하면 딸이고 엄마지. 스
승과 제자이면서도 어머니와 딸이 되기도 하는 관계, 정말 부러울
정도로 아름다운 사이다.

내게도 생각만으로도 마음이 따뜻해지는 스승이 있다. 홍익대학
교 영문과 김정숙 선생님. 그분은 내 늦깎이 입학생 때부터 지금까
지 변함없는 관심과 뜨거운 애정, 따끔한 질책을 아끼지 않으신다.
입학시험 때 나를 면접하셨는데 눈을 똑바로 치켜뜨고 또박또박
대답하는 것을 보면서 '저 당돌한 녀석, 뭐가 돼도 될 것 같은데.'
라고 생각하셨단다. 나는 눈을 가만히 뜨고 있는데도 남들은 치켜
뜨는 것으로 본다. 억울하게도.

선생님과 의기투합된 나는 재학 시절 내내 선생님 연구실을 내
집 드나들듯 드나들면서 박사 논문 준비로 바쁘신 선생님 시간도
많이 빼앗고, 커피며 과자며 점심이며 정말 숱하게 얻어먹었다. 캠

퍼스 커플이었던 내가 실연했을 때, 선생님은 가장 따뜻하게 쓰린 마음을 어루만져주셨지만 공부에 대해서만큼은 자만하지 않도록 쐐기를 박으셨다.

"비야가 여기서는 잘하는 것처럼 보일지 몰라도 나가 봐라, 너만큼 하는 사람 쎄고도 넘쳤다. 그 정도 해 가지고 어디에 명함도 못 내민다고."

유학 중에도 내 생일을 잊지 않으시고 선물로 은 목걸이를 보내주셨고, 큰언니 다음으로 제일 많은 편지를 주고받았다. 세계 여행 다니면서 기회가 있을 때마다 안부 전화를 드리면 어떻게 딱 맞춰 그때마다 연구실에 계시는지, 참으로 불가사의했다. 지난번 아프리카, 중동 여행에서 돌아왔을 때는 몸보신하라며 녹용까지 사주셨다. 누가 누구 보약을 지어드려야 하는 건지.

선생님의 최대 결점은 예나 지금이나 내 능력을 과대, 과잉 평가하신다는 점이다. 새로 시작하는 일에 엄두가 나지 않아 망설일 때마다 이렇게 부추기신다.

"내가 비야를 잘 알고 하는 소린데, 넌 그거 잘할 수 있어. 실컷 잘난 척해봐야지."

입학 때부터 이날 이때까지 한결같이 하시는 말씀이다. 이제는 레퍼토리 바꾸실 때도 되었는데. 선생님의 기대가 부담스러우면서도 이 한 마디가 내게 기죽지 않고 앞으로 나아가게 하는 큰 힘이 되었다.

벌써 17년간 이어져온 '불가분의 관계'라 이제는 선생님이라기보다는 인생의 언니로서 친자매 같은 감정이 더 강하게 느껴진다. 내 인생에 이렇게 아름다운 인연이 있다는 것이 정말 고맙고도 자랑스럽다.

김정숙 선생님, 사랑해요. 앞으로 더 열심히 할게요. 그런데 선생님도 저같이 동서남북으로 날뛰는 제자를 두시니 색다른 재미가 있으시지요?

: 퇴폐 이발소 주인, 장한 장 여인

배를 타고 가며 보는 강과 강변 산봉우리의 조화는 가히 선경(仙景)이라 해야겠다. 100위안을 주고 아침 9시부터 저녁 4~5시까지 하루 종일 타고 가는 유람선이라 혹시 지루해질까 싶어 읽을 책까지 챙겨갔는데, 지루하기는커녕 배에서 내릴 때는 '내일 한 번 더 탈까 보다.' 하는 생각이 들 정도로 아주 즐거웠다. 같이 갔던 나오코와 야마다 선생님도 감탄사를 연발하며 정신이 없다.

"기레이! 도테모 기레이데스네(멋있다! 정말 멋있어요)."

중국에서 이렇게 맑은 강물을 본 적이 없다. 배가 상류로 올라갈수록 강폭이 넓어지는데, 봉우리들이 물에 비쳐 마치 도화지를 반으로 접어 한쪽에 그림을 그리고 접은 것 같은 풍경이 몇 시간이고 계속된다. 그대로 한 폭의 동양화다. 나는 그 동양화 속으로 배를 타고 가는 중이다. 넋이 빠지는 것 같다. '이강산수백리화랑(漓江山水百里畫廊)'이라더니, 말 그대로 백 리까지 이어진 그림을 보는 듯하다.

전에 구이린 산수를 그렸다는 동양화를 보면서 그런 풍경이 실제로는 있을 리 없는 상상 속의 경치일 거라고 생각했는데, 이곳 양쉬를 보니 그 화가들은 산수를 보고 있는 대로 그리는 것도 제대로 못했구나 하는 생각이 든다. 간간이 가마우지라는 새를 이용해 고기 잡는 어부들의 모습도 보인다.

구이린 주변에는 10만 개의 봉우리가 있는데 그중 3만 개에 이름이 있다고 한다. 이름 짓기는 하나도 어렵지 않았을 것 같다. 상상력을 동원할 필요도 없이 보이는 대로 지으면 되니까. 거북처럼 생겼으니 거북 바위, 버섯처럼 생겼으니 버섯 바위, 말 타고 가는 남자처럼 생겼으니 말 탄 총각 바위……. 너무나 실물과 비슷한 만물상이다.

혼자 다니면 아무리 좋은 경치가 있어도 그걸 배경으로 사진을 찍을 수 없어서 아쉬웠는데, 여기서는 나오코 덕분에 사진도 실컷 찍을 수 있어 금상첨화다.

배에서 보는 경치만 좋은 게 아니다. 자전거를 빌려 타고 돌아본 근처 마을의 풍경도 절경이고, 라디오 송신탑에서 내려다본 양숴와 그 주변 경치도 일품이다. 특히 해가 질 때 갖가지 모양과 크기의 봉우리들이 역광으로 주홍빛 노을을 받아 까만 테두리만 남는 모습이 인상적이다.

중국의 관광지를 다니면서 소문보다 훨씬 못하다고 투덜댔는데, 양숴는 그 이름값을 톡톡히 한다.

숙소에는 예외적으로 제법 큰 거울이 있다. 그 덕에 아주 오랜만에 얼굴을 찬찬히 들여다보다가 가슴이 쿵, 내려앉았다. 여행을 하면서 나보다 훨씬 어린 사람들과 어울려 나이를 잊고 살았는데, 자세히 보니 뺨은 쑥 들어가고, 눈동자는 맑지 않고, 피곤한 기색까지 겹쳐 아줌마 티가 물씬 난다. 피부는 꺼칠하고 머리는 더벅머리에 옷 빛깔도 우중충하고.

아무리 여행 중이라지만 정말 이렇게 외모에 신경을 쓰지 않는 것은 사회생활을 하는 사람으로서 직무 유기다. 어디부터 손을 써야 좋을지 몰라 갈피를 잡지 못하다가 우선 머리부터 자르기로 했다.

살펴보니 이렇게 조그만 동네에 미용실이 많기도 하다. 30대의 한 미용사에게 머리를 맡겼는데 이건 영 '아니올시다'다. 하기야 여기가 중국하고도 촌구석인 양쉬인데 내가 무얼 더 바라겠느냐만 이발소 스타일로 자른 머리가 더 보기 싫게 되었다. 머리카락은 다시 자라는 것이니 그나마 다행이다.

돈을 내다가 언뜻 보니 문 앞에 '얼굴 마사지 전문'이라고 씌어 있다. 내 의중을 알았는지 미용사가 자기는 원래 마사지 전문이란다. 속는 셈치고 거금 20위안을 들여 마사지를 받았지만, 기름기 많은 크림을 발라 한 15분 정도 아프게 문지른 다음 뜨거운 물수건으로 닦고 마는 원시적인 거다.

그런데 한참 있어 보니 그곳은 머리를 자르는 게 본업이 아니라 우리나라 퇴폐 이발소 비슷한 곳이다. 남자들은 머리를 자르기보다 대부분 머리와 얼굴 마사지를 받으러 온다. 머리 마사지는 샴푸 거품으로 두발과 두피를 문지르는 건데, 여종업원들이 마사지를 하면 가슴이 남자의 젖혀진 머리에 저절로 닿게 되어 있다.

얼굴 마사지는 커튼 뒤에 있는 침대에서 하는데 안을 슬쩍 들여다보니, 여종업원 얼굴이 남자 얼굴에 닿을 정도이고 남자 머리는 완전히 여자의 가슴 사이에 묻혀 있다.

그러나 나는 미용 실력과 퇴폐 영업 여부와는 상관없이 미용실 여주인 장 여인과 친구가 되었다. 밥 때가 되었으니 자기 집에 가서 저녁을 같이 먹자는 여주인의 말 한마디가 인연이 된 거다.

집에 가니 식탁 위의 커다란 냄비에 육수가 끓고 있고 주위에는 두부며, 몇 가지 푸른 채소, 생선 토막 등이 놓여 있다. 접시에 담긴 재료들을 끓는 육수에 잠깐 넣었다 꺼내 먹는 요리인데 다른 것도 담백하고 맛있지만 이것저것 넣었다 뺀 육수 맛이 그만이다.

32살의 장 여인은 자식이 셋인데 큰딸이 놀랍게도 15살이다. 시골에서 살다가 도저히 먹고 살 수가 없어 7년 전 둘째 아이만 데리고 양쉬로 나와 견습공부터 시작했단다. 그동안 남편과는 이혼을 하고 어렵사리 가게를 마련해서 2년 전에야 겨우 친정에 맡겨두었던 아이들을 모두 데리고 왔다고 한다.

시원스럽게 생긴 외모지만 40살이라고 해도 믿을 만큼 나이가 들어 보이고, 순탄치 않게 살아온 사람의 표정이 역력하다. 그래도 명랑하고 잘 웃으며 아이들한테나 종업원들에게 다정하다.

"한족이면서 어떻게 아이를 셋이나 낳았어요?"

내가 물었더니 대답이 기막히다.

"하나 이상 낳으면 벌금을 물어야 한다는 걸 알고는 있었어요. 하지만 시골에서 살았고 너무 어릴 때 시집을 가서 어떻게 피임을 하는 줄 몰랐어요. 사실 우리 아이 중 큰아이만 호구(주민등록)가 있고 나머지 아이들은 없어요. 시골에 가면 많이들 그래요. 먹고 살기도 어려운데 벌금을 어떻게 내겠어요?"

이러니 중국 인구가 얼마나 되는지 정확히 알 수가 없다는 거다. 1949년 중화인민공화국이 들어설 때의 인구가 5억 6천만이었는데, 겨우 40년이 지난 1990년에 두 배인 11억이 되었단다. 2020년에는 16억까지 가리라는 전망인데, 현재 인구를 13억 정도로 잡는다지만 주민등록이 안 된 아이들이 이렇게 많으니 정확한 숫자는 그야말로 신만이 알고 있는 거다.

다음 날은 자전거를 빌려 위엘량(月亮) 언덕에 가볼 생각인데, 마침 일요일이라 아이들에게 같이 가자고 하니 환호성을 지르며 좋아한다. 다음 날 아침 떠나기 전에 빵, 과자, 과일을 사서 소풍 가방을 챙기고, 자전거를 네 대 빌렸다.

아이들은 이런 새 자전거는 처음 타본다며 아주 좋아한다. 우리는 추수가 한창인 시골길을 신나게 달렸다. 아이들은 자전거 핸들에서 손을 놓고 달리는 묘기를 보이면서 좀 봐달라며 "아이, 아이." 하고 소리를 지른다. '아이'라는 말은 엄마 또래 아줌마의 총칭이다.

하루 종일 자전거를 타고, 사진을 찍으며 놀다가 양쉬로 돌아와 아이들과 함께 외국인 거리에 가서 햄버거와 감자튀김을 토마토케첩에 범벅해서 먹었다. 아이들은 외국인 식당에 앉아 있는 게 쑥스러우면서도 자랑스러운 표정이다.

그렇게 먹고 나서도 시장에서 파는 계피새알 죽이랑 굵은 사탕수수를 사 먹으며 낄낄거리고 돌아다녔다. 마침 보름이라 달이 휘영청 밝아 그대로 집에 돌아가기가 아까웠다. 우리는 또다시 시내를 빠져나가 봉우리 사이로 난 시골길을 신나게 달렸다. 달빛 아래서.

다음 날 5일장이 서는데, 13살짜리 둘째 딸이 자꾸만 같이 가자고 조른다. 시장에 들어서더니 내 손을 잡고 어딘가로 끌고 간다. 바로 점 빼는 아저씨 좌판이다. 그곳에는 독한 초산, 바늘, 소독약, 솜 등이 어지럽게 널려 있다.

둘째 딸은 눈 밑에 있는 점을 빼고 입가에 점 문신을 하고 싶은데 혼자 가려니 좀 겁이 났던 모양이다. 내가 눈을 치켜뜨며 지금 그대로가 아주 예쁘다고 하지 말라고 했더니 입을 삐죽거린다. 입가에 점을 만들면 다 신디 크로포트가 되는 줄 아는 모양이지?

ː 중국에서는 무조건 뛰어야 기차를 탄다

문득 장 여인 옆집에 사는 할머니의 전족이 생각난다. 뒤뚱뒤뚱 걷는 모습이 애처롭기만 한데 옛날 중국 남자들은 그런 모습을 보고 성적 매력을 느꼈다니, 오늘을 살고 있는 우리는 정말 이해하기가 힘들다.

실례를 무릅쓰고 발을 좀 보여달라니까 신발을 벗어 보이는데 정말 한 뼘이 될까 말까 할 정도로 작다. 전족을 할 때 얼마나 아팠느냐니까 고개를 절레절레 흔드신다.

"헌 텅러(아주 아팠어)."

옆에서 웃고 있는 할아버지에게 물었다.

"할아버지는 저 조그만 발이 예쁘세요?"

그러자 할아버지는 망설이지 않고 대답한다.

"헌 하오칸(아주 예쁘지)."

옛날에는 발이 작을수록 신부 값이 더 나가고 신랑 집의 체면이 서기도 했단다. 그래서 2살 때부터 엄지발가락만 남겨놓고 나머지를 구부려 천으로 꽁꽁 묶어서 커다란 돌로 뼈를 부러뜨려 납작하게 만들었단다.

생살이 찢기고 뼈가 부러지는데, 어린아이가 얼마나 아프겠는가. 어머니들은 딸들의 그런 아픔에 가슴이 찢어지면서도 시집을 잘 보내기 위해서는 어쩔 수 없는 일이라고 모진 마음을 먹어야 했다는 거다.

그 뒤에도 발이 자라지 못하도록 평생 동안 발을 친친 감고 다녀야 했다. 귀한 집 딸일수록 그 정도가 더 심해 혼자서는 걸을 수도 없을 지경까지 이르렀다고 한다.

황제들의 첩들로부터 시작되어 할머니 때까지 천여 년이나 이어진 이 풍습은 지금의 우리에게는 한 번 웃고 마는 얘깃거리에 지나지 않지만 발의 크기가 미의 절대 기준이 되던 시절에는 평생을 절뚝발이로 보내는 것도 감수해야 했다.

여자가 귀해 도망가지 못하게 하기 위해 그랬다는 얘기는 사실이 아니다. 여자의 수가 남자의 수보다 적었던 때는 중국 역사상 없었다고 하니까. 전족을 보면서 사람들은 원래 가학적인 본능이 있는 건 아닌가 하는 생각을 했다. 심한 고통을 치르고 만들어진 후천성 기형을 보고 좋아했으니 말이다.

세계 여행을 하다 보니 지역과 시대에 따라 미의 기준이 엄청나게 다른 게 확실히 보인다. 멕시코에 있었던 고대 국가에서는 남자들의 머리 모양이 납작할수록 미남이라고 생각해 아이를 낳자마자 딱딱한 나무판으로 이마와 뒤통수를 고정시켰다고 한다. 또 어느 지역에서는 사팔뜨기가 미남이라고 갓난아이의 눈 바로 위에 추를 달아 멀쩡하게 태어난 아이들을 사팔뜨기로 만들었단다.

에티오피아 남서부의 하미족 여자들은 아랫입술이 두꺼울수록 미인이라 어려서부터 입술을 약간 찢어 나무토막을 넣고 늘어나게 한다. 그 이웃 마을의 어느 종족은 앞니가 많이 벌어져야 미인이라며 대문니 사이에 가는 나뭇가지를 꽂아놓는데, 아예 두 개의 대문니를 반쪽씩 깨뜨려 '반칙'을 한 사람도 직접 보았다.

한때 유럽 여성들은 허리를 가늘게 하려고 코르셋으로 졸라매다가 수많은 여자들이 갈비뼈를 부러뜨렸다고 한다. 또 금방이라도 죽을 것 같은 창백한 얼굴이 미인으로 각광을 받을 때는 피부를 하얗게 만들기 위해 납이나 비소를 사용해 약물중독으로 죽은 여자들이 부지기수요, 초췌한 모습을 만들기 위해 식초를 들이마셔 위장을 망가트리기도 했단다.

그런 기형을 즐기고, 기꺼이 기형이 되려고 하는 풍조는 오늘날의 우리라고 다를 바 없다. 여자들이 무조건 날씬해지려고 하는 것이 좋은 예다. 어느 의학전문지에 따르면 우리나라 미스 코리아의 모범체형 36-24-36인치는 한국인 5만 명 가운데 하나 나올까 말까 한 아주 기형적인 체형이라고 한다.

그러나 정상으로 태어난 많은 여자들이 오로지 '시대가 요구하는 기형의 반열'에 끼어야 한다는 일념으로 무리한 살 빼기를 한다. 나는 어떤 체형으로 살든 중요한 것은 건강하고 즐겁게 사는 일이라고 생각한다. 그래야 공부도 일도 연애도 그리고 내가 하고 있는 여행도 잘할 수 있으니까. 선택은 각자의 몫이다.

어느 날 장 여인이 자기 생일을 빌미로 나를 위해 거창한 저녁을 차려주었다. 팔뚝만 한 생선찜에 삶은 닭, 열 가지도 넘는 볶은 채소 요리를 그 바쁜 와중에 언제 다 만들었는지 정말 고맙다.

내가 유일하게 아는 중국식 축하 인사를 했다.

"완스루이, 꿍시 파차이(모든 일이 뜻대로 되고 돈 많이 벌어요)."

그랬더니 장 여인은 그건 설날에 하는 인사라며 윈난성에 갔다가 춘절(春節, 중국 음력설) 때 자기 집에 와서 지내라고 신신당부한다. 나중에는 끼고 있던 은반지까지 빼 주면서 꼭 온다고 약속하란다.

저녁 늦게 우리 둘만 집을 빠져나와 외국인 거리로 갔다. 이번에는 생일 기념으로 내가 한잔 사기로 한 거다. 맥주와 이곳의 명물 구이주(桂酒)를 시켜놓고 밤늦도록 얘기했다. 장 여인은 앞으로 길어야 10년만 고생하면 아이들을 다 키울 수 있으니 걱정 없다면서 지금은 아이들이 모두 곁에 있어서 그것만으로도 천국이라고 말한다.

10년이면 강산도 변한다는 긴 세월인데 장 여인은 그 긴 세월에

'만'자 하나를 덧붙여 간단하게 고생과 세월의 무게를 가볍게 만든다. 맞다. 어차피 겪어야 할 것이라면, 운명에 주눅 들지 말고 당당하게 겪어야 한다. 나는 장 여인에게 미용사로서는 낙제 점수를 주었지만 엄마로서 그리고 생활인으로서는 최고 점수를 주고 싶다.

구이린에서 기차를 타고 다른 도시로 가는 일은 매우 힘들다. 구이린이 작은 역이라 기차표가 수요에 비해 턱없이 부족하기 때문이다. 외국인에게 할당된 침대칸도 하루에 겨우 석 장이라 예약이 시작되는 첫날 창구를 열기 전부터 기다리다가 낚아채 와야 한다.

내가 표를 사러 간다니까 장 여인이 굳이 따라나선다. 외국 사람은 기차표 사기가 어렵고 만약 암표를 사게 되면 중국 사람이 사야 바가지를 쓰지 않는다는 거다.

"메이여우(없어요)."

내 앞에는 외국인이 한 명도 없었는데 표를 달라고 하니 없다는 대답이 돌아온다. 반드시 외국인에게 팔아야 할 그날의 할당 표 석 장이 어느새 다른 루트로 빠져나간 거다.

길길이 뛰어봤자 입만 아프다. 장 여인도 뭐라고 항의를 해보지만 역무원은 눈길도 주지 않는다. 어쩐지 양쉬의 외국인 거리에 나붙은 '쿤밍(昆明) 가는 기차표 책임지고 구해줌'이라는 광고에서 말하는 그 '책임'이 바로 이 새어나가는 표가 아닐까.

암표상은 마약 사범, 매춘 사범과 함께 사형에 처해질 수도 있는 강력한 단속 대상인데, 시안, 란저우, 쿤밍, 구이린, 광저우 등 표 사기 어려운 곳에서는 버젓이 성업 중이다. 암표를 알아보니 원래 표 값의 두 배를 달라고 한다. 장 여인이 깎아보려고 했으나 말도 붙여보지 못한다. 그날 장 여인은 본인 생각과는 달리 '무용지물'이다.

어쨌든 쿤밍으로 가기는 해야 하니 299위안 하는 침대칸 대신 85위안짜리 좌석 표를 샀다. 누워서는 못 가지만 서서 가는 것보다는 딱딱한 의자에라도 앉아 가는 게 나을 거라고 위안하면서. 그런데 그게 말처럼 쉬운 일이 아니었다.

다음 날 배낭을 이고 지고 그것도 모자라서 이 지방 특산물이라는 대형 유자 네 개를 양손에 들고 쿤밍으로 가는 기차에 올랐다. 그때 시각이 새벽 2시, 쿤밍에는 다음 날 아침 8시에 도착한단다. 30시간 거리다.

혼자 몸 가누기도 어려운 삼등칸에 겨우 끼어 가면서 웬 작은 수박만 한 유자를 네 개씩이나 가지고 타는가? 거기에는 사연이 있다.

내가 묵은 호텔 1층에서 여행사를 하는 '엉클 밥'이라는 별명의 작달막하고 영어 잘하는 30대 중반 아저씨가 있었다. 오며 가며 여러 가지 얘기를 하게 되었는데, 약간 뺀질거리기는 하지만 아주 성실하고 박식하고 능력 있는 사람이었다. 내가 윈난성의 최남단 시쌍반나(西雙版納)에 갈 예정이라니까 반색을 했다.

"나 살리는 셈치고 부탁 하나만 꼭 들어주세요."

"무슨 일이기에 아저씨 목숨까지 왔다 갔다 해요?"

작년에 출장차 시쌍반나에 갔을 때 친구 소개로 저녁을 함께 먹은 참한 아가씨가 있는데, 그 여자가 마음에 쏙 들었단다. 그런데 그 아가씨는 자기에게 별 관심을 보이지 않더란다. 지금까지 한시도 잊지 못하고 있지만 쌀쌀한 반응에 언감생심 관심 있다는 말 한 번 못 꺼내고 있다면서 그 아가씨가 유자를 좋아하니 그걸 좀 전해 달라는 거였다. 그러면 자기가 나중에 전화해서 말 붙이기가 쉬울 것 같다며 통사정이다. 유자 하나로 여자의 마음을 사려는 엉클 밥이 순진하고 낭만적으로 보였다.

"선남선녀를 맺어주는 사랑의 유자 배달부라? 한번 해보지요, 뭐. 좋은 일이니까."

내가 산 기차표는 차량 번호만 있고 지정 좌석은 없는 거다. 대합실에 구름같이 모인 승객들은 개찰할 때부터 북새통을 이루더니 개찰구를 나가자마자 그 기차가 마지막 피난 열차라도 되는 듯 기차를 향해 전력 질주를 한다. 그러고는 따개비처럼 기차 문에 한 덩이로 엉켜 필사적으로 안으로 돌진한다.

나도 남들이 하는 대로 뛸 때 뛰고 밀 때 밀면서 사람의 물결에 합류했지만 큰 배낭을 앞뒤로 메고 양손에는 대형 유자를 한 꾸러미씩 들고 뛰는 모습이 정말로 가관이었을 거다.

이번 경우는 지정석이 아니라 더했지만 다른 경우라도 중국을 여행할 때 기차나 버스를 타려면 죽어라 뛰는 게 예의이며 기본이다. 큰 도시건 작은 마을이건 버스를 타려면 무조건 다른 사람이 달려가는 방향으로 같이 뛰어야 한다.

어느 때는 차가 텅텅 비어 오고 탈 사람은 열 명이 안 되는데도 몇 안 되는 사람들 모두가 죽기 살기로 뛴다. 왜냐? 남들이 다 그렇게 하니까. 타보지는 않았지만 비행기를 탈 때도 기를 쓰고 뛰어간다니 말 다 했다.

그런데 거기까지는 오프닝 게임에 불과하다. 기차에 몸을 올려놓기는 했지만 단 한 발짝도 움직일 수가 없다. 같이 탄 사람도 많거니와 사방이 짐인 데다 먼저 탄 사람들이 쓰레기와 가래침에도 불구하고 의자 밑이나 통로에 신문지를 펴고 자고 있다.

앞으로도 뒤로도 옆으로도 갈 수 없는 그야말로 진퇴양난. 앞으로 30시간을 이렇게 가야 한다니 앞이 깜깜하다. 이러다가 화장실이라도 가고 싶으면 난 끝장이다. 송곳 하나 꽂을 데 없어 보이는 사람 사이를 간식 파는 장사꾼들은 잘도 왔다 갔다 한다. 저것도 재주는 재주다.

발이라도 제대로 디딜 데가 있으면 좋겠다. 그 와중에 유자를 담은 비닐봉지 끈이 끊어지려고 한다. 설상가상으로 차 안에는 스팀이 팍팍 들어와 등허리와 이마에 땀이 찔찔 난다.

차 안에서는 중국의 냄새, 그 시큼한 고린내가 진동한다. 제일 신경 쓰이는 건 얼굴끼리 닿을 듯 맞대고 숨 쉬는 사람들이다. 이리 돌려도 얼굴, 저리 돌려도 얼굴, 거기에서도 갖가지 냄새가 난다.

쿤밍까지는 앞으로 29시간 남았다.

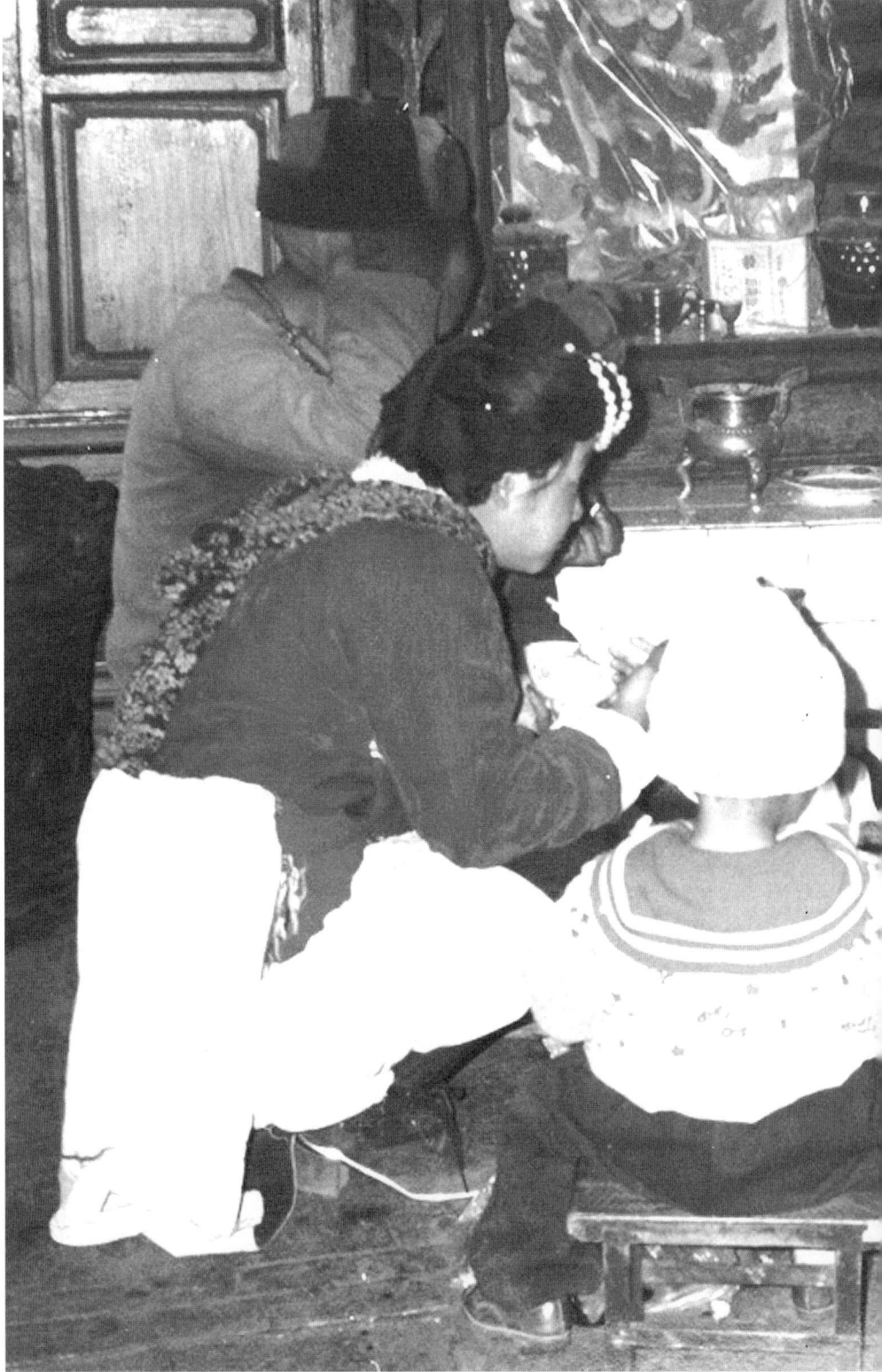

중국 서남부

전형적인 모계사회를 이루고 있어 '아버지'라는 단어조차 없는 루구호 모소족 집안의 식사 풍경. 여자들은 화려하고 씩씩한 데 비해 남자들은 초라하고 조용하다. 지금은 아버지 자리 찾기 운동이 펼쳐지고 있다고 한다.

소수민족의 땅 윈난 따사로운 별천지

: 중국 꽁안이 외국인을 때려?

윈난성의 성도 쿤밍에 도착하자마자 길가 식당에서 간단히 요기를 하고 시솽반나의 중심지 징훙(景洪)으로 가는 버스에 몸을 실었다. 징훙까지는 25시간가량 걸린단다.

마음 같아서는 구이린부터 30시간을 제대로 앉지도 못하고 힘들게 기차를 타고 왔으니 쿤밍에서 뜨거운 샤워를 하고 죽은 듯이 자고 싶다. 하지만 내게는 징훙에 가서 하루빨리 전해주어야 할 애물단지 초대형 유자가 있다. 그러므로 버스 타고 다니다가 힘들어서 죽었다는 사람은 아직 못 보았으니 내친 김에 '25시간만 더 참고' 징훙에 가서 푹 쉬기로 한 거다.

윈난성은 초행이 아니다. 연초에 베이징에서 베트남으로 가는 도중 쓰촨성의 성도 청두를 거쳐 윈난성의 리장과 다리(大理)를 돌아보았다. 그때는 지나는 길에 잠깐 들른다는 기분이었는데 이번에는 본격적으로 돌아볼 참이다.

앞에서도 말한 것처럼 내 세계 여행의 일관된 주제는 사람을 만나는 것이다. 중국을 여행하면서도 소수민족에 대해 특별한 관심을 가지고 있는데, 윈난성은 중국의 소수민족 55개 민족 가운데 24개 민족이 모여 사는 곳이다. 윈난성의 전체 인구 3400만 중 3분의 1이 소수민족이라니 내게는 더 바랄 게 없는 여행지인 셈이다.

라오스와 국경을 마주하고 있는 다이족 자치구인 시솽반나, 13세기까지 강력한 왕국이었던 바이(白)족의 고향 다리, 원시 모계사회의 흔적을 지니고 사는 나시(納西)족의 중심지 리장, 동남쪽 미얀마와 국경을 맞댄 바오산(寶山) 지구 등 얼추 따져보아도 절대 빼놓을 수 없는 곳만도 열 손가락이 모자란다. 거기에 오다 가다 만나는 사람들 집에 묵는 것까지 감안하면 윈난성만 적어도 두세 달은 있어야 제대로 볼 수 있을 것 같다.

워낙 버스에서 꿀잠을 자는 사람이라 눈만 감았다 뜨면 징훙일 줄 알았는데 여기서는 그게 안 통한다. 길이 나빠 차가 덜컹거려서가 아니라 잠들 만하면 나타나는 검문검색 때문이다.

지금 가는 곳은 라오스와 국경을 맞대고 있는 지역이라 밀수꾼과 불법 월경자들이 많아 검문이 심하다. 검문을 하는 새파랗게 젊은 공안들은 대개 한족인데, 소수민족 사람들을 함부로 대하는 게 눈꼴시고 불쾌하기 짝이 없다.

같은 버스를 타고 가던 할아버지가 무슨 증명서가 없었는지 아들뻘 되는 공안에게 두 손을 모으고 빌며 사정사정하지만 공안은, "팅 뿌똥(알아들을 수 없어)!"이라며 매몰차게 할아버지를 끌어내린다.

소수민족으로 보이는 할아버지는 한족 말을 잘 못하나 보다. 사연이 얼마나 절박한지 모르지만 할아버지는 왜 저렇게 비굴하게 빌어야 하며, 공안은 또 왜 나이 많은 이를 죄인 다루듯 하는 걸까. 속에서 뜨거운 것이 치민다.

새벽녘에 다시 검문이 있었다. 쿨쿨 자고 있는데 내 차례가 되었는지 거칠게 팔을 흔들며 소리를 지른다.

"서언퍼언쩌엉(신분증)!"

내가 잠이 덜 깨 어리벙벙해하는 순간, 공안이 다른 사람에게서 걷은 신분증을 내 이마에 닿을 듯이 흔들며 소리를 지른다.

"니 깐 선머. 콰이 콰이(너, 무슨 수작하는 거야. 빨리빨리 해)."

미친 놈! 누구한테 부리던 유세를 나한테까지 하는 거야. 화가 치민 나, 가만있을 수 없다.

"너야말로 뭘 하는 거야? 난 외국인이야. 중국 꽁안이 외국인을 때려? 네 상사 오라고 해!"

목청을 돋우며 길길이 뛰었더니 이놈이 깜짝 놀란다. 주위의 다른 사람들도 감히 공안에게 대드는 사람이 누군가 하고 더 깜짝 놀라 다들 쳐다본다. 이런 소란 속에 나이 든 공안이 올라오자 젊은 공안은 약간 겁이 났던지 나를 안 때렸다고 결백을 설명하는 것 같다. 사실 신분증은 내 이마에 닿지도 않았다.

젊은 공안의 변명을 듣던 나이 든 공안이 내게로 온다.

"니 스 나궈런(당신 어느 나라 사람인가)?"

"워 스 한궈런. 중궈더 꽁안 커이 다 와이궈런 마(나는 한국인이다. 중국의 꽁안은 외국인을 때려도 좋은가)?"

"메이여우, 메이여우(아니오, 아니오)."

그 공안은 여권을 슬쩍 훑어보고는 그냥 가려고 한다. 이대로 그냥 보낼 수는 없지. 젊은 공안을 불러 세웠다.

"이것 봐! 당신 나한테 미안하다고 해야 되잖아?"

내가 목에 힘을 주어 말하니 젊은 놈이 벌레 씹은 표정을 짓는다. 그 순간 나이 든 공안이 "쩌우바(내리자)."라며 황급히 버스를 내린다.

그렇겠지. 여기가 아직은 공안의 서슬이 시퍼런 사회주의 국가인
데 공안 체면에 민간인, 그것도 외국인에게 어떻게 미안하다는 소
리를 하겠나. 거기까지 바라지는 않았지만 화가 나서 그냥 한번 찔
러보았을 뿐이다. 괜히 나에 대한 화풀이로 다음에 오는 한국인에
게 해코지나 하지 말았으면 좋겠다.

이런 소란을 피우느라 새벽잠이 다 달아난 덕분에 산꼭대기에서
그 아래로 펼쳐지는 드넓은 하얀 구름의 바다를 볼 수 있었다. 산
중턱에 걸린 구름들 위로 솟은 봉우리들은 바다 위의 섬처럼 푸르
게 혹은 검게 떠 있고, 그 사이사이를 새로 튼 새하얗고도 몽실몽
실한 솜이 채우고 있는 듯하다.

'윈난(雲南)'이 구름의 남쪽이라는 뜻이니 바로 저 구름 밑이 시
솽반나인가 보다. 남쪽으로 내려가는 것을 확인이나 시켜주듯 시
간이 갈수록 구름이 옅어지면서 창밖으로는 크고 화려한 꽃들이
나타나기 시작한다.

: 사랑의 유자 배달비로 특실에 민박까지

징훙에 도착해 제일 먼저 한 일은 양숴의 엉클 밥이 부탁한 유자
를 배달하는 일이었다. 그런데 실망스럽게도 양숴 특산물인 줄 알
았던 초대형 유자가 여기도 얼마든지 있는 게 아닌가. 그 황당함이
라니, 정말 기가 막힌다. 어떻게 여기까지 가지고 온 유잔데.

어쨌든 때마침 바나 호텔 프런트데스크에서 일하는 '수취인' 릴
리를 쉽게 찾았다. 영어를 아주 잘하는 친절하고 예쁜 아가씨다.

내가 양쉬에서 특송 배달을 왔다고 했더니 동그란 눈이 더욱 동그 래지면서 무슨 얘기냐고 한다.

"어쨌거나 이거나 받아요. 양쉬에 있는 밥이 당신 마음을 사로잡 기 위해 보낸 사랑의 특대 유자."

내가 자초지종을 설명하니까 릴리는 미안해하면서 몸 둘 바를 몰 라 한다.

"어머, 어머, 이렇게 무거운 걸 여기까지 가져오게 부탁하다니, 그 사람 제정신이 아니네요."

그러면서도 속으로는 이 외국인을 어떻게 구워삶았기에 이렇게 배달까지 하게 했을까, 참 재주도 좋다고 밥의 능력에 감탄하는 것 같다. 그러면서 답례로 저녁을 사겠단다.

그러고는 바깥 경치가 멋지게 내다보이는 방을 골라준다. 하룻밤 에 30위안짜리 방인데, 몸을 다 담그고도 남을 만큼 커다란 욕조까 지 있는 초호화판이다. 유자 배달 값을 톡톡히 받은 셈이다.

"세계 일주요? 6년간이요? 시골만 골라서요?"

저녁을 먹는 내내 릴리는 입을 다물지 못한다.

"우리는 홍콩에도 갈 수 없어요. 여권을 내려면 막대한 돈이 들 거든요. 여행 비용 또한 어마어마하지요. 대학을 나온 내 월급이 한 달에 700위안이니 어느 세월에 돈을 모으겠어요."

릴리는 부러움 반, 한탄 반이다.

"릴리, 내가 릴리만 할 때는 내게도 세계 일주가 그림의 떡이었 어. 그때 우리나라는 중국처럼 돈만 내면 여권이 나오는 상황도 아 니었거든. 그렇지만 세계 일주를 하겠다는 꿈을 끝내 버리지 않았 더니, 정말 이렇게 진짜로 다니게 되었잖아."

내가 아무리 말해주어도 무슨 꿈나라 얘기인가 하는 표정이다.

그러면서 그녀는 언제까지 여기 있을 거냐고 묻는다. 자기 집은 모장(墨江)이라는 하니족 동네인데 이번 주말에 시간이 있으면 같이 가자고 한다. 아니, 뭐라고? 시간이 있으면이라고? 시간이 없어도 가야지. 오지 말래도 갈 판에!

주말을 기다리는 동안 나는 국경 가까이 있는 칸란바라는 조그만 타이족 마을에 갔다 오기로 했다.

여기 시솽반나는 중국 속의 동남아시아라기보다 차라리 동남아시아 속에 중국 사람들이 섞여 산다는 느낌이다. 이곳은 다이족 자치주로 길거리에는 몸집이 작고 호리호리한 여자들이 허리까지 오는 긴 머리나 올린 머리를 하고 몸에 딱 붙는 윗도리와 긴치마를 입고 다닌다.

거리의 간판도 한자와 타이 글자가 함께 쓰여 있고, 길거리에서 파는 음식도 대나무에 검은 쌀을 넣어 구운 것 등이다. 호텔방 창문 앞에 흐드러지게 피어 있는 손바닥보다도 더 큰 빨간 꽃송이도, 조금만 걸어도 등과 이마에 땀이 솟는 습기 많은 더위도 단연 동남아시아에 가깝다.

그리고 무엇보다도 메콩 강이 다시 보인다. 인도차이나를 여행할 때 그야말로 '물귀신'처럼 따라다니던 그 누런 강, 바로 타이와 베트남, 라오스와 캄보디아의 젖줄 말이다.

자전거를 빌려 칸란바까지 메콩 강을 거슬러 올라가 보기로 했다. 기어가 있는 산악용 자전거가 있으면 더욱 좋겠지만 징훙 동네에서 빌릴 수 있는 건 겨우 굴러가기만 하는 고물 자전거다. 그나마 이거라도 있어서 얼마나 다행인지.

징훙에서 칸란바까지는 약 30킬로미터, 길을 오르락내리락하더라도 고물 자전거로라도 3시간 정도면 갈 수 있는 거리다. 여기가 명색이 '구름 아래' 동네인 만큼 오전 11시까지는 안개가 자욱하더니 12시가 넘어서야 햇살이 비친다. 가볍게 배낭을 싸고 나머지 짐을 릴리에게 맡겨놓고는 여행 중에 여행을 하는 '새끼 여행'을 떠났다.

가는 길은 아스팔트 포장이 잘 되어 있는데, 길 오른쪽으로는 계속 강이 보인다. 내리막 오르막이 적당히 반복되는 아주 기분 좋은 자전거 하이킹 코스다. 특히 내리막길에서 맞닥뜨리는 우거진 푸른 숲을 배경으로 한 메콩 강의 도도한 모습에 저절로 '멋있다!'는 찬사가 튀어나온다.

그렇게 지나치면서 보는 것만으로는 성에 차지 않아 전망 좋은 언덕에서 아예 자전거를 세워놓고 본격적으로 퍼질러 앉아 경치를 감상했다. 누가 날 기다리는 것도 아니고, 어디를 몇 시간 안에 꼭 가야 하는 것도 아니니 이런 여유가 생기는 거다. 비가 한두 방울 떨어지는데도 가자고 재촉하는 사람이 없다. 아, 혼자 다니는 여행의 자유로움이여, 즐거움이여.

그런데 자유 만끽이 이번에는 좀 지나쳤나 보다. 다시 길을 떠나려고 자전거에 오르자마자 낭떠러지 같은 내리막이 시작되었다. 페달을 밟지 않아도 청룡 열차 탄 것처럼 무서운 속도로 내려간다. 나는 스피드에 취해 영화에서 보던 것처럼 두 손, 두 발을 번쩍 들고 있는 대로 폼을 잡았다.

바로 그게 문제였다. 브레이크는 물론 핸들도 잡지 않은 사이에 자전거는 빗길에 바퀴가 미끄러졌는지 중앙선을 침범해 올라오던 트럭과 부딪치기 일보 직전이 되었다. 너무나 다행히 트럭 뒤에서 달려오던 승용차가 끼어들기를 하면서 내 앞에서 급브레이크를 밟았고, 나는 '어어어' 할 사이도 없이 트럭과 승용차 사이로 곤두박

질치고 말았다.

자전거는 저만큼 튕겨나가고 끼익 브레이크 밟는 소리를 들으며 나는 앞으로 고꾸라졌다. 어떻게 넘어졌는지 입 안이 얼얼하고 감각이 없다. 순간, 이가 부러졌으면 어떻게 하나 하는 생각이 먼저 스친다.

승용차 운전사가 내리고, 트럭 운전사가 쫓아와 넘어진 나를 일으켜 세웠다. 정신을 추스르고 보니 다행히 두 무릎과 양 손바닥이 땅바닥에 갈려 피가 나는 정도일 뿐이다. 손가락을 입 안에 넣고 점검해보니 이도 다 무사하다.

"메이스. 뙤이부치(괜찮아요. 미안해요)."

내가 말했다.

"아가씨, 정말 큰일 날 뻔했어요."

몹시 당황한 트럭 운전사가 대답한다.

"정말 미안해요. 놀라셨죠?"

다친 사람은 나지만 어디에 하소연해볼 수도 없다. 전적으로 내 잘못이니까. 몸은 멀쩡한데, 자전거가 무사한가 걱정된다. 워낙 고물이라서 빌릴 때는 투덜거렸는데 이런 일이 생기고 보니 오히려 잘된 일이다. 아주 못 쓰게 되었더라도 물어줄 수 있을 테니까. 다행히 자전거도 체인이 빠진 정도로 큰 문제가 없다.

정작 문제는 다음 날 생겼다. 내가 자리에서 일어나지 못한 거다. 놀라서 그랬는지 밤새도록 종아리에 쥐가 나고 위경련이 났다. 징훙에 두고 온 가방 안에는 소독약도 있고, 상처를 아물게 하는 연고도 있고, 청심환도 있는데 안 가지고 왔다. 이런 일이 있을 줄 누가 알았나.

두 무릎은 다 까진 데다 푸르죽죽하고 시뻘건 총천연색 멍이 들었다.

손바닥도 시푸르뎅뎅하다. 마치 독립투사가 모진 고문을 받고 막 풀려난 형상이다. 꼴도 꼴이지만 몸의 상태도 흠씬 두들겨 맞은 것처럼 무겁고 쑤신다. 이렇게 몸으로 때우는 수업료를 내고 한 가지 큰 교훈을 얻었다.

'고물 자전거를 타고 빗길 내리막을 달릴 때는 절대로 폼 잡느라고 두 손 들지 말 것.'

: 국경 마을의 가난한 부자 아줌마

칸란바에서 묵은 숙소는 대나무로 만들어 시원하고, 다이족 주인 아저씨는 멍을 푸는 데 쓰라며 달걀을 가져다주는 등 친절을 베푼다. 하지만 놀러 왔는데 방 안에만 있는 게 어쩐지 억울해서 다친 몸을 이끌고 마을 중심가로 나갔다.

숙소 앞이 시장인데 그날이 장 서는 날인지 북적북적하다. 이런 날은 구경도 구경이지만 먹을 게 많아 좋다. 국숫집에서 사람들 틈에 억지로 끼어들어 맛있는 쌀국수를 사 먹었다.

그곳이 다이족 마을이라 그런지 국수 먹는 법도 타이적이다. 중국 국수는 따로 간을 맞추지 않고 주방장이 만들어준 대로 먹는데, 여기는 타이에서처럼 설탕, 간장, 잘게 썬 풋고추, 고춧가루, 식초 등 갖은 조미료가 작은 병에 나란히 담겨 있어 입맛대로 본인이 간을 해 먹는다.

재래시장은 어디서나 활기가 넘치고 재미있다. 강나루로 통하는 1킬로미터쯤 되는 길에 노점상들이 늘어섰는데, 파는 물건이 배추 몇 단, 오이 몇 십 개, 담뱃잎 한 무더기 등 집에서 거둔 농산물이 대부분이다. 한쪽에서는 과일도 팔고 있다. 이름도 알 수 없는 갖가지 아열대 과일들 사이를 지나가자니 향기와 빛깔 때문에 마치 꽃밭 속을 거니는 기분이다.

이리저리 시장을 돌아다니다가 자는 아이를 업고 생강을 파는 아줌마와 눈이 마주쳤다. 머리에 쓴 요란한 수를 놓은 모자, 허리가 그대로 드러난 허름한 푸른색 윗도리가 한눈에 소수민족 복장이다.

내가 웃어 보이니까 따라 웃으며 생강을 사라고 손짓한다. 여행하는 내가 생강은 사서 무엇 할까마는 무심코 얼마냐고 물으니, 통통한 생강 한 무더기에 겨우 1위안(당시 환율로 100원)이란다. 그렇다면 좌판에 있는 생강을 다 팔아도 10위안이 안 되겠다.

아기까지 업고 나와 고생하는데 조금만 더 비싸게 받지. 한 무더기에 2위안 받으면 안 팔리려나? 내가 다섯 무더기 달라고 했더니 사랄 때는 언제고 깜짝 놀란다. 나중에 숙소에 가서 생강차를 끓여 먹든지, 주인아저씨에게 주면 좋아할 거다. 아줌마는 다섯 무더기에 덤까지 듬뿍 얹어준다.

생강을 건네주는 아줌마의 검지가 갈라져 피가 굳어 있다. 비상용으로 가지고 다니는 일회용 밴드를 꺼내주었더니 어쩔 줄 모르면서 또 생강을 더 주려고 한다.

"뿌야오, 쩐더 뿌야오(필요 없어요, 정말 필요 없어요)."

아무리 뿌리쳐도 배낭의 지퍼까지 열고 넣어주려는 기세라 더 이상 말릴 수가 없다. 팔아주려고 한 건데 오히려 이 아줌마, 나 때문에 밑지지나 않았는지 모르겠다.

생강 한 짐을 등에 지고 강나루로 가서 배를 탔다. 강 건너에는 넓은 논이 펼쳐져 있는데, 군데군데 농부들이 소를 몰고 일을 하고 있다.

듬성듬성 초가 원두막이 보이는 전형적인 농촌이다.

논을 조금 지나니 숲이다. 나무가 빽빽한 숲 안에 들어서니 냄새도 좋고 시원하다. 한참을 숲 속에서 이리저리 거니는데, 예쁘장하게 생긴 다이족 아줌마가 땅에서 무언가를 열심히 줍는 게 눈에 들어온다. 자세히 보니 밤톨만 한 나무 열매인데, 어깨에 걸린 보자기에도 이미 가득하다. 아줌마를 따라 나도 열매를 주워 보자기에 넣어주었다.

숙소로 돌아가려고 배를 타는데, 거기서 아줌마를 다시 만났다. 배에서 내리자 어떤 집을 가리키며 자기 집이니 잠깐 들렀다 가라고 한다. 아줌마는 중국말을 전혀 못해 순전히 눈치로 알아들은 거다. 아줌마는 집에 가자마자 대나무 장대를 들고 뒤뜰로 가서 유자나무에 달려 있는 초대형 유자를 두 개 따온다.

여느 동남아시아처럼 여기 집도 1층은 버팀목만 있고 2층이 살림집이다. 경사진 지붕이 길어 비도 잘 내려가고 그늘도 많이 만들어준다. 대나무로 만든 집이라 한 발짝 디딜 때마다 집 전체가 흔들린다.

유자를 먹는 사이에 아줌마는 실과 바늘을 가지고 와 주워 온 열매를 꿰어 목걸이를 만들어 한자로 '시솽반나 기념'이라고 쓴 리본을 달아 건네준다. 인사로 내가 예쁘다고 하니까 신이 나서 얼른 한 개를 더 만들어 이번에는 내 목에 걸어까지 준다. 알고 보니 아줌마는 이 조악한 목걸이 기념품을 만들어 징훙 등지에 파는 일을 하는 거였다.

조금 있으니 부인만큼 예쁘장한 남편이 양복바지 몇 개를 들고 들어온다. 아줌마는 재봉틀로 옷도 수선하고 있었다. 부인이 어떻게 설명했는지 남편은 웃으며 나를 보고 저녁 먹고 가라면서 얼른 부엌으로 들어가더니 10분도 안 돼 나를 부른다.

"워먼 츠판바(자, 밥 먹읍시다)."

물론 사양하는 척도 하지 않고 들어갔다. 볶은 채소에 콤콤한 냄새가 나는 생선을 반찬으로 밥을 먹고, 숭늉 비슷한 것까지 배부르게 잘 먹었다.

뭔가 주고 싶은데 마땅한 게 없어 아까 산 생강을 내놓았더니 놀란다. 외국인 여행자가 왜 이렇게 많은 생강을 가지고 다니나 의아했을 거다.

다음 날 자전거를 타고 좀 멀리 있는 절에 놀러 갔다가 지나는 길에 아줌마 집에 다시 들렀더니 손을 꼭 잡고 흔들면서 어찌나 좋아하는지 내 기분이 더 좋아진다.

말도 안 통하는데 뭐가 그리 반가울까. 아줌마와 기념사진을 몇 장 찍고 사진을 보내주겠으니 주소를 적어달라고 손짓 발짓을 하는데 도저히 말이 안 통한다.

내가 '이 집 주소'를 나타내는 그림을 그리며 온갖 제스처와 표정을 지어 보여도 연필은 잡으려 하지도 않고 무조건 고개만 끄덕이며 웃는다. 중국말을 조금이라도 하는 남편이 있으면 좋겠는데.

한참을 우리끼리 좌충우돌하다가 아줌마가 무슨 좋은 생각이 났는지 잠깐 기다리라는 몸짓을 하고는 밖으로 나가더니 20살쯤 된 스님을 데려온다. 근처 절에 출가한 아들을 중국어 통역으로 '모셔' 온 거다. 신심이 깊은 다이족은 아들 가운데 하나를 반드시 스님으로 출가시키는데 이것을 전통이자 명예로 생각한다. 아들은 중국어 공부를 좀 했는지 제법 말이 통한다.

다음 날 늦은 아침, 떠나기 전에 작별 인사를 하러 아줌마 집에 들렀더니 기다렸다는 듯 유자 세 개를 따다가 껍질까지 까서 비닐봉지에 넣어주고 내가 맛있게 먹던, 팔뚝만 한 말린 물고기도 넣어준다. 열매 목걸이도 세 개나 만들어놓았다. 그러고도 뭐 더 줄 게 없나 주위를 두리번거린다.

세상의 이치는 참 묘하면서도 단순하다. 못사는 사람들은 이렇게 어떻게든 자기가 가진 것을 나누어주고 싶어 안달이고, 잘사는 사람들은 하나라도 더 챙겨 가지려고 혈안이다. 그러니 정말 부자는 누구일까. 가진 것을 즐겁게 나눌 줄 아는 사람이 바로 진정한 부자가 아닐까.

세상에 나눌 게 전혀 없는 사람은 한 명도 없다. 그것이 물질이든 시간이든 애정 어린 관심이든 간에. 나도 부자로 살고 싶다. 이 아줌마처럼 가진 것을 기꺼이 나눠주며 살고 싶다.

내가 묵은 밤부 게스트 하우스의 게스트 북에 반갑게도 한국 사람이 다녀간 흔적을 남겨놓았다. 라오스로 넘어간다는 이 여행자는 한글로 여러 가지 유용한 여행 정보를 써놓고는 마지막에 이런 말을 적어놓았다.

'여행하시면서 버릴 것은 버리고 그 빈자리에 더 많은 것을 채워 가시기 바랍니다.'

참 좋은 말이다. 이 '부자' 다이족 아줌마를 만나려고 그리고 이름도 성도 모르는 한국 여행자의 이 한마디를 들으려고 나는 윈난성 끄트머리 마을 칸란바까지 왔나 보다.

보이차의 보이에는 차 밭이 없다

릴리가 억지로 순번까지 바꾸어 밤 근무를 한 덕분에 토요일 아침 8시에 모장으로 떠날 수 있었다. 5개월 만에 집에 간다는 릴리는 어린아이처럼 들떠 있다. 모장 가는 직행버스가 없기 때문에 일단은 쓰마오(思茅)라는 예쁜 이름의 동네로 갔다가 거기서 버스를 갈아타야 한단다.

우리가 탄 미니버스는 구름 남쪽에서 이번에는 구름 북쪽으로 올라간다. 산속으로 난 길은 별로 좋지 않지만 경치는 정말 기막히게 아름답다. 버스가 떠날 때는 오리무중 안개 속을 달리더니, 1~2시간이 지나자 희미한 안개 속으로 키 큰 나무들이 보인다.

다음 몇 시간은 계단식으로 된 넓은 차 밭을, 그다음에는 노란 꽃들이 흐드러지게 피어 있는 들판을 차례로 지나더니 드디어 구름을 뚫고 올라왔는지 파란 하늘이 보인다. 부드럽고도 선명한 햇빛이 예상치 못한 선물을 받은 것처럼 반갑다.

중간에 버스가 서기에 물어보니 여기가 보이차로 유명한 그 보이(普洱)라고 한다. 보통 차는 햇것일수록 값이 나가는데 보이차는 홍차처럼 발효를 해서 만든 것으로 짧게는 1~2년, 길게는 40~50년까지 오래 묵힐수록 독특한 맛이 나고 값이 나간다. 예로부터 약용으로 널리 쓰인 이 차는 우리나라에서는 성인병과 체중 감량에 효과가 있다고 알려졌으며 스님들 사이에도 매우 인기 있는 차다.

그런데 이상하게도 보이 근처에는 차 밭이 전혀 안 보인다. 차 밭 없이 어떻게 차를 생산하나 궁금했는데, 나중에 릴리의 어머니에게 그 얘기를 듣게 되었다. 보이는 차의 생산지가 아니라 차를 팔고 사는 시장이 서는 마을이란다.

길도 나쁘고 차도 여러 번 고장 나는 바람에 모장에는 한밤중에 도착했다. 그렇게 늦은 시간에도 버스 정거장에는 릴리의 부모님과 남자 친구가 나와 기다리고 있었다. 릴리와 남자 친구는 아주 친한 사이인지 부모님이 보고 있는데도 뜨거운 포옹을 한다. 양쉬의 낭만적인 엉클 밥은 헛물을 켜고 있다는 게 한눈에 증명이 된 셈이다.

부모님이 릴리에게 얼마나 있을 수 있냐니까 다섯 손가락 끝을 모았다가 편다. 중국인이 일반적으로 쓰는 숫자 수화로 5라는 뜻이다. 징훙에서는 몰랐는데 릴리는 부모님과 남자 친구 앞에서는 말투며 표정이며 어리광이 철철 넘친다. 5형제 가운데 막내로 집에서는 다섯째라는 뜻의 '우츠(五次)'라고 부른다.

릴리의 부모님은 각각 초등학교, 중학교 선생님이셨다는데, 특히 중국어 교사였던 어머니는 발음 정확하기로 근동에서 유명하단다. 나는 릴리 어머니를 '라오스(老師, 선생님)'라고 부르며 내 중국어 선생님으로 삼았다.

릴리네 집은 오래된 2층짜리 단독주택으로 1층에는 방이 하나밖에 없고, 2층의 커다란 공간을 나누어 잠도 자고 쌀 등을 보관하는 곳간으로도 쓰고 있었다. 황송하게도 릴리의 부모님은 텔레비전이 있는 1층 안방을 내게 내주셨다.

오랜만에 막내딸도 왔것다, 손님도 왔것다, 릴리 부모님은 온갖 맛있는 음식을 해 먹이려고 열성을 보이신다.

그런데 이 동네에 며칠 있어 보니 릴리의 부모님만 특별한 게 아니라 동네 사람 모두가 먹는 것을 위주로 살고 있다. 사실 이런 현상은 비단 이 동네만 그런 게 아니라 중국인 모두가 그렇다. 중국인들은 의식주 가운데 먹는 것을 최우선으로 여기며 집이나 옷은 그다음이다.

중국 사람들이 이렇다는 것은 중국에 오기 전부터 알고 있던 일이다. 미국 유학 시절 분초를 아껴 써도 모자라는 시험 기간에도 중국 학생들은 돼지고기를 튀기고 채소를 볶아 근사한 점심, 저녁을 해 먹는 걸 수없이 보았다.

먹는 것이 삶의 중심이므로 당연히 시장이 생활의 중심이 된다. 릴리의 어머니는 아침에 일어나자마자 산보 삼아, 운동 삼아, 눈요기 삼아 시장을 한 바퀴 돌고 점심에 먹을 채소나 고기를 사 온다. 집에 돌아와서는 아침으로 국수를 만들어 먹고 차를 마시고는 곧 채소를 씻고 고기를 다지고 양념장을 만드는 등 점심 준비를 한다.

12시쯤 큰딸, 큰사위, 손녀딸이 오면 함께 1시까지 밥을 먹고, 조금 쉬었다가 4시 30분부터 저녁 준비를 시작한다. 6시 30분쯤 저녁을 먹고 다시 차 한 잔을 마시면 어느덧 잘 시간이다.

릴리 어머니뿐 아니라 아버지도 늘 부엌에 들어가 음식을 만든다. 직장에서 잠깐 점심을 먹으러 온 사위도 요리와 설거지를 하고 다시 출근한다.

집안일에 관한 한 중국 남자들은 '거드는' 차원이 아니라 거의 '맡아서 하는' 경지다. 가사는 무조건 여자가 맡아야 한다는 편견 같은 건 없다. 부부가 공평하게 일을 분담한다. 특히 부부가 다 직장 생활을 하는 경우에는 더욱 그렇다.

"음식 만드는 것 좋아하세요?"

채소를 볶는 사위에게 물어보았다.

"아주 좋아해요."

"한국 남자들은 부엌에 들어오는 걸 싫어하는데."

"왜요? 한국 남자들은 밥 안 먹고 살아요?"

사위는 그게 무슨 말이냐는 듯 되묻는다. 이 장면에서 내가 뭐라고 대답해야 하나.

"어려서부터 별로 해볼 기회가 없거든요."

그래도 나는 한국 남자들을 위해 궁색한 변호를 했지만 사실은 흉보고 싶은 마음이 앞섰다. 요즘은 많이 바뀌었다고 하지만 아직도 대부분의 한국 남자들은 가사는 기본적으로 여자의 몫이며 거기에 관심 갖는 것 자체를 좀스럽다고 여기는 것 같다.

이런 남자들은 한마디로 정신적인 유아라고 할 수 있다. 누군가의 손을 빌려야 살 수 있으니까. 당사자인 남자뿐 아니라 그런 남자가 유아기에서 벗어날 꿈도 꾸지 못하게 '잘 돌봐주는' 여자들도 한 번쯤 곰곰이 생각해봐야 할 문제가 아닐까. 엄마든 아내든 누나든 여자 친구든 말이다.

여기가 하니족 자치구라기에 주민들이 대부분 하니족일 것이라고 생각했는데, 실제로는 한족이 훨씬 많이 사는 것 같다. 하니족을 많이 보지 못해 아쉬워하던 차에 운이 좋게도 열흘마다 선다는 하니족 시장을 보게 되었다.

아침부터 민속 의상을 차려입은 사람들이 시장에 가득하다. 시장 전체에 물감이 쏟아진 것처럼 화려한 원색의 빛깔이 넘쳐난다. 평소에는 한두 개 정도 되던 돼지고기 좌판이 스무 개도 넘게 생기고, 온갖 채소며 곡식, 마른반찬, 화려한 이불, 옷, 색색의 뜨개실 등 여러 가지 물건과 사람들이 북새통을 이룬다.

이 시장에서 내가 다양한 사진을 찍을 수 있었던 건 순전히 릴리 어머니 덕분이다. 시장 사람들에게 이분은 한국에서 온 여행가이니 좀 같이 찍자, 좀 비켜달라, 모두들 웃어달라, 약간 앞으로 나와달라 하면서 결정적인 현장 진행을 해주셨다.

그것도 모자라 시골 사는 하니족 아줌마를 소개해주신다. 그곳은 모장에서 오토바이로 1시간쯤 들어간 시골이다. 아줌마를 따라가는 내게 릴리 어머니는 거기는 시골이라 지저분하니 늦게라도 집에 와서 자라고 당부하신다.

릴리 남자 친구의 오토바이를 타고 진흙 밭을 지나 그 집을 찾아 갔다. 다른 가족들은 모두 채소밭에 나가고 할머니 한 분이 우리를 맞이하신다. 나무로 단단하게 만든 2층집은 100년도 넘었다는데 매우 여물어 보이고, 대문을 들어서자마자 앞마당에서 가축 분뇨와 겨를 섞어 거름을 만들고 있는 게 신기했다.

며칠 전 시장에서 본 하니족의 화려한 모자는 외출용인지 집에서는 그냥 길고 파란 천으로 머리를 싸매고 있었다. 손님이 왔다고 먹을 걸 대접하는데, 만두건 야채건 무조건 커다란 가마솥에 한 번 김을 쐬어 내온다.

할머니가 처음에는 내가 부엌이며 마당 사진을 찍으면 왜 그렇게 찍느냐고 노골적으로 언짢아하시더니 나중에는 쓰고 있던 머릿수건을 풀어 내게 건네주면서 이걸 머리에 감고 찍으면 기념이 될 거라며 조금 누그러지셨다.

:: 공동묘지에서 인생 상담

시골에서 돌아오자 릴리 어머니는 잘 놀았느냐고 물으시더니 그곳에서 찍은 사진은 다른 사람들에게 보여주지 말았으면 좋겠다고 하신다. 혹시 내가 가면 안 되는 곳에 가서 이분들을 곤란하게 했나 해서 물어보았다.

"왜 그러시는데요?"

"못사는 사람들을 찍어 가면 잘사는 한국 사람들이 중국은 다 못

사는 줄 알 것 아니겠어?"

"한국이 뭐가 잘살아요?"

"일요일 아침에 하는 한국 텔레비전 연속극을 보니 그렇던데."

알고 보니 한국 텔레비전 드라마《사랑이 뭐길래》가 여기 윈난성 시골 동네에서도 큰 인기를 끌며 방영되고 있었다.

그만큼 릴리 어머니는 애국심이 투철하시다. 텔레비전에서 중국 군이 일본군과 싸우는 전쟁 영화를 하면 아주 텔레비전 안으로 들 어갈 것처럼 흥분해서 외치신다.

"죽여라, 죽여라."

또 가족들이 자기 앞에서 틀린 성조의 중국어를 하면 당장 고쳐 주면서 야단을 치신다.

"중국 사람이면 중국말을 똑바로 해야지."

내게 중국 국가인 의용군 행진곡을 가르쳐주시면서 후렴 부분인 '전진진(前進進), 전진진' 할 때는 주먹을 불끈 쥐고 머리 위로 올려 흔드신다.

이런 투철한 애국자도 오후 3시 친구들과의 마작 시간은 양보할 수 없는 귀한 '반사회주의적' 일상이다. 점심을 먹고 낮잠을 자고 나면 동네 친구들이 놀러 온다. 그러면 네 사람이 탁자에 둘러앉아 마작을 하는데, 아무것도 걸려 있지 않은 놀이에 나이 든 사람들 표정이 그렇게 진지할 수가 없다.

릴리 아버지는 무슨 패가 들어왔는지 전혀 알 수 없는 포커페이 스지만 어머니는 얼굴에 감정이 숨김없이 드러난다. 옆집 사는 분 들도 예전에 같은 학교 선생님들이었다는데, 어찌나 재미있게 큰 소리로 떠들고 노는지 마작의 '마'자도 모르는 나도 지루한 한낮이 어떻게 지나가나 모를 지경이다.

해질 무렵이면 나는 동네 뒷산에 올랐다. 조금 올라가도 시야가 트여 속이 시원하고 푸른 들판에 눈도 시원하다. 릴리는 거기는 공동묘지인데 왜 자꾸 가느냐고 하지만 나는 그곳이 조용해서 좋다. 공동묘지가 뭐가 무서워, 너도 나도 죽으면 가는 곳인데.

그런데 내가 매일 공동묘지를 찾는 이유는 다른 데 있다. 속사정은 이렇다. 모장에 머무는 동안 나는 훌륭한 중국어 선생을 둘이나 두게 되었다. 한 명은 물론 릴리 어머니이고 다른 한 명도 초등학교 3학년인 이 집 손녀 란이다.

특히 란은 내가 혀를 말아 소리를 내는 권설음을 제대로 발음하지 못하면 도저히 이해할 수 없다는 표정으로, 마치 내가 잘 안 들려서 그러는 줄 알고 내 귀에 대고 소리를 버럭버럭 지른다. 아주 무서운 선생이다. 나는 이 꼬마가 내 중국어 교본을 가지고 병아리처럼 입을 좍좍 벌리며 읽어 내려가는 게 얼마나 부러운지 모른다.

내게는 얇은 기초 중국어 회화 책이 있는데, 이곳에 있는 동안 그 책을 통째로 외우기로 결심하고 열심히 공부하는 중이었다.

집에서는 집중이 안 되어 공부가 잘 되지 않는다. 그래서 사람이 전혀 안 다니는 공동묘지를 공부방으로 삼은 거다. 아무도 없으니 혼자서 외우고 큰 소리로 연습하기에 안성맞춤이다. 나의 이런 '비결'을 모르는 릴리 어머니는 나더러 한 번 가르쳐준 건 안 잊는다며 칭찬하신다.

"니 총밍, 쩐더 총밍(너 똑똑해, 정말 똑똑해)."

떠나기 전날 릴리 부모님께 드릴 선물을 샀다. 아무리 짠순이 여행자라도 지금은 있는 돈을 쓸 때다. 그분들은 노인들이고 먹는 것을 중요하게 생각하니 드실 것 위주로 골랐다. 쌀 10킬로그램 한

부대, 술 두 병, 특급 보이차 한 봉, 돼지고기 열 근을 샀다. 그리고 내가 큰마음 먹고 산 수입품 니베아 핸드로션을 어머니께 드리고, 홍콩에서 눈 딱 감고 마련한 밀크로션을 릴리에게 주었다. 목에 거는 볼펜은 무서운 선생 란에게 주고, 아버지에게는 한복 입은 아가씨 열쇠고리를 드렸다.

이분들이 내게 보여준 정성과 애정과 관심을 어떻게 물건 따위로 갚을 수 있겠냐만 달리 고마움을 전할 길이 없으니 작은 선물에 마음을 실을 수밖에. 내 마음을 알아주셨으면 좋겠다.

릴리는 호텔에 근무하는 아이답게 멋쟁이다. 옷도 맞춰서 잘 입고, 말도 품위 있게 하고, 헤어스타일도 세련되어 이곳에서는 단연 군계일학이다. 릴리도 자신의 매력을 잘 알고 있는 듯했고, 그녀의 남자 친구도 기회 있을 때마다 그것을 확인시켜준다.

동네에서 제일 잘사는 집 외아들인 남자 친구는 하루빨리 결혼하고 싶어 하는데 릴리는 나름대로 큰 꿈이 있다.

"페이예 따제(비야 언니), 난 여기서 이렇게 썩는 게 싫어요. 상하이나 선전(深圳)으로 가야겠어요."

시솽반나로 내려가기 전날 릴리는 어쩐 일로 무서워하던 공동묘지까지 따라오더니 불쑥 이렇게 말을 꺼낸다.

"뭘 하고 싶은데?"

"일을 하고 싶어요. 공부도 더 하고 싶고요. 그 아이랑 결혼하면 여기 모장 귀신이 되어야 해요. 그 애 아버지가 여기서 큰 공장을 하거든요. 난 싫어요. 여기서 죽을 때까지 아무 생각도 없이, 더 이상의 발전도 없이 그 아이의 아내로 산다는 건 생각만 해도 숨이 막혀요."

"두 사람 사이가 아주 좋은 것 같던데."

"그렇기는 하지만……. 근데 그 아이는 내가 왜 큰 도시로 가고 싶어 하는지 이해 못해요. 여기서도 얼마든지 잘 먹고 잘살 수 있는데 왜 나가느냐고, 그냥 바람이 든 거라고 생각해요. 징훙에서 일하는 것도 못마땅해해요. 괜히 이상한 도시 물든다고."

"그래도 아는 사람도 없이 무작정 어떻게 큰 도시로 가겠니?"

"그래서 양숴에 있는 밥에게 부탁했어요. 그 사람 발이 넓어 아는 사람이 많다고 했거든요. 그 사람이 내 영어 실력이면 좋은 자리를 알아볼 수 있다고 했어요. 외지에서 고생은 하겠지만 고생 없이 되는 일이 있나요? 난 죽을 만큼의 고생도 각오하고 있어요."

"무슨 일을 하고 싶은데?"

"무역회사에 취직해서 경험을 쌓아 나중에 국제 무역회사를 차리는 게 꿈이에요. 난 이제 겨우 24살이잖아요. 난 비야 언니처럼 살고 싶어요."

말을 하는 릴리의 입술이 바르르 떨린다. 마치 자기가 한 말을 자신에게 확인이나 하듯이.

그렇다. 릴리는 이제 겨우 24살, 마음먹고 파고들면 무슨 일이든 할 수 있는 나이다. 내 생각에도 릴리는 이곳 남자 친구와 결혼해서 평범하게 살기에는 야망이 너무 크다. 또한 의지도 굳다. 그러니 이 일을 어쩌겠는가.

릴리가 내 친동생이라면 이럴 때 뭐라고 말해주었을까? 세상 사람들이 흔히 말하는 여자의 편안한 삶, 결혼해서 아이들 낳고 남편 울타리 속에서 안정된 삶을 살아갈 길이 열려 있는 친동생에게도 모두 버리고 홀로서기의 험한 길을 택하라고 단호하게 말할 수 있을까?

그래, 적어도 내 동생이 하고 싶은 일이 뭔지 분명히 알고 있다면 그리고 그것을 해내겠다는 의지가 굳건하다면 나는 망설이지 않고 홀로 거친 바다로 나가보라고 말할 거다.

모든 결혼이 다 그렇지는 않지만 동생이 하려는 결혼이 자기의 성장을 막을 게 뻔하다면, 함께 커나갈 수 있는 사람을 만나기 전까지는 세상이라는 거친 바다에서 자기 배의 노를 스스로 저어가 보라고 말할 거다.

십 몇 년을 더 산 인생의 언니로서, 여자라는 동료로서 그리고 비록 험하고 녹록치는 않지만 그 길을 택한 한 사람으로서 나는 스스로 '자신의 삶'을 살고 있다는 진정한 행복을 느끼고 있기 때문이다.

다시 릴리의 얼굴을 쳐다보았다. 그때 나는 입을 꼭 다문 아이의 눈에 살짝 비친 눈물을 보았다. 아, 이 아이는 절실하게 내 말을 기다리고 있구나.

그제야 나는 자신 있게 말할 수 있었다.

"릴리, 내가 24살 때는 대학 문턱에도 못 갔는데 넌 벌써 졸업해서 직장까지 가졌으니 나보다 출발이 빠른 셈이야. 나도 이번 여행 끝내면 처음부터 다시 시작해야 해. 그러니 우린 마찬가지 입장이네. 새로운 일을 모색하는 단계라는 점에서 말이야. 그래, 하고 싶은 일을 꼭 해봐. 해보지도 않고 될지 안 될지 어떻게 알겠어? 앞으로 어떻게 지내는지 나한테 자주 알려줘. 내가 늘 지켜볼게."

어둑어둑해질 무렵, 우리는 손을 잡고 공동묘지를 내려왔다. 릴리는 동네가 보이기 시작하자 내 손을 아프도록 꼭 쥐었다. 공동묘지가 무서워서가 아닌 줄은 나도 안다.

세상에는 공짜 떡도 없고 공짜 품도 없다더니, 힘들게 유자 배달을 한 덕분에 나는 이 넓고 넓은 중국에서 여동생을 한 명 얻게 되었다.

: 쥐에 물렸다! 혹시 흑사병?

미얀마와의 국경 지역인 윈난성 서남쪽 바오산, 가이드북에도 잘 나오지 않고 웬만한 지도에도 표시되어 있지 않은 곳이다. 미얀마와 가까운 곳이라 매우 독특한 문화를 가졌고, 미얀마 계통의 소수민족이 살고 있다. 이곳에서 텅충(騰衝)의 천연 온천을 거쳐 국경도시 루이리(瑞麗)까지 가려고 한다.

산길로 접어드니 도로의 포장 상태가 엉망이다. 차는 가는 시간보다 서서 보닛을 열고 무언가를 고치는 시간이 더 길다. 차가 한없이 시간을 잡아먹어도 나는 이제 이런 일에는 화도 나지 않는다. '살다 보면 이럴 수도 있지.' 하는 마음으로 아주 느긋하다. 넓은 땅을 여행하며 마음이 넓어진 건지, 오랜 여행 끝에 얻은 여유인지, 아니면 이럴 때 씩씩거려봐야 하나도 도움이 안 되더라는 현실 터득 때문인지.

여행 초기에 인도나 남미를 다닐 때는 차가 고장 나서 지체를 하면 같이 탔던 현지인들은 가만히 있는데 나만 화를 내며 툴툴거렸다. 하지만 이제는 현지인들이 투덜투덜 짜증을 내는데도 나는 그러려니 하며 참고 앉아 있다. 이렇게 조금씩 여행에 도가 터가고 있나 보다.

오후 8시에 도착한다더니, 새벽 5시에 탄 버스가 밤늦게야 텅충에 도착했다. 버스 정거장 앞은 포장마차들로 불야성을 이룬다. 곳곳에 붙어 있는 음식 메뉴에 제일 흔한 게 신기하게도 삶은 개고기다.

여기는 한국 사람도, 조선족도 살지 않는 곳인데 말이다. 회교도가 많은 마을에서 갑자기 같은 음식, 그것도 개고기를 먹는다는 사실 하나만으로 강한 동질감이 느껴진다.

물어물어 시장거리 한 귀퉁이에 있는 여관을 찾았다. 하룻밤에 무려 40위안이란다. 더 싼 방은 없냐니까 외국인이 묵을 수 있는 방은 그 방이 제일 싸다며 원한다면 내국인용 방을 보여주겠다고 숙소 뒤쪽으로 데리고 간다.

방문을 열어주는데 햇볕이 안 드는 컴컴한 방에서는 축축하고 눅눅한 냄새가 난다. 하루 10위안인데 화장실은 숙소 바깥에 있는 유료 공중 화장실을 써야 하고, 샤워는 따로 2위안을 내야 한단다. 그래도 모기장도 있고 보온병에 따끈한 물도 준비되어 있어 거기서 묵기로 했다.

짐을 내려놓고 차를 마시면서 방 안의 퀴퀴한 냄새를 없애려고 향을 피웠더니 어떤 젊은 아줌마가 들여다본다. 옆방에서 살림을 하는 아기 엄마다. 알고 보니 내가 빌린 방은 여관 객실이라기보다는 장기간 싼값으로 빌려주는 사글셋방이다. 이 바이족 아줌마는 귀여운 아들과 함께 넉 달째 이 방에서 살고 있는데 남편은 쓰촨성의 청두가 직장이라 1년에 두 번만 온다고 한다.

"어머, 그러고 어떻게 살아요?"

"나만 그런가요. 나처럼 사는 사람 많아요."

그동안 친정살이를 하다가 얼마 전부터 아이를 데리고 나와 살게 되었다며 빨리 청두로 가서 남편과 합쳐 살고 싶다고 한다.

아이 엄마가 밥과 빨래를 하는 사이에 아이를 봐주었다. 아직 낯을 가리지 않는지 깔깔거리며 참 잘 웃는다. 잠깐인데도 갓난아이의 달콤한 젖 냄새가 내 몸에도 밴다. 바이족 아줌마에게 저녁을 얻어먹고 돌아와 잠자리에 들었는데, 양 어깻죽지가 뻐근하다. 정말 아이 보는 일은 '즐거운' 중노동이다.

그날 밤 나는 흑사병에 걸릴 뻔했다. 자다가 쥐에 물린 거다. 모기장이 있기는 한데 짧아서 침대 끝까지 잘 들어가지 않았다. 억지로 끌어내려 겨우 모기장을 친 것까지는 좋았는데 잠을 자다가 발로 걷어차는 바람에 옆구리 부근이 그대로 드러났다.

밤새도록 바스락거리는 소리가 나서 옆방 새댁이 잠을 안 자는 줄 알았는데 막 잠이 들려는 순간 옆구리가 따끔하다. 기겁을 해서 일어나보니 밖에서 새어 들어오는 가로등 불빛에 팔뚝만 한 쥐가 도망간다. 얼른 불을 켜니 온 방 안이 난장판이다. 아까 부스럭대던 소리는 쥐가 비닐에 싸놓은 빵과 과자 봉지를 뜯는 소리였다. 쥐가 힘도 세지, 과자와 빵이 사방에 널려 있다.

손전등을 꺼내 물린 곳을 살펴보니 마치 아래윗니가 두 개씩 난 아기한테 물린 것 같은 자국이 선명하다. 다행히 피도 나지 않았고 옷 위로 물린 것이라 쥐의 타액도 묻지 않은 것 같다.

그렇지만 갑자기 겁이 덜컹 났다. 여기 오기 전 쿤밍에서 곳곳에 붙은 방을 보았기 때문이다. 거기에는 쿤밍의 최대 관광지인 스린(石林)에서 현재 흑사병이 돌고 있으니 쥐에 물리지 않도록 조심하라고 적혀 있었다. 쿤밍의 대학 내에도 요즈음 흑사병이 돌고 있으니 학생들은 절대로 거리에서 음식을 사 먹지 말고 구내식당을 이용할 것을 당부하는 공문이 돌았다고 한다.

얼른 약주머니를 꺼내 소독약을 바르고 쥐의 침이 묻었을지도 모르는 옷을 갈아입었다. 그러나 걱정이 되어 잠을 이룰 수 없다. 흑사병이 얼마나 무서운 병인가. 로미오와 줄리엣이 살던 시대인

1500년대에는 불과 5년 동안에 유럽 인구의 3분의 1인, 2000여 만 명을 죽인 무시무시한 병이 아닌가. 걸렸다 하면 몸이 까맣게 타들어가면서 전혀 손을 쓸 수 없다는 치명적인 전염병이다.

내가 민족 통일을 위해서, 혹은 인류 평화를 위해서 목숨을 바치는 것도 아니고, 겨우 쥐새끼한테 물려서 죽는다는 건 정말 억울하다. 그러나 다음 날 아침 아기 엄마한테 쥐 애기를 하니 놀라지도 않는다.

"나도 가끔 물려요."

내가 도리어 놀라서 그러고도 괜찮으냐니까 아무 일도 아니라는 듯 태평하다.

"메이스(괜찮아요)."

그럼 이건 '아는 게 병'인가? 아무튼 나는 병원에 가보기로 했다. 내 생각을 확실히 전하기 위해 종이에 '쥐 서(鼠)'자와 '흑사병(黑死病)'을 한자로 써서 여의사에게 보여주면서 쥐에게 물렸는데 이상이 없겠느냐고 물었더니, 간단히 혈압을 한 번 재고는 처방전을 써준다.

이럴 때는 피검사를 해보아야 하는 게 아닌가, 의심을 하면서도 처방전을 받고 가라는 데로 갔더니 한약을 몇 봉 내준다. 만약 흑사병이라면 한약 몇 봉으로 나을 수 있을까? 그리고 여행 중에 어디서 한약을 달여 먹는담. 찜찜한 채로 약을 받아왔다. 오는 도중 아무래도 마음이 안 놓여 약국에 들러 온갖 종류의 소독약을 듬뿍 사 가지고 왔다.

'내가 만약 앞으로 더 쓸모가 있는 사람이라면 이만한 일로 별일 있으랴?'

이렇게 생각하며 겨우 마음의 평화를 찾았다. 그 후 별일은 없었지만 한국에 돌아올 때까지 심한 두드러기가 자꾸 나서 혹시 쥐에 물린 것과 상관이 있는 건 아닌가 하는 의심이 들었다.

텅충은 좀 이상한 동네다. 이렇게 조그만 곳에 왜 그렇게 이발소가 많은지 모르겠다. 중국의 이발소는 100이면 99가 퇴폐 이발소라는데, 이런 후이족 마을에도 퇴폐 이발소의 실수요자가 있단 말인가.

대부분의 식당은 간판에 모슬렘 법도대로 음식을 만들었다는 표시인 '칭전(淸眞)'이라는 글이 씌어 있는데 그러면서도 향, 초, 불화 등 불교 용품 파는 곳도 많이 눈에 띈다.

그러고 보니 여기는 후이족식 빵떡모자를 쓰고 다니는 사람과 불교 승려 복장을 한 사람이 뒤섞여 있다. 또 시장에는 얼굴이 까무잡잡한 버마족들도 눈에 띈다.

후이족 식당에서 얼스라는 맛있는 국수를 먹었다. 가격은 1.5위안(150원) 돈 내기가 미안할 정도로 싸다. 얼스는 쌀국수에 짭짤하게 볶은 쇠고기 고명을 얹어 먹는데, 뼈를 우려 만든 얼큰하고 기름기 없는 국물이 영락없는 육개장 맛이다. 여기 있는 동안 매일 먹어야지. 이 국수 하나로도 이 지방 여행이 즐거울 게 확실하다.

보통의 여행자가 텅충 같은 산골 마을까지 오는 이유는 나처럼 국수 맛을 즐기기 위해서가 아니라 러하이(熱海)라는 천연 온천 때문이다. 러하이는 화산 사이에 있는 넓고 따뜻한 수영장이라고 생각하면 틀림없다.

평일이라서인지 그 커다란 온천에는 표 팔고 물건 파는 사람들 이외에는 아무도 없다. 준비해간 수영복으로 갈아입고 풀장 안으로 점프. 미끈한 느낌의 온천수가 기분 좋게 따뜻하다. 이 온천욕으로 어제 아기를 봐주었다고 생긴 어깨 근육통을 풀고 갈 수 있게 되었다.

러하이에 오기 전에 이곳 국립공원을 한 바퀴 돌아보니 선녀탕, 거북바위 등 그럴듯한 이름들이 붙어 있다. 중국 사람들은 산속에 조금만 신기한 것이 있으면 반드시 그 이름에 선녀가 등장한다. 대형 온천탕에 혼자 몸을 담그고 있으니 나 역시 '선녀'가 되어 신선 놀음을 한다. 뉴스를 보니 서쪽 신장의 우루무치는 영하 19도, 동북쪽의 하얼빈은 영하 24도라는데 말이다.

그런데 아무래도 이런 '수영장'은 병을 치료하기 위해 긴박하게 오지 않을 바에야 역시 혼자 오는 것보다 여럿이 와서 웃고 까불면서 물장난을 쳐야 더 재미있을 것 같다.

텅 빈 온천에 혼자 앉아 있으려니 갑자기 이 산속에 나 혼자 유배 당한 기분이 들며 마음이 싸늘해지니 말이다. 늘 혼자 다니는 여행은 축복이라고 생각해왔는데 오늘 같은 날은 벌(罰)처럼 느껴진다. 언젠가부터 생긴 여행자의 외로움증이 도지려나 보다.

텅충에 돌아오니 옆방 아줌마가 반갑게 반긴다. 그런데 내 방 앞에 정복을 입은 공안이 서 있는 게 아닌가. 순간 가슴이 뜨끔하며 몇 가지 생각이 스쳤다.

'이 여관이 외국인이 묵을 수 없는 곳인가? 적어도 내 방은 그런 것 같다……. 혹시 공안 당국의 규정이 바뀌어서 아예 이 지방에 외국 사람 통행이 금지된 건 아닌가. 어쩐지 다른 외국인 여행자가 한 명도 보이지 않더라니…… 아니, 어쩌면 어제 쥐에게 물린 것 때문인지도 몰라. 흑사병 감염이 의문시되어 격리를 시키려고…….'

무슨 일이든 공안 앞에서는 기죽지 말고 기선을 잡아야 한다.

"니 여우 스 마(무슨 일이지요)?"

눈을 똑바로 뜨고 따지듯 물으니, 공안은 아무 일도 아니라며 순순히 내 방문 앞에서 비켜선다.

나중에 보니 이 사람은 옷만 공안인 가짜였다. 이곳에서 방을 얻어 신혼 생활을 하는 남자인데, 민간인이면서 공안 옷에 모자, 신발, 코트까지 일습을 갖추어 입고 있다. 진짜 공안과 구별이 되는 것은 견장뿐. 가짜는 어깨에 공안이라는 견장을 절대로 달지 못한다는 거다. 그렇지만 나 같은 외국인이 그걸 어떻게 한눈에 구별하겠나.

공안도 아닌 사람이 어떻게 진짜 공안의 제지도 받지 않고 다닐 수 있는지 모르겠다. 아기 엄마에게 물어보니 시장에 가면 공안 옷을 얼마든지 살 수 있다면서 그게 다른 옷보다 싸고 따뜻하단다.

중국에 오면 가짜가 많다더니 정말 헷갈리는 게 한두 가지가 아니다. 우선은 가짜 돈이 많다. 그래서 은행에서 돈을 바꿀 때나 물건을 살 때 100위안과 50위안짜리는 일일이 전깃불에 비춰보아야 한다.

아디다스가 아디도스, 리복이 레복 등의 이름으로 팔리는 건 오히려 양심적이다. 가짜 코카콜라에 가짜 말보로 담배, 가짜 쌀과자 왕왕이, 가짜 학생증, 가짜 기차표 등등 끝도 없다. 다른 여행자에게 들은 유머는 중국에서 가짜가 얼마나 판치고 있는가를 단적으로 말해준다.

어느 집 며느리가 봄에 농사지을 볍씨를 사 가지고 왔다. 그런데 볍씨를 심은 후 한참이 지났는데도 피 싹만 났다. 가짜 볍씨를 사 온 거다. 자기 때문에 1년 농사를 망치게 된 며느리가 죽을 결심으로 쥐약을 사다 먹었는데 죽지를 않았다. 쥐약도 가짜였다.

중국인 사이에서도 '엄마만 빼고는 다 가짜'라는 자조적인 농담을 주고받을 정도이니 더 말해 무엇 하겠는가.

떠나기 전날, 옆방 아기를 봐주면서 아줌마에게 진심을 담아 일장 연설을 했다.

"제발 음식 좀 잘 덮어놓으세요. 그것 때문에 쥐가 들끓는 거라고요, 알았죠?"

"즈다올러(알았어요)."

나는 흑사병이 얼마나 무서운 병인지 구구절절 설명을 하면서 또 힘주어 물었다.

"니 즈다올러 메이여우(알아들었지요)?"

아기 엄마는 약간 놀란 표정으로 알았다고 대답한다. 그래도 나는 마음이 놓이지 않아 가지고 있던 소독약 일체와 상처에 바르는 연고를 꺼내 건네주었다.

"쥐에 물리면 제발 소독을 하고 이 약을 바르세요, 알았죠?"

아기 엄마는 고개를 끄덕이면서도 이 사람이 무엇 때문에 날 이렇게까지 다그치나 하는 의아한 표정을 짓는다.

다리, 평화로운 마을 정겨운 친구들

: 나도 도끼 가는 시간이 필요하다

윈난성 끝 국경도시 루이리에 오니 미얀마 냄새가 물씬 난다. 대형 종을 뒤집어놓은 듯한 불탑도 그렇거니와 길거리에서는 미얀마에서 보던 얼굴들을 그대로 다시 볼 수 있다.

피부색이 까무잡잡하고 이목구비가 뚜렷한 파키스탄 사람들도 많지만 얼굴에 탄나카를 바르고 긴 통치마 롱지를 입은 미얀마 여자들이 단연 눈에 띈다. 길거리에서 파는 음식도 중국식의 볶음 요리보다 미얀마식의 찐 음식이 많다.

여기 오는 날부터 매일같이 하루 종일 가랑비가 온다. 부슬부슬 내리는 비가 마치 우리나라 가을비같이 을씨년스러운 분위기를 자아낸다. 기분 전환을 위해 시장으로 나가보았다.

예상대로 역시 국경도시라 밀수해 온 타이 제품들이 즐비하다. 과자며 화장품, 커피, 구두, 옷 등 품목도 다양하다. 가끔씩 종합 캔디 등 한국 과자들도 눈에 띈다. 내가 미얀마 북쪽 히시포에서 본 중국행 대형 트럭들이 바로 여기에 도착해 물건을 푸나 보다.

시장 안으로 들어가니 커다란 옥 시장이 나온다. 미얀마 옥은 세계적으로 유명한데 팔찌나 반지도 예쁘지만 가공하지 않은 돌 속의 옥도 참 아름답다.

한 바퀴 돌아보다가 우연히 미얀마 사람들 소굴인 카페를 발견했다. 안으로 들어가니 얼굴이 까맣고 우르두말을 쓰는 파키스탄인, 얼굴에 탄나카를 바른 미얀마인 등이 인도식 차이와 튀긴 만두 사모사를 먹고 판을 씹으며 담소를 나누고 있다.

판은 나무 열매에 하얀 민트를 섞어 나뭇잎에 싸서 먹는 것인데, 씹고 뱉으면 피 같은 빨간 물이 나오는 디저트다. 인도나 방글라데시, 파키스탄 남부에서도 판을 씹고 다니는 사람을 무수히 보았다.

벽에는 메카 그림과 아웅산 수지 여사의 사진이 함께 걸려 있다. 카페는 이 지방의 외국인 장사꾼들이 모여 정보도 교환하고 수다도 떠는 곳이다.

어떤 미얀마 사람 하나가 내가 수지 여사랑 닮았다며 반갑게 악수를 청한다. 그 사람에게 나도 미얀마에 간 적이 있다며 미얀마 말로 "밍글라바(안녕하세요)." 하고 인사를 하니 주위에 있던 사람들이 놀라며 나를 둘러싼다.

그 옆에 있던 파키스탄 사람이 파키스탄에도 가보았느냐고 해서 그렇다고 했더니 또 깜짝 놀란다. 그러면서 주위에 몰려 있는 사람들이 자기들이 알고 있는 나라 이름을 총동원한다. 미국, 캐나다, 영국, 스위스, 일본 등 공교롭게도 내가 다 가본 나라들이다. 사람들이 대는 나라마다 내가 고개를 끄덕이자 '와아' 환성을 지른다.

얘기 도중에 사람들이 점점 많이 모여들어서 카페에 있는 모든 사람들의 시선이 내게 집중되었다. 그 가운데 어떤 파키스탄 젊은 이가 그렇게 다니려면 돈이 많을 테니 자기 옥팔찌를 사라며 장사꾼의 본색을 드러내는 게 아닌가.

"나는 돈이 많지 않아요. 그런데도 여행을 하고 싶어서 이런 싸구려 음식점에서 식사를 하며 다니는 거예요."

내가 중국말로 설명했더니 모두 "아하!" 하며 고개를 끄덕인다. 이 말을 진짜로 믿었는지 옥팔찌 사라던 총각이 내 차이와 사모사 값을 내준다. 장사꾼이면서도 순진한 사람들이다.

루이리에서 조금 더 들어간 곳에 있는, 국경을 볼 수 있는 롱따오의 재래시장도 재미있다. 루이리의 옥 시장이 파키스탄과 미얀마가 반반씩 섞여 있다면 여기는 완전히 미얀마다. 사람들의 차림새도 그렇고 사고파는 물건들도 미얀마 것이다.

그러나 시장보다 더 재미있는 것은 바로 국경이다. 미얀마는 군사 정권의 철권정치 때문에, 중국은 엄격한 사회주의 체제 때문에 쌍방 경비가 교전국 이상으로 삼엄할 줄 알았는데, 막상 와보니 전혀 예상 밖으로 마치 이웃 동네 가듯 왔다 갔다 한다. 롱따오에서는 강 건너 미얀마까지 배로 연결되는데 군인은커녕 검문소 비슷한 것도 없다.

시장에서 나와 비를 피하느라고 앉아 있던 간이 천막 식당이 알고 보니 미얀마 측 땅이다. 해바라기 씨를 까먹으며 약 20여 분간 '불법체류'를 했는데도 아무도 뭐라고 하는 사람이 없다. 신기하다.

이런 것을 빼놓고는 루이리에서는 심심했다. 매일 비가 와서 기분이 우울한데 다른 여행자는 단 한 명도 만날 수 없다. 날씨가 궂으니 자전거를 빌려 타고 근방을 돌아보고 싶지도 않다.

가족들에게 편지나 쓸까 하다가 그것도 그만두었다. 편지는 밝은 기분으로 써야 받는 가족들이 '여행 재미있게 하는구나.' 하고 안심하지, 지금 같은 기분이면 힘들어하는 걸 눈치 챌 게 뻔하기 때문이다. 이런 편지를 읽은 우리 언니들 반응은 안 보아도 안다.

'그렇게 힘들면 당장 돌아와.'

내일은 여기를 떠나야겠다.

그런데 다음 날 일어나니 모처럼 해가 쨍 나 방 안에 햇살이 가득하다. 세상이 흑백영화에서 컬러 영화로 바뀐 것 같다. 창밖으로 파란 하늘에 선이 선명한 하얀 뭉게구름이 보인다. 어제의 우울함을 말끔히 잊게 해주는 기분 좋은 아침이다. 햇빛이 이렇게 세상을 다르게 만든다. 어제는 한시라도 빨리 벗어나고 싶던 루이리가 지금은 사랑스럽게까지 느껴지니 말이다.

다리로 가는 오후 버스표를 사놓고 오랜만에 기분 전환으로 나 자신에게 한턱 쓰기로 했다. 서구식으로 꾸민 고급 식당에서 내가 평소에 먹는 음식 값의 무려 열 배를 주고 맛있는 스테이크를 시켜 먹고 진토닉까지 한 잔 마셨다.

식당 통유리 창문 밖으로 다양한 차림의 사람들이 지나간다. 분홍색 승복을 입은 미얀마 여승들도 보이고, '진짜' 공안들도 보이고, 긴 머리에 떡칠 화장을 하고 촌스러운 멋을 한껏 부린 미용사들도 보인다.

롱지를 입고 허리춤에 지갑을 꽂은 미얀마 남자들도 보이고, 반소매를 입었는가 하면 나처럼 한겨울 점퍼를 입은 사람도 보인다. 마술사처럼 까만 모자를 쓰고 까만 옷을 입은 저 사람은 어느 소수민족일까. 이렇게 다른 모습이지만 모두들 밝은 햇살 아래서 깨끗한 물속의 고기들처럼 생기가 넘친다.

다리에 돌아가면 좋은 숙소를 잡아놓고 적어도 보름 동안은 꼼짝도 말아야겠다. 엉덩이에 군살이 박히도록 차를 타고 옮겨 다니는 것에서 벗어나 당분간 한곳에 정착해 푹 쉬어야겠다. 완전히 포화 상태가 된 이 머리와 마음도 비워야겠다.

나도 '도끼 가는 나무꾼' 얘기처럼 도끼 가는 시간을 가져야겠다. 나와 친한 사람들은 적어도 열 번 이상은 들었을 그 얘기는 이렇다.

어느 마을에 갑돌이와 을돌이가 살았는데 두 사람 다 나무를 잘하기로 소문이 자자했다. 어느 날 동네 사람들이 해가 뜨면서부터 질 때까지 누가 나무를 더 많이 하는지 두 사람의 실력을 가려보기로 했다.

한시도 쉬지 않고 나무를 한 갑돌이는 자기가 이겼을 거라고 믿어 의심치 않았다. 그런데 이게 웬걸, 을돌이의 나무가 훨씬 많은 거다. 한시도 쉬지 않고 일을 했는데 어떻게 을돌이가 더 많이 할 수 있었을까? 궁금한 갑돌이가 물었다.

"어떻게 된 건가?"

을돌이가 대답했다.

"별것 아니라네. 나는 2시간에 한 번씩 그늘에서 쉬면서 도끼를 갈았다네."

내게도 나무하던 손을 멈추고 숨을 돌리며 도끼 가는 시간이 절실히 필요하다.

⋮ 나그네가 잠시 길을 멈출 때

그러나 다리에서의 첫날은 쉬는 것과는 거리가 멀었다. 'MCA'라는 게스트 하우스에서 잤는데, 새벽에 깨서 뜬눈으로 밤을 샜기 때문이다.

응접실을 개조해서 만든 기숙사에서 웬 망측한 신음 소리가 들리는 게 아닌가. 나는 화장실에 가려고 일어나려다 말고 얼른 침낭 속으로 다시 들어갔다. 내 다음다음 침대에서 남녀가 일을 벌이고 있는 거다. 침대 시트 속이긴 해도 움직임이며 소리며 완전히 포르노 영화를 생방송으로 보는 것 같다.

재네들 진짜 매너 없다. 그렇게 절박했으면 하룻밤이라도 독방에서 잘 것이지 여러 명이 같이 자는 기숙사에 묵다니. 만일 계획에 없던 일인데 어쩌다 그렇게 되었다면 좀 조용조용히 해야 할 것 아닌가. 같은 기숙사 방을 쓰는 다른 세 명은 정말 자는 건지 조용하다. 이런 장면에서는 모른 척해주는 게 예의인가? 화장실을 억지로 참으며 그 뻔뻔한 커플들이 조용해지고도 한참 뒤까지 가만히 누워 있었다.

얇은 벽으로 겨우 칸을 막은 싸구려 여행자 숙소에서 묵을 때, 옆방에서 이런 소리가 들리는 건 가끔 있는 일이라 지금은 별로 놀라지도 않는다. 그러나 처음 겪을 때는 상당한 충격을 받았다. 남녀 기숙사가 분리되어 있는 미국의 어느 유스호스텔에서였다.

2층 침대의 아래 칸에서 자고 있는데 침대가 하도 흔들리는 바람에 일어나 보니 글쎄, 위 칸의 영국인 남녀가 내 '인권'은 무시하고 광란의 시간을 보내는 중이었다. 아이구 망측해라. 그런데 왜 내 가슴이 죄지은 사람처럼 쿵쾅거리나.

그 요란한 라이브 쇼는 급기야 여자가 아래로 굴러 떨어지면서 끝났다. 남자 출입 금지인 여자 숙소에 몰래 들어온 것도 잊어버렸는지 그 남자가 어찌나 호탕하게 웃어젖히던지. 이상하고 불쾌하게 생각하는 내가 오히려 잘못된 건가 한순간 헷갈렸다.

다음 날 숙소를 시내에서 가까운 넘버 파이브 게스트 하우스로 옮겼다. 새로 지은 대나무 건물과 정원에 있는 정자가 마음에 드는 곳이다. 침구며 방 안 물건들이 새것과 다름없고, 제대로 된 침대가 있는 4인실이다. 해가 잘 드는 2층 베란다에는 작은 테이블과 의자가 놓여 있어서 햇볕 쬐기와 글 쓰기에도 안성맞춤이다.

가자마자 배낭 안에 가득 든 빨래를 한바탕 해치웠다. 침낭까지 빨까 하다가 참았다. 뜨거운 물로 샤워를 하고는 그동안 주고받은 주소와 아무 데나 써 놓은 메모를 일기장에 잘 정리해놓았다. 뒤죽박죽인 배낭 안도 버릴 것은 버려가며 정리했다.

따뜻한 햇살 아래 손톱 발톱까지 말끔하게 깎고 나니 속이 시원하다. 이제 잠이 오면 허리가 아플 때까지 며칠이고 실컷 자는 일만 남았다. 당분간 여기에 '정착'할 거라는 생각만으로도 마음이 이렇게 여유로울 수 없다. 느긋한 기분으로 마시는 따뜻한 재스민 차가 어찌나 향기로운지, 내 도끼 갈리는 소리가 들리는 것 같다.

다리의 나날은 느긋하다. 늦잠 자고 일어나서 아침 겸 점심을 먹고 차 마시면서 책 보거나 글 쓰거나 중국어 공부를 하다가 저녁에는 운동 삼아 동네를 한 바퀴 돌면서 다리 요구르트와 납작한 찰떡에 매운 된장을 넣어 구운 찹쌀떡을 먹는다.

외국인 거리의 카페에 있는 서가를 둘러보는 것도 즐거움 중의 하나다. 다리는 많은 외국인 여행자들이 오는 곳이라 그들이 읽고 나서 팔거나, 그냥 주거나, 바꾼 책이 제법 풍부한 도서 목록을 이루고 있다.

한 곳에서 반갑게도 한국의 시사 잡지를 발견했다. 좀 오래되긴 했지만 한국 소식을 가뭄에 콩 나듯 듣는 내게는 모두가 생생한 뉴스다. 당장 빌려서 그날 밤부터 성경책인 양 끼고 다니며, 첫 장부터 끝장까지 마치 외어야 할 것처럼 읽고 또 읽었다. 그게 얼마나 재미있던지. 내 평생 딱딱한 시사 잡지를 그렇게 꿀맛으로 조금씩 아껴가며 읽은 적이 없다. 그러나 정작 그립고 목말랐던 건 그 책의 내용이 아니라 그 책에 쓰인 한글이었는지도 모른다.

내게 좋은 휴식처가 된 다리에는 여행자들이 많이 모인다. 인기가 좋은 곳은 나름대로 이유가 있는 법. 우선 다리는 기후가 온화하고 맑은 날이 많다. 고도 덕분인지 여름은 시원하고 겨울은 따뜻하다. 경치도 그만이다. 뒤에 산이 있고 앞에는 바다 같은 호수가 있고 그 산과 호수 사이에는 끝이 안 보이는 넓은 들이 있어서 전체적으로 매우 평화로운 분위기를 자아낸다.

이곳은 역사적으로도 흥미를 끄는 곳이다. 13세기까지 여기에 바이족의 독자적인 왕조가 있었기 때문에 바이족의 독특한 풍습과 문화가 많이 남아 있다.

게다가 유명한 관광지치고는 작은 규모의 마을이라 정이 갈 뿐만 아니라 다른 관광지처럼 '관광객 따로, 현지인 따로'가 아닌 '다 함께 짬뽕'으로 잘 섞여 지내는 독특한 배낭족 문화가 있다. 무엇보다도 물가가 싸다. 싼 숙소, 싼 식당은 물론 저렴한 토속 상품을 파는 선물 가게도 있고, 콜렉트 콜, 이메일 서비스, 인터넷도 있어 여행자가 편리하게 이용할 수 있다.

그러나 다리가 지금도 내게 아주 좋은 기억으로 남아 있는 이유는 역시 사람들 때문이다. 거기서 사귄 친구들 말이다.

여행을 다니다 보면 연말연시만큼은 될 수 있으면 낯선 곳, 낯선 사람들과 지내고 싶지 않다. 계획한 2주일이 지나고도 다리를 떠나지 못한 것은 순전히 이 친구들과 연말연시를 함께 보내고 싶어서였다.

처음으로 꼽을 친구는 내가 묵은 게스트 하우스 주인인 아롱과 웨이야다. 36살의 아룽은 공군 출신 핸섬 보이로 비행기 정비사였는데, 제대하고 민간 항공사에 취직해서 첫 출근할 때까지 시간이 있어 배낭여행을 하다가 다리에 와서, 이 마을에 반해 게스트 하우스를 차릴 결심을 하면서 인생의 전환점을 맞은 사람이다. 아룽은 언제나 까만 가죽점퍼에 청바지, 빨간 모직 머플러 차림이다. 늘 모자를 쓰고 있어서 대머리인 줄 알았는데 공군 시절에 얻은 습관이란다.

31살의 부인 웨이야는 눈이 번쩍 뜨이는 도시형 미인에다가 총명한 머리를 갖춘 '다리의 보석'이다. 상하이 출신으로 작년에 다리에 놀러 왔다가 아룽이 친 사랑의 덫에 걸려서 올 6월에 결혼한 새댁이다. 어찌나 애교가 넘치고 예쁜 짓만 골라 하는지 남인 내가 봐도 사랑스러운데 아룽에게는 눈에 넣어도 아프지 않을 만큼 얼마나 귀여운 신부이겠는가.

웨이야는 나와 아룽이 영어로 얘기하는 게 부러워 고개를 짤랑거린다.

"나도 영어를 할 수 있었으면."

"그러면 나와 같이 공부할까요? 나도 중국어를 배우고 싶으니까. 서로 1시간씩 가르쳐주면 되겠네."

내가 제안을 했더니 웨이야는 당장 좋다며 싱글벙글이다. 아룽도 숙소에는 외국 여행자가 많이 오니까 웨이야가 영어를 할 줄 알면 좋겠다며 대환영이다.

아룽과 웨이야는 숙소에서 좀 떨어진 곳에 2층집을 샀는데, 수리를 하느라 임시로 게스트 하우스에서 살고 있어서 하루 종일 얼굴을 맞대야 했기 때문에 더 친해졌다. 마침 게스트 하우스가 바쁘지 않은 시즌이어서 하루도 빼놓지 않고 함께 놀러 다녀서 그런 것도 있다.

다리 지역을 돌아가며 서는 5일장을 구경 다녔는데, 어느 날은 배를 타고 호수를 건너가기도 했다. 각 시장마다 특징이 있지만 재미있는 것은 고성에서 서는 장이다. 그 장에 가니 한순간 어린 시절의 흑백사진 속으로 들어간 느낌이다.

진짜 죽은 쥐를 벌여놓고 옛날에 우리가 듣던 바로 그 목소리와 톤으로 쥐약을 파는 쥐약 장수 아저씨는 주위에 모여드는 아이들을 쫓는 폼도 옛날 그대로다. 집에서 키우던 닭을 품에 안고 서서 파는 아줌마들도 그렇고, 양, 소, 말 등은 물론 오리, 거위, 개까지 팔고 있는 동물 장터도 그렇다.

한껏 멋을 부린 바이족들은 장사를 하러 나왔다기보다 잘 차려입고 나들이를 나온 사람들 같다. 바이족 전통 의상은 '바이족(白族)'이라는 이름처럼 하얀 아래 윗도리에 붉은 허리띠를 둘렀다. 머리에 쓴 왕관 같은 모자에도 역시 붉은색 톤의 화려한 수를 놓았다. 나는 바이족이 팔고 있는 꿀 한 종지를 사면서 웨이야에게 말했다.

"내가 오늘 너 예쁘게 만들어줄게."

"어떻게요?"

"잠깐만 기다려봐."

집에 돌아와 꿀에 달걀, 요구르트를 넣고 개어 웨이야와 함께 마사지를 했다. 그런데 다음 날 우리 둘은 벌건 가면을 쓰게 되고 말았다. 예뻐지려고 한 꿀 마사지가 알레르기를 일으킨 거다. 크리스마스 날은 셋이서 머리를 맞대고 종업원과 투숙객이 모두 참여할 수 있는 프로그램을 만들었다.

크리스마스 날 오후에는 탁구와 줄다리기 게임을 하고, 바이족 종업원에게서 전통 의상을 빌려 패션쇼도 했다. 밤에는 투숙객을

모두 초대해서 즉석 노래방과 신나는 디스코 파티도 벌이며 목청
껏 떠들고 놀았다.

그 며칠 후 정월 초하루에는 시장에서 파는 찰떡으로 한국식 떡
국을 만들어 같이 먹었다.

웨이야와 하는 영어와 중국어 공부는 참 재미있다.

"영어는 참 이상해요. 짧게 얘기해도 될 걸 왜 그렇게 길게 얘기
하지요?"

또 어떤 발음은 혀를 이빨 사이에 끼워 소리를 내는 모습이 점잖
지 못하다며, 웨이야는 '치꽈이(奇怪, 이상하다)'라는 말을 입에 달
고 다닌다.

아롱과 웨이야는 돈 벌면 뒷산에 목장을 만들고, 카페를 차려놓
고 말이나 타면서 한가롭게 살고 싶다고 한다. 나더러도 어떻게 살
고 싶으냐고 묻는다.

"언제가 될지 모르지만 나도 인생의 한 시기는 텃밭이 있는 곳
에서 온갖 채소를 가꾸고, 토끼와 닭들을 키우면서 한가롭게 살고
싶어."

"그러면 다리가 제격이네. 마침 우리 옆집을 5만 위안(약 500만
원)에 사놓았는데, 싼값에 되팔 테니 여기 와서 살아요."

아롱이 권한다, 웨이야도 합세해서.

하하하하, 늙으면 정말 여기 와서 살까 보다.

: 그 할머니가 보고 싶다

역시 잊을 수 없는 친구로는 고성 골목길 끝 모퉁이 허름한 식당

후이시엔스관(惠鮮食官)의 여주인과 여종업원이다. 이 여주인은 나와 나이가 같은 '58년 개띠'인데, 표정은 무뚝뚝하지만 뚝배기같이 은근하고 된장찌개같이 구수한 사람이다.

19살의 여종업원 '샤오제(小姐, 아가씨)'는 언제나 나만 보면 웃는다. 몇 번 이름을 가르쳐주었는데 자꾸 잊어버려서 그냥 샤오제라고 불렀다. 겨울이 그리 춥지도 않은 다리에서 손등이랑 귓불에 동상이 걸려 보기에 안쓰럽다. 고생을 많이 해서 그런지 훨씬 나이가 들어 보인다.

한 그릇에 1위안(100원)짜리 쌀국수를 먹으러 갔다가 찬장 안에 버섯, 양파, 배추, 미나리, 두부 등이 눈에 띄어 그것들을 몽땅 섞어 볶아 달라고 했다. 순식간에 푸짐한 채소볶음이 나왔다. 그날부터 거의 매일 점심, 혹은 저녁을 거기서 먹었는데 나만 나타나면 '한궈더 쑤차이(한국식 채소 요리)?'라고 물으며 채소볶음을 만들어준다.

어떤 날은 채소볶음 먹지 말고 자기가 주는 것 먹어보라며 돼지고기 반, 밥 반인 볶음밥과 돼지고기 만두를 내왔다. 웬 돼지고기 파티인가 했더니 바로 그날 집에서 돼지를 잡았단다.

"이분은 한국에서 온 손님이니 자리 좀 양보해요."

식당 안에 앉을 자리가 없을 때면 다른 손님들을 한 테이블에 몰고 자리를 마련해준다.

하루 결석하고 다음 날 들렀더니, 샤오제는 부끄러워서 대놓고 반가워하지도 못하고 딴 데를 쳐다보는 척하고, 아줌마는 다리를 떠난 줄 알았다며 몹시 반가워한다. 내가 떠나면서 펑여우(朋友, 친구)에게 인사도 안 하고 가겠느냐고 했더니 내 어깨를 두드리며 수줍게 웃는다.

"뛰러, 뛰러, 니 스 워먼더 펑여우(맞아, 너는 우리 친구지)."

다리를 떠나는 날, 오늘이 마지막이라고 했더니 이제 정말 가느냐면서 잠깐 기다리라더니 어딘가로 간다. 한참 만에 이 넉넉한 주인아줌마는 지삼(地蔘)을 사 가지고 돌아왔다.

윈난성 특산물로 '땅에서 나는 인삼'이라는 채소인데, 바삭바삭 튀겨 먹으면 맛도 있고 몸에도 좋다면서 한국에 계신 어머니 갖다 드리란다. 아주 뜨거운 기름에 살짝 튀기지 않으면 지삼 몸뚱이가 터져 보기가 싫다며 튀기는 시범까지 보여준다.

나도 한국 열쇠고리를 샤오제와 아줌마에게 주었더니 식당 안에 있던 사람들이 열쇠고리를 보고 신기한 듯 얼마짜리냐고 자꾸 물었다. 아줌마는 정색을 하면서 핀잔을 준다.

"쩌거 메이꽌시. 쩌거 뚱시 펑여우 쑹 게이 워더 리우(얼마건 상관없어요. 이건 친구의 정표니까)."

아줌마는 열쇠고리를 받아서 얼른 주머니에 넣었다가 다시 꺼내 식당 안의 잘 보이는 곳에 걸어둔다. 떠날 때는 골목길에서 안 보이는 데까지 손을 흔들며 "짜이찌엔(다시 봐요)."을 열 번도 넘게 외치던 아줌마. 아무래도 그를 다시 보려면 아줌마가 한국에 오는 것보다 내가 중국에 가는 게 100배 빠르겠지.

'그래요. 아줌마 그리고 샤오제. 짜이찌엔, 짜이찌엔!'

웨이야와 아롱, 식당 여주인과 샤오제도 물론 보고 싶지만 제일 생각나고 다시 보고 싶은 사람은 마화칭 할머니다. 88세의 혼자 사시는 후이족 할머니. 버스 정거장 앞에서 친구분들이랑 해바라기를 하고 계신 모습이 너무 좋아 사진 한 장 같이 찍자고 한 게 인연이 되었다.

파란 인민복을 입었는데 중국 사람답지 않게 너무나 깨끗한 앞치마를 두르고 있는 게 인상적이었다. 이가 하나도 없지만 볼도 홀쭉하지 않고 동그란 얼굴이 아주 곱게 늙으셨다.

"나이나이, 닌 헌 피야오량(할머니, 참 고우시네요)."

내가 그랬더니 "아니야, 아주 못생겼어." 하시며 웃으시는데, 어찌나 천진하고 귀여운지 모른다. 할머니 집은 숙소에 가는 길목이라 오다 가다 수시로 들렀다. 내가 들어서면 단칸방에 혼자 앉아 계시던 할머니 얼굴에 당장 화색이 돈다.

"칭 쭤(어서 앉아)."

할머니가 잡수시기 좋은, 입에 잘 녹는 엿 등을 사다 드렸더니 자꾸 나중에 먹겠단다. 왜 그러실까 잠깐 생각하다 그 이유를 알았다. 할머니가 후이족이니 반드시 '칭전(회교도식으로 만든 음식)'으로 드셔야 한다는 것을 깜빡했던 거다.

그래서 다음 날은 후이족 과자 집에서 빵과 과자를 사다 드렸는데 여전히 나중에 드시겠단다. 알고 보니 그때가 해 뜰 때부터 해 질 때까지 금식을 해야 하는 이슬람의 라마단 기간이었다. 나이 든 노인이나 병자, 어린아이들은 금식이 면제가 됨에도 불구하고 아흔이 다 되어가는 분이 이렇게 열심히 지키신다.

할머니의 큰아들은 가까운 도시 시하관에서 살고 있는데, 그곳에서는 당신이 할 일이 없다면서 친구도 있고 텃밭도 있는 이곳에서 사는 게 더 좋다고 하신다. 아들과 손자는 일요일에 한 번씩 들른단다. 나이 드신 할머니가 얼마나 깔끔한지 부엌이 딸린 단칸방이 정리정돈도 잘 되어 있고, 옷이며 이부자리도 너무너무 깨끗하다.

내 이름을 말씀드렸더니 부를 때마다 '한지아(韓家)!' 혹은 '한 페이예'라고 장난스럽게 노래하듯 부르신다. 열심히 얘기할 때는 오른쪽 둘째 손가락을 위로 들고 고개를 갸웃갸웃, 눈까지 아래위로 치켜뜨시고, 무언가를 강조할 때는 두 팔을 뒤로 젖히시며 뽐내듯이 가슴을 앞으로 내밀고 얘기하시는 모습이 너무나 사랑스럽다.

내가 이제부터 티베트로 갈 거라니까 굳은 표정으로 고개를 저으며 심각하게 말씀하신다.

"나거 띠꽝 헌 렁, 비에 취(그 지방은 굉장히 추워. 가지 마)."

귀가 잘 안 들리시는 할머니와 내가 워낙 말을 재미있게 주고받으니까 할머니 친구들이 의아해하신다. 워낙 내 목소리가 큰 데다가 중국어가 초보 단계라 전하려는 주요 단어만 또박또박 말하고, 거기에 제스처까지 곁들이기 때문에 의사소통이 잘 되는 거다.

하루에도 몇 번씩 얼굴을 비추다가 어느 날 웨이야 부부와 좀 멀리 있는 산에 가느라 저녁 늦게 들렀더니 늦은 시각인데도 할머니는 주무시지 않고 기다리고 계신다.

"어딜 갔다가 이렇게 늦게 와. 문 안 잠그고 기다렸지."

얼마나 좋아하시는지 그날 그냥 지나쳤으면 큰일 날 뻔했다. 어느 날은 아침에 할머니와 찍은 사진을 저녁에 현상해다 드렸더니 깜짝 놀라면서 어린아이처럼 좋아하신다. 사진을 침대 머리맡에 두는 메카(회교도의 성지) 사진틀에 꽂아놓으시며, "헌 하오, 헌 하오(좋아, 좋아)."를 연발하신다.

큰아들에게 뭐라고 말씀을 하셨는지 아들이 온다는 일요일에 "할머니, 저 왔어요." 하고 소리를 치며 들어갔더니 할머니 아들이 벌떡 일어나 고개를 숙인다.

"뭐라고 고맙다는 말씀을 드려야 할지 모르겠군요."

할머니는 어느 틈에 우리들의 '관계'를 아들에게 다 털어놓으셨나 보다. 쑥스럽다. 할머니네 놀러 다니면서 나도 얼마나 좋은 시간을 보내는지 할머니는 아실까. 할머니 때문에 내가 떠나는 날을 미룬 것도 모르시고, 이제 구정도 얼마 남지 않았으니 춘절까지 여기서 지내고 가라고 자꾸만 잡으신다. 티베트는 춥기도 하려니와 아는 사람 하나 없는 곳에서 어떻게 명절을 보내겠느냐며 걱정이 이만저만이 아니시다.

하지만 정작 떠나는 날은 더 이상 잡지 않으시며 당신이 7년간 아까워서 쓰지 않았다는 조그만 타이산 손지갑을 선물로 주시며 손을 흔드셨다.

"이루 핑안, 이루 순펑(길 조심하고 하는 일마다 잘 되길 바라)."

목이 메는 것을 억지로 참으며 할머니를 힘껏 안아드렸다.

"워 융위안 왕부랴오(영원히 잊지 못할 거예요)."

할머니는 지금 잘 계실까? 내가 리장에서 다른 여행자 편에 손으로 짠 따뜻한 숄을 보내드렸는데 잘 받으셨는지? 티베트에서 보낸 엽서도 잘 받아보셨겠지? 웨이야와 아롱에게 자주 할머니를 들여다봐 달라고 신신당부하고 왔지만 여전히 마음이 쓰인다.

할머니가 주신 손지갑은 오늘도 내 배낭 안에 들어 있다. 일상적인 소지품을 넣어두어 하루에도 몇 번씩 열게 되는 그 손지갑.

할머니가 보고 싶다.

: 아버지라는 단어조차 없는 동네

모계사회의 흔적이 남아 있다는 루구호는 직선거리로는 가깝지만 곧장 연결되는 차편이 없어서 버스를 타고 가는 데만 다리에서 리장을 거쳐 꼬박 이틀이 걸렸다.

해발 2685미터에 있는 이 호숫가 마을은 여기가 중국인가 싶을 만큼 믿기지 않을 정도로 조용하고 한적하다. 교통이 불편해서인지 한겨울이어서인지 외국인 관광객은 찾아볼 수 없다.

내가 사람들이 잘 찾지 않는 이곳을 찾은 이유는 '여인 천국'이라는 모소족이 살고 있다는 정보 때문이다. 환상 속의 아마조네스가 아니라 진짜 여자를 중심으로 해서 살아가는 여인 사회를 들어본 일이 있는가? 오지 여행을 하는 나로서는 절대로 놓칠 수 없는 곳이다.

이 마을은 윗마을까지 치면 100가구 이상의 제법 큰 규모지만 호숫가 근처 마을은 아주 작다. 나는 기왕이면 호숫가 민가에 묵고 싶어서 여기저기 기웃거리다가 마당에 말이 한 마리 매여 있는 다 쓰러져가는 집을 발견했다. 대문도 없는 집에 들어서니 따뜻한 햇볕 아래 아저씨가 혼자 쪼그리고 앉아 염주를 굴리고 있고, 그 옆에서 강아지가 졸고 있다.

아저씨가 나를 보더니 그 집 딸을 부른다. 이곳 사람들은 대부분 글씨를 몰라 순전히 손가락과 그림, 제스처로 의사를 소통한다. 방 값은 하루에 10위안, 세끼를 가족들과 함께 먹고 16위안에 묵기로 했다.

호수가 정면으로 보이는 곳에 방을 잡고 점심을 먹으러 부엌으로 갔다. 스물아홉 먹었다는 큰딸 따스 치층르마가 화덕가의 좋은 자리를 얼른 내놓는다.

실내가 어두워 한참 만에야 집 안 여기저기가 보인다. 우선 천장에 돼지 다리며 돼지 기름덩이가 주렁주렁 매달려 있는 게 눈에 들어온다. 이 커다란 부엌이 침실이자 거실이자 주방이자 아기 방으로 모든 일상이 이루어지는 공간이다. 한구석에는 커다란 화덕이 있고, 화덕을 중심으로 모든 생활이 이어진다.

내가 들어갔을 때는 점심 준비를 하고 있었다. 우선 천장에 매달려 있는 말린 돼지비계를 한 덩이 쓱 베어서 냄비에 넣고 불 위에 올려놓는다. 돼지기름이 녹자 거기에 감자를 썰어 넣고 볶는다. 또 천장에 걸린 순대를 한 50센티미터 정도 베어 온다.

온 집 안에 돼지기름 냄새가 진동을 하더니 밥 한 상을 차려오는데, 모든 반찬이 돼지에서 나온 것이다. 차에도 돼지기름이 둥둥 떠 있다. 나는 손님이라고 낮은 밥상에 차려주었지만 가족들은 모두 바닥에 식기를 놓고 먹는다.

한창 점심을 먹고 있는데 딸의 남편이 들어오더니 1분도 안 되어 큰소리가 오고 간다. 돌아가는 상황으로 보니 엄마와 큰딸이 한편이 되고 아버지와 사위가 한편이 되어 아이 양육 문제로 언쟁을 하는 것 같다.

재미있는 건 딸의 목소리가 사위의 목소리보다 훨씬 크다는 것. 싸움이 시작된 지 얼마 되지도 않았는데, 딸은 더욱 기세등등해서 삿대질까지 해가며 길길이 뛰는데 사위는 고개를 푹 숙인 채 불쏘시개로 애꿎은 불만 쑤신다. 한참 그렇게 당하더니 겸연쩍은 얼굴로 휙 나가버린다.

딸은 나가는 남편의 뒤통수에 대고 '이제는 끝이야, 다시는 이 근처에 얼씬도 마.' 하는 제스처를 해 보이고는 천연덕스럽게 불가에 앉아 먹던 밥을 마저 퍼먹는다. 아버지도 어느새 바깥으로 나가고 안 보인다.

점심을 먹고 설거지를 끝내자 여자들은 일을 하러 나가고 남자들은 집에 남아 햇볕을 쬐며 담배를 피우거나 염주를 굴리거나 아이를 본다. 나가서 돈 되는 일은 여자가 하고 남자는 집안일을 거들거나 무위도식하고 있다.

이곳 남자들의 커다란 소일거리는 '탑돌이'. 마을에는 빵 굽는 화덕같이 생긴 흰색 탑이 몇 개 있는데, 이 간이 신전을 돌면서 기도를 하는 거다. 손에 장난감 같은 기도 통을 들고 다른 한 손으로는 염주를 돌리면서 염불을 외며 탑 주위를 돈다.

그런데 아침에 보았던 사람이 점심때도 보이고 오후 늦게도 같은 사람이 탑을 도는 것을 보면 밥 먹고 하루 종일 탑만 도나 보다. 다른 나라에서는 보통 여자들이 종교 활동에 더 열심인데 이곳은 남자들이 그렇다. 이곳의 종교는 라마교란다.

이 동네의 두드러진 특징은 무엇보다 여자들의 활달함이다. 여자들은 아침에 여러 가지 일을 하고 한가한 시간을 내 길가에 장작불을 피워놓고 둘러앉아 큰 소리로 잡담을 한다. 집 안에 모여앉아 조용히 카드놀이를 하는 남자들과는 대조적이다.

여자들의 옷은 몹시 화려하다. 머리에는 밝은 핑크색 스카프를 잘 틀어서 우리나라 '큰머리' 하듯 올리고, 하얀 치마와 윗도리에 밝은 초록색 조끼를 입고 있다. 사진을 찍어도 되나 망설이고 있는데, 무리 중의 한 아줌마가 손짓을 하며 부른다. 옳다구나 하고 아줌마 곁에 가서 앉았더니, 다짜고짜 묻는다.

"니더 난 펑여우 짜이나알(네 남자 친구는 어디 있니)?"

"메이여우(없어요)."

내가 없다고 대답하자 이곳에 남자들이 많으니 하나 골라잡으면 자기가 밤에 데려다 주겠다며, 왼손 엄지와 검지로 동그라미를 만들고 오른손 가운뎃손가락을 넣어 보이는 야한 제스처를 한다. 둘러앉은 여자들은 좋다고 깔깔거리고. 이곳 여자들은 이런 노골적인 농담을 스스럼없이 즐기는 듯하다.

한낮 햇빛 속의 루구호가 파란 호수 가운데 떠 있는 검은 섬과 울긋불긋한 민속 의상을 입고 노를 젓는 여자들로 볼만하다면, 달빛 아래의 호수는 물에 비친 검은 산들과 검푸른 물 빛깔이 아름답다.

밤이 되니 기온이 뚝 떨어져 잠을 이룰 수 없을 정도로 춥다. 그러나 방에는 난방시설이 전혀 없어서 따뜻한 것이라고는 오로지 내 몸뿐이다. 뜨거운 물이라도 한 잔 마셔야 잠을 잘 수 있을 것 같아 9시가 넘었지만 염치불구하고 부엌문을 두드렸다. 이 집 엄마가 문을 열어주며 추우니까 얼른 들어오라는 시늉을 한다.

통나무로 얼기설기 지은 집이라 몹시 추울 줄 알았는데 집 안에 들어가니 따뜻한 온기가 가득하다. 내가 들어가자 마른 옥수숫대를 여러 대 꺾질 듯한 불에 집어넣고 입으로 바람을 불어 불꽃을 살린다.

집안의 서열을 나타내듯이 제일 따뜻한 불 옆에는 엄마가 자고 조금 떨어진 곳에 큰딸과 어린아이가 웅크리고 자고 있다. 남편과 사위는 보이지 않는다. 어디 갔느냐고 묻자, "메이여우, 메이여우(없어요, 없어)."만 되풀이한다. 모소족을 포함한 모계사회 여자들은 엄마가 가장으로 최후의 결정권을 가지며, 집안 대소사와 재산을 관리하고, 대도 잇는다더니 그 말이 맞나 보다.

어느 책에서 보니 이 지방에서는 결혼이라는 것이 없고, 남자들은 여자에게 선택되어 씨받이 노릇을 하러 밤에만 왔다 간단다. 그것도 여자가 지정한 날짜에만 뒷문으로 드나든다고.

여자들은 몇 남자라도 거느릴 수 있기 때문에 어느 동네에는 아버지라는 단어조차 없다. 아이들은 물론 여자가 키우는데 한집의 아이들도 아버지가 다른 경우가 흔하지만 아무런 흉이 되지 않는다.

부계사회와 엄청나게 다른 것 같지만 반대로만 생각하면 된다. 여자들이 부모를 모시고, 재산도 큰딸이나 막내딸에게 상속된다. 집안에서 남자가 필요할 때는 외삼촌이 그 역할을 한다. 다리와 리장 사이에는 여성 성기를 모셔놓은 수백 년 된 사당이 있다. 다른 지역의 남근 신앙과 대조적이다.

나는 수천 년 전의 화석이라도 찾듯 루구호의 모계사회를 구경하러 왔는데, 최근에는 선진 문명이라는 서구 유럽에서도 비슷한 현상이 나타나고 있으니 아이러니컬하다. 여자들은 결혼을 하지 않고 정자은행을 통해 아이를 낳아 여자의 성을 준다거나, 동거나 결혼이 깨졌을 때 양육권을 대부분 여자들이 갖는다거나 하면서 점점 현대판 모계사회가 되어가고 있다는 점에서 말이다.

이런 나라의 남자들은 아버지와 남편의 역할이 사라지는 현상을 심각하게 받아들여 '아버지 자리 찾기 운동'을 활발하게 벌이고 있다고 한다.

그나저나 이럴 때 말이 통하면 얼마나 좋을까. 남자가 없는 방에서 밤새도록 궁금한 것도 물어보고, 모계사회의 모습을 속속들이 확인해보면서 신기한 얘기를 많이 들을 수 있을 텐데 말이다.

며칠간 묵은 후 루구호를 떠나면서 어쩐지 미진한 느낌이 드는 것은 말이 통하지 않아서만이 아니라 오지에 대한 기대가 채워지지 않았기 때문인 것 같다. 중국은 어디든지 교통망과 행정조직이 잘 연결되어 있어서 동남아시아나 아프리카와 같은 철저히 고립된 오지를 기대할 수 없다는 것을 다시 한 번 깨닫는다.

: '생명의 양식' 한국 라면

리장에 처음 갔을 때는 깜짝 놀랐다. '올드 타운'이라는 고성 안의 새 건물을 부수고 있었기 때문이다. 왜 멀쩡한 건물을 부수나 했는데, 알고 보니 유네스코에서 그곳을 문화 보존 지구로 지정해 모든 건물을 옛날식으로 다시 짓느라 그런 것이었다. 두 번째 갔을 때에도 건물 짓는 일이 아직 덜 끝나 있었다.

리장에 오면 올드 타운에서 묵어야 한다. 그래야 나시족 마을에 들어왔다는 느낌을 가질 수 있기 때문이다. 길거리 간판마다 한자와 나시족 문자가 함께 씌어 있는데, 이 동파 문자는 일종의 그림 문자다. 예를 들어 이발소에는 사람 머리와 가위가 그려져 있고, 음식점에는 그릇과 젓가락이 그려져 있다.

남자들이 공원에 앉아 새나 바라보는 동안 뒤에 벌 무늬가 있는 파란색의 나시족 전통 의상을 입은 여자들은 이마로 벽돌을 나르며 골목길을 지나간다.

올드 타운을 이리저리 흐르는 샛강이 이곳 사람들의 젖줄이다. 여기서 채소도 씻고, 빨래도 하고, 세수도 한다. 지진으로 많이 무너지긴 했지만 아직도 수백 년 된 검은 기와집들이 많이 남아 있어 고풍스럽다. 중앙 광장에 있는 시장은 마오쩌둥 배지라든가 학습서, 오래된 거울과 패물, 나시족 의상, 집에서 쓰던 조그만 대나무 상자들을 팔고 있다.

고성 안 어디서나 보이는 눈 덮인 위룽쉐산(玉龍雪山)의 당당한 모습도 아름답다.

고성 안을 돌아다니다가 우연히 한글로 '벚꽃마을'이라고 쓰인 식당을 보았다. 반가운 마음에 들어가니 김명애라는 한국 유학생이 중국 남자 친구의 식당일을 돕고 있다. 한참 이런저런 얘기를 하다가 명애가 묻는다.

"언니, 한국 음식 뭐 먹고 싶어요? 내가 만들어줄게요."

"명애는 유학하면서 뭐가 제일 먹고 싶던? 바로 바로 그건데."

"한국 라면!"

우리는 눈을 마주치며 동시에 합창을 하고는 깔깔 웃었다. 명애는 한국 라면에 얽힌 웃지 못할 얘기를 들려주었다.

이곳에 온 지 얼마 되지 않아 고성 안에 볼일이 있어 갔다가 어떤 쓰레기 더미를 보고 눈이 번쩍 띄었단다. 꿈에도 그리던 빨간 한국 라면 봉지가 삐죽 나와 있었던 거다. 너무 반가워서 더러운 줄도 모르고 지저분한 쓰레기 더미를 헤쳐 라면 봉지를 꺼내, 그 봉지를 들고 주변 가게를 탐문 수색하기 시작했다.

"이런 라면 있어요?"

"메이여우."

그렇게 열 군데 정도를 다녔는데, 돌아오는 대답은 전부 "메이여우."였다. 여기 왔던 한국인 관광객이 버리고 간 것이라고 생각하고 거의 포기하고 있었는데 기대도 않고 물어본 어느 허름한 가게에서 뜻밖의 대답이 돌아왔다.

"여우(있어요)."

가게 주인이 한 봉지를 꺼내기에 더 달라고 했다.

"있는 대로 다 주세요, 몽땅 살 테니."

주인은 의아한 표정으로 다섯 봉지를 내놓고 25위안을 내라고 하더란다. 중국 라면 한 봉지는 겨우 1위안인데. 두말 않고 돈을 건네주니 가게 주인은 말할 것도 없이 땡잡았다는 표정.

나중에 알고 보니 이 라면은 이곳에 큰 지진이 났을 때 한국 적십자사에서 구호물자로 보내와 무료로 나눠준 것이었다. 너무 매워서 중국 사람들이 먹지 않고 내놓은 덕에 명애가 '생명의 양식'을 얻은 거다.

내 '한국 라면 사랑'도 이에 뒤지지 않는다. 세계 어디서나 손쉽게 구할 수 있는 것이 인스턴트 라면이지만 나는 '한국 라면' 한 봉지를 꼭 가지고 다닌다.

여행 초기에는 무조건 배낭을 작고 가볍게 싸야 한다는 생각에 수프만 가지고 다니면서 현지에서 구한 면에 한국 수프로 국물 맛을 냈는데, 이런 '사이비'로는 성이 차지 않아 이제는 봉지째 가지고 다닌다. 딱 한 봉지밖에 없으니 먹고 싶을 때마다 먹을 수는 없지만 가지고 있다는 것 자체가 '마음의 안정'을 가져온다.

그래서 보통 때는 자린고비의 조기 반찬처럼 식사할 때 옆에 꺼내놓고 '보기만' 하는데, 더 이상 참을 수 없어 먹어버린 후에는 다음 한국 라면이 생길 때까지 그 봉지를 보물단지처럼 가지고 다닌다. 이만하면 나도 '한국 라면을 사랑하는 사람들의 모임'의 회원 자격이 있는 거겠지.

: 남자는 빈둥빈둥, 돼지도 여자가 잡아

리장은 여행자들이 많이 다니는 곳이어서 작은 식당에서도 이탈리아, 일본, 이스라엘 등 세계 각국의 음식을 판다. 그런데 그 메뉴에 우리나라 음식이 빠져 있으니 내가 김치와 불고기 만드는 법을 가르쳐주지 않을 수 없지.

그런 뜻에서 이 동네에서 외국인 배낭 여행자에게 가장 인기 있는 '마마 푸' 식당에서 자청해 한국 음식을 만들어주며 민간 외교

장을 보러가는 나시족 여자들.

남자들이 공원에서 빈둥거리며 노는 동안 여자들은 이미
쫀 벽돌을 나르며바쁘게일한다. 문화대혁명 이전에는 남
자들이 이런까지 해서 더 가관이었다고 한다. 여자들은 쉴
새없이 일하고 남자들은 온종일 놀다 밥만 챙겨먹는다.

를 벌이고 있을 때, 옆에서 열심히 지켜보던 아가씨가 있었다. 이름은 장윈허(張雲河), 집은 시골이고 오리지널 나시족이란다.

윈허는 영어도 읽을 줄 알고 한자도 쓸 줄 알아 아쉬운 대로 의사소통이 가능하다. 무엇보다 순진하게 웃는 모습이 마음에 들었다. 나시족의 본고장이라는 리장까지 와서 민박 한번 못 해보고 가나 안타까워하던 차라 윈허에게 한번 물어나 보기로 했다.

"너희 집에 며칠 묵을 수 있겠니?"

"땅란 커이(물론 그럴 수 있죠)."

밑져야 본전이라는 심정이었는데, 단번에 그렇게 하잔다. 식당 주인도 이틀간 윈허에게 휴가를 줄 테니 놀다 오라고 후한 인심을 쓴다.

윈허네 집은 리장에서 30분 정도 들어간 곳이었다. 부모님과 여동생이 같이 산다고 해서 돼지고기와 과일, 술 등을 샀다. 윈허는 그러면 안 된다고 돈을 뺏고 눈을 흘기고 난리지만 한국 사람 체면이 있지, 빈손으로 남의 집에 놀러 갈 수야 있나?

윈허네 동네는 전형적인 나시족 농촌으로 농사를 주로 짓고 여자들은 돼지를 키우고 있었다. 2년 전 리장에 진도 7이 넘는 대지진이 나서 수백 명이 죽거나 다쳤는데, 이 마을도 지진 피해가 역력하다. 진흙으로 만든 담은 이리 삐뚤 저리 삐뚤, 문틀은 일그러지고 축사에도 여기저기 커다란 금이 나 있다.

윈허네 집도 지진으로 내려앉았는데, 1년이 지나도록 보수할 여유가 없어 마당 한쪽에 통나무로 지은 간이 숙소에서 지내고 있다. 집에 들어가니 파란 모자를 쓰고 파란 앞치마를 두른 자그마한 몸집의 엄마가 마당까지 뛰어나온다. 전화가 없어 내가 오는 줄도, 내가 누군 줄도 모르면서 말이다.

저녁 식사를 준비하는 엄마와 원허를 도우려고 부엌으로 들어갔다. 부엌에는 왁이라고 하는 대형 프라이팬과 간단한 식기가 몇 개 있을 뿐 거의 아무것도 없다. 아주 시골에 가도 부엌에는 돼지 다리나 비곗덩어리가 주렁주렁 걸려 있게 마련인데, 이 집에는 그런 것도 눈에 띄지 않는다. 궁색한 살림이 한눈에 드러난다.

원허가 바로 옆에 있는 삼촌네 밭에서 배추 한 포기를 뽑아 와 돼지고기를 넣고 국을 끓이고, 또 어디선가 달걀을 구해 와 부치고, 깍두기 비슷하게 고춧가루와 소금에 절인 무를 내놓으니 순식간에 맛있는 저녁상이 차려졌다. 우리나라 순대보다 두 배 정도 굵은 왕순대도 상에 올라왔다.

상을 차리는 동안 삼촌네가 한국에서 온 손님을 구경 왔다가 이집 엄마가 하도 간곡하게 권하는 바람에 주저앉았고, 곧 신발 가게에서 일한다는 여동생도 와서 상에 둘러앉았다.

여기서도 루구호와 마찬가지로 돼지비계가 제일 맛있는 별미인 듯 아버지와 원허가 번갈아가며 내 밥그릇에 크게 썬 비계를 올려놓는다. 밥을 다 먹어갈 때까지 엄마는 부엌과 밥상 사이를 왔다 갔다 하느라 제대로 앉을 새도 없다.

나시족 여자들은 일을 열심히 하기로 유명하다. 나시의 전통 복장에는 앞치마를 뒤로 입은 것처럼 생긴 옷이 있는데 거기에 별 모양이 일곱 개 있다. 어떤 사람은 그것이 아침 별 보고 일어나서 저녁 별 뜰 때까지 일한다는 의미라고 하고, 어떤 책에는 그것이 벌과 나비 모양인데 벌처럼 열심히 일한다는 표시라고 한다.

여자가 왜 그렇게 열심히 일을 하는가? 그건 남자들이 자기 몫의 일을 안 하고 뺀질대기 때문이다.

리장의 고성에서 만난, 전직이 영어 교사였다는 80살 할아버지가 영어로 들려준 얘기는 이러하다.

문화대혁명 이전에는 나시족 남자들이 대부분 아편을 했기 때문에 그때는 더 가관이었다. 할아버지네 집은 대대로 내려오는 지주인데, 그 어머니가 시내에서 금은방을 운영했다.

한시도 쉴 수 없는 어머니와는 다르게 아버지는 보통 점심때가다 되어서야 일어나 하루 종일 아편과 마작을 하고, 조롱 속의 새를 구경하면서 빈둥거렸다. 나시족 부유층 남자들의 이런 생활을스스로 '하루에 아편 세 번, 마작 네 바람'이라고 했다. 마작은 한번 돌아가는 한 판을 바람이라고 한다.

그러면 여자들의 일상은 어떠했던가. 할아버지가 기억하는 어머니의 생활은 이랬다.

"어머니는 새벽 5시 정도면 일어나셨어요. 일어나자마자 우선 강으로 가서 물을 길어 오시고 콩을 갈아 매일 아침 두부를 만드셨어요. 그러고는 돼지우리에 가서 돼지를 돌보고, 아침을 지어 가족들에게 먹이고는 가게에 나가 저녁 늦게까지 일을 하셨어요. 저녁에집에 와서는 또 밥을 짓고 집안 가족들을 보살폈지요."

심지어 돼지 잡는 일도 순전히 어머니 몫이었다고 한다. 수백년 이상 이렇게 내려온 전통이 문화대혁명이 일어나자 겉으로는잠시 없어진 듯했다. 우선 아편을 피울 수 없고, 마작도 할 수 없고, 모든 사람들이 어떤 종류의 일이든 하는 척이라도 해야 했기때문이다.

그러나 지금까지도 나시족 남자들에게는 여전히 힘든 일은 여자에게 미루는 경향이 남아 있다. 지진으로 박살난 도시에 건축 붐이일어도 돌을 나르거나 나무를 다루는 남자 중에 나시족은 거의 없다. 반면 어깨에 돌이나 모래를 잔뜩 짊어진 나시족 여자들은 리장 고성에서 얼마든지 쉽게 볼 수 있다.

"이런 불공평한 일의 분담을 할아버지는 어떻게 생각하세요?"

"우리가 어떻게 할 수 없는 전통이지요. 마오쩌둥과 덩샤오핑도 없애려고 했지만, 보세요, 지금도 그대로 남아 있잖아요."

할아버지는 나시족의 수천 년 된 전통이라고 변명하지만 내게는 여기 남자들이 그 전통을 핑계 삼아 어떻게든 일을 안 해보려는 '수작' 같이 느껴졌다.

잘 때가 되자 갑자기 윈허네 집안 가족 모두가 분주하다. 왜 그러나 했더니 손님을 바깥 간이 숙소에서 재울 수 없다며 1년간 쓰지 않던 본채의 방을 치우고, 나무 침대를 닦고, 그 위에 지푸라기를 푹신하게 깔아 잠자리를 마련한다. 덮으라고 준 꽃무늬가 요란한 담요는 포장을 뜯지도 않은 새것이다. 혹시 윈허의 혼숫감을 헐어서 쓰는 건 아닌지 은근히 걱정이 되었다.

다음 날은 집 옆의 윈허 삼촌네 배추밭에서 내다 팔 배추도 뽑고, 윈허 엄마를 도와 외양간에 여물도 갖다 주고, 우물에서 물도 길어 오면서 하루를 보냈다. 윈허 엄마는 처음에는 안 된다고 극구 말렸지만 나중에는 아주 좋아하신다.

리장으로 돌아오는 날, 엄마와 여동생이 또 분주하게 집 안을 오락가락한다. 그러더니 해바라기 씨와 사과 등을 커다란 쇼핑백에 하나 가득 싸준다. 사태를 알아차린 내가 그렇게 무거운 짐을 가지고 다닐 수 없다고 사정을 해도 한국 가족들 갖다 주라고 막무가내로 떠안긴다. 내 사정을 잘 아는 윈허도 옆에서 웃기만 할 뿐 말릴 생각을 안 한다.

그 후 1년 만에 다시 리장에 들르게 되어, 혹시 윈허를 만날 수 있을까 하고 '마마 푸' 식당을 찾았다. 식당 주인은 그 가게를 팔고 고성 안에서 다른 이름으로 식당을 하고 있었다. 전에 보았을 때 임신 중이던 부인은 세리라는 귀여운 딸을 낳았다. 윈허 소식을 물으니 리장에서 제일 고급 호텔에서 일하고 있단다. 당장 찾아가니, 세련된 유니폼을 입고 뒤로 빗어 쪽 찐 머리가 약간 낯설어 보이는 윈허가 뛸 듯이 기뻐한다.

"나 영어 많이 늘었지요?"

윈허가 조심스럽게 묻는다. 전에 리장을 떠날 때, 다시 들를 테니 그때까지 영어 공부 열심히 하라고, 내가 다시 와서 시험 보겠다고 했던 말을 기억하는 거다. 약속대로 열심히 공부했는지 정말 많이 늘었다. 그러면서 당장 자기 집으로 가잔다.

지진으로 다 쓰러져가는 집은 여전히 보수가 안 된 채로 있다. 채소밭에서 일하고 있던 윈허 엄마는 나를 알아보고 놀라며 뛰어나와 내 손을 잡고 흔든다.

"환잉, 환잉 니(어서 오세요). 이번에는 우리 집에서 오랫동안 있어야 해요."

윈허의 집은 그동안 형편이 나아졌는지 소와 돼지도 불어나고 전에는 없던 토끼도 스무 마리 넘게 기르고 있다. 괜히 내 마음이 놓인다.

가는 곳마다 입어보던 전통 의상을 저번에 여기 와서는 입어보지 못해 아쉬웠는데, 이번에는 윈허 고모에게 나시족 전통 의상을 빌려 입어도 보고 사진도 찍었다. 나시 전통 의상을 입은 윈허는 양장을 했을 때보다 훨씬 예쁘고 멋있다. 윈허의 가족들도 나시 옷을 입은 나를 보고 꼭 나시족 같다고 입을 모은다.

다음 날 떠나려고 하니까 윈허 부모님이 또 먹을 것을 내가 들고

갈 수 없을 정도로 바리바리 싸 준다. 많은 것이 변했어도 인심은
여전하다.

티베트

성숙한 인간의 영혼이 떠나간다는 지붕 위에 티베트 스님과 앉아 즐거운
영어 교습 시간을 가졌다. 스님은 영어를 배워서 좋고, 나는 가르치는 재미에
더해 내세를 위한 복 하나를 지었으니 한 계단 올라간 셈이다.

전설 속의 티베트, 사라져가는 신의 나라

: 30시간에 또 30시간 가고 가고 또 가고

구름 아래 첫 동네라는 중국 윈난성에서 세계의 지붕 티베트까지 가는 길은 여행이라면 이제 어느 정도 이력이 난 내게도 멀고 힘이 들었다.

나는 원래 윈난성의 중뎬(中甸)에서 짱족 순례자들의 트럭을 타고 티베트의 주도인 라싸까지 가려고 했다. 이 길 외에도 육로로 라싸까지 가는 길은 몇 가지 더 있다. 신장에서 티베트 서쪽의 알리를 거쳐 가는 길, 쓰촨성 청두에서 리탕(理塘)을 거쳐 가는 길 그리고 칭하이성(靑海省)의 거얼무(格爾木)에서 가는 길이다. 외국인에게는 거얼무 길만 합법적으로 허용되고 있다.

내가 가려는 길로 가면 닷새가 걸린다고도 하고 2주일 이상 걸린다고도 한다. 또 추운 겨울이라 덮개도 없는 트럭을 타고 가려면 몹시 추울 거라고 한다. 하지만 갈 수만 있다면 걸리는 시간이나 고생은 크게 걱정되지 않는다.

문제는 이 루트가 외국인 절대 통행금지라 길목마다 공안이 삼엄하게 지키고 있어서, 발각되면 벌금을 내고 되돌아와야 한다는 거다. 그러나 그동안 얻은 정보를 종합하면 벌금은 500위안에서 최대한 1000위안이니 만약 걸린다 해도 라싸까지 갈 수만 있다면 얼마든지 감수하리라 생각했다.

이렇게 가지 말라는 길을 굳이 가려는 건 못 가게 하니까 더 가고 싶은 청개구리 심보가 발동했기 때문만은 아니다. 경치가 기가 막힌다는 얘기를 들은 데다, 한번 갔던 길은 다시 가고 싶지 않은 여행자의 심리 때문이다. 그러나 그것보다 더 큰 이유는 짱족 순례자들과 섞여 며칠간 먹고 자고 뒹굴며 동고동락해보고 싶어서다.

일단 중뎬으로 가보기로 했다. 티베트에 가까워 라싸까지 가는 트럭을 구할 수도 있다는 곳이다. 리장에서 만난 사람들은 가보아야 소용없을 거라고 한다. 지난번 폭설이 내려 길이 끊어지기도 하거니와 만약 갈 수 있다 하더라도 겨울에는 순례객이 많지 않아 차를 얻어 타기 어려울 거란다. 그러나 가장 정확한 것은 가보아야 알 수 있는 일이다. 이런 '하더라' 풍문만 믿고 포기하는 건 정말 찜찜하다. 아무래도 안 되는 거라는 걸 가서 직접 확인하면 포기도 미련 없이 깨끗하게 되는 거다.

중뎬에 도착해 라싸 가는 방법을 물으니 사람들은 웬 뜬금없는 소리를 하느냐는 표정으로 고개를 설레설레 젓는다. 요즘에는 공안이 하도 쫙 깔려 있어서 트럭 운전사에게 주는 뇌물만으로는 소용이 없다는 거다. 내가 홍콩 사람이라고 속이면 갈 수도 있지 않냐니까 지금은 눈으로 길이 막혀 거기 가는 트럭조차 없다고 한다.

외국인 숙소 주인아저씨는 5, 6월이면 자신이 순례자 트럭을 물색해줄 수도 있다며 이번에는 가장 안전한 길인 판즈화(攀枝花)에서 청두, 란저우를 거쳐 라싸로 가는 코스를 권한다.

어느 정도 예상은 했지만 낭패다. 판즈화, 청두, 란저우, 여기는 이미 다녀온 곳이 아니냐. 따로 만날 친구도 없는데, 같은 곳을 두 번 가는 일은 정말이지 딱 질색이다. 그나저나 그렇게 가려면 또 얼마나 시간이 걸릴까. 생각만 해도 멀미가 난다.

길이야 어떻든 티베트에 가면 근사할 것만은 틀림없다. 중뎬만 와도 이렇게 티베트 냄새가 물씬 나니 말이다. 푸른 하늘에 강렬한 햇빛, 하얀 눈을 쓴 선이 부드러운 황토색 산, 그 산을 배경으로 우뚝 솟은 하얀 사원, 자주색과 핏빛을 섞은 것 같은 승복을 입은 라마승들. 승려들은 한시도 쉬지 않고 '옴마니반메훔'이라는 진언을 외우고 있다.

조금만 걸어도 숨이 가쁘다. 감기도 걸리지 않았는데 콧물이 줄줄 흐르고 코딱지도 많이 나온다. 이곳은 이미 해발 3200미터. 몹시 따가운 햇살 때문에 얼굴에는 자외선 차단제를 바르고 선글라스도 써야 한다. 여기가 이 정도이니 티베트에 가면 강렬한 자외선 때문에 주근깨가 도져 깨 박사 되는 건 시간문제겠다.

1월 13일 오전, 나는 티베트로 가는 '대장정'에 오른다. 판즈화, 청두, 란저우, 거얼무를 거쳐 라싸로 가는 길이다. 아침에 일어나니 눈발이 제법 쌓여 한겨울의 정취를 자아낸다. 오늘부터 부지런히 가면 일주일이면 라싸에 도착할 수 있을까?

버스를 타고 16시간 만인 다음 날 새벽 판즈화 역에 도착했다. 아침에 떠나는 청두행 기차표를 사놓고 간단하게 흰죽으로 아침을 때우고 대합실로 갔다. 여기서 청두까지는 14시간 정도 걸린다니 오늘 저녁에는 어쩌면 여관에서 샤워도 하고 집에 전화도 할 수 있을 것 같다. 어떻든 청두에서 란저우 가는 기차표 사기가 어렵지나 않았으면 좋겠다.

기차역 대합실의 새벽 풍경은 가관이다. 한마디로 전체가 거대한 쓰레기통이다. 사방에 과일 껍질, 땅콩 깍지, 해바라기 씨 껍질에 휴지와 누런 가래침 같은 것들이 발 디딜 틈 없이 널려 있고, 건물 네 귀퉁이에는 오줌이 강을 이룬다.

그 오줌의 강과 가래침 바다에도 개의치 않고 신문지를 깔고 자는 사람들, 아예 이불을 싸 가지고 와서 가족이 모두 엉켜 자는 사람들, 자는 척하는 사람까지 깨워 돈을 달라는 매우 적극적인 거지들. 그리고 중국의 소리, 남녀노소 누구나 시도 때도 없이 내는 그 소리, 목구멍을 될수록 힘껏 훑어서 혼신의 힘을 다해 내쏘는 소리. 크으으악, 퉤 퉤, 가래 내뱉는 소리.

기차를 타고 청두까지 가는 길 14시간 내내 무슨 잠이 그렇게 쏟아지는지 목이 부러져라 꾸벅꾸벅 졸면서 갔다. 어느 긴 굴을 빠져나오는 순간 바라본 창밖에는 겨울이 봄으로 바뀌며 노란 유채꽃밭이 초록 밭들 사이로 눈부시도록 아름답게 펼쳐진다.

주위에 앉은 아저씨들은 큰 배낭을 메고 나타난 나를 호기심 어린 눈으로 바라보다가 온갖 질문을 퍼부어댄다.

"이 한국 꾸냥(처녀) 얘기 들으며 가게 되었으니 청두까지 지루하지 않겠네."

아저씨들은 먹을 것까지 주며 좋아했는데, 나는 조느라고 놀아주지도 못했다.

청두에서 운 좋게 란저우로 가는 기차표를 쉽게 구할 수 있었다. 외국인 전용 창구를 이용한 거다. 중국의 경찰이나 고위 군인, 기자 등 특권층도 같은 창구를 이용하는데, 긴 줄을 서기는 마찬가지지만 새치기가 없어서 신경이 덜 쓰이고 시간이 절약된다.

란저우까지는 무려 30시간이 걸린단다. 이미 30시간을 버스와 기차를 갈아타며 달려왔는데 다시 그만큼을 가야 하는 거다. 중국에서는 흔한 장거리 여행이지만 생각해보면 참 길기도 긴 여행이다.

침대칸이라 밤 10시에 역무원이 불을 꺼주고 간 덕분에 아침 8시까지 꿀맛으로 잘 잤다. 맨 아래 칸에서 자던 아줌마는 중간 칸에 탄 아저씨가 코를 너무 심하게 골아 한잠도 못 잤다며 아저씨에게 짜증을 낸다. 아저씨는 생리적인 현상을 난들 어쩌겠느냐고 도리어 큰소리를 친다.

나는 이게 참 다행이다. 잘 자는 것 말이다. 신체 건강하게 사는 조건이 쾌식, 쾌변 그리고 쾌면이라는데, 어떤 상황에서도 나는 이 세 가지가 다 잘 된다. 자는 걸로 말할 것 같으면 잠만 들었다 하면 전쟁이 나도 모르고, 호랑이가 업어 가도 모른다.

한번은 인도에서 기차 승무원 둘이 자는 나를 깨운 일이 있었다. 외국인 혼자 10시간도 넘게 한 번도 깨지 않고 자고 있다고 승무원에게 신고한 사람이 있었던 거다. 혹시나 강도가 수면제를 먹여 그런 게 아닌가 해서 말이다. 인도에서는 그런 일이 드물지 않기 때문이다.

몇 년 전 작은언니가 사는 LA에 놀러 갔을 때는 또 어떻고. 2층에서 낮잠을 자고 부엌으로 물을 마시러 내려와 보니 찬장 안에 있는 그릇과 접시들이 바닥에 마구 흩어져 있었다.

"아니, 부엌이 왜 이래?"

깜짝 놀라 물어보니 언니가 더 놀랐다.

"너 정말로 몰랐단 말이야?"

알고 보니 그동안 지진이 났었단다. 저녁 텔레비전 뉴스며 다음 날 조간신문에 헤드라인으로 오를 만큼 큰 지진이었는데 나는 세상모르고 자고 있었던 거다.

잠귀가 어두워 자명종 소리를 듣지 못해 새벽 버스나 아침 차를 수없이 놓치기도 하지만, 그래도 불규칙할 수밖에 없는 장기 여행에서 이 쾌면 덕을 톡톡히 보고 있다.

: "제발 티베트를 내버려둬요"

아침에 눈을 뜨니 어제의 유채꽃 밭은 간 곳이 없고, 세상이 다시 하얀 눈으로 덮여 있다. 높지도 낮지도 않은 산들이 산 밑의 집들을 감싸 안은 풍경이 평화롭게만 보인다. 오랜만에 정신을 차려 세수도 하고 머리도 빗고 앉아 주위를 둘러보았다.

중국 사람들은 하루 종일 차를 마신다. 그래서인지 기차 안에는 모든 침대 탁자 밑에 빨간색 꽃무늬의 커다란 보온병이 두 개나 있다. 버스나 기차 안에서는 컵 대신 보통 빈 커피 병에 차를 우려 마시는데, 병뚜껑을 열 때마다 진공이 깨져 퍽 소리가 나는 게 재미있다. 이 기차에서도 곳곳에서 퍽퍽 하는 소리가 아침을 알린다.

기차 안에서 세수를 하려고 왔다 갔다 하는 사람들이 볼만하다. 특히 여자들이 내복만 입고 활보하는데, 너무 당연한 듯 보여서 마치 남의 집 안방에 들어와 있는 것 같다. 중국 사람들은 세수를 물로 직접 하지 않고 일단 수건을 물에 적셔서 그것으로 닦는다. 그러고는 젖은 수건을 말리지도 않고 플라스틱 가방에 그냥 넣어둔다. 조금만 지나도 분명히 썩은 걸레 냄새가 날 텐데.

기차 안에서는 '허판'이라는 도시락을 파는데, 처음에는 10위안이라고 외치고 다니더니 1시간쯤 지나니 값이 뚝 떨어져 "5위안, 5위안." 한다. 사람들은 눈을 비비고 일어나면서부터 트럼프를 꺼내 본격적으로 논다. 또 하루에 꼭 달성해야 하는 할당량이라도 있는 것처럼 아침 댓바람부터 해바라기 씨를 까먹기 시작한다.

나도 재스민 차를 한 잔 마시고, 같은 칸에 탄 사람들과 통성명을 하고 얘기를 시작했다. 상하이에서 왔다는 내 앞에 앉은 아저씨는 통통한 얼굴에 이목구비가 수려한 미남인데, 무척 친절한 사람이다. 내가 지나가는 말로 속이 좀 울렁거린다고 했더니 어디서 구했는지 멀미약과 도시락을 가지고 온다. 밥을 안 먹으면 속이 더 불편하다면서.

50대 초반의 이 아저씨는 대학생 때인 1966년에 문화대혁명이 시작되어 어느 날 갑자기 머나먼 둔황으로 하방(下放, 시골로 쫓겨남)되어 9년간 강제 노동을 했다고 한다. 자신이 왜 재교육 대상인 악성 분자로 분류되었는지도 모른 채 불평 한 마디 못 하고 보낸 긴 세월이 억울하고도 분했다고 한다. 20년 가까이 지난 옛 얘기를 하면서 아직도 긴장해 주위를 돌아보는 아저씨를 보니 그 무시무시한 시절의 공포가 내게도 전해진다.

길 나선 지 닷새째, 란저우의 한 여관에서 티베트로 간다는 여행자를 하나 만났다. 바울리나라는 스웨덴에서 온 22살의 여대생인데, 짧은 금발에 동그란 얼굴과 천진하게 웃는 모습이 마음에 든다. 유럽 여행은 여러 번 했지만 아시아에는 처음 왔다면서 아직도 어리둥절한 표정이다. 나도 티베트에 가는 길이라니까 구세주를 만난 듯 반가워한다.

자기는 4개월 여정으로 인도 여행을 하려고 하는데, 어쩌다가 베이징까지 오는 공짜 비행기표가 생겨서 티베트, 네팔을 거쳐 인도로 갈 계획이란다. 도착한 지 일주일 되었는데, 중국말은 한 마디도 못하고 음식이나 풍습에 적응이 되지 않아 티베트까지 어떻게 가나 막막했다면서 같이 다녀도 되느냐고 묻는다.

"물론이지. 그런데 바올리나. 나랑 다니려면 몸 고생을 각오해야 할걸. 현지인처럼 다니는 여행을 하는 중이거든."

"아이, 좋아요. 그거 재미있겠는데요."

"그래? 그럼 지금부터 네가 네팔로 떠나는 날까지 우린 한 팀이 되는 거야. 동고동락 팀, 좋지?"

"오케이, 정말 잘되었어요."

바올리나는 고른 이를 다 드러내며 환하게 웃는다. 나도 잘됐다. 오랜만에 동행을 만나니 새로운 힘이 나는 것 같다.

우리는 란저우에서 하루를 쉬고, 다음 날 시닝으로 가는 기차를 탔다. 바올리나는 기차 안에서 14대 달라이 라마 자서전인 《달라이 라마 자서전: 유배된 자유를 넘어서》를 읽고 있었는데 그게 문제가 되었다.

건너편 의자에 쌍족 대학생들이 앉아 있다가 바올리나가 읽고 있는 책 표지에 실린 달라이 라마 사진을 보더니 책을 이마에 대며 경의를 표하는 거다. 그러고는 주위 눈치를 살피며 책에 뭐라고 써 있냐고 중국어로 물어왔다. 내 알량한 중국어를 총동원해 설명을 시작했더니 갑자기 옆에 있던 한족 청년 얼굴이 붉으락푸르락해지는 게 아닌가.

"달라이 라마는 우리나라를 분열시키려고 하는 아주 나쁜 사람이에요."

한족 청년은 몹시 불쾌하다는 듯이 말했다. 그 말을 받아 내가 그랬다.

"그런 나쁜 사람이 어떻게 노벨 평화상을 받았겠어요?"

"다른 나라 사람들은 그 사람이 얼마나 나쁜 사람인지 몰라서 그래요. 암적인 존재죠. 없어져야 해요."

영문을 몰라 눈을 동그랗게 뜨는 바올리나에게 통역을 해주었더니 바올리나가 당장 흥분한다.

"티베트는 중국의 일부가 아니에요. 전 세계 사람들이 그렇게 생각하고 있다고요. 제발 티베트 사람들을 가만 내버려두세요."

그 말을 중국어로 통역해주었더니 한족 청년이 더 흥분해 언성을 높인다.

"티베트는 엄연히 중국 땅입니다. 당신네 외국인들이 중국 국내 문제에 대해 왈가왈부하는 것이 몹시 불쾌합니다."

주위에 있던 사람들 시선이 모두 우리에게 모였다. 사태가 여기까지 오자 짱족 학생들은 안절부절못한다.

"이 문제로 제발 더 이상 말하지 마세요."

학생들은 우리 눈치와 한족 청년의 눈치를 번갈아 살피며 애원하듯 나를 말린다. 우리가 자기들의 입장을 대변해주는데도 기가 살기는커녕 더욱 움츠러든다. 짱족들이 처한 현실의 단면을 보는 것같다.

그러나 말문이 트인 바올리나는 거기서 끝내려 하지 않는다.

"한족들이 600만 짱족 중 100만 명을 죽이거나 가두었어요. 이게 민족 대학살이 아니면 뭐겠어요? 민족으로 보나, 문화로 보나, 역사로 보나 티베트와 중국은 아무 상관이 없어요. 전혀 별개의 나라라는 얘기죠."

바올리나 역시 언성을 높였지만 한족 청년은 영어를 못 알아들으니 저 여자가 지금 뭐라고 하는 거냐며 눈썹을 치켜뜨며 내게 다그

치듯 묻는다. 나도 그 책을 읽었고 바올리나의 말에 전적으로 동의한다.

하지만 철저히 세뇌 교육을 받은 한족 청년, 그것도 티베트 정책을 결정하는 데는 아무런 영향력도 없는 일개 젊은이와 말싸움을 하는 건 아무 소용이 없는 일이라, "뙤이 니, 메이꽌시더 스(당신하고 상관없는 일)."라고 톡 쏘아주는 것으로 사태를 마무리 지으려고 했다.

그러나 이미 화가 난 한족 청년은 바올리나의 책은 중국으로 반입이 금지된 책이므로 가지고 들어온 것 자체가 불법이라며 씩씩거리고, 그 말을 눈치로 알아챈 바올리나는 무엇을 읽건 그건 내 자유라고 소리를 지른다.

그렇지만 흥분한 두 사람의 말을 못 들은 척 내가 통역을 하지 않자 둘은 이내 잠잠해졌고, 그제야 짱족 학생들은 조금 안심하는 표정이다.

자기 나라 얘기를 하는데 한 마디도 거들 수 없는 젊은이들의 심정은 오죽하겠는가. 이 언쟁이 또 언제 불거질지 몰라 좌불안석인 짱족 학생들, 언쟁 이후 딱딱한 표정을 하고 있는 한족 청년과 바올리나를 보며 가야 하는 4시간 길이 내게도 가시방석이다.

시닝에 내리자마자 거얼무를 거쳐 라싸까지 단돈 450위안에 가게 해주겠다는 호객꾼에게 못 이기는 척 끌려 밥 먹을 새도 없이 곧바로 버스를 탔다. 거얼무에서 라싸까지 정식으로 버스를 타려면 외국인은 무려 1700위안이나 내야 하는데, 시닝에서 바로 라싸까지 가는 버스를 만났으니 잘됐다. 여기서 20시간만 가면 거얼무이니 '조금' 참았다가 거기 가서 밥을 먹자니까, 바올리나는 20시간이 조금이냐고 어안이 벙벙해하면서도 하자는 대로 잘 따라온다.

우리가 탄 차는 중형 침대 버스인데 말이 침대지 몸집이 작은 나도 발을 제대로 뻗을 수 없다. 게다가 새벽이 되니 천장과 창문에 성에가 1센티미터 정도나 끼었다. 바올리나 없이 혼자 왔다면 정말 견딜 수 없이 추웠을 거다.

예전에 멕시코에서 밤 버스를 탔을 때의 일이 생각난다. 옆에 탄 아저씨가 흑심을 품었는지 기분 나쁠 정도로 몸을 밀착해 오는 걸 알면서도 쫓아버릴 수 없었다. 그 버스 안이 몹시 추워서 아저씨가 가버리면 그만큼 더 추울 것 같아서였다. 추운 버스에서는 이런 '성추행'도 감수해야 할 만큼 한 사람의 체온이 아쉽게 마련이다.

거얼무까지 밤새도록 하도 덜덜 떨면서 오느라 배가 고픈 것도, 자리가 불편한 것도 잘 몰랐으니 오히려 그 추위에게 고맙다고 해야 할까.

이렇게 거얼무까지 왔는데 문제가 생겼다. 라싸까지 가는 표를 판 운전사가 딴소리를 하는 거다. 자기 차로는 라싸까지 갈 수 없으니 다른 차로 바꾸어 타라며 어느 후이족 버스로 우리를 인계한다. 그런데 그 후이족 운전사는 우리가 외국 사람이라 우리 표로는 절대 못 태운단다.

나 혼자라면 모를까, 금발의 바올리나와 같이 있으니 단번에 외국인임이 들통 난다는 거다. 그러면서 라싸까지 가려면 한 사람 앞에 1000위안씩 더 내라고 한다. 나는 안 되는 표를 시닝에서는 왜 팔았느냐, 이 차가 라싸까지 안 가는 줄 알았다면 기차를 타지 미쳤다고 버스를 탔겠느냐, 너희들이 짜고 이러는 것 아니냐며 길길이 뛰어도 들은 척도 안 한다.

"그럼 관광공사에 가서 외국인 요금을 내고 타시오."

운전사는 퉁명스럽기만 하다.

'차가 이렇게 텅텅 비었는데 허풍은. 네가 어떻게든지 한 사람이라도 더 태워야 한다는 걸 나도 잘 알고 있다, 이놈아.'

속셈을 꿰고 있는 내가 좀 세게 나갔다.

"안 깎아준다면 하는 수 없네요. 차액이나 돌려주세요. 마음 편하게 합법적인 외국인 차 타고 가게."

정말 갈 기색으로 배낭을 둘러메니 아무것도 모르는 바올리나도 따라서 배낭을 둘러멘다. 그러자 조금 전까지도 뻣뻣하던 아저씨가 흥정을 시작한다. 옥신각신 끝에 결국 나는 300위안에, 바올리나는 들켰을 때 공안에게 뇌물을 주어야 한다며 500위안에 합의를 보았다.

현지인보다 나는 두 배, 바올리나는 세 배도 더 내고 탄 버스는 다행히 어제 버스에 비하면 훨씬 새 차다. 불법 도둑 버스 타는 게 처음이라 불안하다는 바올리나를 안심시켜야 했다.

"만약 꽁안에게 걸리면 저 운전사가 1만 위안이라는 어마어마한 벌금을 물어야 해. 그런 걸 무릅쓰고 하는 짓이니 자기들이 알아서 잘 할 거야."

잠깐 입씨름해서 번 돈이 무려 1300위안, 바올리나 것까지 합하면 2400위안(24만 원). 내게는 너무나 큰 돈이다. 홍콩에서 여행 경비를 공수받지 못해, 수중에는 티베트를 최저 경비로 여행하고 베이징까지 가기에 빠듯한 돈이 남았기 때문에 더욱 그렇다.

그러나 만약 도중에 여비가 떨어진다고 해도 크게 걱정은 되지 않는다. 운 좋게 한국 사람을 만나면 또 돈을 빌리고, 아니면 갖고 다니는 물건들을 다른 배낭족들에게 팔아 여비를 만들 배짱이니까. 어쨌거나 이런 주머니 사정에 말 한마디에 거의 2주일 남짓 쓸 수 있는 돈이 굳었으니 그게 어디냐. 연극을 하느라 어깨에 메고 있던 무거운 배낭이 갑자기 새털인 양 가볍게 느껴졌다.

: 해발 5300미터 세계에서 가장 높은 버스 길

거얼무부터 라싸까지는 보통 30시간 정도 걸린다고 한다. 우리는 근처 가게에서 과일과 물, 과자 등 군것질거리를 사고 일찌감치 2층 침대에 자리를 잡았다.

언제 빨았는지 모를 이불 두 개도 확보해 장거리 여행에 대비했다. 이불 빈대에게 물리는 게 동태가 되는 것보다는 훨씬 나을 테니까. 거얼무를 벗어날 때 혹시 공안에게 걸릴지 모른다며 버스 차장이 바올리나를 이불로 덮어놓았는데, 거얼무를 벗어난 후에도 이불 밖으로 나오지 않는다.

해가 지자 기온이 뚝 떨어지면서 창문과 지붕에 성에가 끼기 시작한다. 창문 틈으로 스며드는 바람이 칼날 같다. 바올리나는 계속 물을 마신다. 고산증을 이기려면 물을 많이 마셔야 한다는 걸 잘 알고 있지만 나는 고산증보다 화장실 갈 일이 더 끔찍해서 그저 귤로 목을 축였다. 그 귤도 아침에는 꽁꽁 얼어 얼음덩이가 되어 있다. 작은 배낭 안에 있는 물도 다 얼어 있고.

다음 날, 아침밥 먹으라고 운전사가 승객들을 어느 식당 앞에 내려주는데 우리는 도저히 밥을 먹을 수가 없었다. 아직 숨은 가쁘지 않지만 골치가 몹시 아프고 속이 울렁거린다. 뜨거운 물을 한 잔 얻어 재스민 차를 마시니 그 온기로 그나마 몸이 조금 데워지는 것 같다. 바올리나는 벌써 숨 쉬기가 힘든가 보다. 앞뒤에 앉은 짱족 아저씨들은 우리에게 귤과 과자 등 먹을 것을 자꾸 주지만 귤 이외에는 아무것도 먹을 수가 없다.

중덴에서 티베트 가는 길을 떠난 지 벌써 8일째. 지난 8일간 버스며 기차에서 보낸 시간이 무려 100시간도 넘는다. 이제 길게 잡아 하루면 라싸에 도착하는데도 지금부터 넘어야 하는 5300미터 고지가 버겁게 느껴지는 걸 보니 내가 힘이 들기는 드나 보다.

라싸에 가면 뜨거운 국수랑 만두랑 실컷 먹어야지. 아니, 고추장이 남았으니 흰밥에다 채소 반찬 몇 개 시켜서 맵게 비벼 먹어야겠다. 바올리나에게 이 얘기를 하니 속이 느글거리고 토할 것 같으니까 제발 음식 얘기는 하지도 말란다. 정말 바올리나의 얼굴이 핼쑥하다. 저럴 때는 참는 것보다 토하는 게 더 나은데.

우리는 이렇게 산소가 희박해지는 것을 온몸으로 느끼는데, 놀랍게도 차 안에 있는 대부분의 남자들은 줄담배를 피운다. 사방에서 무자비하게 뿜어내는 담배 연기에 질식할 지경이다.

아무리 부탁하고 애원하고 짜증을 내보아도 한 사람이 아니라 여러 명이 돌아가면서 피우니 어쩔 도리가 없다. 중국에서는 전체 사망자 중 폐암 사망률이 1위다. 담배를 즐기는 국민이라 외과 의사가 수술을 하면서도 담배를 피운다는 웃지 못할 소문도 파다하다.

특히 우리 옆 칸 남자는 단연 '스모킹 킹'인데 어제부터 족히 대여섯 갑 정도는 피웠을 거다. 자다가도 목이 칼칼해서 깨어보면 이 친구의 담뱃불이 어둠 속에서 숯불처럼 환하게 빛난다.

"내 친구가 당신 담배 연기 때문에 두통으로 죽어가고 있어요. 담배를 피우려면 문을 열고 피우든지."

내가 말했더니 다른 사람들은 농담으로 알았는지 와 하고 한번 웃고 마는데, 순진한 이 청년은 가방을 뒤적여 두통약을 꺼내준다. 정말 병 주고 약 주고다.

믿을 수 없는 일이 또 있다. 이런 고도에서도 이틀 내내 한시도 쉬지 않고 민요를 부르는 짱족 아줌마와 여기에 추임새를 넣는 주위 사람들이다. 남들은 숨도 쉬기 곤란한데 잠도 자지 않고 노래를 부르다니. 노래도 부르고 동시에 담배도 피우는 초인간도 몇 명 있다.

그래도 노래 부르는 사람들은 담배 피우는 사람들처럼 밉지는 않다. 좀 시끄러워도 산소는 빼앗아가지 않으니 말이다.

승객의 대부분인 짱족들은 빨갛거나 까만 실타래를 머리에 둘렀다. 이들은 모두 한 보따리씩 먹을 걸 싸 가지고 버스에 올랐다. 말린 양 뒷다리와 참파라는 보릿가루 그리고 야크 버터 차다.

때가 새까맣게 낀 손으로 보릿가루를 길쭉한 송편처럼 주물주물 빚어서 우리에게도 권한다. 받아 먹어보니 미숫가루를 돼지기름으로 범벅해놓은 듯, 고소하긴 하지만 느끼한 뒷맛에 하나를 먹고 나니 그만 질린다. 고도 때문에 속이 뒤집어져서 그런지도 모르겠다.

차는 한창 오르막길을 달리고 있다. 이제 곧 해발 5300미터 고지, 세계에서 제일 높은 길을 오르는 중이다. 산소는 점점 희박해진다. 될수록 빨리 갔으면 좋으련만 오르막길에 버스가 멈춰 서고 말았다. 떠날 때부터 가다 서다를 반복하더니 기어이 이 높은 곳에서 사고를 치는구나.

알고 보니 다행히 우리 차가 고장 난 게 아니라 내려가던 차가 고장 나서 도와주느라 선 거다. 그렇게 멈춰 서 있기를 무려 1시간 반, 옆에 누운 바올리나는 거의 빈사 상태로 신음 소리를 내며 숨을 몰아쉬고 있다. 나도 가슴이 답답할 지경이니, 난생처음 이렇게 높은 곳에 와본다는 바올리나는 어떻겠는가. 입술까지 퉁퉁 부어 있다. 가여워라. 내가 어떻게 해줄 주도 없고.

설상가상으로 화장실 가고 싶은 걸 억지로 참느라 더 힘이 든다.

바깥이 추운 것도 추운 것이지만 침대 버스가 좁아서 신발을 천장에 매달듯 안쪽에 간신히 묻어놓았는데 그걸 꺼내려면 아주 번거롭기 때문이다. 차는 갈 생각을 않는데 이리 뒤척이고 저리 뒤척여 보아도 편안한 자세가 나오지 않는다.

그런데 깜박 잠을 잔 건지 혼수상태에 든 건지 꿈을 꾸었다. 반갑게도 꿈에 아버지가 나타나셨다. 40대 후반의 젊은 모습이다. 아버지가 내게 다정하게 말씀하신다.

"셋째야, 남들은 네가 운이 좋아서 하고 싶은 일을 다 하는 줄 알겠지만 나는 네가 얼마나 열심히 노력하며 사는지 잘 알고 있다. 이 아버지는 다 알아."

무슨 말씀을 더 하실 것 같았는데 바올리나가 뒤척이다가 날 쳤는지 아쉽게도 잠에서 깨고 말았다.

아, 아버지! 돌아가신 우리 아버지는 이렇게 늘 나를 지켜보고 계신다. 내가 힘들어할 때마다 얼마나 힘을 북돋아주고 싶으셨을까. 내가 열심히 살고 있다는 것을 다 아신단다. 천방지축 까불기만 하던 셋째 딸이 약속대로 세계 일주를 하는 것을 아버지도 하늘에서 대견해하실까. 단번에 알 수 없는 힘이 솟는다. 이렇게 아버지는 내 에너지의 근원이다.

곧 버스가 움직였다. 이 고개만 넘으면 일단 숨 쉬기는 괜찮아질 거다. 창밖을 내다보니 버스는 마지막 고개를 힘겹게 오르고 있다. 손을 뻗으면 닿을 것처럼 산들이 바로 코앞으로 다가온다. 아니, 산이라기보다 단숨에 오를 수 있을 것 같은 언덕처럼 나직하다. 하지만 저래 보여도 모두 5000미터 이상이다.

그런 풍경이 잠시 계속되더니 어느 순간 더 이상 눈앞에 산이 보이지 않는다. 이곳이 바로 해발 5300미터 정상이다.

고개를 넘어서자 드넓은 눈벌판이 나타난다. 그 뒤로 푸르게 보이는 게 호수인가 했는데 자세히 보니 하늘이다. 길은 하늘 위로 나 있는 거다. 그 내리막길이 어찌나 반갑던지. 산 아래쪽으로는 지는 태양을 받은 나지막한 설산이 밝은 오렌지 빛과 핑크빛으로 물들어 황홀할 정도로 아름답다.

믿지 못할 일이 또 생겼다. 운전사가 히터를 튼 거다. 이렇게 성능 좋은 히터를 어제는 도대체 왜 틀지 않은 걸까. 고도와 상관있는 건가, 알 수 없는 일이다. 바올리나는 죽은 듯이 자고 있다. 자세히 보니 혈색이 조금 돌아온 것 같다. 다행이다. 이 아이가 깨기 전에 라싸에 도착했으면 좋겠다.

ː 옛것은 다 사라지고 포탈라 궁만 눈부셔

새벽 4시, 사람들이 어둠 속에서 어수선하다. '스모킹 킹'은 "라싸, 라싸." 하며 자고 있는 나를 흔들어 깨운다. 드디어 라싸 라싸다! 윈난성 중뎬에서 1월 13일에 출발해 21일에 라싸에 도착했으니 '세계의 지붕'으로 오는 데 무려 9일이 걸린 셈이다.

"라싸에 오신 것을 환영합니다."

바올리나를 깨우며 놀라 쳐다보는 아이에게 혓바닥을 있는 대로 빼 쭉 내밀어 보였다. 옛날 티베트에서는 혓바닥을 내미는 것이 환영과 경의의 표시였다는 걸 어딘가에서 읽은 기억이 난다.

우리는 한바탕 웃고는 안도의 미소를 주고받았다. 여러 가지를 잘 견뎌준 친구가 사랑스러워 한 번 꼭 껴안아주었다. 다시 중국으로 갈 때는 눈 딱 감고 비행기 타고 가야지. 또다시 버스로 온 길을 되돌아간다는 건 생각만 해도 몸서리쳐진다.

새벽바람을 맞고 찾아간 야크 호텔의 기숙사는 이런 엄동설한에도 난방시설이 전혀 안 되어 있다. 하기야 하룻밤에 15위안짜리 싸구려 방이니 바람을 막아주는 외에 더 무얼 바라겠는가.

"스팀이 안 나와요?"

그 방을 보고 바올리나가 하는 말. 이틀에 한 번씩 뜨거운 물로 샤워를 할 수 있는데 오늘은 하필 안 나오는 날이라 내일까지 기다려야 한다니 더 기절을 한다.

이런 여행이 처음인 바올리나는 수십 시간 냉동 버스를 타고 왔으니 당연히 뜨거운 물로 샤워를 하고, 따끈한 방에서 한숨 늘어지게 자고 싶을 거다. 짐짓 그 마음을 모른 척하고, 가지고 다니는 고무 물주머니에 뜨거운 물을 가득 넣어 바올리나에게 건네주었다.

"자, 받아. 티베트에 있는 동안 네 애인이라고 생각해. 안고 자면 추위가 견딜 만하거든."

우리 방에 먼저 든 아이 둘이 고산병에 시달리고 있었다. 많이 내려왔다고는 해도 라싸의 고도가 해발 3650미터니 그럴 만도 하다. 하나는 청두에서 유학 중인 독일 여학생 안드레아이고, 다른 하나는 일본 남학생이다. 둘 다 비행기를 타고 왔는데, 벌써 사흘째 바깥출입을 한 발짝도 못했단다.

남학생은 간이 산소통을 손에 쥐고 있는데, 열이 40도에 가까워 아무래도 병원에 가봐야 할 것 같다고 한다. 안드레아도 동행이 있었는데, 고산병이 심해 폐에 물이 찰 지경이 되어 비행기로 돌아갔다는 거다.

바올리나도 목감기에 두통이 겹쳐 아무래도 그날은 쉬어야겠다고 한다. 나는 그런 대로 컨디션이 괜찮지만 앞으로 한 달 정도 티베트에 있을 예정이니 무리하게 서둘 필요가 없다. 그래서 그날은 하루 종일 양지바른 곳에 앉아 밀린 일기도 쓰고, 빨래도 하고, 책도 읽고, 티베트 여행 계획도 세웠다.

해가 있는 동안은 햇볕이 들지 않는 방보다 바깥이 훨씬 따뜻하다. 숙소 마당 벤치에 같이 앉아 호주 커플과 이런저런 얘기 끝에 그들이 하루 종일 뜨거운 물이 나오는 특실에 묵는다는 걸 알았다.

염치불구하고 나는 저녁에 맥주 한 병을 사기로 하고, 그 친구들 방에서 오랜만에 목욕다운 목욕을 했다. 역시 여독은 몸을 푹 담그는 목욕으로 푸는 게 제일이라니까. 물론 바올리나도 내 국제 넉살의 혜택을 보았다.

"빨리 일어나. 뜨거운 샤워 할 수 있게 되었어."

아프다고 침대에서 나오지도 않는 바올리나에게 살짝 귀띔을 하자 용수철처럼 튀어나온다.

이틀 만에 바올리나와 함께 호텔 밖으로 처음 나섰다. 기온은 낮지만 파란 하늘과 강력한 햇살에 눈을 제대로 뜰 수 없다. 바올리나는 아직도 골치가 아프단다. 나는 머리는 괜찮은데 눈이 뻑뻑하고 불편하다. 티베트 사람들에게 특별히 눈병이 많다고 하던데 거침없이 내리쬐는 자외선과 고도와 관계있나 보다.

밖으로 나오자마자 10살쯤 된 남루한 차림의 어린아이 둘이 엄지손가락을 위로 한 채 주먹을 쥐고 "구찌, 구찌(한 푼 주세요)."하면서 앞을 가로막는다. 서양인인 바올리나한테는 더 끈질기다. 한 아이를 억지로 따돌리니 금방 다른 아이가 따라붙는다. 이번 아이는 다리까지 잡고 늘어진다. 바올리나는 어쩔 줄 몰라 금방 울상이 된다.

"얘들이 왜 이러는 거예요?"

쯧쯧, 저렇게 순진해 가지고 인도를 어떻게 여행한담. 바올리나는 '구찌, 구찌'가 티베트말로 '안녕하세요'인 줄 알았다나.

시내를 잠깐 돌아다니면서 나는 실망감을 감출 수 없었다. 라싸에 오면 타임머신을 타고 천 년을 거슬러 오른 듯한 느낌일 거라고 상상했는데, 환상이었다는 걸 금방 깨닫게 되었다.

좁게 꼬불꼬불 이어진 거리에는 자주색 옷을 입은 승려들이 경건한 표정으로 지나가고, 검은 짱족 외투를 입은 사람들이 화려하게 장식한 야크를 타고 가고, 머리를 백팔 가닥으로 땋아서 가닥마다 터키석을 주렁주렁 장식한 여자들이 오체투지를 하고, 집집마다 피우는 향 때문에 온 나라가 좋은 향기로 가득할 거라는 그런 상상 말이다.

그런 라싸는 이미 없다. 시내 한복판에는 대형 호텔 체인 '홀리데이 인'이 있고, 가라오케 바나 술집이 지천으로 있다. 공장에서 찍어낸 것처럼 비슷비슷하게 생긴 시멘트 건물 상가에서는 중국산 공산품이 넘쳐난다. 거리에는 짱족보다 한족이 훨씬 많이 눈에 띄어 여느 중국 도시와 크게 다를 바가 없어 보인다.

'그렇게 벼르고 벼르서 갖은 고생을 하며 온 곳이 겨우 이런 곳이란 말이야?'

아리와 헤어진 간쑤성의 랑무쓰가 내가 상상하던 티베트에 훨씬 가깝다는 생각이다. 짱족은 이미 제 땅에서 소수민족으로 전락해 눈요기나 사진 모델이 되어가고 있는 거다. 가뜩이나 산소도 희박한데 투덜대느라고 더 숨이 차는 것 같다.

그런데 우연히 고개를 돌리는 순간, 나는 그 자리에 딱 붙어 서고 말았다. 숨이 턱, 막혔다. 구름 한 점 없는 새파란 하늘 아래 강렬하게 다가서는 눈부시도록 하얀 건물 때문이다.

'아, 포탈라 궁이다!'

포탈라 궁. 라싸를, 아니, 전 티베트를 압도하고도 남을 듯하다. 난공불락의 요새처럼 우뚝 솟은 모습을 사진이나 영상으로 수없이 보았지만 실제로 보니 전에 어느 곳에서든 한 번도 본 적이 없는 듯 가슴이 벅차다.

포탈라 궁은 살아 있는 부처라는 달라이 라마의 궁이자 티베트의 상징이다. 티베트 민족이라면 일생에 한 번은 반드시 참배해야 한다는 라마교 성지 중의 성지다.

몇 달 혹은 몇 년에 걸쳐 허허벌판을, 눈 덮인 산과 고원을 걸어온 순례자들이 마침내 궁을 보았을 때의 느낌은 어떠했을까. 그 신비함과 당당함에 정말 신이 사는 곳이라 믿어 의심치 않았을 거다. 그곳에 사는 달라이 라마에게뿐 아니라 그 건물 자체에도 경의를 표할 만하다. 공사 기간이 무려 천 년이나 걸렸다니 이것 하나만 봐도 사람의 힘으로 만들어진 것은 아닌 것 같다.

흔히 포탈라 궁은 달라이 라마의 겨울 궁전으로만 알려져 있는데, 사실 이곳은 티베트의 '정부종합청사'이며, 수천 개의 방과 법당, 작은 기도실이 있는 사원이다. 그리고 역대 달라이 라마의 등신불을 모신 묘지이기도 하다.

가족 단위로 온 순례자들을 따라 안을 돌아보았다. 꼬불꼬불 계단을 따라 오르내리며 수백 개의 법당에 금은으로 만든 불상과 탑과 귀한 벽화들이 늘어서 있다. 법당 안에는 수십 개의 야크 버터 초가 타고 있고. 순례자들은 하얀 스카프와 참파를 준비해 부처님께 바친다.

아름다운 탱화나 불상들보다 더욱 신기해 보이는 것은 무시무시한 형상의 조각들이 있는 방이다. 뱀이며 귀신이며 해골이며 괴이

한 표정의 동물들이 가득 차 공포 영화의 세트장 같다. 그곳에 앉아 징을 치며 염불하는 스님들의 소리가 꼭 저승에서 들리는 소리 같다.

포탈라 궁 전체는 창문이 없어서 캄캄하고 춥다. 이렇게 어두운 곳에서 살다가는 우울증에 걸리거나 돌아버리겠다. 게다가 궁 안에는 죽은 달라이 라마들의 시신을 모신 탑 초르텐이 있지 않은가. 아무리 달라이 라마가 관세음보살의 화신으로 환생을 거듭한다고 굳게 믿는다 하더라도 무덤이 만들어내는 음침한 분위기는 피할 수 없을 거다.

그래서 달라이 라마는 자서전에서 자기가 어렸을 때는 여름 궁으로 가는 날을 손꼽아 기다렸다고 했는가 보다.

: 오체투지, 온몸으로 하는 기도

라싸 안의 진짜 티베트라는 조캉 사원과 바코르 광장은 내가 묵는 숙소에서 엎어지면 코 닿을 거리에 있어서 틈만 나면 가보았다. 처음 가보았을 때, 조캉 사원의 금박 지붕이 강한 햇빛을 받아 찬란하게 빛나던 게 퍽 인상적이었다. '하느님의 거처'라는 뜻의 조캉 사원 안에는 수백 개의 야크 버터 초가 시큼한 냄새를 내며 타고 있다.

전국에서 온 순례자들의 뒤를 쫓아 경륜 통을 돌리며 절 안을 한 바퀴 돌아 보았다. 어느 법당에는 당나라 공주가 시집올 때 가지고 왔다는 화려한 순금 불상이 있고, 그 주위에 불교 설화가 아름다운 벽화로 그려져 있다.

법당 안에는 세계적으로 가치를 인정받는 수많은 예술품과 보물이 있다는데 실내가 어두워 뭐가 뭔지 잘 모르겠고, 야크 버터 냄새와 전나무 가지 태우는 향냄새가 정신을 빼놓는다.

내게는 세계적인 예술품이나 보물보다 사원 옥상에서 내려다본 광경이 더 흥미 있고 값지다. 오체투지를 하는 사람들의 모습이다. 사원 바로 앞은 오체투지 기도를 하는 사람들로 입추의 여지가 없다.

가족들끼리 하거나 나이가 비슷한 사람끼리도 모여서 한다. 걷지도 못할 만큼 늙은 사람이 있는가 하면, 어린 꼬마까지 어른들을 따라 오체투지 하는 모습이 기특하다 못해 눈물겹다. 어떤 순례자들은 세 발짝에 한 번씩 오체투지를 하며 둘레 4킬로미터인 조캉 사원을 돈다.

옥상에서 보는 것만으로는 감질나 조캉 사원 입구에서 장사하는 아저씨를 꼬드겨 아저씨 자리에 한나절을 앉아 있었다. 자세히 보니 이 어려운 오체투지에도 나름대로 노하우가 있는 것 같다.

효율적으로 절하기 위해 여자들은 치마를, 남자들은 종아리 근처를 단단히 묶는다. 무릎에는 헝겊을 두둑하게 대어 살이 상하지 않도록 한다. 땅에 엎드릴 때도 배가 다치지 않게 방석 같은 것을 대며, 손바닥에 미끄러운 장갑을 끼거나 나무로 만든 손깍지를 끼고 절을 하기도 한다.

어떤 이는 애초에 자리를 잡을 때 반질반질하게 닳은 돌을 찾기도 하고, 꾀 많은 젊은이는 무릎 근처에 두툼한 솜뭉치를 대 반동을 이용해 윗몸을 일으키기도 한다. 저렇게 하는 건 반칙 아닌지 모르겠다.

아무튼 저렇게 수십 배씩 하면 운동이 저절로 될 것 같다. 라마승들은 대부분 어깨가 떡 벌어졌고, 한겨울에 한쪽 어깨의 맨살을 다

내놓고 다녀도 감기에 안 걸린다는데, 그 비결이 바로 저 오체투지가 아닌가 싶다.

열심히 절하는 사람들 옆에서 사탕 공양 하는 사람들도 눈에 띈다. 그렇지, 저렇게 절을 하려면 에너지 소모도 많을 거다. 절하다가 잠깐 쉬는 시간에는 예의 버터차와 참파가 등장한다.

물끄러미 보고 있었더니 눈이 마주친 중년 여인이 웃으며 내게도 한 잔을 권한다. "죽지차이(고맙습니다)."라는 한 마디에 온 가족이 함박웃음을 지으며 내 주위에 빙 둘러앉는다. 한 가족인 듯 보이는 이들 중 절을 제일 열심히 하는 사람은 체격이 조막만 한 할머니다.

할머니들의 오체투지는 정말 대단한 체력과 정신력이 필요한 신앙심의 표현이다. 절을 다시 시작하신 할머니가 몇 번까지 하고 쉬나 세어보니 여든두 번까지 한다. 나는 몇 번까지 할 수 있을까. 쉰 번쯤이나 할까? 역시 체력의 문제가 아니라 믿음의 문제일 것이다. 저들은 무슨 염원이 있는 걸까. 무엇을 저렇게 간절히 바라는 걸까.

중국말을 하는 좌판 주인에게 이들의 소원이 무엇이냐고 물으니, 그 길거리 행상이 목소리를 낮춘다.

"우리 짱족의 소원은 단 한 가지입니다. 하루 빨리 독립이 되어 달라이 라마가 돌아오시는 거죠."

할머니한테 한번 여쭈어달라고 했더니 할머니 역시 아저씨가 묻는 말에 고개를 크게 끄덕이며 합장한 손을 이마에 무수히 갖다 댄다. 세상이 어떻게 돌아가는지 아무것도 모르는 할머니가 그런 대의를 위해 기도하고 있다니 놀랍기만 하다.

이렇게 짱족 모두가 빨리 돌아오기를 염원하는 달라이 라마는 대체 누구인가.

이들에게 달라이 라마는 부처님의 화신이자 종교 자유의 상징이다. '달라이 라마'라는 칭호는 16세기 중엽 몽골의 알탄 칸으로부터 받은 것인데, '바다와 같은 스승'이라는 뜻이란다.

현재의 달라이 라마는 14대인데, 그 법통이 전 달라이 라마의 환생으로 이어지는 게 특이하다. 14대 달라이 라마의 얘기도 흥미롭다. 1933년 13대 달라이 라마가 남쪽을 향해 앉은 채 열반했는데, 어느 날 다시 보니 그의 머리가 동쪽을 향하고 있더란다. 그것으로 사람들은 13대의 환생이 동쪽에서 나타나리라고 생각했다.

그것 외에는 더 이상의 계시가 없어 현인과 고승으로 구성된 조사단이 미래를 보여준다는 라모이 라초 호수로 순례를 떠났다. 오랜 기도 후에 호수를 들여다보니 황금빛 지붕의 사원과 긴 물받이가 있는 자그마한 농가가 나타났다. 조사단은 계시된 방향으로 가다가 칭하이 근처에서 호수에서 본 것과 똑같은 사원과 농가를 발견했다.

한 승려가 변장을 하고 농가에 들어가자 2살 난 어린아이가 "세라 사원에서 고승이 오셨어요."라고 소리치며 고승이 걸고 있던 전 달라이 라마의 염주를 자기 것이라고 붙잡고 놓지 않더란다. 이 고승이 달라이 라마가 쓰던 물건을 다른 물건과 섞어 아이에게 보여주자 달라이 라마가 쓰던 물건만 정확히 골라내면서 '내 것'이라고 하더라는 거다.

이런 초보적인 근거를 바탕으로 몇 명의 아이가 선택되고, 매우 엄밀한 과정을 통해 지금의 달라이 라마가 13대의 환생으로 확인되어 오늘에 이르렀다. 달라이 라마의 자서전에서는 "당신은 스스로 현존하는 부처라고 생각하느냐?"라는 질문에 "깊은 뿌리로 강

온 몸을 던지는 오체투지 기도에 전념하는 티베트 사람들.

이 기도는 대단한 체력이 필요할 뿐만 아니라 다부진 믿음이 요구되는 만만치 않은 과정이다. 티베트에서는 승려뿐만 아니라 걷기도 힘들어 보이는 노인이나 이장이장 걷기 시작한 꼬마들까지도 오체투지를 한다.

하게 연결되어 있음을 느낀다."라고 대답한다.

　더욱 재미있는 것은 조캉 사원을 중심으로 바코르라는 활발한 장이 서는 거다. 사람들은 시계 방향으로 도는 게 완전히 몸에 배었는지 시장을 돌며 필요한 물건을 살 때에도 질서정연하게 오른쪽으로만 돈다.

　라싸 시장 구경을 나온 사람들은 늙은 할머니부터 갓난아이까지 3, 4세대가 한꺼번에 몰려다닌다. 애고 어른이고 속에는 양털이 든 까만 외투를 입었는데, 해가 나면 코트를 허리에 말아 묶고 다닌다. 남자건 여자건 머리를 땋아 터키석, 산호, 빨간 색실 등으로 장식을 했다. 그들은 모두 한 손에 조그만 경륜 통인 마니를 들고, 다른 한 손에는 염주를 든 채 입으로는 '옴마니반메훔'을 외며 다닌다.

　시골에서 온 사람들이 물건을 살 때는 목에 건 염주로 계산을 하는 게 재미있다. 염주가 휴대용 계산기인 셈이다.

　멀리서 온 순례자 가족들은 아주 어린아이들도 자기 몫의 짐을 이고 지고 다닌다. 씻지 않아 옷이며 얼굴이 더럽고, 볼은 벌겋게 텄지만 사람들은 모두 천진한 얼굴이다.

　시장에는 없는 게 없다. 순례자들에게 필요한 '카타'라는 하얀 스카프, 말이 그려진 오색 깃발, 역시 말이 찍힌 오색 색종이, 전나무 가지를 말려 태운 향 가루 등은 물론, 창족들의 생활필수품인 모자와 양털 외투, 신발 그리고 터키석이 주로 박힌 장신구들, 여자들의 의상인 오색 무늬 앞치마, 집집마다 모셔놓는 각종 부처님의 탱화, 문에 거는 헝겊 걸이 등등.

　없는 게 단 하나 있다면 이들이 제일 갖고 싶어 하는 14대 달라이 라마의 사진이다. 여기서는 그 사진을 파는 것도, 사는 것도 금지되어 있다. 그 대신 중국 정부에서 인정하는 판첸 라마 사진은 얼마든지 있다.

나는 돈도 없는 주제에 너무나 예외적으로 몇 가지 물건을 샀다. 우선 친하게 지내는 인간문화재 김금화 만신께 드릴 기념품으로 티베트 민간 신앙의 상징인 오색 깃발과 하얀 실크 스카프를 골랐다. 언젠가 세계 무속 박물관을 만들고 싶다고 하신 말씀이 떠올랐던 거다.

친구들을 위해서는 '옴마니반메훔'의 진언이 쓰인 반지를 사고, 조카들 몫으로는 티베트의 상징인 윤회 바퀴가 수놓인 목에 거는 헝겊 가방을 샀다. 다른 가족들에게는 한 가족당 한 장씩 티베트 집이면 어디에나 걸려 있는 출입문 덮개용 천을 샀다. 거기에는 '영원한 매듭'의 문양이 수놓여 있다. 나를 위해서는 티베트 여자들이 입고 다니는 오색 무늬 앞치마를 골랐는데, 어쩌면 남미 인디오들의 옷 빛깔과 그렇게 비슷한지 모르겠다.

하기야 그들은 지리적으로 지구 이쪽저쪽 끝에 산다는 것만 빼면 많은 공통점을 가지고 있다. 고산지대에 살고, 신앙심이 깊고, 유목과 농경 생활을 병행하는 것 등등. 이 정도의 유사점을 가지고 있다면 어떤 문화적·역사적 교류가 없더라도 인간이라는 공통점만으로도 같은 빛깔의 옷 정도는 얼마든지 생겨날 수 있는 일치(一致)가 아닐까.

그리고 운 좋게 누군가가 오랫동안 지니고 있었을 풍뎅이 모양의 향수병도 헐값으로 구했다. 이집트에서도 풍뎅이가 신과 인간을 연결하며 복을 가져다준다고 믿는다던데 여기서도 그렇다. 이건 또 무슨 연관이 있는 거지?

: 뛰어서 지구 한 바퀴 도는 '러닝 맨'

라싸에 오는 배낭여행자라면 열이면 아홉은 두 군데 식당에서 만날 수 있다. 하나는 내가 묵는 숙소 근처에 있는 '서드 아이(제3의 눈)'라고 하는 곳이고, 다른 하나는 바코르 광장 근처에 있는 '타쉬' 레스토랑이다. 이 두 곳이 바로 여행자들의 쉼터이자 정보 교환 장소다.

'외국인 사회'가 이렇게 빤하다 보니 소문도 빠르다. 누가 어느 나라에서 왔고, 무엇을 하는 사람이며, 어디어디를 거쳐 어디로 여행한다는 개인 정보가 라싸에 도착하고 하루만 지나면 쫙 퍼진다. 심지어 누가 어떤 책을 읽고 있다는 것까지 빠삭하다.

여행자들은 이런 정보망을 바탕으로 라싸에 먼저 온 사람들에게서 여행 정보도 얻고, 티베트 여행의 동행을 찾기도 하고, 네팔로 넘어가려는 사람들은 함께 차를 빌릴 사람들도 만난다.

티베트에 오는 사람들이 별난 건지, 내가 라싸에 있을 때 특별히 별난 사람들이 모였는지, 여기서 만난 사람들의 얘기가 여행만큼 재미있다.

3년 동안 달려 지구를 한 바퀴 도는 것으로 기네스북에 이름을 올리겠다는 영국인이 있다. 우리는 그를 '러닝 맨'이라고 불렀다. 영국에서 시작해 유럽을 돌고, 네팔을 거쳐 여기 티베트까지 달려오는 데 7개월이 걸렸단다. 여기서 홍콩까지 달려가 비행기를 타고 일본으로 가서 일주하고, 다시 호주로 가서 일주한 다음 아메리카 대륙을 횡단한 후 영국으로 돌아가는 여정이란다.

"뛰어서 지구 한 바퀴, 재미있겠네요?"

내가 물었더니 대답이 의외다.

"나는 즐기거나 재미를 보려고 시작한 것이 아니에요. 오로지 기네스북에 오르려는 것이죠."

　말이 안 통하는 여러 나라를 다니는 것은 힘든 일이라며 솔직히 여행, 특히 아시아를 여행하는 게 몹시 괴롭다고 말한다. 다행히 달리는 것만큼은 즐겁다는데, 그는 지금도 10킬로그램의 배낭을 지고 보조원 한 명 없이 세계 어느 구석인가를 달려가고 있을 거다.

　아르날도라는 스페인 남자도 아주 흥미롭다. 전직 이발사로 오토바이를 타고 세계 일주 중이란다. 스페인부터 네팔까지는 잘 달려왔는데, 네팔에서 중국으로 넘어오려다 국경에서 제지당해 오토바이를 국경에 팽개치고, 거기서 마침 러닝 맨을 만나 함께 열흘을 달려왔다는 거다.

　그 바람에 근육통에 견비통, 복부통, 몸살이 생기고 발가락과 발바닥이 다 부르터 꼼짝도 못하고 누워 있다. 영어를 잘 못해 내가 스페인어 통역을 해주었는데, 하는 말마다 어찌나 엉뚱하고 허풍이 센지 나중에는 이 사람 얼굴만 봐도 웃음이 절로 났다.

　자기가 하루만 더 달렸으면 러닝 맨을 따라잡을 수 있었다는 둥, 아시아에 와서 쌀밥만 먹었더니 자기 눈이 쌀알처럼 작아졌는데, 이렇게 된 데에는 분명한 과학적 근거가 있다는 둥 입만 열면 그대로 개그다.

　지금은 여비가 거의 다 떨어져 돈을 벌어야 하는데 자기가 전직 이발사였으니 식사를 한 끼 사주면 머리를 멋있게 깎아주겠다고 광고한다. 실제로 몇몇 아이들이 '자선' 차원에서 그에게 머리를 맡겼다.

　티베트를 연구한다는 존은 또 어떤가. 독일에서 3년간 티베트어를 배웠다는데 놀랍게도 티베트말을 한 마디도 못한다. 자기 말로는 라싸 사람들이 자기가 배운 '표준어'를 못 알아듣는 거라고 강

변하는데, 그 나라 수도에서도 못 알아듣는 표준어가 어디 있나.

우리 옆방에는 네덜란드인 '언어 설사' 중증 환자도 묵고 있다. 예쁘장한 얼굴에 싹싹해 보이는데도 사람들이 멀리하는 눈치라 이상하다 여겼는데, 이틀이 지나지 않아 그 이유를 알게 되었다.

아침에 눈을 뜨는 동시에 시작해서 밤에 눈 감을 때까지 한시도 입을 가만히 두지 않는다. 주위 사람이 듣든지 말든지. 그 아이는 아마 말 없는 사람이 1년에 할 말의 양을 하루에 다 해버리는 것 같다. 같은 방을 쓰는 아이들이 괴로워 죽겠다고 아우성이다.

리치와 재키라는 귀여운 커플도 있다. 첫날 염치불구하고 그 방의 샤워를 빌린 커플이다. 리치는 31살의 미술가로 티베트에서 많은 예술적 영감을 얻는다고 한다. 아주 어렸을 때부터 반복적으로 떠오르는 모티프가 있어서 수없이 그려왔는데, 우연한 기회에 그것이 티베트의 상징인 '영원한 매듭' 문양이라는 것을 알고는 티베트에 올 결심을 했단다.

영원한 매듭은 티베트의 여덟 가지 상징 중에서 가장 많이 쓰이는 문양이다. 얼핏 보면 각각의 마름모가 연결되어 전체적으로 마름모꼴을 하고 있는 것 같다. 하지만 자세히 보면 이 문양은 끊어지지 않는 한 줄로 이어져 있어서 영원성을 상징한단다. 리치는 앞으로 한 달간 더 머물면서 스케치 여행을 해보고 일이 잘되면 1년 정도 묵을 생각이란다.

라싸의 '외국인 사회'에도 터줏대감이 있다. 조슈아라는 미국 사람인데 터줏대감답게 턱수염이 길다. 라싸에서 국제우편을 기다리느라 한 달 이상을 머물고 있다는데, 유순하고 지적이라 보는 사람마다 좋아한다. 그는 라싸에 있는 모든 외국 여행자의 인적 사항과 이동 상황을 주르르 꿰고 있어 특히 네팔로 갈 여행자들은 그를 통해 동행을 구하는 것이 제일 싸고 빠르다.

나중에 미국으로 돌아가는 길에 한국에 들를 계획이라고 해서 내가 한국에 와서 전화하면 한국식 점심을 사주겠다고 했더니, 정말로 이번 여름 김포공항에 내려 "라싸에서 맡겨놓은 점심 사달라."고 전화를 해왔다. 나는 약속대로 그를 인사동으로 데려가 한 상잘 차린 가정식 백반을 사주었다.

나에겐 '유엔 통역관'이라는 별명이 붙었다. 여기서 우연히 내가 할 줄 아는 언어를 모두 쓰게 되어서다. 스페인말밖에 모르는 아르날도와는 스페인말로, 일본 사람과는 일본말로, 중국 사람들과는 중국말로 해야 하고, 다른 여행자들과는 영어를 써야 할 상황이라 한꺼번에 네 가지 외국어를 하느라 나도 헷갈렸다.

우리의 러닝 맨이 중국 비자 때문에 문제가 생겼을 때, 공안국 외사과까지 따라가서 벌금 한 푼 안 물게 통역을 한 것은 내가 생각해도 불가사의한 일이다. 내가 무슨 말을 했는지 나도 모르겠는데, 어쨌든 일이 잘된 것을 보면 내 중국어가 알아들을 만은 한가 보다. 아니면 내가 알아들을 수 없는 말을 큰 소리로 하도 시끄럽게 하니까 그냥 해준 건지도 모르겠고.

내가 티베트에서 만난 여행자 중 제일 마음에 드는 사람은 중국 신장에서 히말라야를 넘어 라싸까지 자전거를 타고 온 야마다라는 일본 학생이다.

어느 날 아침 숙소 매니저가 우리 방에 달려와서 나더러 빨리 국제전화를 받아보라고 한다. 내게 전화가 올 데가 없는데 무슨 일인가 하고 가보니, 일본에서 온 전화였다. 어떤 아줌마가 자기 아들이 두 달 후 라싸에 도착하면 전화를 한다고 했는데 연락이 없어서, 아들이 묵을 예정이라던 여관으로 전화를 했다는 거다.

나는 지금 여기 눈이 많이 와서 길이 나빠 늦어지는 모양이라고 안심을 시키고, 그 친구를 만나면 빈드시 연락드리게 하겠다고 약속했다.

그런데 바로 그 학생을 티베트 제2의 도시 시가체에서 만난 거다. 호텔 옥상에 앉아 있는데, 어떤 동양 청년이 짐을 잔뜩 실은 자전거를 타고 나타나는 게 보였다. 직감에 전화한 아줌마의 아들일 거라고 생각하고 옥상에서 큰 소리로 불렀다.

"야마다 상, 이랏세이마세(야마다 씨, 어서 오세요)."

그가 깜짝 놀라 올려다본다. 얼굴과 행색에 땟국이 흐르고 고생한 흔적이 역력하지만 눈빛만은 맑게 빛나는 듬직하게 생긴 학생이다. 내가 자기 엄마한테 온 전화를 받았다니까 아주 반가워한다. 얼마나 고생을 했느냐니까, 뭐 별로 그렇지 않았는데 오는 도중 영하 30도가 넘는 추위에 물이 없어서 매일 눈을 녹여 미숫가루만 타 먹었다고 한다. 오늘은 국과 고기를 곁들인 맛있는 밥을 실컷 먹고 싶다며 어린아이처럼 웃는다.

정말 대단한 용기와 체력이 아닐 수 없다. 오는 길에 경치가 너무너무 좋아서 다음 기회가 있으면 걸어서 다시 여행해보고 싶다고한다. 그때는 혼자는 싫고 염소를 한 마리 친구로 하겠단다. 일주일이 넘도록 사람 한 명 구경하지 못할 때도 있었는데, 그게 사실은 물 없는 것보다 더 힘들었다는 거다.

"그런데 왜 하필 염소야?"

"개가 좋기는 제일 좋은데 따로 음식을 준비해야 하잖아요. 염소는 자기가 알아서 풀을 뜯어 먹고 살 수 있으니까요."

대답이 분명하다.

"그나저나 왜 이렇게 추울 때 이런 힘든 길을 여행하니? 여름방

학에 하면 좋을 텐데."

"내가 어디까지 견딜 수 있나 알아보고 싶었어요."

"그럼 야마다가 한 여행을 다른 사람에게도 권할 수 있겠어?"

"꼭 하고 싶은 일이라면 해봐야 하지 않겠어요."

이 여행이 굉장히 위험할 수도 있다는 건 알았느냐니까 그냥 씨익 웃는다.

야마다의 겸손하고도 당당한 태도가 마음에 쏙 든다. 야마다는 이제 대학 2학년생. 이번 여행에서 얻은 자신감과 인내심으로 한 세상을 잘 살아갈 수 있을 것이다. 풍요롭고 멋지게 살 수 있을 것이다.

밤새도록 쾅 하는 폭탄 소리, 푸드드득 하는 연발탄 소리, 피이융 하는 미사일 발사 소리 때문에 잠을 설쳤다. 나는 인민 해방군이 드디어 티베트의 독립운동을 무력으로 진압하러 온 줄 알았다.

그러나 그날이 바로 음력설 이브. 다행히 그 소리는 명절을 맞아 악귀를 쫓아내기 위해 터트리는 폭죽 소리였다. 라싸의 한족들이 요란하게 음력설을 맞는 거다.

아침에 바깥에 나가보니 한족 가게와 집마다 줄줄이 사탕처럼 수십 개씩 달려 있는 화약과 조명탄 터지는 소리가 들린다. 그날 저녁에는 호텔 주인이 전 투숙객에게 설 턱을 낸다고 임시 천막까지 쳐놓고, 중국 요리사를 불러 스무 가지도 넘는 중국식과 티베트식 요리를 만들어 내놓는다.

하지만 정작 티베트의 설은 한 달 후라고 호텔 주인은 말한다. 티베트 설도 한 2주일간 몹시 요란하게 쇠는데, 우리나라처럼 가족이 다 모여서 좋은 한 해를 기원하며 서로 행운과 존경의 상징으로 하얀 실크 스카프를 주고받는단다.

아들과 딸은 부모에게 보리로 빚은 술을 바치며 다복한 새해를 기원하고, 참파를 뿌리고, 향을 피우고, 폭죽도 터트린다고 한다. 참파를 바치며 향을 피우는 의식은 아침마다 한단다. 자연에 깃들인 모든 신들에게 예를 갖추는 의식이라는데, 숙소에서도 매일 아침 오색 깃발과 향로가 있는 옥상에서 이 의식을 행한다.

설에는 사원에서도 탈춤이나 승무 등 흥미로운 전통 행사가 셀 수 없이 많다는데 그동안 친해진 여관 주인은 시골에 있는 자기 집에 초대할 테니 아예 설을 쇠고 가라고 나를 꼬드긴다. 거절하기 아까운 꾐이지만 그러려면 한 달은 더 있어야 하는데 난 정말 그때까지 견딜 돈이 없다.

그래도 재래시장에 가니 아쉬우나마 명절 맛을 볼 수 있었다. 여러 가지 빛깔로 곱게 색칠한 보리, 현관이나 대문에 거는 천, 안에 양털을 댄 외투, 옷깃을 장식할 때 쓰는 화려한 무늬의 천, 폭죽 그리고 현관이나 대문에 붙이는 부적들이 불티나게 팔린다. 명절 물건을 고르는 사람들의 얼굴이 환하게 빛나고 있었다.

죽어서 자연으로 돌아가는 사람들

: 짱족 운전사의 당당한 애국심

라싸와 그 근처를 둘러보고 나서 바올리나는 네팔 가는 일행을 구하기에 분주하다. 나는 가이드북과 외국인 터줏대감들의 의견을 종합해 우선은 강 건너에 있는 사미에 사원과 강체, 시가체를 가기로 했다.

그러고 나서 사람이 모아지면 호수 여행도 할 작정이다. 시간이 촉박해진 바올리나는 사미에 사원만 같이 간 다음 네팔로 곧장 넘어가기로 했다.

라싸의 '나이트 라이프' 중에서 빼놓을 수 없는 것이, 아니 거의 유일한 것이 펜톡 호텔에서 공짜로 틀어주는 비디오 보는 일이다. 일주일치 비디오 상영 목록이 호텔 게시판에 붙고 나서 1시간 후면 전 라싸에 소문이 파다하게 퍼진다.

바올리나는 우리가 사미에 사원으로 떠나기로 한 날, 자기가 무지무지 좋아하는 《라스트 모히칸》이 상영되기 때문에 절대로 놓칠 수 없다고 해서 내가 하루 먼저 가기로 했다.

사미에 사원은 외국인 제한 구역이라 공안의 허가증을 받아야 한다. 이제 더 이상 '불법'을 저지르기 싫다는 바올리나가 알아보니 지금은 겨울이라 중앙에서 파견된 공안이 철수했기 때문에 단체가 아닌 개인은 허가증을 내려고 해도 낼 수가 없다는 거다. 재수 없이 공안에게 걸리면 1000위안이라는 엄청난 벌금을 물어야 한다는 소문이 떠돈다. 재수가 있는지 없는지는 가봐야 알 수 있는 일.

사미에 사원은 라싸에서 새벽 버스를 타고 4시간, 거기서 배로 1시간쯤 가서 다시 또 트럭으로 30분쯤 가는데, 강을 끼고 산을 배경으로 한 경치가 아름다운 곳이다. 새벽 버스를 탈 때 사람들이 오색 종이를 몇 묶음씩 사기에 이상하게 생각했는데, 그게 어디에 쓰이는지 강에 놓인 다리를 건널 때 알았다.

다리에는 이미 오색 깃발이 겹겹이 걸려 있는데, 버스가 이곳을 지날 때 운전사와 승객들 모두가 오색 종이를 창문 밖으로 뿌린다. 그것은 강과 산의 신 그리고 고을 터주 신에게 '감히 이곳을 지나가려고 하니 허락해주세요.'라는 신고식이란다.

깨끗한 햇살 아래 펄럭이는 오색 깃발과 흩어지는 오색 종이는 마치 무지개가 조각조각 떨어져 내리는 것 같다. 이렇게 티베트는 빛깔로도 여행자를 즐겁게 한다.

소형 버스에는 놀랍게도 소지가 금지된 14대 달라이 라마 사진이 붙어 있다. 공안에게 걸리면 경을 친다는데. 내가 운전사에게 사진을 가리키며 손으로 목을 베는 시늉을 했더니 이 간 큰 쫑족 운전사가 중국어로 대답한다.

"그분은 반드시 돌아와야 합니다."

버스 운전사가 이렇게 대답한 것에 비해 허가증이 없는 나는 경찰서를 지날 때마다 괜히 고개가 숙여진다. 특히 강 나루터에는 '여기부터는 외국인 제한 구역이므로 무단으로 출입하는 외국인은 엄벌에 처함'이라는 경고문이 붙어 있어 조금 긴장이 된다.

배 안에서 젊은 승려 둘과 처녀 둘인 순례자 일행을 만났다. 다행히 그 가운데 중국어를 할 줄 아는 처녀가 있어 재미있게 얘기를 나누며 왔다. 10대 후반의 이 일행은 사촌 간으로 쓰촨성에서 왔다고 한다.

얘기 도중에도 배낭에서 쉬지 않고 먹을 것을 꺼내주기에 그 안에 도대체 뭐가 들어 있냐니까 아예 배낭을 통째 벌려 보인다. 와, 이건 정말 대단하다. 그 안에는 양 뒷다리 말린 것 두 개에 참파 한 자루, 튀긴 빵 한 자루, 호떡 구워서 말린 것 수십 개, 벽돌같이 딱딱한 차 한 덩어리가 들어 있다. 사흘 동안 먹을 양식 준비가 너무 거창하다. 다들 아직 볼이 빨간 아이들인데 신앙심 하나로 산 넘고 물 건너 여기까지 온 게 기특하기도 하다.

우리가 탄 배는 강을 이쪽저쪽으로 왔다 갔다 한다. 강이 깊지 않아 배가 바닥에 닿지 않으려고 그러는 거란다. 피오르 해안처럼 강변이 울퉁불퉁한 강. 세계의 지붕이라는 티베트에 이렇게 아름다운 푸른 강이 있다는 것이 신기하다. 이 강을 더 파랗게 보이게 하는 것은 병풍처럼 둘러선, 나무 하나 없는 고동색 돌산이다.

강에는 물 반, 고기 반일 정도로 고기가 많은데, 티베트인들은 물고기를 성스러운 영혼의 환생이라 믿어 먹지 않기 때문이라고 한다.

배에서 내려 갈아탄 트럭은 절 바로 앞까지 갔다. 차에서 내리니 동네 개들이 먼저 반긴다. 아침과 점심을 거른 터여서 우선 식당으로 갔다. 뭘 먹을까 고르고 있는데 같이 온 순례자 일행은 버터 차를 보온병 하나 시켜놓고, 식당 앞 양지바른 곳에서 참파와 양 뒷다리로 식사를 한다.

목이 멜 것 같아 내가 물국수 다섯 그릇을 시켜 억지로 한 그릇씩 안겼더니 서로 쳐다보며 "축지차이(고마워요)." 한다.

어린 순례자들은 오자마자 짐을 내려놓고 사원 순례를 나서며 같이 가자고 잡아끈다. 내일은 아침 일찍 여기서 10킬로미터 떨어진 사원에 갔다가 모레 아침에 라싸로 돌아가야 한다는 거다. 나는 기왕 나서는 김에 제물로 바치려고 큰 설탕 봉지만 한 야크 버터를 두 덩이 샀다.

티베트 최초의 인도식 사원이라는 사미에 사원은 담장 안에 마을이 있어서 사원과 마을이 하나가 되어 있다. 그것은 우주를 상징하는 것이라고 한다. 사원은 우주의 중심이고 사원 안의 탑은 불교의 성산(聖山)인 메루 산을 뜻한단다.

사원 주위에 있는 '제3의 눈'이 그려진 네 개의 탑은 하늘을 떠받드는 기둥이다. 남쪽의 하얀 탑은 태양의 탑, 북쪽의 초록 탑은 달의 탑인데, 두 개의 눈은 바깥을 보는 눈이고 이마에 그려진 세 번째 눈은 내면을 들여다보는 자기 성찰의 눈이란다. 그런데 이곳도 문화대혁명 때 철저하게 파괴되어 옛것이 거의 사라졌는데, 특히 네 개의 탑은 시멘트로 급조해 조악하기 그지없다.

나도 일행이 하는 대로 본격적인 성지순례를 해보았다. 우선 큰 법당에 들어가기 전에 오체투지로 부처님께 절을 올리고, 법당에 들어가서는 커다란 향로에 야크 버터를 조금 바치고 합장을 한 다음, 법당 주위를 시계 방향으로 돌았다. 입으로는 계속 '옴마니반메훔'을 외며 돌다가 구석구석 모셔진 부처님 상에 이마를 갖다 대고 종이돈을 바치며 경의를 표했다.

그리고 바깥으로 나와서 사원 벽을 따라 죽 걸려 있는 경륜 통을 돌리면서 한시도 쉬지 않고 '옴마니반메훔'을 읊조렸다. 그렇게 경륜 통을 다 돌리고 나서는 동서남북 네 군데 탑에도 일일이 올라가서 돈과 야크 버터, 참파를 바치며 머리를 조아렸다.

동네가 그리 크지 않아 2시간 정도로 순례가 끝났다. 일행은 큰 숙제를 다 했다는 듯 흐뭇한 표정이고, 나는 예전부터 꼭 한 번 해보고 싶었던 사원 순례를 제대로 해보게 되어 좋다. 걷고 절하고 하느라 힘이 들었는지, 점심을 부실하게 먹어서인지 금방 배가 고파온다. 숙소 주인에게 동네 사람들이 주로 가는 식당이 어디냐고 물으니 문밖을 가리킨다.

그 집은 동네 남자들의 사랑방인지 남자들 여러 명이 버터 차를 시켜놓고 카드놀이를 하거나 수다를 떨고 있다. 중국어를 할 줄 아는 주인아저씨는 한 30살쯤 되어 보이는데, 심부름하는 사람도 없이 혼자 모든 일을 한다.

그런데 얼마나 여유가 있는지 손님들이 막무가내로 음식 재촉을 해도 서두르는 기색이 하나도 없고, 욕을 해도 화내지 않고, 개들이 들어와 어슬렁거려도 쫓으려 하지 않는다. 젊은 사람이 어쩌면 저렇게 느긋하고 세상 근심 모르는 표정일까 신기할 정도다.

저녁을 먹으면서 본의 아니게 큰 실수를 했다. 볶음국수를 시켰는데 한 가닥도 남기지 않고 다 먹어버린 거다. 어디를 가든 음식 남기는 건 실례지만 여기서는 그게 아니라는 걸 몰랐다.

내가 식당에 들어설 때부터 나를 유심히 지켜보던 남루한 차림의 남자가 있었다. 그 사람은 내가 국수를 반쯤 먹었을 때, 내 발밑에서 뭔가 떨어지기를 기다리는 개들을 쫓아내더니 그릇을 말끔히 비우자 그 음식 그릇을 들고는 당장이라도 울 것 같은 표정이 된다.

"아니, 저 사람이 왜 저러는 거예요?"

내가 깜짝 놀라 주인에게 물으니 아무렇지도 않게 대답한다.

"저 사람, 거지예요. 손님이 먹다 남은 음식으로 연명하죠."

그러면서 주인은 내 낭패한 표정을 읽었는지 거지에게는 오늘 팔고 남는 만두를 줄 테니 걱정하지 말라고 한다.

"그런데 아저씨네 집 음식이 건너편보다 더 맛있는데, 왜 외국인 여행자들이 모르죠?"

"우리 식당에는 영어 메뉴판이 없잖아요."

"그럼, 내일 당장 영어 메뉴판 만들어요. 내가 도와줄게요."

내가 적극적으로 나서자 아저씨는 순진하게 웃는다.

"그나저나 아저씨는 그 더벅머리를 자르면 훨씬 미남일 텐데."

내 말에 부끄러워 어쩔 줄 모르며 부엌으로 들어가 버린다. 다음날 늦은 아침을 먹으러 식당에 갔더니 주인이 머리를 단정하게 자르고 나타났다. 나를 보더니 멋쩍은지 주문도 받으러 오지 못한다. 그날 아침 주인과 둘이 머리를 맞대고 영어 메뉴판을 만들었다.

"우선 아저씨가 만들 수 있는 걸 다 적어보세요."

그가 적은 것을 음료 따로, 주요 음식 따로, 후식 따로 분류하고, 주요 음식은 국수, 밥, 만두, 빵, 감자 요리, 달걀 요리 등으로 나눠서 1시간도 안 되어 6쪽짜리 제법 폼 나는 메뉴판을 만들었다.

음식 값을 얼마나 받아야 할지 감을 못 잡는 아저씨에게 배낭여행자로서 너무 싸지도, 비싸지도 않은 가격을 제시했더니 무조건 "하오(좋아요)."만 연발한다.

외국 여행자들은 식당에 게스트 북이 있으면 자기 의견이나 유익한 정보도 적고, 음식을 기다리면서 들춰보기도 한다니까 얼른 뛰어나가서 공책을 한 권 사온다. 공책 첫 페이지에 국제 홍보 내 전공을 살려서 가게 음식과 주인에 관해 아주 그럴듯한 홍보 글을 적어주었다. 아저씨는 영어 메뉴판이 생겼다는 기쁨 때문인지 좀처럼 표정을 드러내지 않던 사람이 그날은 싱글벙글 희색을 감추지 못한다.

: 수줍어 손도 못 흔드는 30살 노총각

하루 만에 온다는 바올리나는 오지 않았다. 눈에 잘 띄는 서양인이라 혹시 오다가 공안에게 걸린 게 아닐까 은근히 걱정이 된다. 전화가 있어야 라싸에 전화를 해보지. 여기는 전화는커녕 전기도 안 들어오는 곳이다.

저녁을 먹으러 식당에 가서 요즘 동네 공안의 동태가 어떠냐고 물었더니, 별일 없을 거라면서 만약 무슨 일이 생기면 자기 친구의 친구가 공안과 친구니까 손을 쓸 수 있다고 걱정 말란다. 그러면서 시키지도 않은 티베트식 만두를 한 접시 내온다.

내가 메뉴를 만들 때 '티베트식 만두'는 뭐냐고 했더니 일부러 만든 모양이다. '모모'라고 하는데 두꺼운 밀가루 피에 양고기를 다져넣은 것으로 샤허에서도 먹어본 거다.

내가 마늘을 넣으면 더 맛있을 것 같다고 하니까 좋은 생각이라고 한다. 그러면서 나보고 언제 라싸로 갈 거냐고 묻는다. 2, 3일 뒤라고 했더니 그냥 웃고 만다. 어제는 묻는 말에도 대답을 못할 정도로 부끄러워하더니 오늘은 먼저 물어보기까지 하니 웬일이람. 저녁을 먹고 돈을 내려고 하니 한사코 사양이다.

"쩐더 뿌야오(정말로 필요 없어요)."

떠날 때까지 자기 식당에 와서 공짜로 먹으라고 한다. 내가 그럼 내일부터 안 온다고 하니까 또 그냥 웃기만 한다.

다음 날 아침 늦잠을 자는데 누가 문을 두드린다. 아침마다 뜨거운 물이 담긴 보온병을 갈아주러 오는 사람일 거라고 생각하고 "시엔짜이 뿌야오(지금은 필요 없어요)."라고 했더니 계속 두드리는 게 아닌가. 무슨 일인가 나가보니 조그만 소년이 아주 당차게 소리친다.

"식당 주인이 아침밥 먹으러 오래요."

그러면서 바깥에서 기다릴 테니 꾸물거리지 말고 빨리 나오란다. 우습기도 하고 기가 막혀서 대충 옷을 입고 따라나섰다. 나를 본 주인은 눈도 제대로 맞추지 못하고는 얼른 부엌으로 들어가 달걀 오믈렛과 버터 차를 내온다.

내가 외국인들은 아침에 달걀 오믈렛을 즐겨 먹는데 그냥 달걀 프라이로 파는 것보다 양파와 당근, 토마토를 조금씩 넣어서 만들면 맛도 좋고 돈도 더 받을 수 있다고 가르쳐주었더니 그대로 만든 거다. 아주 기특한 제자다.

이곳은 정말 개가 많다. 자그마한 몸집의 떠돌이 개들이 돌아다니다가 사람을 보면 제 주인인 양 싹싹하고 반갑게 매달린다. 보살펴주는 사람도 없는 개들이 뭘 그렇게 잘 얻어먹기야 했을까만 표정이나 털의 상태가 그리 나쁘지 않은 걸 보면 영 천덕꾸러기로 산 것 같지는 않다. 그런 개들이 그 작은 마을에 백 마리는 족히 될 것 같다.

이곳 스님들은 성불하지 못한 스님들이 개가 되어 절 근처를 배회하는 것이라고 믿으며 먹을 걸 나누어 준다는데, 실제로 스님들, 특히 노스님이 지나가면 수십 마리가 따라붙는다. 동네 사람들도 그렇게 많은 개들과 별문제 없이 잘 지내고 있다.

혼자서 슬슬 동네를 한 바퀴 돌아보았다. 뒷동산 '하이 보리 언덕'에 올라가니 마을이 한눈에 들어온다. 위에서 보니까 가이드북에 적힌 대로 사미에 사원이 우주의 상징이라는 뜻을 알 것 같다.

꼭대기라서 어찌나 바람이 부는지 수십 장의 오색 깃발들이 파도처럼 출렁이며 펄럭이는 게 장관을 이룬다. 정말 혼자 보기 아까운 순간이다. 도대체 바올리나는 왜 안 오는 거야?

'폭풍의 언덕'에서 혼자 절을 지키고 계신 스님께 버터 차를 한 잔 얻어 마셨다. 중국말을 할 줄 아는 스님인데 거기서 뜻밖에도 식당 주인의 정체를 알았다.

그도 예전에 스님이었다는 거다. 그런데 왜 승복을 벗었느냐고 물었더니 잘은 모르지만 티베트 독립군 조직에 연루된 것 같다고 한다. 그러면서 이곳 사미에 사원은 독립투사를 많이 배출한 곳으로 유명하다는 거다. 그럼 그 순진하게 생긴 사람이 말로만 듣던 '프리덤 파이터(독립투사)'란 말인가?

그날은 1월의 마지막 날. 차를 많이 마셔서인지 새벽 5시까지 잠을 이룰 수 없는 덕분에 별이 뜨고 지는 것을 볼 수 있었다. 까만 하늘에 예쁘게 펼쳐진 별들의 잔치를 실컷 즐겼다.

여기는 특히 자가발전기로 일으키는 전기가 저녁 8시부터 9시 30분까지밖에 들어오지 않아 한밤중에는 빛 한 점 없는 암흑천지다. 게다가 달도 초승달이니 별들이 이때다 하고 성대한 파티를 벌인 거다. 티베트에서 왜 점성술이 발달했는지 그 이유를 확실히 알겠다. 이토록 별들이 가깝고 크고 뚜렷하게 보이는 곳이 세상천지에 또 있을까.

다음 날 오후에 드디어 기다리던 바올리나가 왔다. 원래는 여기서 며칠 있을 예정이었는데 네팔 가는 일행을 만나 내일 떠나야 한단다. 사정이 그러면 라싸 근처 사원들 구경이나 잘 하지 먼 데까지 뭐 하러 왔느냐니까 나한테 작별 인사를 하러 왔다면서 활짝 웃는다. 내일 아침에 가려면 어두워지기 전에 빨리 절 구경이랑 동네 구경 나가자니까 딴소리를 한다.

"비야 얼굴 봤으니 구경은 안 해도 돼요. 우리 어디 가서 맥주나 한잔해요."

아 참, 내 정신 좀 봐라. 분명히 아침, 점심 쫄쫄 굶고 왔을 텐데. 얼른 '우리 식당'으로 데리고 갔다.

"아, 기다리던 친구가 왔군요."

주인 총각은 우리가 함께 들어서는 것을 보고 처음 보는 바올리나에게 반갑게 인사를 한다.

"이 사람이 날 어떻게 알죠?"

"금발의 외국인인 네가 오다가 꽁안한테 잡힐 것에 대비해 꽁안 친구의 친구의 친구를 잘 사귀어두었지."

"뭐라고요?"

내가 자초지종을 얘기하는데 바올리나가 또 딴소리를 한다.

"그런데 비야, 저 사람이 비야 좋아하는 것 같아요. 비야는 그걸 못 느껴요?"

"좋아하긴 뭘 좋아해. 저 사람 예전에는 중이었다는데."

그런데 바올리나의 말이 맞는가 보다. 떠나는 날 아침, 트럭 뒤에 타고 있는데 그 사람이 나타나서 눈으로 나를 찾는 것 같다. 내가 어떻게 하나 보려고 모른 척하고 있었더니, 내 눈에 띌 만한 곳에서 계속 트럭 주위를 빙빙 돈다. 트럭이 떠나려고 시동을 걸 때까지도 모른 척하고 있으니까 다급해진 그 사람이 드디어 나를 부른다.

"웨이(이봐요)."

내가 고개를 돌려 쳐다보며 손을 흔들자 소리까지 질렀던 그 사람은 나와 눈이 마주치는 순간 다시 부끄러워하며 내게 손도 흔들지 못한다. 이렇게 헤어지고 나면 다시는 못 만날 줄 뻔히 알면서도. 살다보면 이런 식의 인연도 있는 거다. 저 사람에게는 이 만남이 어떻게 기억될까. 그리고 또 나에게는……

: 담벼락에서 말라가는 정겨운 야크 똥

티베트 제2, 제3의 도시라는 시가체와 강체도 둘러보았다. 시가체는 티베트의 현존하는 또 다른 부처 판첸 라마가 있는 곳이고, 강체는 지방 교통의 요지로 아주 티베트답다는 평이다. 예전에 인도와 티베트 사이에 양털 무역이 성행했던 곳으로 산중에 사는 사람들이 일상 용품을 사러 오는 마을이다.

강체에 여행자들이 많이 오는 이유는 허허벌판에 거짓말같이 나타나는 요새와 티베트에서 제일 크다는 불탑 초르텐 때문이다. 여기는 한눈에 보아도 티베트족 마을이다. 거리의 모든 사람들은 옷차림과 머리 모양이 모두 티베트식이다. 어린 꼬마 아이들까지도 까만 외투에 무지개 앞치마, 빨간색 신발까지 갖춘 전통 의상을 입고 있다.

날씨가 추워 남자들은 가지각색의 모자를 쓰고, 여자들은 심한 치통을 앓는 사람처럼 스카프로 턱을 친친 감고 다닌다. 양쪽 관자놀이에 조그맣게 파스를 붙이고 다니는 여자들도 많은데 두통이

날 때 진통 효과가 있다고 해서 생긴 새로운 유행이란다.

아침이면 팔 길이만 한 꼬챙이에 끼운 말린 야크 똥을 메고 집집마다 다니며 파는 것도 흔하게 볼 수 있다. 햇볕이 잘 드는 담벼락이나 지붕 위, 바위 위에서는 말리려고 널어놓은 야크 똥이 우리나라 초가지붕 위에서 익어가는 박이나 앞마당에서 말라가는 붉은 고추처럼 정겨워 보인다. 옛 정취 물씬한 시골 마을에 위성 안테나 같이 생긴 집열판으로 태양열을 끌어들여 주전자의 물을 끓이는 첨단 장치가 있는 게 신기하다.

마을 중심에서 절까지 가는 길에는 집집마다 오색 깃발이 걸려 있고, 인도의 비슈누 문양 같은 게 그려져 있다. 집 벽은 하얗게 칠했는데, 창에는 붉은 테두리를 둘러 아주 화려하다.

강렬한 태양 아래 하얀 집들이 늘어선 좁은 골목이 엉뚱하게도 그리스를 연상케 한다. 그리스가 푸른 바다를 배경으로 한 하얀 집이 강한 색상대비를 이룬다면 여기는 바다만큼 푸른 하늘 아래 하얀 집이라는 게 다를 뿐이다.

강체에 있는 사원에도 큰 부처를 모신 화려한 불당이 있는데, 나는 그 옆에 있는 쿰붐 초르텐이 훨씬 재미있다. 쿰붐 초르텐은 1만 개의 부처님상이 있는 탑이라는 뜻이다. 이것은 1427년에 만들어졌는데, 9층짜리 탑 건물을 빙 돌아 조그만 방들이 108개 있고, 방마다 각양각색의 부처님상과 화려한 벽화가 있다.

입구에 들어서니 20대 중반의 스님과 어린 여승이 양지바른 곳에서 차를 마시다가 나를 보고 차를 권한다.

"어디서 오셨습니까?"

이런 시골에 사는 스님이 영어가 정확하다.

"티베트에 오신 지 얼마나 되셨습니까?"

내가 대꾸하자 자기 말을 알아듣는 게 신기하다는 듯, 문법과 발음도 정확하게 또 묻는다.

"스님, 영어를 참 잘하시네요."

내가 칭찬을 했더니 얼른 방으로 들어가서 무언가를 꺼내온다. 독학 영어 회화 책이다. 이것으로 혼자 공부하면서 가끔 가다 외국인 여행자를 만나면 조금씩 배우기도 한단다.

"영어를 왜 하려고 하세요?"

"그래야 내가 갈 수 없는 여러 나라 얘기를 알 수 있지 않겠어요?"

스님은 활짝 웃으며 오늘은 다른 관광객이 없으니 자기가 불탑을 안내해주겠다고 자청한다. 그의 짧은 영어와 나의 짧은 중국어를 섞어 아무 불편 없이 불탑의 방방을 구경하며 설명도 잘 들었다. 동굴같이 깜깜한 방에서는 손전등까지 비춰주어 벽화도 자세히 볼 수 있었다.

불상이 1만 개나 되다 보니 정말 희한한 불상도 많다. 빨간색, 초록색, 노란색, 까만색의 불상. 남자 부처님 몇을 거느리고 있는 여자 불상. 손이 여러 개인 부처님에 얼굴이 여러 개인 부처님. 눈이 세 개인 부처님에 손바닥에도 눈이 있는 부처님. 틀니 같은 것을 꺼내놓고 있는 부처님. 이 밖에 섹시한 포즈의 일명 '스포팅 부처님'이 있는데, 남자와 여자 사이의 뜨거운 에너지가 열반에 이르는 가장 빠른 길이라고 생각하는 인도 밀교의 영향이 강하게 느껴진다.

스님이 초르텐은 인간의 일생을 상징하는 것이라고 설명한다. 인간은 태어나면서부터 자기 수련을 쌓게 되는데, 그 수련의 정도에 따라 서서히 계단을 오르게 된다고 한다. 마지막으로 초르텐의 맨

꼭대기까지 올라가는 성숙한 영혼이 되면 거기서 우주로 떠나게 된다는 거다.

나는 물론 꼭대기까지 올라가 보고 싶은데 4층에 자물쇠가 잠겨 있다. 스님은 잠깐 망설이더니 아래로 내려가 열쇠 뭉치를 가져온다. 5층부터는 달팽이 속처럼 몹시 좁고 꼬불꼬불한 계단이다.

사다리를 타고 오르기를 여러 차례, 어느 사다리를 오르자 시야가 탁 트이면서 멀리 눈 덮인 산과 여름에는 보리밭이었을 넓은 벌판이 한눈에 들어온다. 속이 시원해지는 경치가 말문이 막힐 정도로 멋지다.

경사진 지붕이 타일이어서 미끄러운 데다 바람이 몹시 불어 몸의 균형을 잡기도 쉽지 않은데 경치에 취해 이리저리 뛰어다니니까 심양 스님이 소리친다.

"노 니드, 노 니드."

무슨 말인가 생각해보니 '하지 말라'는 말의 중국식 표현인 '뿌야오'를 직역한 거다.

"이럴 때는 '비 케어풀(조심하라)'이라고 하는 거예요."

웃으며 말했더니 주머니에서 노트를 꺼내 얼른 적는다. 젊은 스님이 이만한 열의가 있으니 나중에 뭐가 되어도 되겠다. 그래서 스님이 반복적으로 틀리는 발음과 표현을 적어주면서 영어 공부를 했다. 싱글벙글 어찌나 좋아하는지 나도 흐뭇해진다.

성숙한 인간의 영혼이 떠나간다는 지붕 위에서 우리는 매우 즐거운 영어 교습 시간을 가졌다. 스님은 영어를 배워서 좋고, 나는 가르치는 재미에 더해 내세를 위한 복 하나를 지었으니 한 계단 올라간 셈이다.

나중에 라싸에 돌아갔을 때 다른 외국인 여행자들에게 강체에 가면 이 스님에게 영어 회화 연습 좀 시켜주라고 신신당부했다.

티베트 사람들은 야크를 신이 내린 선물이라고 한다. 왜냐하면 이들은 야크에서 생활에 필요한 거의 모든 것을 얻기 때문이다. 야크 털로 옷을 만들고, 텐트를 만들고, 야크 가죽으로는 배까지 만들며, 야크 젖으로 버터를 만들어 그대로 먹기도 하고, 차를 만들어 마시거나 양초를 만들어 어둠을 밝힌다.

물론 고기는 중요한 주식이 되고, 똥은 그대로는 집을 짓는 데 사용하고 말려서는 연료로 쓴다. 야크는 티베트 같은 고산지대의 혹독한 추위를 견디며 짐을 나르고 사람을 태우는 유일한 동물이다.

티베트 안에 있는 동안은 여행자들도 야크의 영향권을 벗어날 수 없다. 우선은 그 냄새, 야크 버터의 냄새를 피할 수 없다. 보온병 안에서도, 절에서도, 숙소 침대에서도 그리고 사람들에게서도 머리부터 발끝까지 온몸에서 늘 야크 버터의 비릿한 냄새가 난다.

옷에서는 물론 배낭에서도, 심지어는 가지고 다니는 공책이나 돈에 이르기까지 속속들이 배어 있는 이 티베트의 냄새. 게다가 가는 곳마다 야크 호텔이 있고, 식당 이름도 야크 식당 천지다. 강체에도 물론 같은 이름의 식당이 있다.

야크 식당에는 이미 순례자 한 가족이 버터 차에 딱딱한 빵을 적셔 먹고 있었다. 할머니와 할아버지, 젊은 아버지와 엄마 그리고 3살이나 되었을까 싶은 꼬마 계집아이다. 내가 국수를 한 그릇 시켜놓고 기다리고 있자니까 할아버지가 빵을 권한다.

중국어를 하는 주인 말이 이 가족은 멀리 네팔 국경에서 왔다고 한다. 할아버지의 15살 난 막내딸도 같이 떠났는데, 국경을 넘을 때 붙잡혀서 못 왔다고 한다. 이들은 본래 티베트인인데 종교 박해를 피해 네팔에서 산다는 거다. 아이 아버지는 총각 때 독립투사로 활약했던 사람이라고 한다. 비록 제 나라에서 살 수 없는 처지이지만 일가족의 표정은 아주 평화롭다.

티베트인들은 삶의 뿌리를 송두리째 빼앗기고 다른 나라에 망명 중일지라도 그런 환경에서 사람들이 일반적으로 나타내는 우울증이나 피해망상증 같은 것들을 거의 나타내지 않는다고 한다.

이것은 티베트 망명정부가 있는 인도 다름살라에서 오랫동안 자원봉사를 한 의사의 말이다. 그 이유는 자신들이 처한 외적인 조건과는 상관없이 티베트인들은 마음속 깊이 내적인 평화를 지니고 있기 때문이란다.

이들 가족의 모습이 바로 그런 게 아닐까. 사진 한 장 같이 찍을 수 있겠느냐고 했더니 순순히 승낙하며 포즈를 취해준다. 뭐라도 주고 싶어 궁리를 하다가 일기장에 끼워놓은 14대 달라이 라마 사진을 생각해냈다.

그걸 꺼내 할머니께 드렸더니 할머니는 깜짝 놀라시며 사진을 소중히 받아들고는 이마에 한 번 갖다 대고 경의를 표한다. 그러고 나서 사진을 할아버지에게 건네니 할아버지도 똑같이 예를 갖춘 다음 다시 아들에게 주고, 아들은 어린아이 이마에 사진을 갖다 댄다.

할머니는 목에서 예쁜 돌이 매달린 목걸이를 빼서 내게 주신다. 얼마나 오래 걸고 계셨던 건지 가죽 줄이 닳아서 반들반들하다. 내가 아무리 안 받겠다고 해도 계속 달라이 라마 사진을 들어 이마에 대시며 "축지차이(고맙습니다)."라고만 하신다. 이럴 때는 너무 사양하는 것도 예의가 아닌 것 같아서 "축지차이." 하고는 목걸이를 받았다.

그리고 한국에 돌아와서 열심히 걸고 다닌다. 모든 것을 빼앗겼지만 그 모든 것을 마음속에 지니고 있는 그 가족을 생각하며.

라싸에 돌아와 보니 바올리나가 편지 한 통과 책 두 권을 남겨놓고 떠났다. 한 권은 달라이 라마 자서전이고 다른 하나는 《소피의 세계》라는 노르웨이 책이다. 이 책은 나도 읽고 싶었는데 마침 이 아이가 가지고 있었던 거다. 베이징에서 사서 아직 읽지 않았지만 자신은 카트만두에 가면 다시 구할 수 있을 테니 나더러 읽으라면서 두고 갔다. 고맙기도 하지.

그런데 편지 봉투를 열어보니 글쎄, 돈이 900위안이나 들어 있는 게 아닌가. 얼른 편지를 읽었다.

'사랑하는 비야에게. 그동안 정말 즐거웠어요. 비야 덕분에 여행의 괴로움과 즐거움을 동시에 맛보았어요. 동봉한 돈은 내가 쓰고 남은 중국 돈이니 부담 갖지 말고 받아주세요. 좋아하는 타쉬 레스토랑의 치즈 케이크도 실컷 사 먹고요. 보고 싶을 거예요. 비야를 좋아하는 바올리나가. 추신: 스칸디나비아 반도에 올 기회가 있으면 꼭 연락해야 돼요. 핀란드 근처에 왔는데도 전화 안 하면 내 친구 아님.'

내가 거기까지 간다면 전화 안 할 리가 없지만, 그게 아니더라도 바올리나는 이미 확실한 내 친구다.

: 순백 설산에 휘날리는 오색 깃발

열흘 만에 다시 온 라싸는 사람들만 바뀌었지, 여행자들은 여전히 비슷한 일상을 보낸다.

고산병 때문에 골치가 아프다는 핑계로 늦게 일어나고, 일어나서는 마당 벤치에 앉아 해바라기를 하고, 점심과 저녁은 타쉬 레스토랑에서 토마토 수프와 치즈 케이크를 먹거나 '서드 아이' 식당에서 채소 카레나 닭 뒷다리 튀김을 먹고, 8시면 펜톡 호텔에 모여 영화를 본다.

'틈틈이' 시간을 낼 수 있으면 포탈라 궁이나 조캉 광장에 가고, 조금 부지런한 아이들은 세라 사원이나 드레풍 사원에 간다. 아주 부지런한 아이들이 사미에 사원이나 시가체와 강체에 간다. 돈과 시간이 충분하거나 운이 좋아 여러 명을 모을 수 있으면 지프를 빌려 호수나 더 멀리 히말라야와 에베레스트 베이스캠프까지 가는 사람도 있다.

외국 여행자들의 티베트 여행 감상은 가지각색이다. 너무너무 좋다는 사람들도 많지만, 듣던 바와는 다르게 별것 아니어서 실망하고 간다는 얘기도 심심찮게 나온다. 티베트는 이미 전통을 잃었다거나, 거리나 사람들이 너무 지저분해서 신비한 이상향과는 거리가 멀다거나, 아이들은 그렇다고 쳐도 사지 멀쩡한 어른들까지 왜 돈을 달라고 하느냐는 등의 이유다.

특히 라마승들에게 종교인의 엄숙함이 없다는 얘기를 자주 한다. 일생을 걸고 택한 종교의 길이라면 죽을힘을 다해 그 길을 가고 있다는 진지함이 엿보여야 한다는 얘기다.

물론 이런 말에는 일리가 있다. 사원에 가보면 법당 안에 앉아 있는 스님들은 염불을 외는 건지, 차를 마시며 노는 건지 모를 정도로 흐트러진 모습일 때가 많다. 허리를 꼿꼿이 세워 자세를 바로하고 몰아지경에서 염불을 하는 스님을 기대한 사람이라면 분명히 실망할 만하다.

솔직히 말하면 나도 티베트 승려들에게서 거룩함이나 종교적인 엄숙함 같은 것은 찾을 수 없었다. 젊은 스님들도 절제된 수도자라기보다는 보통 젊은이들과 다른 게 없고, 나이 든 스님들도 밤송이 머리에 초라한 행색이 아무도 돌보는 이 없는 노인 같다고 생각할 때가 많았다.

그러나 종교인은 반드시 거룩하고 엄숙하고 진지해 보여야만 하는 것일까. 겉으로는 일반인들과 다를 바 없이 자연스러우면서도 속으로 진지하다면 그쪽이 더 종교인다운 것이 아닐까. 그렇지만 스님들의 그런 속까지야 알 수 없으니 겉으로 드러나 보이는 것만 가지고 판단하게 마련인데, 사실은 이런 속단 또한 편견의 산물은 아닌지 모르겠다.

나는 외국인 여행자 중에서도 '아주 부지런한' 그룹으로 라싸 근처에 있는 드레풍 사원, 세라 사원은 물론, 사람을 모아 지프를 빌려서 호수에도 가보았다.

드레풍 사원은 전성기 때는 승려가 7000명이나 되어 세계에서 제일 큰 사원으로 알려졌다고 한다. 웅장한 규모에 양옆으로 이어진 하얀 회칠을 한 건물 사이로 좁고도 꼬불꼬불한 계단이 나 있어 중세의 가톨릭 수도원을 연상케 한다.

그 사원 밑의 오라클로 유명한 네창 사원도 흥미롭다. '오라클'이란 쉽게 말해 무당이 신이 들린 상태에서 국정 전반에 관한 질문에 대답하는 의식인데, 달라이 라마도 중요한 일을 결정할 때는 반드시 오라클을 한다고 자서전에서 고백했다.

네창 사원 주위에는 다 부서진 건물들이 아직까지 방치되어 있는데, 문화대혁명 때 '홍위병'의 깃발을 단 철부지 어린아이들이 몽땅 파괴한 것이란다. 피 맛을 본 야생동물의 집단적 광기 같은 흔적이다.

세라 사원에 도착했을 때는 마침 젊은 스님들이 넓은 마당에서 교리 공부하는 모습을 볼 수 있었다. 어린 스님들이 둘씩 짝이 되어 질의 응답하는 소리가 요란한데, 묻는 사람이 서서 무엇인가를 물으며 대답을 재촉하듯 한 발을 구르면서 손바닥을 치면, 대답하는 사람이 앉아서 얼른 설명을 하는 거다. 어린 스님들이라 내 눈에는 진지한 교리문답이라기보다 장난기 섞인 일종의 '공부 놀이'처럼 보이는데 그렇게 좋아 보일 수가 없다.

호수 여행은 사람 모으기가 좀 번거로웠지만 가보기를 참 잘 했다. 가이드북에는 이곳이 티베트에서 가장 아름다운 경치라고 되어 있는데 과연 허풍이 아니다.

처음 몇 시간은 몹시 황량한 산만 보이더니 한참을 올라가니 멀리 터키석 빛깔의 호수가 보인다. 그 빛깔 때문에 더욱 이 호수가 티베트의 중요한 성지로 여겨진다.

정작 그날의 하이라이트는 순백의 설산 정상에서 휘날리는 오색 무지개 깃발의 눈부신 아름다움이다. 해발 5000미터가 넘는 이곳에 얼음 바람까지 불어 체감온도가 적어도 영하 20도는 될 것 같다. 하지만 우리는 그 아름다움에 취해 입술이 파래지는 것도 모르고, 귀가 떨어져 나가려는 것도 모른 채 오랫동안 넋이 나가 있었다.

: 시신을 독수리에게 먹이는 장례식

나는 라싸에서도 '역시 운 좋게' 민박할 기회를 만났다. 시골이 아니라 좀 섭섭하지만 그래도 이게 웬 떡이냐. 사미에 사원에서 만난 어린 순례자 일행 중 띵츤왕모가 자기 고모와 함께 정말 내가 묵는 숙소로 찾아왔다. 라싸에 오면 자기 친척집에 묵으라고 한 그 아이의 말을 나는 그저 지나가는 인사말이라고 생각했었는데 말이다.

고모네 집은 조캉 시장을 지나 어디론가 꼬불꼬불 들어가서 다시 찾아가라면 절대로 찾지 못할 깊숙한 골목 안에 있다. 아파트 같은 곳인데 집에 들어가니 어떻게 얘기를 해놓았는지 남자들 네 명이 반갑게 맞는다. 내가 농담으로 모두 남편이냐고 물었더니 내 뜻을 알고는 웃으면서 고모는 자기 남편은 외아들이라서 남편이 하나밖에 없고, 이분들은 모두 다른 지방에서 온 친척들이란다.

티베트의 일처다부제 얘기는 이제 널리 알려져 있다. 한 여자가 한 집안의 남자 형제 모두와 결혼하는 풍습 말이다. 그 반대인 일부다처제도 있었다고 한다. 즉 한 남자가 한집안의 자매 모두와 함께 사는 거다.

그런데 이런 결혼 제도는 사회 형태라기보다 아주 처절한 생존의 지혜였다고 한다. 한정된 사람만을 먹일 수 있는 척박한 자연에서 살아남기 위해 인구가 많아지면 일처다부제를, 인구가 줄어들면 일부다처제를 행한 거다.

그러나 티베트에서 가장 보편적인 결혼 형태는 단혼제, 즉 일부일처제다. 더구나 지금은 특히 도시에서는 일처다부나 일부다처는 말로만 남아 있을 뿐 사라지고 없다는 설명이다.

고모가 띵츤왕모를 라모라고 불러서 이름이 두 개인 줄 알았더니, 몇 년 전에 아이가 병에 걸려 죽다 살아나서 그 전 이름을 안 쓰고 새로운 이름으로 부른다는 거다.

띵츤왕모는 나를 보자마자 사미에 사원에서 같이 찍은 사진들이 나왔느냐고 묻는다. 물론 라싸에도 현상소가 있지만 지금은 돈이 떨어졌으니 나중에 베이징에 가서 사진을 현상하면 반드시 보내주겠다고 하는데도 실망하는 표정이 역력하다. 저런, 사진을 찍을 기회가 별로 없는 아이라 속으로 그 사진을 많이 기다렸나 보다. 미안해서 어떡하지.

그 순간 바코르 광장에 즉석 사진관이 있는 게 생각났다. 멀리서 순례 온 사람들이 포탈라 궁 그림 앞에서 기념사진을 찍는 곳인데, 두 장에 7위안이나 하는데도 인기가 대단하다.

내가 당장 거기 가서 사진을 찍자고 했더니 약간 흥분하며 잠깐 기다리라고 한다. 그러더니 얼른 고모의 코트와 시계, 구두를 빌려서 양장으로 빼입고 나온다. 사실 이 아이의 짱족 전통 의상이 훨씬 보기 좋은데 말이다.

무슨 말 끝에 티베트 전통 장례 의식인 조장(鳥葬) 얘기가 나왔다. 고모 말로는 라싸 근처에 이런 의식을 하는 사원이 두 군데 있다고 한다. 지금도 조장 지내는 것을 볼 수 있냐니까 놀랍게도 그렇다고 대답한다.

내가 묵고 있는 호텔 게시판에는 조장은 티베트 사람들의 엄숙한 장례 의식이므로 관광객의 출입을 금하며, 만약 몰래 출입하다 발각될 때는 엄벌에 처한다는 공문이 붙어 있었다.

그러나 고모는 자기네 바로 아랫집에서도 일주일 전에 조장을 했다면서 그때 왔더라면 참석할 수 있었을 거라고 말한다. 여기서는 그 장례 의식을 '아도'라고 하는데, 그 말은 '새를 먹인다'는 뜻이란다. 고모가 말해준 조장의 방법과 과정은 이렇다.

사람이 죽으면 시신을 흰색 천으로 싸서 3~5일(여름에는 1~3일)

동안 집 안에 뉘어놓는다. 그동안 스님이 염불을 하며 지은 죄를 없애주고, 친척과 친지들이 문상을 한다. 이 애도 기간에 가족들은 머리를 빗지 않으며 얼굴도 씻지 않고 웃거나 크게 말하지도 않는다.

장례를 치르는 날 장지까지 따라간 사람들은 당분간 죽은 이의 집을 찾아가지 않는다. 죽은 사람의 영혼이 그들을 따라 집으로 돌아갈 수도 있기 때문이다. 장지는 보통 앞에 산이 있고, 약간 비탈진 바위를 선택한다. 바위 위에 시체를 놓고는 향불을 피우고, 참파를 모닥불에 뿌리고, 사람 넓적다리뼈로 만든 퉁소를 불어 독수리를 부른다.

독수리 떼가 나타나면 장의사는 바위에 죽은 사람의 머리를 묶어 고정시키고 등과 복부를 갈라서 내장을 꺼내놓는다. 그러고는 칼로 시신의 가죽과 살을 발라내 토막 쳐놓고, 머리와 뼈는 잘 빻아서 참파 가루와 섞어 작은 주먹밥을 만든다. 독수리들이 먹기 좋게 해주는 거다.

독수리 떼는 서너 구의 시신을 1시간 안에 다 먹어치운다. 유족들은 새 떼가 시신을 말끔히 먹어치우면 그 영혼이 하늘나라로 가서 영원한 안식을 찾고, 윤회의 영겁에서 벗어날 수 있다고 믿는다.

이렇게 엄숙하게 영혼을 하늘로 보내는 의식을 치르는데 분별없는 관광객들이 요란스럽게 사진을 찍으며 돌아다니는 통에 독수리들이 놀라서 날아가는 등 한심한 작태가 더러 있었던 모양이다. 그래서 당국에서는 관광객의 출입을 금지시켰는데, 몇 주일 전에는 어떻게 알고 왔는지 홍콩인 관광객이 함부로 사진을 찍다가 장의사의 신경을 건드려 장의사가 바르다 만 허벅지를 번쩍 들고 쫓아버렸다고 한다.

게다가 서양인들 중에는 이런 조장 장면을 낱낱이 찍어가면서, 조장은 천하에 둘도 없는 야만 행위이니 그런 만행을 즉시 중단해야 한다고 망명정부에 항의가 빗발쳤다고 한다.

이런 항의는 무식과 교만이 하늘을 찌르는 서양 사람들의 되지못한 행동이 아니고 무엇이냐 말이다.

이 장례법에는 인간도 죽으면 자연으로 돌아가 세상 윤회의 한 고리가 되어야 하고, 죽은 몸조차 자연에 보시(布施)해야 한다는 불교적 사고방식이 그 바탕에 깔려 있다는 깊은 뜻까지는 모른다 하더라도, 척박한 환경에서 살아가는 티베트인들의 지혜의 산물이라는 것을 전혀 알지 못한 처사이기 때문이다.

화장할 나무가 없고, 땅이 얼어 매장도 할 수 없는 티베트의 자연 속에서 가장 합리적인 장례법은 무엇이겠는가. 그로부터 발생한 조장의 문화적 의미와 기능은 이해하려고도 않고 자신들의 잣대로 우월을 따지는 서구인들의 오만방자함이라니. 한마디로 역겨울 뿐이다.

고모는 이곳에서는 수장(水葬), 매장(埋葬), 화장(火葬)도 하는데 조장이 가장 일반적이라고 설명한다. 처음 고모한테 얘기를 들었을 때는 졸라서라도 조장을 볼 수 있도록 주선해달라고 할 생각이었으나 다시 한 번 생각해보고는 그러지 않기로 했다.

나 역시 다름 아닌 구경꾼일 뿐이니 방해만 될 것이 아닌가. 한 영혼의 무사한 극락 행을 위해, 그리고 유가족들의 마음의 평화를 위해 나서지 않는 편이 나을 것 같다.

: "짱족은 모두 프리덤 파이터죠"

고모네 방은 그대로 작은 법당이라고 해도 좋을 만큼 성물들이 가득하다. 족자에 부처님의 일생을 적어놓은 '탕가'가 벽지를 대신해 바른 듯 걸려 있다. 버터 초가 타는 제단에는 향이 피워져 있고, 참파를 반죽해 만든 조그만 탑들도 수십 개 늘어서 있다. 맑은 물을 담은 종지들도 한 줄로 놓여 있다. 그리고 불상 대신 14대 달라이 라마 사진과 판첸 라마 사진도 모셔져 있다.

방 안에는 또 카펫이 가득이다. 깔려도 있고 걸려도 있다. 보통의 카펫처럼 정사각형에 가까운 넓은 모양이 아니라 폭이 1미터 정도에 길이가 무척 길다.

이 방은 가정 법당이자 안방이다. 여기서 밥을 먹고 차를 마시며 얘기를 나누기도 하는데, 잘 때는 남자들은 여기서, 여자들은 부엌에서 잔다. 부엌에는 항상 물이 끓고 있어서 남자들이 자는 방보다 훨씬 따뜻하다. 잘 때는 입고 있던 외투를 이불처럼 뒤집어쓰고 잔다. 나는 손님이라고 요 대신 카펫을 깔아주고 깨끗한 이불도 따로 갖다 주었다.

처음으로 만난 티베트 민박집에서 그냥 맨송맨송 자기가 너무나 아깝다고 생각하고 있는데 마지막 순간에 뜻밖의 사람을 만났다. 남자 손님 중에 왼쪽 다리를 저는 40대 중반의 남자가 있었는데, 그 사람이 바로 내가 그렇게 만나고 싶어 하던 프리덤 파이터였던 거다.

1987년 라싸 바코르 광장에서 일어난 독립운동 당시 격렬한 시위로 체포되어 고문 끝에 발목이 잘린 스님이라고 한다. 잠자리에 든 고모를 끌어내 티베트어 통역을 부탁했다. 그러고도 내 부족한 중국어 실력으로는 잘못 알아듣는 중요한 대목이 있을까 봐 가지고 다니는 사전을 꺼내고, 필담도 곁들였다.

이 아저씨의 생생한 얘기를 들을 수 있었던 것은 수확 중의 수확이다. 밤이 이슥하도록 들은 얘기는 대충 이렇다.

전성기 때 티베트는 네팔과 지금의 윈난성에 있는 나라들로부터 조공을 받을 정도로 강대했다. 실크로드 무역의 중심지인 신장의 카슈가르를 지배하고, 당나라의 침공을 받고는 당의 수도인 시안을 공격하는 것으로 응수한 막강한 나라였다. 9세기에는 사원을 중심으로, 15세기 이후에는 달라이 라마를 중심으로 하는 신왕(神王) 정치가 자리를 잡으면서 천 년 넘게 번영해왔다.

그런데 1950년 중공군이 침공했다. 티베트는 최선을 다해 싸웠으나 이듬해 라싸를 점령당하고 중국의 식민 지배하에 놓이게 되었다. 당시 이른바 인민해방군의 침공 구실은 '소수 지배계급에 신음하고 있는 민중을 해방시킨다'는 거였다.

그들은 이 땅을 점령하고 티베트가 '마침내 어머니의 나라에 되돌아왔다'고 선전했다. 중국이 티베트의 어머니라니, 티베트는 역사적으로 한 번도 중국의 땅인 적이 없었다.

물론 티베트에 문제가 전혀 없었던 것은 아니다. 인구의 3퍼센트에 불과한 지배 계층이 국가의 모든 재산과 권력을 장악하는 극심한 부의 편중이 있었다. 그러나 그것은 전적으로 이 나라의 내부적인 일일 뿐 다른 나라인 중국이 관여할 문제가 아니었다.

티베트를 점령한 중국은 1959년에 토지개혁을 실시하는데, 그들은 티베트에서는 밀을 재배할 수 없다는 것을 모르고 보리 대신 밀을 심게 해 많은 사람들이 굶어 죽었다. 그다음 시련은 1966년부터 10년간 자행된 무시무시한 문화대혁명이었다. 그 파괴의 불개미들은 티베트의 문화와 종교와 전통을 한꺼번에 파괴하려고 달려

들었다.

1959년에는 전국적으로 1600개가 넘던 사원이 문화대혁명이 끝난 다음에는 겨우 열 개가 남았고, 일부 사원들은 돼지우리가 되었다. 이 과정에서 유명한 사원의 성물들이 약탈, 파괴되었음은 물론 승려들은 강제 징용되거나 추방 또는 사형당했다.

그 후 중국은 한족의 티베트 이주를 적극 장려한 결과 지금 라싸에는 한족의 수가 티베트인인 짱족보다 많으며, 14대 달라이 라마의 고향인 암도에는 짱족 70만에 중국인이 50만을 넘는다고 한다. 중국은 짱족에게는 강제 불임 및 인공유산을 자행해서 다른 소수 민족들에게 해당되는 1가족 2자녀 정책 대신 1가족 1자녀 정책을 강력하게 시행하고 있다는 것이다.

이렇게 중국은 민족과 종교, 문화를 억압하는 잔인한 말살 정책을 폈다. 여기에 대항해 티베트의 지도층이 들고 일어나 대규모 독립운동을 전개했다. 이것이 바로 1987년의 바코르 광장 국민 봉기다. 그때 이후 1993년까지 해마다 대규모 시위가 벌어졌고, 중국은 군대를 파견해 이를 억압했다. 국제사면위원회는 중국이 티베트를 점령한 후 숨지거나 다친 티베트인이 100만 명이라고 발표했다.

오랜 시간 얘기를 듣고 아저씨한테 이렇게 프리덤 파이터를 만나게 되어 정말 반갑다고 했더니 자기만 특별한 것이 아니라 짱족은 모두 프리덤 파이터라고 못을 박는다. 그렇다고 쳐도 아저씨의 눈빛이 예사롭지 않다.

내가 지금의 국제 정세로는 어차피 자주독립은 요원하니 중국하고 사이좋게 지내면서 훗날을 기약하는 것이 보다 현실적이지 않느냐니까 잠깐 입술을 한 일(一)자로 물더니 단호하게 얘기한다.

"중국인들은 우리에게서 신앙만 빼앗으면 된다고 생각하지요. 그러나 보세요. 우리 짱족에게 신앙이란 없어도 살 수 있는 생활의 일부가 아니라 없으면 죽을 수밖에 없는 삶의 전부랍니다. 자기의 존재가 송두리째 부인되는 마당에 어떤 타협이 있을 수 있겠습니까? 도저히 그럴 수는 없는 일이지요."

그러고는 곧 말을 잇는다.

"이대로 가면 머지않아 우리는 우리 땅에서 소수민족으로 전락하게 될 겁니다. 티베트족의 문화와 전통은 단지 관광객의 호기심을 충족시키기 위해서나 남아 있을 것이고요."

내가 티베트의 당면한 문제를 묻자 그는 거침없이 대답한다.

"자주독립이죠. 그래서 달라이 라마가 하루빨리 돌아오셔야 합니다."

자주독립. 혹독한 상황에서도 티베트인들은 간절히 독립을 원하고 있다. 이 아저씨처럼 조국 독립에 몸 바친 독립투사나 학생 등 지식인뿐만 아니라 조캉 사원에서 오체투지를 하던 할머니도, 기념품을 파는 상인도, 숙소 주인아저씨도, 네팔에서 왔다는 망명 순례자 가족도, 사미에 사원에서 만난 나이 어린 스님도, 불법으로 달라이 라마 사진을 차 안에 붙이고 다니는 버스 운전사도 그리고 깡촌 시골에서 온 18살 먹은 땅츤왕모도 모두 같은 말을 했다.

라싸를 떠나는 날 포탈라 궁에 다시 가보았다. 파란 하늘 아래 하얀 포탈라 궁 앞에는 붉은 인공기가 펄럭이고 있었다. 파란색과 빨간색은 태극기의 문양에서처럼 언제나 보기 좋은 조화를 이루지만, 티베트의 푸른 하늘 아래, 그것도 600만 짱족에게는 마음의 고향인 포탈라 궁 앞에서 펄럭이는 붉은 인공기는 보는 이의 마음을 섬뜩하고도 아프게 했다. 붉은 깃발이 마치 파란 하늘의 심장을 뚫고 떨어지는 핏방울처럼 보였다.

하늘이여, 부디 티베트를 자유의 땅으로 돌아가게 하소서.

베이징·옌볜

엔지 역에는 붉은 글씨로 '연길에 오시니 반가워요'라는 반가운
한글 문구가 있다. 엔지 시내 중심가는 생각보다 크고 번화하다.
인구 30만이라는데 노래방, 호프집, 스탠드바 등 먹고 노는 곳이 아주 많다.

울어도 넘지 못한 국경, 두만강 3미터

: 겨우 배운 중국어가 남방 사투리라니

베이징 어언문화대학 외국인 학생 기숙사 4동 2층 27호. 베이징 '미니 유학' 동안의 내 임시 거처다.

어떻게 5주일 남짓의 단기 어학연수를 하면서 외국인 학생 기숙사에 묵을 수 있게 되었나? 그건 티베트에서 만난 한국인 유학생 자매 은정이와 은향이 덕분이다. 은정이는 1년간 어학연수차 베이징에서 공부를 하고 있고, 한국에서 대학교 중문과에 다니는 동생 은향이는 겨울방학을 이용해 베이징에서 어학연수 중이다.

티베트 라싸의 타쉬 레스토랑에서 만났는데, 나는 처음에 이 아이들이 중국말을 잘해서 홍콩 사람인 줄 알았다. 그런데 내 책을 읽은 은정이가 나를 한눈에 알아보고도 내가 '유명한 사람'이라 자기가 아는 척해보았자 반가워하지 않을 것 같아서 인사를 하지 않았단다. 책을 읽었다면서 어떻게 내가 사람 만나기 좋아한다는 걸 몰랐단 말인가.

그러나 은정이가 그 얘기를 라싸의 '빠른 입', 여행자 사회의 터줏대감 조슈아에게 했으니 내 귀에 안 들어올 리가 없지. 덕분에 나는 그 동네에서 '유명 인사'가 되었다.

이 자매는 예의 바르고, 유머도 철철 넘치고, 싹싹하기까지 해서 마음에 쏙 들었다. 그래서 함께 억지로 날짜를 맞추어 도둑 버스를 타고 거얼무, 시안을 거쳐 베이징까지 오게 되었던 것이다.

중국 여행 중에 체계적인 중국어 연수를 꼭 하려고 생각했다. 지금까지는 심봉사가 어린 심청이 동냥젖 얻어 먹이듯 여기서 찔끔, 저기서 찔끔 배워서 요긴하게 쓰긴 했지만 성에 차지 않았다. 그래서 중국을 떠나기 전에 적어도 한 달간은 제대로 된 선생님과 교과서를 가지고, 책상에 앉아 규칙적으로 공부를 해야겠다고 마음먹었다.

베이징으로 오는 길에 은정이에게 베이징에서 공부를 하고 싶은데 단기 학원이나 학교가 있냐니까 당장 어언문화대학 근처의 학원을 소개해준다. 은향이도 방학 동안 거기서 공부했는데 알짜배기로 잘 배웠다며 추천한다. 방학 기간이라 비어 있는 유학생 기숙사에 묵을 수 있다고 해서 숙소도 쉽게 해결되었다.

학원에서는 진도는 빨리 나가지만 여러 명이 같이 공부하기 때문에 발음이나 성조, 틀린 표현을 일일이 바로잡아줄 수 없을 것 같아서 개인 가정교사를 찾아달라고 했더니 같은 학교 영문과 학생을 물색해주었다. 리창창이라는 아주 똘똘하게 생긴 여학생하고 중국어와 영어를 1시간 반씩 교환 공부하기로 했다.

스케줄을 종합해 시간표를 짜보니 한 달간의 일과가 이렇다. 아침 8시부터 12시까지 학원 수업, 점심 먹고 3시간 가정교사와 과외 공부, 저녁 먹고 새벽 1시까지 예습, 복습, 숙제. 특히 가정교사와 공부할 때는 그동안 말이 제대로 안 통해 궁금했던 중국의 여러 가지를 영어로 속 시원하게 물어볼 수 있어서 잘되었다.

그곳에 있는 동안 먹을 걱정은 안 해도 좋다. 우선 학교 근방에 유학생을 위한 한국 식당이 많아 김밥, 떡볶이, 비빔국수, 돌솥비빔밥 등 골고루 실컷 먹을 수 있다. 꼭 한국 음식이 아니더라도 밥과 여러 가지 반찬을 골라 담을 수 있는 '허판'이라는 도시락 장수가 있어서 입맛에 맞는 도시락을 10위안 정도에 사 먹을 수도 있다.

모든 것이 완벽하게 준비되었다. 이제는 신나게 공부하는 일만 남았다. 다른 나라 말을 배울 때, 그 말을 모국어로 쓰는 나라에서 배우는 것 이상으로 좋은 방법은 없다.

특히 중국어를 배우는 데 있어서는 한자 문화권인 우리는 대단한 특혜를 누리게 된다. 나처럼 한자 교육을 중요시할 때 학교를 다닌 사람들은 배운 한자만으로 중국인과 어느 정도 의사소통이 가능하다. 이것은 중국어에 친근감을 느끼게 하면서 배우는 데 큰 자신감을 준다. 영어나 프랑스어를 하는 유럽인이 이탈리아어나 스페인어를 쉽게 배우는 것과 마찬가지다.

중국어는 세계 인구의 5분의 1인 12억 인구가 쓰는 언어이자 영어, 불어, 스페인어, 아랍어, 러시아어와 함께 유엔 공용어 중 하나이기 때문에 나로서는 난민 관련 프로그램에서 일할 때 매우 유용하게 쓰이리라는 기대도 있다. 그리고 내 또 다른 꿈 하나, '40살 전에 5개 국어를 마스터하자'는 계획의 마지막 언어이기도 하다.

중국어 미니 유학의 첫날, 오랜만에 일찍 일어나 발걸음도 가볍게 학원으로 향했다. 8시부터 4시간을 이어 들어도 지겹기는커녕 얼굴이 벌게져 수업을 받았다.

같은 반 학생들은 전부 이곳에 살고 있는 한국인들인데, 대부분

우리나라 기업 주재원이나 공무원, 교수, 대사관 직원의 부인들이다. 중국 생활을 더 알차게 해보려고 학원에 나와 열심히 공부하며 건전하고 유익한 생활을 하고 있는 걸 보니 보기 좋고 괜히 마음이 뿌듯하다.

"와, 한 번도 학교나 학원에서 배워본 적이 없다며 참 말을 잘하네요."

같은 반 학생들의 말이다. 하지만 수업을 받아보니 내 중국어의 문제점들이 확실히 드러난다. 첫날이라 틀리면 창피할까 봐 확실하다고 생각되는 말만 했는데도 수업 내용을 녹음해서 다시 잘 들어보니 반 이상은 틀린 말이다. 발음이 맞으면 성조가 틀리고 성조가 맞으면 발음이 틀리고 둘 다 맞으면 문법이 틀렸다. 이제껏 중국 여행에서 틀려도 알아듣게만 하면 된다는 버릇이 단단히 든 거다.

점심 후 창창과의 개인 교습 시간에도 문제가 나타났다. 중국어로 내 소개를 간단히 했는데 뜬금없이 창창이 묻는다.

"전에 배우던 선생님이 남방 사람 아니에요?"

"왜 그러는데?"

"비야 따제는 광둥(廣東) 사투리가 아주 심하네요."

광둥 사투리라고? 다리에 있는 웨이야가 상하이 사람이었으니 웨이야 사투리인가 보다. 게다가 남방 지방을 넉 달 넘게 다녔으니 사투리도 배울 만하지. 어쩐지 사람들이 나를 보면 광둥이나 홍콩 사람이냐고 꼭 물어보더라니.

그동안 내 복장이 다른 지방 사람보다 세련되어 그러는 줄 알았는데 이제 보니 말투 때문이었다. 그 덕에 여태껏 외국인 요금 안 내고 잘 다녔는데 이제부터는 큰일이다. 말도 제대로 하기 전에 사투리부터 배웠으니 마치 한국말 못하는 외국 사람이 경상도나 전라도 사투리로 얘기하는 꼴이다. 어쨌든 본격적인 중국어 공부는 사투리 교정부터 해야 하니 시간이 두 배로 걸리게 되었다.

길에서 배운 중국어와 책상에서 배우는 중국어는 판이하게 다르다. 6개월 여행을 다니면서 매일같이 썼던 말, 예를 들면 뜨거운 물이라는 '카이슈웨이(開水)'를 여태껏 카이슈이라고 발음했는데 그게 아니라는 걸 처음 알았다. 발음이 틀렸지만 무슨 말인지는 알아들을 수 있으니까 아무도 고쳐주지 않은 거다. 어떻게 쓰는 줄도 모르면서 골백번 쓰던 말을 글로 써놓고 보니 그것도 참 신기하다.

밤 1시가 넘어 잠자리에 들었는데도 정신이 말똥말똥하다. 명색이 '유학 중'이니 오는 잠도 쫓을 판에 안 오는 잠을 청할 수는 없는 일. 새벽 2시에 벌떡 일어나 책상에 앉아 교과서를 편다. 내가 기특하게 느껴지는 밤이다.

내가 몇 나라 말을 한다고 하면 보통 사람들은 내가 머리가 좋거나 언어 학습에 특별한 재능이 있다고 생각하는데 알고 보면 정반대다. 물론 다른 나라 언어에 대단한 관심이 있는 것만은 사실이지만 한 번 들은 것이 그대로 머릿속에 박히는 그런 사람은 절대로 아니다. 그렇기 때문에 무슨 공부를 하려면 많은 시간이 필요하다.

그러니 가장 만만한 게 잠자는 시간을 줄이는 거다. 그 덕분에 나는 졸음을 쫓는 여러 가지 방법을 안다. 다행히 커피를 마시면 늦게까지 잠이 안 오는데, 이것도 아주 피곤할 때는 소용이 없어서 안티푸라민을 눈가에 바르는 등 적극적으로 잠을 쫓아야 한다. 수험 준비나 유학 등 집중적으로 시간이 필요한 때가 되면

"어제 자고 오늘 또 자?"라는 농담을 하면서 이틀에 한 번씩만 자는 일이 흔했다.

나는 머리 나빠 몸 고생 톡톡히 하는 대표적인 사람이다.

∶ 시작이 늦은 것보다 하다 중단할 것을 두려워하라

공부를 시작한 지 3주일이 될 무렵 조선족 자치주 옌볜에 다급하게 다녀와야 할 일이 생겨 공부에 공백이 생겼다. 그런데 2주일 남짓의 옌볜 여행을 마치고 돌아와 큰 행운을 잡게 되었다. 이미 새 학기가 시작되어 기숙사 방에서는 머물 수 없게 되어 집을 새로 구했는데, 이 집이 중국인과 같이 사는 개인 아파트였던 거다.

옌지(延吉)에서 베이징으로 돌아와 그 길로 학원으로 갔다. 수업이 끝나고 나오는데 인상 좋은 어떤 남학생이 다가와 묻는다.

"배낭 한번 크네요. 어디 놀러 가세요?"

"아니, 놀러 다니다가 지금 공부 좀 하려고 한 달 정도 묵을 방을 찾는 중이야."

"그래요? 내 친구 아파트에 빈 방이 하나 있는데……."

그래서 이 학생을 따라가 보니 학원에서 엎어지면 코 닿을 곳에 있는 아파트다. 방이 세 칸 있는 30평 남짓한 아파트에는 한국인 유학생 둘과 중국 아가씨 다섯이 살고 있다.

중국 유학을 온 한국인 학생들은 두 사람의 1년 동안 유학 자금을 투자해 어언문화대학과 베이징대학, 칭화대학 등에 우리나라 커피 자판기를 설치해 거기서 번 돈으로 학비와 생활비를 충당하고 있는 아주 기특한 학생들이다.

중국 꾸냥(아가씨)들은 그 자판기 도우미들이다. 기계가 한국산이라 한국 동전이 필요하기 때문에 중국 아가씨들이 자판기 옆에 지켜 서서 일일이 한국 동전을 바꿔준다는 거다.

나로서는 정말 땡호아 중의 땡호아다. 중국인들과, 그것도 한시라도 말을 않고는 못 배기는 수다스러운 10대 처녀들과 한 집에 살게 되었으니 말이다. 그중에 '왕샹'이라는 똘똘한 아가씨에게는 시간당 20위안을 주고 하루에 1~2시간씩 특별 과외를 받기로 했다.

우리 '조직'에서는 커피 장사 외에도 톈진(天津)에서 도매로 가져온 한국 라면을 팔고 있었다. 나는 다른 것은 몰라도 내가 있는 동안 라면 100상자는 팔아주겠다는 목표를 정하고 학원에서 만나는 한국인 부인들에게 적극적인 홍보를 시작했다.

"기왕 사는 라면이라면 이 학생들 것 팔아주세요. 기특하잖아요. 부모한테 손 안 내밀고 스스로 돈 벌어 공부한다는 게 말이에요. 라면 사주는 게 장학금 주는 거라니까요."

이런 내 입심의 '홍보력'과 그곳 따제 부대(큰언니 부대) 주축인 서귀원 씨와 천문학 박사 이은희 씨의 '인맥'이 어우러져 중국을 떠나오기 전까지 목표를 초과 달성했다.

후반부의 2주간 어학연수 스케줄은 아침 조깅과 배드민턴 등 약간의 운동을 제외하고는 만학의 불꽃을 태우는 데 총력을 기울이기로 했다. "페이창 총밍(아주 머리가 좋아요)."이라며 학원 선생님들은 나를 치켜세우지만 중국어는 내가 지금까지 공부한 외국어 중에서 배우는 속도가 가장 느리다. 발음이 특히 나빠서 남방 사투리에다 한국 악센트가 섞이고, 영어 발음까지 끼어들어 다국적 발음이 되는 게 제일 큰 문제다.

우리나라에서는 기초는 혼자서 하거나, 초보 선생님한테 배우고 고급으로 들어가서야 실력 있는 선생님을 찾는 게 보통인데, 내가 배워보니 천만의 말씀이다. 이렇게 하는 것은 1, 2층의 기초를 대충 얽어놓고 3층만 멋진 누각을 올리려는 것과 다름없다.

　내가 다니는 학원에서도 '니 하오'도 모르고 시작한 완전 초보 학생들은 2~3개월만 지나면 발음과 성조가 정확해지는데, 한국에서 어설프게 공부하고 온 사람들은 1년이 지나도 권설음조차 제대로 내지 못하니 그것으로도 확실히 알 수 있는 일이다.

　외국어를 배우는 건 만만한 일이 아니다. 세상 어디에 공짜가 있겠는가. '3개월 속성, 6개월 완성'이라는 말은 달콤한 그러나 새빨간 거짓말이다. 학창 시절에 벼락치기로 외운 내용은 시험지를 내는 순간 모두 잊어버리지 않는가. 속성이나 벼락치기는 비슷하게는 되어도 진짜는 되지 못하는 사이비 얼치기의 길이다. 외국어에 관한 한 내가 터득한 진리는 딱 두 가지. 지름길은 없다. 그리고 공든 탑은 절대 무너지지 않는다!

　내 또래나 나보다 나이가 많은 분들은 외국어에 대해 이렇게 말한다.

　"내가 5년만 젊었어도 공부를 시작하겠어요."

　그러면 내가 묻는다.

　"언제부터 그 외국어를 배우고 싶으셨는데요?"

　"생각은 아주 오래되었지요."

　"그럼 5년 전에 왜 시작을 안 하셨어요?"

　"그때야……."

　이런 사람들은 드물지 않다. '5년만 젊었어도, 10년만 젊었어도' 라며 공부를 시작해볼 엄두를 내지 못하는 사람들은 많다. 용기를 내 시작해보지도 않고 몇 십 년 동안 '5년만 젊었어도'라는 변함없는 레퍼토리만 되풀이한다. 그런 사람들은 아마 꽃다운 나이 20대부터 그 말을 애용했을지도 모른다. 자기가 무슨 일을 못하는 것이 순전히 나이라는 장애물 때문인 것처럼.

내가 제일 싫어하는 말 중 하나가 '이 나이에……'라는 말이다. 앞으로 더 나이 들 일밖에 남지 않았으니 '이 나이'가 그 사람의 인생으로서는 제일 젊은 나이인데도 말이다. 바로 '이 나이'가 자기보다 나이 든 사람들이 부러워하며 돌아가고 싶어 하는 '참 좋은 때'인데도 말이다.

스스로 자신을 '이 나이에'라는 올가미로 얽어매지 않는다면 나이로부터 얼마든지 자유로울 수 있다. 언제 어느 때든 용기를 내 새로운 일을 시작하는 분들에게 들려드리고 싶은 중국 격언이 있다.

'늦게 시작하는 것을 두려워 말고, 하다 중단할 것을 두려워하라.'

내가 늘 명심하는 말이다.

┊ 중국서 번 돈 젊은 애인에게 다 털려

베이징발 555열차. 오후 3시 35분 출발해 다음 날 오후 7시 옌지에 도착한다는 기차에 몸을 실었다.

사실 조선족이 사는 옌지는 5주일간 중국어 공부를 끝내고 가려고 했었다. 그런데 옌볜 가면 묵기로 한 집 아저씨가 몇 주일 후에는 다른 지방에 가게 되었으니 지금 오면 좋겠다는 연락이 왔다. 공부도 중요하지만 아무래도 그 아저씨가 있을 때 가는 게 여러모로 좋을 것 같아 다녀오기로 한 거다.

공부를 잠시 쉬어야 한다는 아쉬움이 있어서, 옌지까지 가는 장거리 기찻길 28시간 동안 수다스러운 중국 사람을 만나 중국어 실습이나 실컷 했으면 좋겠다고 생각했다.

그러나 막상 같은 칸에 탄 사람들은 한국에서 온 50대 아저씨 두 명과 투먼(圖們)에 산다는 조선족 신혼부부 그리고 허룽(和龍)에 산다는 50대 조선족 아줌마다. 이분들은 허름한 옷차림에 서울 말씨를 쓰는 내가 헤이룽장성에서 온 사람인 줄 알았단다.

북한하고 가까운 지린성(吉林省)은 함경도나 평안도 출신이 많은 반면 헤이룽장성은 후발대인 경상도, 전라도 등 남쪽 출신이 많아서 서울 말씨를 쓴다는 거다.

옌지로 가는 기차여서 그런지 조금만 귀를 기울이면 '무스그', '옳소', '동무', '일 없다' 등 정겨운 북한 말투가 여기저기서 쏟아진다. 다음 날 오후가 되니, 갑자기 차내 방송으로 태진아 노래가 메들리로 흘러나오며 한국어로 안내 방송이 나온다. 조선족 자치주에 들어선 거다.

창밖으로 스쳐가는 경치를 본다. 야트막한 언덕, 마을 앞을 흐르는 작은 강물, 논 사이로 꼬불거리는 논두렁길, 벼 벤 논 응달에 남아 있는 하얀 눈 그리고 그 위로 쏟아지는 투명한 햇살. 내게는 너무나 낯익은 풍경이다.

경춘선을 타고 가다가 경기도 마석쯤에서부터 보게 되는 바로 그 길이다. 버스를 타고 충청도 어디 지방 도로를 지나가면 내내 눈앞에 펼쳐지는 바로 그 풍경이다. 이런 정겨운 경치를 보니 마음이 놓인다. 우리 동포들이 고향과 비슷한 이 산야에서 정 붙이고 살기가 그만큼 나았을 테니까.

한국 사람이나 중국 동포들과 같이 가느라 중국어 공부를 못하게 되었다고 내심 아쉬워했는데 뒤에 보니 그게 또 커다란 횡재였다. 한국에서 온 아저씨들은 상인들인데, 한중 수교 직후부터 10년간 이곳을 드나들어서 옌벤의 중국 동포와 한국인에 대한 산증인이자 정보의 바다요, 인간 인터넷 검색창이었던 거다.

"중국에 와서 돈 벌었다는 사람은 백에 열이 될까 말까예요. 나머지는 모두 거덜 나서 나가요."

"아저씨는 버신 모양이죠?"

"벌었다 까먹었다 해요. 나도 중국병에 걸려 아직도 이렇게 왔다 갔다 하고 있지만 보따리 장사 해서 돈 벌겠다는 사람 만나면 정말 말리고 싶어요."

"왜요?"

"돈을 벌면 뭘 해요. 벌면 버는 대로 고스란히 여자한테 다 꼬나 박고 마는데."

"무슨 여자요?"

"조선족 애인 말이에요. 그런 사람 어디 한둘인가요? 나도 지난해만도 지금 애한테 6만 위안 들어갔어요."

"어머, 한국에 부인 없으세요?"

"없기는요. 말하자면 현지처란 말이죠. 나만 그런 것 아니에요."

이 말을 하면서 멋쩍게 웃는 것을 보면 언행이 거칠기는 하지만 그래도 영 이상한 아저씨들은 아닌 것 같아서 얘기를 계속했다.

"무슨 장사가 잘 되나요?"

내가 물었다.

"처음에는 명태랑 미꾸라지로 돈 좀 벌었죠. 그런데 배 안에서 만난 사람이 개장사 하면 떼돈 번다고 해서 시작했다가 그동안 번 돈까지 다 까먹었어요. 재수가 더럽게 없었지요. 지금은 가라오케 바에 나가는 조선족 아가씨들 상대로 가죽점퍼와 무스탕 팔아요. 그 애들 아주 사치스러워서 고급 옷이 잘 먹히거든요. 이번에는 좀 될 것 같은데 해 봐야 알지요, 뭐."

젊은 아저씨가 대답했다.

"아저씨는요?"

나이 든 분에게도 물어보았다.

"이거 말해도 되나. 실은 난 골동품 장사해요. 북한 골동품을 내오는 거죠."

"어머, 아저씨가 직접 북한에 가세요?"

"나는 미국 국적이지만 한국에도 나가야 하니 가면 안 되죠. 중간에 심부름하는 조선족이랑 북한 사람이 있어요. 그 사람들이 북한 전 지역을 커버하거든요. 그래서 주소만 있으면 북한에 있는 친척을 찾을 수도 있어요. 이번에도 한 건 하고 왔어요."

"그럼 이산가족도 만나게 해 줄 수 있나요?"

"그건 쉬워요."

"그렇게 하는 데 얼마나 드나요?"

"2만 위안 정도."

"우와, 아저씨 떼돈 버시겠네."

"그래도 요새는 정신없어요. 조선족 애인이랑 애인 집 가족 먹여 살리느라고."

예순도 넘어 보이는 아저씨에게 25살짜리 애인이 있다고 젊은 아저씨가 고자질하듯 말한다.

그 여자를 어떻게 알았느냐니까 가라오케 바에서 만났다며 여기 여자들은 돈 많은 남자를 보면 나이가 많든 적든 매우 적극적이란다. 그 아가씨도 아저씨를 만난 첫날 아파트 구경시켜 달라고 꾀어서 그날로 넘어가고 말았단다.

이런 여자와 살려면 여자는 물론 여자 집안 전체를 먹여 살려야하기 때문에 끝도 없이 돈이 들어간다며, 돈을 안 쓰면 여자가 당장 다른 사람을 찾는다고 스스럼없이 말한다.

"지난 10년 동안 한국 남자들이 연변 사람들 먹여 살렸지, 뭐. 그래도 이 사람들 고마운 줄도 몰라."

젊은 아저씨가 누구에겐가 큰 불만이 있는 것처럼 볼멘소리로 말한다.

"보통 중국으로 장사하러 오는 사람들은 혼자 오는 경우가 대부분이거든요. 타국에서 외롭지, 새파란 아가씨가 간 빼줄 듯이 잘하지, 그러니 이런 일이 생기는 거예요."

나이 든 아저씨가 속 들여다보이는 궁색한 변명을 한다.

"하여튼 나도 이번에 한탕 하면 뜰 생각이에요. 중국, 이제는 지긋지긋 신물이 나요."

젊은 아저씨가 넌더리를 낸다.

"아저씨 그 '한탕' 타령 10년 전부터 하셨지요?"

내가 농담 반, 진담 반으로 말했더니 두 아저씨가 "맞아."라고 합창을 한다.

옌지는 다 왔는데 문제가 생겼다. 베이징을 떠나면서 옌볜 아저씨의 전화번호 가지고 오는 걸 깜빡 한 거다. 아기 예방주사 맞히러 가면서 정작 아기는 안 데리고 갔다는 친구 흉볼 일이 아니다. 어쩜담?

같은 칸에 탄 투먼 사는 신혼부부가 함께 걱정을 하면서 오늘 밤은 자기네 집으로 가잔다. 괜찮다고 해도 마음이 안 놓이는지 전화번호를 적어주며 무슨 일이 있으면 꼭 연락하라고 몇 번이나 당부한다.

옌지 역에 닿으니 붉은 글씨로 '연길에 오시니 반가워요'라는 한글 문구가 눈에 들어온다. 그런데 다행히 옌지 역 바깥에 옌볜 아저씨와 아줌마가 역시 붉은 한자로 '한비야(韓飛野)'라고 쓴 도화지를 들고 나와 계신다.

: 옌볜 시장에선 이미 남북통일

다음 날 옌지 시내를 슬슬 둘러보니 중심가가 생각보다 크고 번화하다. 인구 30만이라는데 노래방, 호프집, 스탠드바 등 먹고 노는 곳이 아주 많다. 지나다니는 사람들의 차림도 말끔하고 고급스러운 것이 여느 한족 도시와는 확실히 구별된다.

특히 짙은 화장에 입술을 시커멓게 그려 마치 관에서 튀어나온 송장같이 하고 다니는 여자들은 열이면 열 조선족이다. 한 벌에 보통 사람들 월급의 네댓 배하는 가죽이나 무스탕 점퍼를 입은 사람들도 흔하다. 높은 까만색 통굽 신발도 유행인가 보다. 무전기만한 휴대폰을 가지고 다니는 사람도 심심치 않게 보인다.

시장에는 한국에서 들여온 물건들이 산처럼 쌓여 있다. 운반비가 만만치 않을 텐데 화장품이며 옷, 라면 등이 어떻게 한국보다 더쌀 수 있을까. 저게 다 가짜란 말인가? 긴가민가하면서도 베이징에서는 서른 개들이 한 박스에 180위안 하는 '신라면'이 단돈 87위안이라 두 박스 샀다. 한 박스는 베이징의 미정이와 은정이에게, 다른 한 박스는 한국 라면이 먹고 싶어 몸살을 하는 윈난성 리장의 김명애에게 보내야지. 좋아하겠다.

　지하 매장에는 명태, 마른 오징어는 물론 낙지, 오징어, 소라 등 싱싱하게 살아 있는 북한산 해산물이 천지다. 한국산 라면에 북한산 해산물이라. 옌벤 시장에서는 이미 남북통일이 이루어졌다.

　'신화서점'이라는 국영 책방에도 가보았다. 2층에 조선어 코너가 따로 있는데, 옌벤, 평양, 한국에서 만든 책들이 전시 판매되고 있다. 기념으로 평양인쇄공장에서 만든 《대동강과 처녀》, 옌벤 조선족 학교의 교과서 《고향》 그리고 《세계 속의 우리 민족》이라는 책을 샀다.

　신화서점 근처에 있는 옌지 냉면집의 '랭면부'에도 가보았다. 강당만큼 큰 식당에 손님으로 발 디딜 틈이 없다. 그곳 '랭면'은 소문대로 무지무지 맛있다. 내가 세상에 태어나 먹어본 물냉면 중에 제일 맛있는 것 같다. 가격은 8위안(우리 돈으로 800원).

　우선 육수 맛이 특이하다. 기름기가 없는 쇠고기 삶은 물에 무, 겨자, 계피 등을 넣어 육수를 만들고 거기에 쇠고기 편육 두세 쪽, 뼈까지 함께 갈아 만든 닭고기 완자 몇 개, 삶은 달걀, 오이채, 양념 무채, 배, 잣 등을 고명으로 얹어 먹는다. 추운 날 냉면을 먹고 나니 이와 손발이 달달 떨리고 오장육부가 얼어붙는 듯하지만 겨울에 먹는 냉면은 바로 이 맛으로 먹는 게 아닌가. 먹고 나서 달달 떠는 맛.

　거리에서는 옌벤 명물 사과배를 팔고 있다. 겉보기에 추위에 언 배처럼 보이는 이 과일은 우리나라 사람이 개발한 것이라고 한다. 하나 사서 먹어보니 사과의 향에 배의 단맛이 섞여 독특한 맛이 난다.

　오늘은 먹을 복이 터진 날이다. 주인아줌마가 귀한 손님이 오셨다고 개장국을 사오신 거다. 개고기는 다 맛있지만 옌볜 개고기는 정말 맛있다. 특히 개의 내장을 다져서 양념을 한 무침 맛이 일품이다.

그런데 그날 저녁 개고기 때문인지 두드러기가 났다. 팔다리를 빼고 몸통 전부가 두둑두둑 벌겋게 부풀어 올라 마치 무늬 있는 조끼를 입은 것 같다. 갖고 다니던 알레르기 약을 먹어도 가려움증과 부기가 가라앉지 않는다. 한번 긁으면 잠을 잘 수 없을 것 같아 가려움을 참느라 밤새도록 손깍지를 끼고 있었다. 벌써 몇 달째 시도 때도 없이 나타나는 현상이다.

그날처럼 '두드러기 조끼'를 입는 날은 드물고 보통은 엉덩이, 종아리 뒤, 허벅지 등에 집중적으로 난다. 아침이나 낮에는 멀쩡하다가 이상하게 밤만 되면 나타난다. 한국에서는 미나리 즙을 내 설탕을 약간 타서 먹고 바르면 잘 낫던데, 여기서는 무슨 약을 어떻게 먹어야 하나.

아무튼 이 두드러기가 간 기능하고는 아무 상관이 없었으면 좋겠다. 간이 나빠져 해독 기능이 떨어지면 두드러기를 유발할 수 있다고 어딘가에서 주워들었다. 난 정말 아는 게 병이다.

다음 날은 작정을 하고 아저씨에게 물어보았다.

"옌볜 왔다 갔다 하는 한국 사람 가운데 꼴불견 많지요?"

"다 알면서, 뭐."

아저씨는 내 물음에 그냥 얼버무리려 하다가 내가 하도 조르니까 얘기를 쏟아놓는다.

"점잖고 좋은 사람들도 있는데 한국 사람들 너무 붑네다(허풍이 셉니다). 헷소리도 많이 치고. 내 한 사람만 말하겠습네다."

맨 처음 이 아저씨가 소개받아 옌볜을 안내해준 사람은 택시 운전사를 하던 사람이었단다. 택시 운전을 그만두고 차를 팔아 장사를 할까 하고 왔다는데 어떤 백화점 건물을 보고는, "저 백화점 통째로 사버릴까?"라고 해서 속으로 한없이 비웃었단다. 택시 팔아서 빌딩을 사겠다니.

그래서 그 사람 지금은 어떻게 되었느냐니까 혀를 끌끌 찬다.

"자기가 돈 가져오겠으니까 내복 공장 합작하자고 헛소리를 치기에 내가 여기서 합작할 만한 사람 찾아서 문건까지 다 준비해놓았는데 지금까지 감감무소식입네다. 나만 부는 사람 됐단 말입네다."

그러나 초기에 온 사람들은 이렇게 허풍과 허세를 부리며 눈살을 찌푸리게는 했지만 남에게 큰 피해를 주지는 않았다고 한다. 그러나 요즘에는 정신적·물질적으로 치명적인 피해를 주는 악질들이 많다고 한다.

가장 흔한 것이 위장 결혼 사기다. 물론 가짜 서류라도 수속을 밟아 한국으로 가는 경우도 있지만 중간에 돈을 떼이는 경우가 더 많단다.

"어떻게요?"

"한국 농촌 총각이 조선족 여자를 얻어가는 것입네다. 정식으로 초청장을 보내면 여자 부모는 결혼식을 보러 가는 일로 친지 방문이 되니 석 달까지 연기해서 체류하다가 그냥 눌러 앉는 겁네다. 그 부모도 진짜 부모가 아니라 문건을 꾸며 만든 가짜예요. 나이 든 사람들이 한국에 가려면 이 방법밖에 없지요. 이 사람들한테는 5만 위안 정도 받습네다."

한국에 가서 돈을 벌어야 하는 여자들이 농촌에서 농사를 짓지 않을 것은 불을 보듯 뻔하다. 요즘에는 착수금을 선불로 받아 수십만 위안을 챙겨 도망가는 한국인이 한두 명이 아니라 문제란다.

"한국 사람들 골(머리)이 좋아 눈 깜짝할 새 사기를 쳐요. 우리 조선족들은 당하지 못한단 말입네다."

"그래도 죽어도 가고 싶은 사람들이 있으니까 이런 사기가 끊이질 않는 거 아니에요?"

"한국에 가서 2~3년만 고생하믄 집도 사고 뭐 하나도 꾸릴(차릴) 수 있는데 어떻게 해두 가구 싶지, 아이 가구 싶은 사람이 어디 있겠음?"

참 안타까운 일이다. 처음 왕래가 시작되었을 때는 통일이 된 것처럼 감격하며 헤어졌던 세월을 아쉬워했는데, 그것이 겨우 10년 만에 불신과 증오로 바뀌었다. 이런 감정의 골은 어디서 비롯된 것일까.

나는 그동안 이념의 장벽 너머에서 다르게 살아오면서 서로에 대한 기대가 달랐기 때문이 아닐까 생각해본다. 한국인들은 조선족이 '우리는 중국 사람'이라고 말하는 것에 배신감을 느낀다고 흥분하지만 마찬가지로 조선족은 한국인들이 자기들을 못산다고 무시하면서도 이용해 먹으려는 것에 한없는 모멸감을 느낀다.

하나의 민족이 한 나라를 이루는 특별한 상황인 우리나라 사람들은 우리 민족이면서도 중국 사람이라고 생각하는 조선족을 이해하기가 어려운 거다. 반면 사회주의 체제를 살아온 조선족들은 자본주의 국가에서는 너무도 일반적인 피고용인과 고용주 사이의 갈등을 인간적인 멸시로 이해하려 하는 거다.

옌볜 아저씨와 기차에서 만난 한국 아저씨의 얘기는 다른 입장에서 본 상반된 말 같지만 결국 같은 말이다. 서로에 대한 배려나 같은 민족이라는 정서적 유대감보다 저마다 자신들의 경제적 이익만을 추구하겠다는 거다.

"북한 가본 적 있으세요?"
저녁을 먹은 후 차를 마시면서 텔레비전을 보고 있는 아저씨 내
외에게 물었다. 하지만 두 사람은 한국 드라마에 푹 빠져서 나와
놀아주지도 않는다. 《용의 눈물》이라나! 나는 한국에 저런 사극이
있는 줄도 몰랐는데.
"한번은 말입네다. 얼굴도 모르는 조카한테서 편지가 왔습네다."
드라마가 다 끝났는지 아저씨가 말문을 연다. 그 편지를 받은 아
저씨는 쌀 두 가마, 옥수수, 기름 등을 리어카까지 빌려 싣고 회령
으로 넘어가 그 친척에게 전해주었단다. 중국 조선족과 북한 간에
는 협정이 되어 있어서 하루 만에 갔다 오는 건 비자 없이 100위안
을 내고 일일 통행증을 끊으면 된다고 한다.
"가서 보니 사정이 어때요?"
"영 바쁘단 말입네다(굉장히 힘들어요)."
기차역에는 죽은 사람인지 힘이 없어 널브러진 사람인지 십여 명
이 누워 있고 친척집에 가보니 한겨울인데도 옷이나 신발을 변변
하게 신은 사람이 없더라는 거다. 또한 노인들은 눈에 띄지도 않더
라고 한다.
"사람도 잡아먹는다더라, 토막 내서 소금 통에 넣어놓고 절궈 먹
는다더라, 이런 말이 있어 옌볜에서는 실한(뚱뚱한) 사람들은 북조
선에 가지 말라는 농담이 돌고 있습네다. 그런데 정말 가보니 사람
절굴 소금도 없더란 말입네다."
바다가 있는데 왜 소금이 없을까? 몹시 궁금했는데, 알고 보니
그건 낭림산맥 때문이라 한다. 북한의 지형은 낭림산맥을 중심

으로 동서로 나뉘어지는데 서해안에서만 생산되는 소금이 험한 낭림산맥 동쪽인 함경도까지는 운반이 제대로 되지 않기 때문이란다.

아저씨가 중국으로 돌아오는 길에 보니, 회령 세관 뒤에 북한 주민 300명 정도가 진을 치고 중국으로 넘어가는 사람들을 기다리고 있더란다. 옌볜에 사는 친척들에게 쪽지를 전해달라는 것이었다.

아저씨도 세관들의 눈을 피해 손에 잡히는 대로 받아다가 옌볜에 와서 연락되는 사람들에게 모두 전해주었다고 한다.

"연락을 받은 친척들이 무척 반가워했겠네요?"

"무스그(무슨 말), 좋아하긴. 거의 다 아이 좋아하더란 말입네다. '한 번, 두 번이고 1년, 2년이지.'라고 한단 말입네다. 알 만합네까?"

무슨 말인지 알 것 같다.

"그건 그렇고, 여기 가라오케 바에도 북한에서 온 여자들 많다면서요?"

"누기 그럽데까?"

"베이징에서도 알 만한 사람은 다 알던데요. 기차에서 만난 한국 아저씨들도 한번 만나게 해준다고 했는데요, 뭐."

: 북한 특공대 출신 술집 아가씨의 건배

그 아저씨들이 혹시 허풍을 떤 건 아닐까 걱정했는데 '놀랍게도' 약속한 시간에 대우호텔 앞으로 나타나주었다.

가라오케 바는 우리나라의 단란주점이나 룸살롱처럼 침침한 분위기다. 이름만 가라오케지 이곳을 찾는 손님들은 노래 부르는 데에는 관심이 없고 술 마시거나 하룻밤 잘 여자를 만나러 오기 때문에 여자들이 많다는 설명이다.

룸에 앉아 술을 시키자 양주가 들어오고 과일 등의 안주가 들어오더니 드디어 소매 없는 헐렁한 블라우스에 딱 붙는 쫄바지를 입은 여자가 들어온다. 얼굴을 훔쳐보니 눈매가 날카로운 게 벌써 예사롭지 않다. 젊은 아저씨한테 내가 자기 한국 애인이니 형님이나 시중들라고 말하라고 일렀다. 그래야 여러 가지를 편안하게 물어볼 수 있을 것 같아서다.

"공화국에서 왔지?"

나이 든 아저씨가 단도직입적으로 물었다.

"알면서 뭘 묻습네까?"

"그러다가 조교한테 걸리면 어떻게 하려고?"

"넘어올 때 이미 죽을 각오를 하고 왔단 말입네다. 배고파 넘어왔지만 조국을 배반했으니 죽어도 싸디오."

술기운도 하나 없이 말이 술술 잘도 나온다. 얘기를 들어보니 압록강 물살이 아주 센 곳을 넘어오느라 빠져 죽을 뻔했단다. 국경 초소에 돈을 주기는 했지만 군인들이 언제 마음이 변해 총을 쏠지도 모르는 상황이었다고 한다.

"옌볜에만 500여 명도 더 있을 거란 말입네다."

여자가 말한다. 전국적으로는 약 1500여 명 정도의 북한 여자 술집 종업원들이 있고, 약 5만 명 정도의 북한 난민들이 국경 근처에 숨어 살 거라고 자기들끼리 말한다는 거다.

북한은 여자들도 6년간 의무적으로 군대 복무를 해서 그런지 그녀의 팔뚝이 대단히 굵고 단단해 보인다. 특공대 출신이란다. 모두

술잔을 들고 건배를 하자고 했더니 그 여자는 공화국의 딸답게 구호를 외친다.

"위대한 수령님을 위하여 자폭하자!"

아주 씁쓸한 저녁이다. 옌볜에서는 이렇게 조금만 살펴보면 어렵지 않게 탈북자들을 만날 수 있는 게 현실이다. 실제로 작년까지약 3만 명, 올해 들어 10만 명 이상의 탈북자들이 중국 각지를 떠돌고 있다고 한다. 나는 투먼에서 또 한 명의 북한 주민과 만날 수 있었다. 이번에는 순전히 우연이었으니 그만큼 주위에 흔하다는 뜻이다.

기차에서 만난 신혼부부가 옌볜에 있는 동안 투먼에 있는 자기집에 꼭 오라고 해서 두만강을 구경하러 가는 날, 그 집에 들렀다. 이 동무들이랑(이 부부는 서로 동무라고 부른다) 이런저런 얘기를하고 있는데, 이 댁 시아버지가 10살 정도의 남자 아이를 데리고들어온다. 굴뚝 청소를 하다가 온 것처럼 얼굴이며 옷이 숯 검댕이다.

북한에서 왔는데, 청진에서 화물차를 몰래 훔쳐 타고 오느라 이렇게 되었단다. 놀란 부부에게 시아버지는 이 아이가 전화번호를들고 가게에 들어와 전화를 걸어 달래서 걸어보니 이미 없는 번호더라는 거다. 그래서 갈 곳이 없게 된 아이를 하룻밤 재워주려고데리고 왔다고 설명한다.

13살이라는 아이의 이름은 정남. 함경도 청진에 있는 집에 어머니, 아버지가 모두 아파서 투먼에 산다는 먼 친척에게 돈을 구하러왔다고 한다.

'부인 동무'가 끓여준 물로 목욕을 한 정남이를 시아버지가 이발소에 데려가 더벅머리를 스포츠머리로 깎아주었다. 내가 아이에게 뭔가 필요한 걸 사주고 싶어 물어보니 자기는 통행증 없이 와서 물건을 가지고 가면 빼앗긴다고 한다. 그래서 돈을 주려고 하니, 시아버지 말로는 중국 돈보다 달러가 훨씬 유용할 거라고 한다.

달러를 어떻게 안전하게 가져갈 수 있을까 생각하다가 신발 밑창에 돈을 비닐봉지로 한 번 싼 후 넣고 꿰매자고 했더니 모두들 좋다고 한다. 내가 50달러를 내고 '동무 부부'와 시아버지도 조금씩 보탠다. 정남이는 그저 고맙다는 말만 할 뿐이다.

비쩍 마르고 얼굴 전체에 마른버짐이 피어 울긋불긋하지만 눈만은 초롱초롱하다. 쌀밥에 돼지고기 반찬으로 저녁상을 차려주니 그야말로 마파람에 게 눈 감추듯 먹어치운다. 뭐가 더 먹고 싶으냐니까 빵이 먹고 싶단다. 아이는 아이다.

빵을 사러 정남이를 데리고 저녁 어스름에 가게로 나가는데 가로등을 보고 신기해한다.

"방도 아닌 바깥에 왜 불을 켜놓았습네까?"

아이는 중국 구멍가게의 옹색한 물건들을 보고도 눈이 휘둥그레진다.

"중국에 오면 없는 게 없다더니 참말입네다."

만약 내가 남한에서 온 줄 알았다면 정남이는 어떤 반응을 보였을까?

나는 아쉽게도 약속이 있어 그날 부랴부랴 옌지로 돌아와야 했다. 다음 날 전화를 해보니 정남이는 아침나절에 강가에서 노는 척하다가 무사히 북쪽으로 건너갔다고 한다. 그 돈 넣고 꿰맨 신발을 신고서.

: 그날을 기다린다 아주 간절하게

우리의 소원은 통일
꿈에도 소원은 통일

통일이 되기까지 이 노래는 제2의 애국가로 불릴 것이다. 내가
가지고 다니는 유일한 카세트테이프인 들국화 1집 마지막 곡도 이
곡이다. 이번 여행길에서 골백번도 더 들은 이 무반주 노래는 들을
때마다 어떻게 한결같이 가슴을 찡하게 하는지 모를 일이다.

한국의 통일전망대보다 훨씬 북한이 가깝게 보인다는 두만강
가의 투먼에서는 정말 강 건너가 빤히 내다보인다. 폭이 2~3미터
도 안 되는 건너편 강가에 누워 낮잠을 자는 사람도 보이고, 총을
들고 강 근처에서 경계 근무를 하는 군인도 뚜렷이 보인다. 망원
경으로 보면 멀리 있는 북한 주민들도 보인다. 그곳이 북한의 남
양시란다.

두만강 위로는 기다란 철도가 놓여 있고, 중간을 반으로 나눠 빨
간색과 파란색으로 두 나라의 국경을 표시했다. 그 철로로는 주로
화물차가 지나가지만 베이징에서는 일주일에 두 번씩 압록강 변의
단둥을 거쳐 평양으로 가는 국제 열차가 다닌다. 우리는 절대로 갈
수 없는 곳이 다른 나라에서는 한 줄기 철도로 이어져 있다.

북한 쪽으로 좀 더 가까이 가보려고 강가로 내려갔다. 강둑은 쓰
레기로 지저분하고, 강물은 시커멓게 오염되어 있다. 두만강은 두
만강인데 '푸른 물'은 이미 아니다.

따뜻한 햇볕을 받으며 강을 따라 걸어본다. 철길 위에는 북한과
중국을 오가는 기차가 무심히 지나간다. 강의 두꺼운 얼음이 햇볕

에 녹아 우두둑 소리를 내며 깨진다. 그 소리가 우는 소리처럼 들리는 건 내가 너무 감상적이 되어서일까.

강가에 핀 버들강아지가 인상적이다. 봄의 첨병인 버들강아지는 지천인데 한반도의 봄은 언제나 오려나. 지구가 좁다고 구석구석 누비고 다니면서도 정작 제 땅은 들어가 보지 못하고 먼발치에서 바라만 보고 있다. 그것도 다름 아닌 내 반쪽의 고향, 아버지의 고향을 말이다.

아버지 고향은 함경남도 정평이다. 아버지가 가족사진 한 장 없이 월남하셔서 나는 할아버지, 할머니, 큰아버지 그리고 아주 미인이라는 고모 얼굴을 모른다. 그곳은 한씨 집성촌이라 마을 사람 모두가 친인척으로 끈끈하게 뒤섞여 살다가 18살에 아버지 혼자 남쪽으로 내려오셨으니 홀로 뚝 떨어져 사시면서 얼마나 허전하셨을까.

내가 이렇게 다니다가도 돌아가 쉴 가족과 집이 있다는 생각만 하면 힘이 솟고 든든한데, 아버지는 일점혈육도 없는 남한에서 무슨 때마다, 무슨 명절마다 얼마나 외로우셨을까.

통일전망대에서 나이 든 실향민들이 북에 대고 가족들의 이름 부르는 걸 볼 때마다 촌스럽고 부질없는 일이라고 생각했는데, 북한이 바로 코앞인 곳에 오니 나 역시 나도 모르게 강 건너에 대고 손나발을 만들어 목청껏 부르게 된다.

할머니이이이이이
할아버지이이이이
고모오오오오오
한남희 셋째 딸 왔어요오오오.

목구멍으로 뜨거운 것이 올라와 목소리는 제대로 나오지 않는데 눈에서는 굵은 눈물이 쏟아진다. 마구 쏟아진다. 그 눈물에 더 감정이 북받쳐 뚝뚝 떨어지는 눈물을 닦지도 않고, 그대로 주저앉아 엉엉엉 소리를 내어 울어버렸다.

그래, 나도 안다. 이런 감정만으로는 통일을 할 수 없다는 것을. 이렇게 두만강 가에 앉아 운다고 이산가족이 자유롭게 만날 수 있게 되지도 않는다는 것을. 만에 하나 독일처럼 '날벼락 통일'이 된다고 해도 우리가 북한을 끌어안고 살기 위해서는 상당 기간 막대한 희생과 대가를 치러야 한다는 것을. 남북의 이산가족이 만나 한바탕 얼싸안고 울고 나면, 그다음에 겪고 넘어야 할 분단 50년의 괴리가 너무나 크리라는 것을.

그러나, 그러나 말이다.

우리는 언젠가는 반드시 다시 만나서 함께 살아야 할 핏줄이고 형제다. 이것이야말로 통일을 꼭 이루어야 하는 변할 수 없는 이유다. 그리고 통일은 국가 지도층의 단호한 의지나 정책만으로 성사되는 것이 아니라 나 같은 백성 개개인의 이런 절실한 감정과 염원이 모이고 쌓여서 이룩되는 거다. 그래야 통일에 한 걸음 다가가는 자연스러운 '힘'과 '행동'이 나오게 되기 때문이다.

그동안 여행 다니면서 똑같은 질문을 수천, 수만 번 받았다.

"어느 나라에서 왔어요?"

"한국이요."

"북한이요, 남한이요?"

나는 이 질문에 남한이라고 대답할 수밖에 없었지만 지금 한국의 어린 아들딸들이 세계 여행을 할 때는 이런 대답을 하기를 진심으로 바란다.

"통일 한국이요."
마음속 깊이 다시 한 번 노래를 부른다.

우리의 소원은 통일
꿈에도 소원은 통일
이 목숨 다해서 통일
통일이여 오라

그날을 기다린다. 아주 간절하게.

한비야가 발로 터득한 생생 정보

개정판을 준비하며 상황에 따라 변하는 정보는 걸러내고 내가 직접 발로 터득한 것 중, 특별한 일이 없는 한 유용할 것 같은 정보 위주로 남겨두었다. 환율이나 비자 비용 등은 각종 여행 책자나 웹사이트에 최신 정보가 있으므로 참고하면 좋을 것이다.

나는 6년 넘게 육로 여행을 하면서 수많은 장기 여행자들을 만났다. 처음 얼마 동안은 그들이 내 사부였다. 그런데 내가 세계 여행을 시작한 지 2년이 지나고 30여 개국을 넘어서자, 차츰 내가 얻어 듣는 것보다 그들에게 알려주는 게 더 많아졌다.

그래서 여행자 숙소에 가면 어느덧 내 주위에는 여행담을 들으러 사람들이 하나둘 몰려들기 시작했다. 내가 한 곳에서 사흘 이상 묵으면 곧 소문이 퍼져 그 숙소가 세계 배낭여행 정보 센터가 된 적도 부지기수다. 이제부터 내가 그들에게 나눠준 생생한 여행 정보를 여러분에게 알려주고 싶다.

:: 여행 가기 전에 배워두면 유용한 것

수영, 자전거 긴 말이 필요 없다. 특히 수영을 못하면 다양한 해양 스포츠를 즐길 수 없을 뿐만 아니라 목숨이 위태로워질 수도 있다.

간단한 수지침 기본적이고 간단한 것들만 알아도 유용하다. 예를 들어 체했을 때, 두통, 피로회복 등에 잘 듣는 수지침은 본인뿐만 아니라 현지인이나 다른 배낭족들에게도 대단히 인기다.

우리 민요 서양 배낭족이 모인 곳이나 현지인들이 모인 곳에서 어설픈 팝송을 불러보았자 본인도 쑥스럽고 듣는 사람도 재미없다. 신토불이

'도라지타령', '군밤타령' 등은 어디 가나 인기 만점이다. 나는 민요에 단소까지 가지고 다녀 많은 사랑을 받았다.

:: 떠나기 전에 해야 할 일

지역 정보 공부 여행하는 지역에 대한 기본 상식을 공부하자. 간추린 역사라든지 시사 문제 등을 알고 가면 큰 도움이 된다. 화보, 여행기, 여행안내서, 신문 스크랩도 좋고, 비디오나 영화도 좋다.

숙소 안내며 볼거리, 주의 사항 등이 잘 정리된 여행 책자도 빼놓을 수 없다. 국내 필자가 직접 여행하고 쓴 내용을 담은, 우리나라 여행안내 책자도 좋지만 여행 정보는 해마다 바뀌므로 시의성이 다소 떨어질 수 있다.

나는 《론리 플래닛(Lonely Planet)》이라는 여행 안내서를 애용했다. 지금은 많이 알려졌고, 인터넷 웹사이트 (http://www.lonelyplanet.com)를 통해 최신 정보를 쉽게 얻을 수 있다.

여행하고자 하는 나라의 지도도 아주 쓸모 있다. 각 나라 수도에 가면 살 수 있다. 구할 수 있다면, 해당 언어의 여행자용 포켓 사전도 사두면 매우 유용하다.

여행자 보험 반드시 들어야 한다. 설마 별일 있겠어, 하는 생각은 절대 금물. 보험을 안 들고 크게 봉변하는 사람들이 꼭 이런 생각으로 여행하는 이들이다. 보험료 아끼지 말고 꼭 들자. 특히 오지 여행을 계획하는 사람이라면 실종 시 수색비도 지급하는 보험에 가입하는 것이 좋다.

좀도둑이 많은 지역을 여행할 때는 더욱 필요하다. 물건을 잃어버렸을 때 가까운 경찰서에 신고해서 분실 확인증과 잃어버린 품목 리스트가 있어야 보험 처리가 되기 때문이다.

나는 장기 여행을 떠나기 전에 우선 1년간 여행 보험에 가입하고, 1년이 넘으면 한 달씩 연장하는 형식을 취했다. 본인이 아니어도 기간은 연장할 수 있다.

국제 사서함　여행하려는 곳에 연고(緣故)가 없더라도 그 나라 중앙우체국 국제 사서함을 이용하면 편지나 소포를 받을 수 있다. 각 나라 중앙우체국 국제 사서함에서는 적어도 한 달간은 무료로 보관해준다.

:: 여행 준비물

짐은 되도록 작게 싸야 한다. 한국에서 다 준비해 갈 필요가 없다. 웬만한 것은 현지에서 구할 수 있을뿐더러 현지 제품을 쓰는 것도 여행의 묘미다. 다음은 꼭 필요한 사항이므로 짐을 꾸릴 때 빠뜨리지 말자.

배낭　큰 배낭과 작은 배낭 두 개가 있어야 편하다. 밖에 주머니가 두세 개 달린 것이 좋다. 방수 배낭 커버는 비에 젖지 않고 배낭이 더러워지는 걸 막을 수 있으므로 꼭 필요하다. 색이 너무 화려한 것은 도둑들의 표적이 될 뿐만 아니라 금방 더러워진다.

침낭　겨울용 오리털 침낭은 부피만 차지할 뿐, 별 쓸모가 없다. 봄가을용으로 얇은 것이 더 좋다. 야간 버스를 탈 때나 기차에서 담요 대신 덮을 수도 있기 때문이다.

그물 침대　여름에 온두라스나 멕시코의 유카탄 반도 등 아열대 지방을 여행할 때는 침낭보다는 해먹이라는 그물 침대가 더 유용하다. 야자수 사이에 쳐놓고 야영도 할 수 있는데, 통풍이 잘 되어 말할 수 없이 시원하다. 중미 어디에서든 쉽게 구할 수 있는데, 역시 소문대로 멕시코의

'메리다' 해먹이 싸고 가볍고 질기다.

운동화 등산화보다는 워킹 슈즈가 좋다. 나는 이태원에서 산 보세품 '하이텍 레이디 라이트 2' 하나로 1년 이상을 다녔다.

빨랫줄과 집게 빨래한 속옷이나 청바지를 도난당하는 경우가 많다. 빨아놓은 옷을 지키려면 방 안에 빨랫줄을 치고 말려야 한다. 또 빨랫줄과 집게는 모기장을 칠 때나 짐을 묶을 때도 쓸 수 있어 여러모로 유용하다.

자전거 체인 도난 방지를 위해 숙소에서나 이동할 때 버스나 기차의 의자나 침대에 큰 배낭을 묶어두면 안심이다.

넓은 면 보자기 길이 150센티미터, 폭 1미터 정도의 면 보자기는 동남아시아에서는 살롱, 동아프리카에서는 강가라고 부른다. 현지에서 살 수도 있다. 지저분한 숙소에선 침대보로도 쓰고, 더운 지방에서는 허리에 둘러서 치마 대용으로 사용할 수 있고, 머리에 둘러 모자로 대용하거나, 수건으로도 대용할 수 있어 쓰임새가 많다. 너무 밝고 연한 색은 빨기 귀찮다.

커다란 비닐봉투 가정에서 흔히 쓰는 까만 쓰레기봉투가 안성맞춤이다. 그보다 두꺼운 것을 구할 수 있으면 더 좋다. 비가 많이 올 때는 배낭에 있는 물건을 이 비닐로 한 번 싸두는 것이 좋다. 노숙할 때는 바닥에 깔아 침낭이 더러워지지 않게 하는 데 쓰이는 등 여러 가지로 사용할 수 있다.

약간 큰 법랑 컵 컵으로도 쓰고, 차는 물론 즉석 수프나 라면도 끓여 먹을 수 있다. 때에 따라서는 세숫대야로 쓰기도 한다.

취사도구 오지는 음식을 직접 만들어 먹어야 할 만큼 물가가 높지 않아서 꼭 준비해야 하는 것은 아니지만, 작은 가스버너와 작은 코펠 정도는 물을 끓이거나 수프 등 간단한 음식을 해 먹을 때 편하다. 간편한 전기 포트도 좋다.

방음 귀마개 야간 버스를 탈 때나 시끄러운 룸메이트를 만났을 때 의외로 유용하다.

수저 한 벌 실용적으로 사용하기도 하고 우리나라를 소개하는 데도 큰 몫을 한다.

최루탄 가스총과 호루라기 치안용이지만 원숭이, 야생 개 등 동물로부터 자신을 지킬 수도 있다.

여권 사진 여러 장 다른 나라에서 사진을 찍으려면 번거롭고 비싸다. 미리 찍은 사진을 여러 장 가지고 다니면 비자 받을 때도 쓰고 마음에 드는 사람을 만났을 때 한 장씩 줄 수도 있어 좋다.

가족사진 이게 얼마나 필요한지는 여행을 떠나보면 알게 된다. 특히 어린 조카 사진은 유부녀 행세를 할 때 유용했다.

가짜 결혼반지 미혼 여성에게는 중동 지방에서 남자들의 불필요한 관심을 거절하기 위해 가짜 유부녀 행세를 할 때 요긴하다.

한국 풍물 그림엽서 세계의 오지 사람들은 한국이 어디에 있는지, 어떤 나라인지 잘 모른다. 우리가 그들을 보러 가는 것도 중요하지만 우리를 알리는 것도 중요하다. 나는 경치 엽서 한 세트, 단원 풍속도 한 세트, 풍물 엽서 한 세트를 가지고 다녔다. 그러다 마음에 드는 사람이 있으면 그 엽서 뒤에 주소를 적어주기도 했다.

국제 학생증 학생이 아니라도 방콕의 카오산 로드나 카이로의 앵글로 스위스 호텔 근처에서 사진만 있으면 만들 수 있다. 각종 학생 할인을 받을 수 있으므로 경비를 아낄 수 있다.

생리대 현지에서도 질이 좋지 않은 재래식 생리대를 구할 수는 있다. 그러나 탐폰을 쓰는 사람은 반드시 충분히 준비해 가는 게 좋다. 구하기 어려울뿐더러 있어도 엄청나게 비싸다.

콘돔 남자들은 쓰든 안 쓰든 반드시 가지고 다닐 것. 특히 아프리카는 성이 문란해 갖가지 성병의 온상이다.

전대 될수록 작고 납작하게 만든다. 그 안에 여권, 여행자수표, 현금 카드, 보험증서 등을 넣는다(여권 앞장은 복사해서 따로 보관할 것). 목에 거는 것보다 허리에 두르는 게 훨씬 안전하다.

현금카드 현금이 일정 금액 이상 있어야 입국할 수 있는 나라도 있는데, 현금카드는 이런 때 유용하다. 특히 국제 현금 직불카드를 가장 권하고 싶다. 신용카드와 달리 사용할 때 비밀번호를 입력해야 하기 때문에 잃어버려도 안심할 수 있기 때문이다. 통장에 잔고가 있으면 현지 카드 출금기에서 현지 화폐로 인출할 수 있다.

여행자수표 특정한 회사의 수표를 안 받는 나라도 있으므로, 두 회사의 여행자수표를 마련하는 게 좋다. 여행자수표 영수증은 반드시 복사해서 한 장은 다른 곳에 보관하도록. 여행자수표를 분실했을 때 이게 없으면 재발급 받기 힘들다.

미화 현금 현금은 적게 가지고 다니는 것이 안전하다. 하지만 돈을 바꿀 때 여행자수표보다 환율이 유리한 경우가 많다. 미화는 액수를 종류별로 골고루 가지고 다니면 편리하다. 나는 수표와 현금을 7대 3 비율로 가지고 다녔다.

개인용 간이 정수기, 정수용 알약 오지 여행에서 제일 큰 문제는 물이다. 병에 담아 파는 것을 사면 가장 안전하지만 오지에서는 그런 것을 구할 수 없을 때가 많다. 특히 아프리카에서는 반드시 정수용 알약을 넣은 다음 마셔야 한다. 수돗물이든 우물물이든 부유물이 없는 것은 일단 정수용 알약만으로 괜찮지만 진흙물은 정수기로 걸러야 마실 수 있다. 끓인후 여러 번 정수하고 거기에 정수용 알약까지 넣으면 안심이다.
물에 주의하지 않으면 설사는 물론 뜻밖의 풍토병에 걸려 위험에 처하게 된다. 정수약과 간이 정수기는 등산 용품 전문점에서 구할 수 있다. 정수 약은 대부분 소독약 냄새가 나는데, 그중에서 제일 냄새가 덜 나는 것은 폴리클로라미드소딕 성분이 든 '하이드로 클로나존'이다.

의약품 설사약이나 소화제 등 기본적인 것 외에, 탈수증이 생길 때 먹는 가루약이 필요하다. 나는 탈수 치료용 레히드라(Rehidrat)와 포도당 가루를 가지고 다녔다.
연고는 상처가 났을 때 소독과 치료 두 가지 기능이 동시에 되는 것이 유용하다. 날씨가 더운 지역을 여행할 때는 작은 상처도 덧나기 쉽다. 정수도 할 수 있고 소독도 할 수 있는 요오드액도 기초 구급약품이다.

청심환은 심하게 놀랐을 때 필요하다. 놀랄 일이 생기지 않으면 좋겠지만 긴 여행을 하다 보면, 어쩔 수 없이 이 약이 필요할 일이 생긴다.

아프리카에서는 의외로 채소나 과일을 많이 먹을 수 없으므로 비타민 C를 보충해야 한다. 비타민 C 정제는 맛있어서 현지인들에게도 주면 좋아한다.

구충제도 준비해야 한다. 에티오피아처럼 날고기를 먹는 곳은 회충 등 온갖 기생충에 감염되기 쉽고, 동남아는 인분을 퇴비로 쓰기 때문에 반드시 구충제가 필요하다. 6개월 이상 장기 여행을 하는 사람이라면 구충제를 반드시 먹어야 한다.

진통제는 평소 자기에게 잘 맞는 것을 가지고 다니면 좋다. 구충제나 설사약, 소화제 등 기본적인 약품은 현지인들에게 줘도 좋다.

감기몸살 약은 기온 차가 심하고 비가 많이 오는 곳에서는 특히 몸살이 잘 나므로 꼭 필요하다.

바셀린은 입술이 틀 때나 불에 데었을 때 등에 유용하다.

나는 바르는 것, 먹는 것 등 마이신을 많다 싶을 정도로 가지고 다녔다. 덥고 습한 곳에서 한번 난 상처가 덧나지 않게 많이 발랐다. 바르는 약이 다 떨어졌을 때는 바셀린에 캡슐 마이신을 개어서 사용하기도 했는데, 뼈가 허옇게 드러날 정도의 상처도 이틀 만에 치유되었다.

물파스, 모기향, 모기 퇴치 로션 등 벌레에 물리는 것을 방지하거나 가려움을 가라앉히는 약들도 더운 지방에서는 요긴하다. 알레르기 약(항히스타민제)도 좋다. 벌레에 물릴 경우, 너무 심하면 정신을 잃을 정도로 가렵다. 무리하게 긁으면 감염되기 쉬우니 아예 가려움 방지 약을 먹는 편이 낫다.

베이비파우더는 약은 아니지만 준비해두는 것이 좋다. 우기에 열대지방을 여행하게 되면 항상 젖은 운동화를 신고 다니게 된다. 잘못하면 무좀이 생길 수 있는데, 저녁에 발을 잘 말린 후 베이비파우더를 바르면 효과가 있다.

반드시 말라리아 예방약을 먹어야 하는 지역이 있다. 떠나기 2주일 전부터 복용해야 한다. 한국에서는 이 약이 턱없이 비싸기 때문에 떠나기 전에만 먹고 그다음부터는 해당 지역의 큰 도시에서 사는 게 좋다. 매일 먹는 것과 일주일에 한두 번 먹는 것 등 여러 종류가 있다. 의사와 상의해서 먹되 3개월 이상은 먹지 않는 게 좋다.

특히 간이 나쁜 사람은 조심해야 한다. 약을 살 때 팬시다(Fansidar)라는 약도 같이 사두면, 혹시 말라리아에 걸렸을 때 아쉬운 대로 자가 구급 치료를 할 수 있다. 그래도 말라리아에 걸렸을 땐 약만 믿지 말고 반드시 큰 도시의 병원으로 가야 한다.

일회용 주삿바늘도 필요하다. 오지에는 온갖 치명적인 병들이 창궐한다. 병원에서도 누가 썼을지도 모르는 주삿바늘을 사용할 수 있으므로, 마음의 평화와 몸의 안전을 위해 가벼운 일회용 주삿바늘 몇 개는 가지고 다녀야 한다.

:: 도난 방지

이탈리아나 인도도 그렇지만 특히 남미 같은 곳은 좀도둑이 정말 많다. 아주 노련하고 고단수인 만큼 첫째도 둘째도 예방이 우선.

먼저 전대는 반드시 옷 안으로 찰 것, 절대로 남에게 맡기지 말 것, 샤워를 하러 갈 때도 가지고 갈 것. 내가 너무 호들갑을 떤다고 생각하지 말도록. 이걸 잃어버리면 나머지 여행이 즐겁지 못하다.

허리 밖으로 나온 전대는 이미 내 것이 아니다. 목에 거는 전대는 생각도 하지 말 것. 오히려 종아리나 겨드랑이에 찰 수 있는 코알라식 전대가 괜찮다.

가지고 다니는 돈은 반드시 분산해놓을 것. 나는 작은 배낭과 큰 배낭에 각각 100달러씩 숨겨놓고 운동화 밑창에도 비닐봉지에 싼 100달러를 넣고 다녔다. 배낭을 잃어버릴 경우 집에 전화를 하고 송금환이 올 때까지 기다릴 수 있어야 하기 때문이다. 이외에도 나는 팬티에도 따로 캥거루 주머니 같은 보조 주머니를 달아 초비상금 100달러를 넣고 다녔다.

해변 같은 데서 숙소에 전대를 맡겨야 할 경우에는 숙소 주인에게 맡기되 전대 안에 있는 것을 일일이 적어 각각 확인하고 날짜와 서명 날인을 해두어야 한다. 나도 이걸 소홀히 해서 숙소 주인이 수십 달러를 꺼내간 것을 번연히 알면서도 아무 말도 할 수 없었다.

이탈리아나 인도의 좀도둑들은 명함도 못 내민다는 남미에서는 절대 돈을 뒷주머니에 넣고 다니지 말아야 한다. 앞주머니에 있는 돈도 시장이나 터미널같이 사람이 많이 모이는 곳에서는 안전하지 않다. 나는 그날 쓸 만큼의 돈만 양말 속에 넣고 다녔다.

외국인의 고급 배낭은 좀도둑에게는 일급 먹이. 배낭 커버가 꼭 필요하다. 나는 큰 배낭을 쌀부대로 뒤집어씌우고 다녀 효과를 보았다. 그래도 좀도둑은 목숨을 위협하지는 않는다. 그저 물건 단속만 잘 하면 된다.

:: 치한 퇴치법

말을 붙여오거나 관심을 보이는 남자가 싫을 때는 확실히 '나는 너하고 얘기하기 싫다'는 표시를 해야 한다. 멋쩍어서 웃는 경우는 물론, 싫은데도 아무 말 하지 않으면 상대방이 '예스'라고 생각할 수 있기 때문.

이쪽에서 확실하게 싫다는 표시를 했는데도 계속 치근댄다면 그때부터 그 사람은 치한이다. 치한은 치한 취급을 받아 마땅하다. 주위에 사람이 있다면 소리를 지르거나 따귀를 한 대 올려붙이는 것도 불사해야 한다.

이런 때를 대비해서 나는 호루라기와 가스총을 가지고 다녔는데, 국내에서 가스총을 구하기 어려우면 미니 헤어스프레이도 효과가 있다. 치근 대는 놈의 눈에 뿌리고 삼십육계를 놓는 거다. 이런 일은 되도록 없으면 좋겠지만 오래 여행을 하다 보면 어쩔 수 없이 당하게 되니, 마음의 준비를 하는 편이 현실적이다.

그러나 예방이 상책이다. 남동생 등과 찍은 사진이나 조카들 사진을 가지고 다니며 유부녀 행세를 하는 것도 도움이 되었다. 그러나 무엇보다도 애초부터 이쪽의 태도를 단호하게 해야 한다는 것을 명심하시길.

:: 경비 절감 요령

여행 경비의 상당 부분을 차지하는 것은 숙박비와 교통비. 이 두 가지를 공짜로 해결하는 방법이 있으니, 잘 숙지하고 활용하면 알짜로 여행을 할 수 있다.

우선 숙박을 해결하는 데는 노숙이 있다. 큰 도시에서는 역시 공항이 최고다. 그런데 도심에서 멀다는 게 흠. 만약 혼자가 아니라면 기차나 버스 터미널 대합실에서도 노숙이 가능하다. 물론 페루같이 위험한 곳도 있으니 매우 조심해야 한다.

노숙할 때 중요한 물건들은 몸에 지니고 있어야 하고 카메라 등 귀중품은 침낭 안에 넣고 자야 한다. 가이드북이나 일기 등이 들어 있는 작은 배낭은 베개 삼아 베고 잔다.

교통비를 아끼는 데는 히치하이킹만 한 게 없다. 특히 칠레나 아르헨티나에서는 쉽다. 그러나 금지된 곳도 있으니 반드시 확인해야 한다. 히치하이킹을 잘 하는 데도 요령이 있다.

가장 편한 장소는 주유소 앞. 장거리일 때는 새벽부터 준비해야 한다. 가는 거리가 8시간 이상일 때는 도중에 1박 할 각오도 해야 한다. 일반

버스 시간의 세 배 정도 걸릴 것으로 예상하면 된다.

장거리를 갈 때는 승용차보다 대형 화물 트럭이 유리하다. 이들은 먼 거리를 최대한 빨리 가려고 하기 때문이다. 화물 트럭이라도 정유회사 등 유명한 회사의 트럭이 시설이 좋고 안전하다. 여자 혼자라면 동행을 구하는 것이 좋으니 숙소에서 물색해보시길.

다행히도 내가 얻어 탄 트럭 운전사들은 모두 좋은 사람들이었다. 물론 좋은 사람들이 더 많다. 그러나 방심은 금물. 나는 차에 타자마자 "나는 한국에서 온 작가이고, 지금 만나러 가는 친구의 남편은 한국 대사관에서 근무하는 이 나라 경찰이다."라는 등의 연막을 쳤다.

한밤중에 차를 잡지 못할 때는 가까운 경찰서를 찾으시길.

:: 건강 챙기기

하루에 한 끼는 반드시 잘 먹어야 한다. 지역에 따라서는 필요한 영양분을 섭취할 음식이 부족한 곳도 있기 때문에 건강 관리를 위해 매우 중요하다. 위가 약한 사람이라면 물은 반드시 병에 밀봉된 것을 사 먹고 얼음을 띄운 것은 가급적 먹지 말 것. 식기도 따로 가지고 다니는 것이 좋다. 과일이나 야채 등도 미네랄워터로 헹궈 먹자. 특히 땀을 많이 흘리는 계절에는 여행 중에 물을 많이 마시고 음식은 좀 짜게 먹으면 좋다.

건강검진을 받고, 예방접종을 하고 가는 것이 좋다. 특히 치과는 반드시 다녀와야 한다. 예방접종 중 콜레라 예방접종은 예방율이 30퍼센트 미만이며 오히려 개인위생을 철저히 하는 것이 더 도움이 된다는 말도 있지만, 밑져야 본전이니 접종하고 가는 것이 좋다. 10년간 예방이 된다는 황열병 예방접종도 꼭 해야 한다. 인천공항 검역소 민원실에서 접종할 수 있는데, 전화로 문의한 후 예약하고 가는 것이 좋다. 예전에 접종했다면 국제 예방주사 증명서를 교부 받자.

사철 더운 지방에서는 몸에 꼭 끼는 바지나 청바지보다는 느슨하고 헐렁한 면바지나 치마를 입는 게 좋다. 습기가 많은 여름철은 특히 여성 여행자들이 세균에 감염될 수 있으므로 각별히 주의해야 한다. 현지에서 구할 수 있는 천연 청결제는 레몬이다. 레몬을 반으로 잘라 즙을 내서 물에 섞어 사용하면 매우 효과적이다.

특히 거의 오지 대부분에서는 머릿니가 있다. 민박을 하면 여자 식구들과 자게 되므로 어쩔 수 없이 이가 옮는다. 머릿니는 매일 샴푸로 감으면 일주일이면 없어지고, 옷엣니는 뜨거운 물에 빤 후 강한 햇볕에 말리면 죽는다.

돈을 필요 이상으로 많이 쓰는 것도 꼴불견이지만 건강을 해칠 만큼 그리고 남에게 피해가 될 만큼 돈을 안 쓰는 것도 보기 참 민망하다. 물론 한정된 돈으로 여행을 하다 보니 아끼려는 마음은 충분히 이해하지만, 알뜰하다 못해 고행하듯 여행을 하면 건강도 해치게 되고, 부도덕하고 몰염치한 사람이 되기 십상이다. 부디 명심하시길.

:: 한국의 이미지를 위해서

여행자로서 무엇을 얻어 오는가도 중요하지만, 그에 못지않게 우리가 그들에게 무엇을 남기고 오는가도 중요하다. 잘 몰라서 혹은 미숙해서 하는 실수는 어쩔 수 없더라도 여행자 개개인이 바로 한국의 이미지 메이커라는 점을 잊지 않기를 바라는 마음에, 여행 중 해외에서 각별히 유념해야 할 점, 조심, 또 조심해야 할 것들을 몇 가지 적어본다. 잔소리라 생각되더라도 참고 읽어주기를 바란다. 얼마나 중요하면 잔소리를 제일 싫어하는 내가 이러겠는가.

우선 우리나라를 소개할 기본 자료를 가지고 다니자. 국토 지리와 역사는 물론 태극기의 의미, 국토가 분단된 이유와 통일 전망까지 기본적인 상식을 갖춘다면 민간 외교관 역할을 할 수 있지 않을까? 한국의 그림엽서와 작은 달력도 설명을 곁들이면 훌륭한 시각 자료가 된다.

나는 작은 태극기 한 장과 그림엽서 세트인 '한국의 환경(Korean Atmosphere)'과 '한국의 이미지(Images of Korea)'를 가지고 다녔는데 둘 다 유용했다. 그 밖에도 선물용 열쇠고리와 단소를 가지고 다녔다. 작은 선물이 떨어지면 태극기도 그려주고 한글로 이름을 써주었는데 반응이 좋았다.

현지인들과 찍은 사진을 보내주겠다고 약속했으면 잊지 말고 반드시 보내자. 약속이니까. 나는 찍은 사진을 될 수 있는 대로 현지에서 현상해 편지로 부쳐 심적 · 금전적 부담을 덜었다.

우리나라 여행자들은 불의를 보거나 불이익을 당하면 흥분하거나 참지 못해 곧잘 싸운다. 의협심이 강한 건 좋지만 사사건건 싸우면 정신 건강에도 해로울 뿐 아니라 자신도 모르는 사이에 버릇이 되고 만다. 사소한 것에까지 쌍심지를 켜고 자기 권리를 주장하면 여행이 더 피곤해질 뿐이다.

또한 술 마시고 고성방가 하는 사람들, 이런 사람들이 바로 나라 망신 도매상이다. 즐겁고 곱게 술만 마시면 좋을 텐데, 꼭 고래고래 노래를 부르고 떠들거나 싸운다. 한국 사람들이 많이 묵는 숙소 주인이나 매니저에게 흔히 듣는 불평이다.

창피하다. 정말 창피해 죽겠다. 그래도 다행히 요즘엔 외국 여행이 일반화되면서 많은 이야기를 듣기 때문인지 이런 사람이 많이 준 것 같다.

:: 혼자 여행하기

많은 사람들이 나에게 제일 많이 묻는 말 중의 하나가 이것이다.

"혼자서, 그것도 여자 혼자서 어떻게 다녔어요?"

결론부터 말하면 여행은 혼자 하는 것이 제일 알짜이고 여자 혼자서도 얼마든지 안전한 여행을 할 수 있다.

혼자 여행하면 스스로 모든 일을 처리해야 하므로 자신감과 책임감이 생기고 현지인이나 동료 배낭여행자들을 훨씬 많이 사귈 수 있다. 차를 얻어 타기도 쉽고 민박도 훨씬 수월하다. 더욱이 혼자 있는 시간이 대부분이므로 많은 생각과 자기 성찰을 할 수 있어서 여행이 주는 최대의 이점을 얻을 수 있다.

물론 외롭거나 옆 사람의 도움을 받지 못한다는 점도 있다. 여럿이 다니면 여행 경험을 공유하고 서로 의지가 된다는 장점이 있기는 하지만 항상 행동을 함께해야 하니 여행의 주목적인 자유가 그만큼 줄어든다.

여자 혼자 여행하다 보면 물론 더 조심해야 할 때도 있지만 훨씬 유리한 경우도 얼마든지 있다. 예를 들어 여자이기 때문에 처음 가보는 민박 마을에 들어설 때 낯선 사람에 대한 경계심이 남자들에 비해 훨씬 덜하다. 또 민박집 여주인이나 아이들과도 금방 친해지고 바쁜 여자들의 일손도 거들 수 있어 당장 필요한 도움을 줄 수도 있다. 특히 중동 같은 곳에서는 남자 여행객은 현지 여자들과는 대화는커녕 얼굴도 보지 못하는 반쪽짜리 민박만 할 수 있지만 여자들은 남자, 여자를 모두 접할 수 있는 온전한 민박을 할 수 있다.

나는 그동안 우리나라 여자 여행자들이 똘똘하고 싹싹하고 사리분별 있어서 현지인들과 외국 배낭여행자들의 사랑을 받는 것을 많이 보았다. 우리나라 여자들이 여행을 더 많이 다니면서 시야와 식견을 넓혔으면 하는 바람이다.

그러나 여자 여행자들이 지켜야 할 몇 가지 사항이 있다. 우선 앞에서도 얘기한 것처럼 매사에 의사를 분명히 해야 한다는 점이다. 여행자건 현지인이건 남자들이 관심을 보일 때 싫으면 싫다는 표현을 정확히 해서 쓸데없는 오해의 소지를 남기지 않아야 한다. 그것이 자기 자신을 지키는 최선의 방책이다.

다음으로 여행 중에 만난 남자 여행자들에게 아무런 이유 없이 밥값이나 입장료 등을 내게 해서는 절대로 안 된다는 것이다. 다시 한 번 강조하는데, 절대로 안 된다. 우리나라처럼 남자들이 비용을 전담하는 나라도 드물뿐더러 다 같이 저경비 여행을 하는 가난한 여행자들이라는 것을 늘 유념해야 한다.

또 하나. 진한 화장을 하고 다니는 아이들보다 내가 더 꼴 보기 싫어하는 여자 여행자들은 무거운 짐이나 귀찮은 일을 일행이 된 남자에게 미루는 여자들이다. 그 남자 만나기 전에는 어떻게 다녔나? 제발 그런 엄살이나 얌체 짓은 하지 말자. 무거운 짐은 작게 꾸리고, 귀찮은 일은 나눠서 할 일이다. 아프거나 피치 못할 사정이 아닌 다음에는 혼자 힘으로 해결하고 동행이 있더라도 제몫의 일은 반드시 자기가 알아서 해야 한다.

바람의 딸,
걸어서 지구 세 바퀴 반 4

첫판 1쇄 펴낸날 2007년 10월 18일
     44쇄 펴낸날 2022년 1월 17일

지은이 한비야
발행인 김혜경
편집인 김수진
편집기획 김교석 조한나 이지은 김단희 유승연 임지원 곽세라 전하연
디자인 한승연 성윤정
경영지원국 안정숙
마케팅 문창운 백윤진 박희원
회계 임옥희 양여진 김주연

펴낸곳 (주)도서출판 푸른숲
출판등록 2003년 12월 17일 제2003-000032호
주소 경기도 파주시 심학산로 10(서패동), 3층 우편번호 10881
전화 031)955-9005(마케팅부), 031)955-9010(편집부)
팩스 031)955-9015(마케팅부), 031)955-9017(편집부)
홈페이지 www.prunsoop.co.kr
페이스북 www.facebook.com/prunsoop   인스타그램 @prunsoop

ⓒ한비야, 2007
ISBN 978-89-7184-750-3(04810)
     978-89-7184-746-6(세트)